二涯庵札記

ER YA AN ZHA JI

种道群 ◎ 著

九州出版社
JIUZHOUPRESS

图书在版编目（CIP）数据

二涯庵札记 / 种道群著. -- 北京 : 九州出版社,
2014.9

ISBN 978-7-5108-3263-5

Ⅰ. ①二… Ⅱ. ①种… Ⅲ. ①随笔－作品集－中国－
当代 Ⅳ. ①I267.1

中国版本图书馆CIP数据核字(2014)第220379号

二涯庵札记

作　　者	种道群　著
出版发行	九州出版社
出 版 人	黄宪华
地　　址	北京市西城区阜外大街甲35号（100037）
发行电话	（010）68992190/3/5/6
网　　址	www.jiuzhoupress.com
电子信箱	jiuzhou@jiuzhoupress.com
印　　刷	北京华忠兴业印刷有限公司
开　　本	787毫米×1092毫米　16开
印　　张	16.25
字　　数	206千字
版　　次	2014年11月第1版
印　　次	2014年11月第1次印刷
书　　号	ISBN 978-7-5108-3263-5
定　　价	28.00元

自序

余近年杂读所作札记五百余篇，次为一集，亦属敝帚自珍也。余生未逢时，少而失学，粗涉载籍，远惭学人。自去岁退食，日罕暇逸，终日未敢释卷，窃效师旷之秉烛焉。偶有所感辄记之，不贤识小，虽竹头木屑，亦冀可供友朋茶余饭后谈资，倘有可为治文史者存参，则幸甚矣。

余性躁，不耐读《经》，负煊之时喜读前人笔记，以其篇什短少，多趣闻轶事，且所记时有正史所不载者。每有所感辄率尔操觚，蓄疑难证则查诸典籍，篇成乃欣欣然焉。年来矻矻，乐此不疲，虽未得学问肯綮，其乐亦类自曝于日之田夫焉。

近时人多喜言国学，然所谓国学者，岂独儒家之经耶？经史子集多出于士大夫，野史笔记多属江湖士子所作，然士大夫累于名利，终不若江湖士子之逍遥洒脱，故野史笔记，于传统文化实为说真话之一家也。余所记者，多取于斯，奢希附骥，斯厚幸矣。

甲午仲秋　种道群

书于处州二涯庵

卷一

《史记》传主易位

余喜《史记》列传，以其文多采且传主神显也。然唯于孟尝、平原、信陵三子之传，颇有传主易位之惑。览三子之传，太史公笔墨所至者则苏代、魏子、冯欢、毛遂、李同、侯生、朱亥、毛公之辈矣。至若三子者，以诸人之事迹集而合之耳。孟尝三子盛名之下，其实难副。太史公以其公子之名位而为之传，然所述迥非其事，传主实非其人也。余以为此乃太史公狡黠之处，因以苏代诸子固难入传，而假诸孟尝三子之盛名代为传之，斯亦智矣。

《史记》三家注

《史记》旧注有三，刘宋裴骃之《集解》、唐司马贞之《索隐》、张守节之《正义》也。余所藏乃清同治间金陵书局刊三注合刻本，此本经张文虎据钱泰吉校本及各旧刻古本、时本考订而成。三家之注各有其例，余则独以《索隐》为善也。

夫裴骃松之子也，其《集解》谨守"注不破经"之汉儒旧例，随文而注，向无疑处，逊其父远也。且所注亦略，不能解惑。《索隐》则不然，既破汉儒之旧例，而攻驳、纠谬《集解》之误，至而于太史公之书亦时驳其误，发人所思。故清毛晋谓其"如日月并照"。张守节《正义》既注太史公书，复注裴、司马之注，惜其为文冗长，以至刊刻者删削随意，今之各本皆异也。

余于书肆尝购得扶桑人泷川资言撰《史记会注考证》，凡十卷，其于三家注外复考证之，引证广博且有己言，颇多可参者。

安史之乱起因说

天宝间，节度使安禄山、史思明乱，"渔阳鼙鼓动地来，惊破霓裳羽衣曲"。历三帝九岁，大唐由盛而衰，阅唐史者无不为之动容。然究其乱因，则诸说纷纭，余概而归之五。

一为府兵败坏，外重于内说。谓安史羽翼既成，拥兵自重，尾大不掉，乱之必然也；一为阶级矛盾说。谓贫富分化，土地兼并，赋税繁重，乱之因也；一为民族矛盾说。谓民族歧视与压迫致胡人之乱，安史所驱皆胡人；一为皇朝内部矛盾说。谓乱乃寒族、蕃人与李林甫之不和而致安以诛杨国忠名而乱；一为安乐潜忧患说。谓玄宗远贤近佞，拒谏饰非，不闻谠言，粉饰太平而诱之乱生。孰说为是，莫能知也。

窃以为诸说皆有其理之所在，然概无视安史其人也。夫安禄山本姓康，父为西域胡人，母为突厥人氏，父死，母归胡将安延偃，遂易姓安。史思明其人乃突厥与西域胡人之混血耳。非我华族，其心必异，虽加之如山之恩，以怨报德必也。自汉迄清，外夷乱华者岂为鲜乎？放之域外，其理一也。故安史之乱乃其势之必然，治史者何须费却笔墨哉。

百花齐放在东晋

今之文艺界喜谓百花齐放，然百花各有其季，非武后焉能令其齐放欤？余谓文艺百花之绽放当属东晋。览《晋书》，自元帝司马睿建武元年至恭帝司马德文元熙，百有四年间，人才辈出，佳作如林。二王之书法、顾氏之绘画、戴氏父子之雕塑、五柳之田园、许孙之玄言，谢安之琴，谢尚之筝，桓伊之笛，皆超前人而绝后来者，彪炳千年而至今，岂非吾中华有史以来之异数哉？文艺之花同之于时令之卉也，适其时则放，逆其时则萎，如是而已，岂复有玄机乎？柳河东尝作《种树郭橐驼传》，人问其术，橐驼则曰："顺木之天，以致其性焉尔。"呜呼，若使橐驼主政，百花焉独放于东晋哉？

百家争鸣

班固《汉书·艺文志》著录诸子之作凡百种，故人谓战国之时景象奇玮，百家争鸣也。至太史公则谓之"百家之术"。

夫百家者，谓其思想流派之多，人或以其派而称之为家也。墨子作《非儒》而儒墨相对；孟子排杨、墨、神农、兵家，派之分尤明也；荀子作《非十二子》十二子为六家也；司马谈撰《论六家要旨》，分六家为阴阳、儒、墨、法、名、道德。班固则继六家而分纵横、杂、农、小说四家。故今人言百家皆无从适者，余据司马谈、班固之说而归之右。

阴阳家，"敬顺昊天，历象日月星辰，敬授民时，此其所长也。及拘者为之，则牵于禁忌，泥于小数，舍人事而任鬼神"。

儒家，"游文于六经之中，留意于仁义之际，祖述尧舜，宪章文武，宗师仲尼"；"列君臣父子之礼，序夫妇长幼之别"。

墨家，"尚尧舜道"，"茅屋采掾，是以贵俭；养三老五更，是以兼爱；选士大射，是以上贤；宗祀严父，是以右鬼；顺四时而行，是以非命；以孝视天下，是以上同。此其所长也。及蔽者为之，见俭之利，因以非礼，推兼爱之意，而不知别亲疏”。

法家，“不别亲疏，不殊贵贱，一断于法”，“尊主卑臣，明分职不得相逾越”，“信赏必罚”，“专任刑法而欲以致治”。

名家，“控名责实，参伍不失”，“名位不同，礼亦异数”。

道家，“无为，又曰无不为”；“其术以虚无为本，以因循为用”；“历记成败存亡祸福古今之道，然后知秉要执本，清虚以自守，卑弱以自持，此君人南面之术也”；“及放之为之，则欲绝去礼学，兼弃仁义，曰独任清虚可以为治”。

纵横家，“言其当权事制宜，受命而不受辞，此其所长也。及邪人为之，则上诈谖而弃其信”。

杂家，“兼儒、墨、名、法，知国体之有此，见王治之无不贯，此其所长也。及荡者为之，则漫羡而无所归心”。

农家，“播百谷，劝耕桑，以足衣食……此其所长也。及鄙者为之，以为无所事圣王，欲使君臣并耕，誖上下之序”。

小说家，“街谈巷语，道听途说者之所造也”。

二子述诸家之流派，评流派之得失，宜也。然未及派之有异。韩非谓仲尼卒而儒分为八，墨子卒而墨分为三，荀子尤以儒分而为大儒、雅儒、小儒、俗儒、散儒、贱儒，斥子思、孟轲为孔门之罪人。以此而论则战国之时，岂仅百家哉。

北宋弱以华靡

史家言北宋常以“弱宋”称之，然证之《宋史》，北宋财货之丰尤胜盛唐，而财之困则逾于唐，惑也。考其因，盖华靡之风使之然矣。

夫太祖初创之始，国力未丰，战事频仍，故“极于俭约，以备边费”。太祖之时，既扫五代荒淫之风，复倡清廉俭约之气，故致宋初一时繁荣。自真宗后，华靡之风兴焉。自咸平、景德始，极奢侈之能事，致天下效之也。真宗溺于道，诏举国修宫观，寺观竟至三万，国货由是衰矣。人谓北宋积贫，余谓非贫也，盖其贫非天时之不适，岁时之不丰，乃人事祸之矣。物之入有限而奢侈之出无涯，虽巨富之家焉塞败子之浪行耶？况上之所好，必使闾巷效之，风之所行，则非人力可挽之者也。观北宋之时，真宗而后，仁宗、神宗至哲宗，华靡之风蔓延不已，致徽宗愈复烈矣。孟元老《东京梦华录》之记，可窥一二焉。

鸣呼，华靡而使宋弱，终至其亡，史之前鉴，可不惕之乎？

不为君用则诛

夫士之不仕而隐者，有黔娄之徒也，若陶潜则尤为世称。高士隐于世，虽无济于君亦无害于民，自高其志，不食君禄，飘飘然羽衣之仙焉。史籍所载多有人主征之而不就者，鲜有以不就而诛之者，唯太公望诛狂矞华士开其风。

《韩非子·外储说右篇》载：太公望东封于齐，东海上有居士曰狂矞华士昆弟二人者，立议曰：“吾不臣天子，不友诸侯，耕作而食之，掘井而饮之，吾无求于人也。无上之名，无君之禄，不事仕而事力。”太公望致于营丘，使吏执杀之以为首诛。……太公望曰：“彼不臣天子者，是望不得而臣也。不友诸侯者，是望不得而死也。耕作而食之，掘井而饮之，无求于人者，是望不得以赏罚劝禁也。是以诛之。”

呜呼，王土之疆岂容化外之人，既不臣、不禄，则视君于何哉？王命之下安有法外之人？不臣、不禄实无君也。故观之于古之隐者，或以隐而求仕，或避乱而权隐，甚而以小隐而求闻达，黔娄之徒实鲜矣。自太公望后，征而不得而诛之者，史笔鲜载。至朱明朝，方见之于法科。《明史·刑法志》载：贵溪儒士夏伯启叔侄断指不仕。苏州人才姚润、王谟被征不至，皆诛而籍其家。寰中士大夫不为君用之科所由设也。满清之欲征前朝士大夫，亦多有不归者，然未闻诛之者。至康熙开博学鸿儒科，则天下士人多归之矣。盖欲征士人者，征其心也，心之未归，身至而何益耶？若太公望诛之则尤伤士人之心矣。

财神何以始于明

民间以玄坛真君赵公明为财神，其俗始于明，赵公明其人则始见于晋干宝《搜神记》，至隋唐，则易为“瘟神”。俗传隋文帝开皇十一年，人见五力士披五色袍，各持法器显于空。帝问于张居仁，对曰：“此五方力士，在天为五鬼，在地为五瘟。五瘟者，春瘟张元伯，夏瘟刘元达，秋瘟赵公明，冬瘟钟士贵，总管中瘟史文业。兹神显而瘟疫生矣。”是年果瘟疫行，文帝为之立祠，敕封将军，赵公明始而为五神之一也。

然民间所奉财神非唯赵公，所谓“五显神”、“五通神”、“五圣神”、“五路神”、“五盗将军”、“利市仙官”者皆然也。究其源概凶神恶鬼，不亦怪乎？窃以为乃华夏文化之蔑利观而致之也。士农工商，商为末，自春秋始以农为本而抑商末，故卑琐之事委之于凶神矣。考之诸神祇之奉为财神则全在明季，其义有以也。顾炎武《天下郡国利病书》曰：“商贾既多，土田不重，操赀交接，起落不常。”“金令司天，钱神卓地”，以之知值明之时，商品经济萌而世风易，礼崩乐坏，人心不古，泥沙俱下，故财神出也。其初奉者皆为南人，盖沿海南地重商故也。

夫以为财神之出，盖商贾维艰之因也，心之怯而乞之神，故赵公明生也。

崇祯帝有棺无椁

棺椁之于葬仪，周时即行，虽庶民葬亦有棺椁也。清初朱彝尊纂《日下旧闻》，谓思陵崇祯帝葬于田贵妃墓，竟至有棺无椁，权取之于田贵妃椁也。读之令人恻然。

明思陵位长陵西南一隅，其制陋，孔尚任《桃花扇》尝状之矣。盖崇祯十七年甲申三月，李闯军陷京师，帝自缢于煤山，李闯令与周皇后俱葬于昌平田贵妃墓。墓乃崇祯帝为田妃建也。及葬，仓促间竟无椁，遂移田妃棺于石床之右，周后棺置于左，帝棺置于中，取田妃椁于帝。呜呼，亡国之君，其真死无葬身之所矣。

《旧闻》述其地宫之状逾为凄惨，谓入石门地甚湿，衣被等物多黑，仅一被乃锦绣，余皆布材也。长明灯之油仅二三寸，缸底皆水。金银器皿均以铅铜充之，当经办太监易之也。顺治十六年己亥，方诏仿明皇陵制加修明楼、享殿及碑亭，名之思陵。

余于《西京杂记》卷六见记魏襄王冢，“魏襄王冢，皆以文石为椁，高八尺许，广狭容四十人。以手扪椁，滑液如新。”记哀王冢“见棺椁，黑光照人。刀斫不入，烧锯截之，乃漆杂兕革为棺。”复叹大明之君一至如斯，悲之复叹之矣。江文通怅然而慨曰“自古皆有死，莫不饮恨而吞声”，诚斯言也。

慈禧听政缘何垂帘

慈禧垂帘听政事世人皆熟谙，然太后临朝缘何垂帘，知之者鲜矣。太后临朝故事始于前汉高后，《汉书·高后纪》载：“惠帝崩，太子立为皇帝，年幼，太后临朝称制。”《合璧事类》谓：“皇太后设白纱屏于太极殿，抱帝临轩。”宋时，宣仁高太后亦尝垂帘听政，据《宋史·后妃上》载：“元丰八年，帝不豫，浸剧，宰执王珪等入问疾，乞立延安郡王为皇太子，太后权同听政，帝颔之。珪等见太后帘下。”高太后神宗生母也，实执朝政九年，“以复祖宗法度为先务，尽行仁宗之政”，复起司马光、文彦博等，废王安石新法。故太后临朝听政古已有之矣。

夫太后垂帘而临朝，其义当明。儒家重礼，男女有别，后居中宫，主内治，向无与外臣面见之礼，然既临朝，势不免也，垂帘之举实乃权宜矣。一帘之隔，示之以礼也。内外之别，非独皇家，庶民之家亦复如是。《石头记》四十八回“滥情人情误思游艺”中谓：“至次日薛姨妈命人请了张德辉来，在书房中命薛蟠款待酒饭，自己在后廊下隔着窗子向里千言万语嘱托张德辉照管薛蟠。”可知内外男女之别乃风尚也。

然那拉氏所垂之帘实纱屏与黄幔也。翁同龢咸丰间日记尝载：“黎明侍大人入内，辰正引见于养心殿，两宫皇太后垂帘”，于垂帘二字下自注“用纱屏八扇，黄色”。又曾国藩同治间记：“入养心殿之东间，皇上向西坐，皇太后在后黄幔之内。”屏、幔皆非帘，示以有别耳。今之清宫戏多以帘置慈禧前，盖望文生义，不明其制故也。

丹书铁券

《水浒》书柴进谓其“大周柴世宗子孙。自陈桥让位，太祖武德皇帝敕赐于他‘誓书铁券’在家，无人敢欺负他”。所谓誓书铁券亦谓丹书铁券，乃古君主分封有功诸侯之据也。

《汉书·高帝纪》载高祖及位，“又与功臣剖符作誓，丹书铁契，金匮石室，藏之宗庙”。据《汉书.高惠高后文功臣表》，其誓辞谓：“使黄河如带，泰山若厉，国以永存，爰及苗裔。”辞以丹砂书铁券，是以称。唐之后铁券则非丹书乃以金嵌之，且券辞有免死之权。陶宗仪《南村辍耕录》卷十九“铁武肃铁券”条叙之甚详。“吾乡钱叔琛氏赟，乃武录王之诸孙也。……与余相友善，尝出示所藏铁券。形宛如瓦，高尺余，阔二尺许。券词黄金商嵌，一角有斧痕。”其誓词为“长河有似带之期，泰山有如拳之日。唯我念功之旨，永将延祚子孙。使卿长袭宠荣，克保富贵。卿恕九死，子孙三死，或犯常刑，有司不得加责。”明沈德符《野获编》谓：“所谓免死者，除谋反大逆，一切死刑皆免。然免后革爵革禄，不许仍故封，但贷其命耳。”

夫以丹书铁券而免死者，余未之闻也。观之诸朝，功臣之戳其复鲜乎？汉高祖创业之王，未见以券而能免之者。帝王之辞岂可尽信欤？

邓皇后不以万乘为乐

史之帝后为人称者，今人独知清孝庄，然孝庄辅三帝而终未临朝称制也，夫武氏则以大周而易李唐天下，人多恚之。余谓以后而辅幼帝，独揽乾坤者，当推汉和帝之后邓绥也。

盖绥乃和帝刘肇后，先后迎立殇帝、安帝，以太后而临朝称制，实揽乾坤十有七年。号令己出，大事自断，力排危难，广施德政；崇学术，重教化，堪称皇后之冠矣。余阅《后汉书·和熹邓皇后纪》尤有感焉。

绥自永元七年入宫，十四年立为后，待帝崩，辅殇帝临朝，夫殇帝年仅百日矣。殇帝岁崩，又辑安帝。丧子之痛未已，幼帝弱冠，其势岂寻常巾帼可胜者焉。绥辅帝，号令自出，整治内政；赈济四灾，平抚四夷；崇尚学术，敦重教化；日理王政，夜阅书史；四方人才，皆为所用，若马融、张衡、蔡伦、班昭辈咸归之也。建光元年颁遗诏曰：“勤勤苦心，不敢以万乘为乐，上欲不欺天愧先帝，下不违人负宿心，诚在济度百姓，以安刘氏。”呜呼，余独谓绥后之时，虽无炳彪后世之举，然宇内平安，元元乐业，岂非绥后之功乎？斯谓“不敢以万乘为乐”，信之焉。

帝王“尊号”自秦始

古之帝王即位，例使臣子上尊号。史料首载当推《史记》。《史记·秦始皇本纪》：秦初并天下，令丞相、御史“寡人以眇眇之身，兴兵诛暴乱，赖宗庙之灵，六王咸伏其辜，天下大定。今名号不更，无以称成功，传后世。其议帝号”。丞相绾、御史大夫劫、廷尉斯等皆曰：“昔者五帝地方千里，其外侯服夷服诸侯或朝或否，天子不能制。今陛下兴义兵，诛残贼，平定天下，海内为郡县，法令由一统，自上古以来未尝有，五帝所不及。臣等谨与博士议曰‘古有天皇，有地皇，有泰王，泰皇最贵。’臣等昧死上尊号，王为‘泰皇’。命为‘制’，令为‘诏’，天子自称‘朕’。”王曰：“去‘泰’，著‘皇’，采上古帝位号，号曰‘皇帝’。他如议。”制曰：“朕为始皇帝。后世以计数，二世三世至于万世，传之无穷。”

自始皇帝创尊号始，衍至清亡。尊号者，以示其至尊至贵，功绩卓著也。

帝王功胜于德

俗语“成则王侯败为寇”，自古帝王之功胜于德也。

《史记·项羽本纪》载：“项羽已定东海来，西，与汉俱临广武而军，相守数月。当此时，彭越数反梁地，绝楚粮食。项王患之。为高俎，置太公其上，告汉王曰：‘今不急下，吾烹太公。’汉王曰：‘吾与项羽俱北面受命怀王，曰：约为兄弟，吾翁即若翁，必欲烹而翁，则幸分我一杯羹。’”汉王无赖相历历焉。宋晁载之《昭灵夫人祠》诗云：“杀翁分我一杯羹，龙种由来事杳冥。安用生儿作刘季，暮年无骨葬昭灵。”盖高祖即位，追尊先媪曰昭灵夫人。刺高祖于父母之无情也。

唐太宗以藩王夺长嫡，事亦近高祖也。司马君实论其事云：“蹀血禁门，推刃同气，贻讥千古，惜哉。夫创业垂统之君，子孙之所仪刑也。”王夫之《读通鉴论》云：“太宗亲执弓以射杀其兄，疾呼以加刃其弟，斯时也，穷凶极惨，而人之心无毫发之存者也。”

呜呼，值高祖分羹，太宗执弓之时，其于孝悌也何存？及其临位焉则复以孝悌而面天下矣。故自古为君者重其功而轻其德，盖功成而德备，即有失德者史臣亦必为之饰，是以成帝业者鲜有记其失德事焉。

帝王卖官

近世言卖官皆谓起于清季，余阅汉唐史，多有载也。《后汉书·安帝纪》：“三公以国用不足，奏定吏必入钱谷，得为关内侯、虎贲、羽林郎、五大夫、官府吏、纪骑、营士各有差。”《灵帝纪》：“初，开西邸卖官，自关内侯、虎贲、羽林，入钱各有差。令左右卖公卿，公千万，卿五百万。”太子注《山阳公载记》曰：“时卖官，二千石二千万，四百石四百万。”则知汉时帝王已明价卖爵矣。《晋书·刘毅传》记毅言于晋武帝“桓帝卖官，钱入官府；陛下卖官，钱入私门”。陋风既开则不可绝，至唐时仍袭卖官之风。《旧唐书·肃宗本纪》载：“以军兴用度不足，权卖官爵。”卖官之政，自汉起而至清，皆不能绝。

呜呼，官爵之卖，于帝王以权计，然售之者安知其害哉？二千石二千万，则其年入必数百万也，其数年间则必赢利，若非，其购爵无益也。粤之番禺有水曰“贪泉”，谓饮者怀无厌之欲。售爵之制则贪泉之源也，既售之复望其清廉无欲哉。故购爵者鬻货，商贾之道，无可责之者也。夫官爵者，朝廷重器也，为政者既以之售，其售者非官爵，乃国之本也，是以凡卖官售爵之朝，其亡速焉。

董仲舒之“天人合一”说

史书谓董仲舒“始推阴阳，为儒者宗”。其以儒学为本，而引阴阳五行说，固儒学之新体矣。董以仁义理智信之“五常”配金木水火土之“五行”，以为皆相应也，故曰“以类合之，天人一也”。其所谓“类”者，非独“五常”、“五行”，概一切造化与人事焉。

所谓“天人合一”者，其义有三：谓形体之合一也。故天之有三百六十五日，而人有三百六十五关节。谓情感之合二也。故天有风雨阴晴，人有喜怒哀乐。谓规律之合三也。故天有四季，人有春种、夏锄、秋收、冬藏。其以为天乃大造化，人乃小造化也。故董谓“王道之三纲，可求于天”，“天不变道亦不变”。

余观夫“天人合一”说，以自然造化之变应之于人事，谬也。以天道而应之于伦理则尤谬也。太史公所谓“究天人之际，通古今之变”亦其衍生之说也。今人多喜言“天人合一”，余独崇王荆公“天变不足畏”，人定而胜天，天变焉能致人事之变耶？

《尔雅》何以为经

十三经之有《尔雅》，余尝为之惑，盖其实非经而为训诂之汇籍也。六朝人称之“诗书之襟带”（《文心雕龙》）。宋人誉为“六籍之户牖，学者之要津”。清人更以之为“训故之渊海，五经之梯航”。皆以治经之具视之而未以其为经也。

近阅陆宗达先生文方释吾疑。其谓汉时仅六经，所谓《乐经》者实未有斯籍，故所谓六经实五经也。汉末增《论语》而为七经，六朝后复增《孝经》、《孟子》，而成九经，继而分《春秋三传》于《春秋》，即成十一经也。唐文宗开成间，石刻十二经，并置太学，增《尔雅》于其中，十三经成焉。

夫文宗之列《尔雅》为经，盖汉时尝以其为官学，武帝亦尝立《尔雅》博士，故以定其经学之位，以为宜也。余谓五经之后所增实多附庸，若《春秋三传》皆释《春秋》之史实，《论语》、《礼记》乃言论之辑录，其既杂糅，释经传语言之籍固可列之也。纪晓岚尝谓《尔雅》“持说经之家，多资以证古，故从其所重，列之经部”。

呜呼，先贤之著作，斯固善矣，一旦而崇之经，则实哀也。盖先贤之有言，舒一时之感激耳，岂历千载而皆合于时哉？然其书既崇为经，其人亦崇为圣，则以一时之感激而被万世之变易，经为己用，圣为我用，故余为先贤而叹焉。

《二十四孝》始末

闻媒体讯，有司新辑《二十四孝》，颁之而倡孝道也。若“常探父母”亦为一孝，是诚可笑。

夫古之《二十四孝》始成于元，然其辑录者取之于汉刘向《孝子传》、晋萧广济与师觉授撰《孝子传》及晋徐广撰《孝子传》而成。其取刘向传之虞舜、郭巨、董永三人事迹，萧广济与师觉授传之曾参、闵损、王祥、老莱子事迹，余则源于历代之《孝传》。元有王克孝作《二十四孝图》，继而有《二十四孝图诗》、《二十四孝图说》刊行，坊间更有《女二十四孝》刊，然不知辑者矣。昔蒙书若《三字经》、《龙文鞭影》亦有其事迹。

是书自刊而广传，盖其括虞、周、汉、魏、晋、唐、宋之诸朝事，上自帝王公卿，下讫士子百姓，莫不载记。所述孝行，感而易仿。且其记事短悍，繁者不过百字耳，配之于画尤为传神，以五言绝宣之则皆俗言俚语，故里巷之人熟谂而能知。周树人诟之曰：“以不情为伦纪”，言之过矣。

饭含之礼

丧俗以饭食、珠玉类置于亡者之口，谓之饭含，亦称口含、饭玉、含口、含殓，其俗至今尚存。余幼时亲睹太祖母亡，先祖以玉使之含也。

查诸文献，《周礼·天官。玉府》曰："大丧共含玉。"《礼记·檀弓上》云："饭用米贝。"《荀子·礼论》云："饭以生稻，含以槁骨。"典籍所记于三礼，可知此俗乃古之礼制也。至西周，重礼乐以别身份，则饭含之仪亦因亡者之身分而别之也。《礼记纂言·杂记》云："天子饭九贝，诸侯七，大夫五，士三。凿巾以饭，公羊贾为之也。"《白虎通·崩薨》曰："天子饭以玉，诸侯以珠，大夫以米，士以贝也。"《孔子家语·终记解》曰："孔子之丧，公西掌殡葬焉。含以蔬米三贝。"《明史·礼志·丧葬之制》曰："饭含，五品以上饭稷含珠，九品以上饭粱含小珠。"朱元璋在洪武五年就曾下诏"庶民饭用粱，含钱三"。

亡者饭含之因，智仁各见，有以为使之口实者，若《礼记·檀弓下》"饭用米贝，弗忍虚也。不以食道，用美焉尔"。有以为保护者，若晋葛洪《抱朴子》"金玉在九窍，则死者为之不朽"。有以为玉食说者，谓"服金者寿如玉，服玉者寿如玉"。死者含玉冀其于阴世不饥也。

余以为饭含之俗其源于先民之悼亡者也，然饭含之制则肉食者以之别贵贱耳。民国间，慈禧以饭含巨珠而为军阀孙殿英裂尸，其非饭含之贾祸乎？

公款互送

宋时奢靡风盛，凡郡县间岁时皆相馈问，一时之习也。所费固出于官库，所收则入于私囊，互送而各利于己，故不能革也。《清波杂志》卷十二载孙之翰典州日，独废其习，人以为怪。盖其时，孙出知邓州、徙安州，邻郡岁时以酒相馈问，孙独命别储以备官用，一不归于已。又绍兴间，周彦约侍郎为江东漕，诸司所饷不欲却，乃留公库，迨移官，悉分遗官属，仍以缗钱买书，以惠学者。二公实清白之士矣。

近时有司严禁官吏公赀互赠，盖鄙习几类于宋也。据《宋史》卷三六《光宗纪》，绍熙二年三月尝诏监司、郡守、互送以赃论，其风方稍减。然据宋后史料，朝廷虽亦屡申严，终以互送相利而不能尽革。于戏，奢风之流于今，人心之贪婪故也，岂为政者以一纸而能绝之者哉。

宫嫔掷骰侍寝

骰子发端于春秋时之大博、小博，成于晋、唐间，今人唯知用于赌场也。余阅宋陶谷《清异录》谓唐玄宗时后宫嫔妃竟以掷骰以定侍寝，荒唐至极矣。

《清异录》云："开元中，后宫繁众，侍寝者难于取舍，为彩局儿以定之，集宫嫔用骰子掷，最胜一人乃得专夜，宦珰私号骰子为'挫角媒人'。"余尝闻清制敬事房有帝翻牌例，若张祖翼《清代野记》载："每日晚膳时，凡妃子之备幸者皆有一绿头牌，书姓名于牌面，式与京外官引见之牌同。或十余牌，或数十牌，敬事房太监举而置之大银盘中，备晚膳时呈进，亦谓之膳牌。帝食毕，太监举盘跪帝前，若无所幸则曰去，若有属意，则取牌翻转之，以背向上。"

噫，玄宗时掷骰乃嫔选帝，清之绿头牌则帝选嫔，皆荒唐事也，窃以为掷骰事当在杨氏姊妹入宫前之事矣。

宫刑第一人

宫刑为古之五刑之一，人皆知太史公因李陵之辩而蒙其刑。余读《诗经·小雅·巷伯》："寺人孟子，作为此诗。凡百君子，敬而听之。"则孟子为宫刑第一人也。《毛诗序》曰："《巷伯》刺幽王也。寺人伤于谗，故作是诗也。"《笺》曰："巷伯，奄官。寺人，内小臣也。奄官上士四人，掌王后之命，于宫中为近，故谓之'巷伯'，与寺人之官相近。"盖幽王信谗而使之加以宫刑也。

夫宫刑之施，辱人甚矣，非特身之害也。《左传·昭公五年》载：晋上大夫羊舌肸适楚，楚欲施之宫刑以辱晋。"楚子朝其大夫，曰：晋，吾仇敌也。苟得志焉，无恤其他。今其来者，上卿、上大夫也。若吾以韩起为阍，以羊舌肸为司宫，足以辱晋，吾亦得志矣。"故其刑亦为辱人之法焉。

宫刑之施当极于秦，余观夫《史记·秦始皇本纪》："隐宫徒刑者七十余万人。"呜呼，其宫者何其众也，抑或概六国之俘乎？

古代官场之丁忧守制

古籍中多有言某官丁忧某官守制者，今人多不解，《古代汉语辞典》训为"遭父母之丧"，言而不详焉。

《尔雅·释诂》训为："丁，当也。"《日知录·期功丧去官》注："古人凡丧皆谓之忧。"可知所谓丁忧者值丧、居丧之义也。丁忧又谓丁艰，《晋书·周光传》："陶侃微时，丁艰，将葬，家中忽失牛而不知所在。"《世说新语·

仇隙》："蓝田于会稽丁艰，停山阴治丧。"旧谓父丧为丁外艰，母丧为丁内艰。陶渊明《归去来兮辞》自序云："寻程氏妹丧于武林，情在骏奔，自免去职。"即言五柳先生之辞官乃奔妹丧故也。查诸典籍，古之丁忧在期服之内，至明洪武二十三年四月方废期年之制，定："今后除父母及祖父母承重者丁忧外，其余期服不许奔丧"。盖防或连遭数丧，道路千里，则致居官日少，旷官废事耳，自此相沿成习。

守制者，谓遵居丧之制也。凡有丧，庶民须谢应酬，为官者须解职守孝十有七月。儒家重礼，尤重父母之丧礼，此习沿千载而无易也。然若人居关乎社稷之要职，则上可强其仕，谓之夺情。欧阳修《归田录》卷二："无见任宰相丁忧例"，知夺情之例也。

丁忧守制乃表孝礼也，官吏隐匿亲丧视为"大不孝"，惩之甚厉，余阅清野史时有见者。丁忧者复有诸制，若禁婚娶、杜饮宴、罢科考皆其制也。

辛亥后，丁忧之制遂废。

古代伦理倡官廉

周代伦理之说重官吏廉洁之德，尝谓吏治当"以廉为本"。《周礼·天官·小宰》云："以听官府之六计，弊群吏之治。一曰廉善，二曰廉能，三曰廉敬，四曰廉正，五曰廉法，六曰廉辩。"《礼记·乐记》云："廉以立志。"《牧鉴》引朱熹语曰："守官只要律己公廉，执事勤谨，昼夜孜孜，如临渊谷。"是以知古之伦理之学以廉为首德也。

古代书院之特色

书院之制随清俱亡，余读陈元晖著《中国古代书院制度》，掩卷而叹焉。复思古之书院名扬寰内者四，曰白鹿洞、岳麓、东林、嵩阳也，究其所以名彰者，盖书院之制有异也，概而类之：

夫治经教学相合，博士弟子各专，此其一也；建"讲会"之制，异派之学互而讲宣，此其二也；门户开放，不拘地域学派之囿，此其三也；问难论辩，发人思维，此其四也；师与弟子情深意洽，类同父子，此其五也。

余复叹今之所谓大学者，安可与之相较邪？即其一亦不可为，故今之大学无学士亦无博士焉。余尝游于乡邑，处州之仙都，遂昌之鞍山尚有书院旧迹存，断碑颓垣，令人唏嘘。呜呼，中华之书院，魂兮归来。

古代职官之"判"与"权"

余读史籍，每惑于职官之任有"判"、"权"之谓。闲暇之时，寻《古代职官制度》及唐宋史《职官志》考之，得其大概，录以备查。

夫判者，谓以高官兼任低职，以京官出任州郡者也。《宋史·韩琦传》："除镇安武胜将军节度使、司徒兼侍中、判相州。"《新唐书·牛仙客传》："稍迁太仆少卿，判凉州别驾、知节度留后事。"宋敏求《春明退朝录》："国初，曹翰以观察使判颍州，是以四品临五品州也。"所谓"权"者，暂代官职也，然特谓所代职高于本职者。《宋史·神宗纪三》："以直龙图阁徐禧知制诰、权御史中丞。"

官阶与实职自古皆难相匹，故职官之任有"判"、"权"之分，正其名分耳。若罢官而复谓之"起"，免诸职之一谓之"夺"，罢黜谓之"斥"，辞官，致仕谓之"休"，一字而明其实，不复有歧义矣。余幼时犹知干部之阶以级分之，级者，古之品也，今则直以科、处、局、部之官职分之也，若遇"判"、"权"之变，则行文复以括号注之。

窃以为古之典章严谨，一字不可误，望文生义则易谬也。文化学者余秋雨君，尝以"致仕"为任官，见笑于天下读书人。致仕者，犹今之官员退休之谓也，宋时犹有"落致仕"之称。若《宋史·微宗纪》："蔡京落致仕，领三省事"；《宋史·张焘传》："（绍兴）三十一年八月，落致仕，复知建康府"，谓致仕而复任官也。

古人战功多浮夸

浮夸之风人多以近世例之，余阅《三国志》知汉末官府已为成例也。《三国志·魏书·国渊传》载：

国渊字子尼，太祖征关中，以渊为居府长史，统留事。田银、苏伯反河间，银等既破……破贼文书，旧以一为十。及渊上首级，如其实数。太祖问其故，渊曰："夫征讨外寇，多其斩获之数者，欲以大武功，且示民听也。河间在封域之内，银等叛逆，虽克捷有功，渊窃耻之。"太祖大悦。

盖汉末之例，凡破贼文书之数概"以一为十"，夸十倍以宣武功耳，国渊所言乃"旧例"，则汉之初抑或有之也。既为旧例，故太祖以为怪也，见怪不怪，见不怪则为怪，亦浮夸之风久而使之然也。夫以国渊言，其所以"如其实数"者，乃贼为封域之内耳，非不欲虚其数矣。

《武帝纪》记官渡之战，裴注曰："绍与子谭轻身逃走，凡斩首七万余级，辎重财物巨亿。”又同书《袁绍传》曰：“绍众大溃，绍与谭单骑退渡河，余众伪降，尽坑之。”裴注曰：“杀绍众凡八万人。”松之亦疑其数，质之曰：“诸书皆云公坑绍众八万，或云七万，夫八万人奔散，非八千人所能缚，而绍之大众皆拱手就戮？何缘乃能制之？”汉时人口非今之可比，大郡六十万，中郡四十万，小郡且二十万耳，况官渡之战曹军实“兵不满万，伤者十二三”。所记亦如国渊言为旧例矣。

古史亦似今人喜浮其数，读史人当慎之。

古人自称多谦词

古人多礼，人前自称多用谦词，若臣、仆、不才云，即帝王亦以寡人、不谷云，然绝少以“我”自称者。《梦溪笔谈》卷十八载：“贾魏公为相日，有方士姓许，对人未尝称名，无贵贱皆称‘我’，时人讥称其为‘许我’。”盖自晋始即行此俗，讫清未易也。于谦词外，人前自称以名，称人则以其字，人前无自称我者，此礼俗至近世方绝。

夫名与字，人生而父母为之名，及冠而命以字，名乃长者称之，字乃平辈及友朋称之，待于人前则以名自称，谦也。若李白字太白，杜甫字子美，其于人前则以白、甫自称，人称其则谓太白、子美。唐人虽旷达，亦未以“我”自称也。民国间，文史、校勘大家刘文典，字叔雅，掌教安徽大学，因学潮事见怒于蒋中正。某次相晤，蒋以其名称之，刘怒而直斥之，谓：吾名乃父所命，岂汝可称之乎？可窥士人于名、字之称之重焉。

今世不复有名、字之别，称谓亦无以“我”为讳，此固古礼仪之不传耳。复念清季，满人入主中原，顺治朝即袭汉俗，旗人于满名外多有汉名，且有字有号，若饮水词主人纳兰性德，乃满州正黄旗人，字容若。民国间凡士子亦多循此俗，其乃今人所熟稔者也。名、字之别虽世风使然，亦致雅俗之分也。

另，余旧藏影印元大德九年陈仁子东山书院刻本《梦溪笔谈》，凡二十六卷，唯于卷十八技艺部首页缺十有一行，黑黝无迹，故佚许士事。今本以许士事附技艺部首，不知其源。

古时女子之名

古时女子有姓而无名，几成定论。叶梦得《石林燕语》卷四则径谓：“古者妇人无名，以姓为名，或系之字，则如仲子、季姜之类；或系之谥，则如戴妫、成风之类，各不同。”考之先秦史籍，确乎其说焉。文王之妻曰“大姒”、武王之妻曰“邑姜”、幽王所宠曰“褒姒”，皆以姓而加之排行、国名、地邑为其称，非名也。然凡事莫不有其异，《礼记·檀弓》谓孔子之母名“征在”，《左传》宋元之母名“弃”，齐景公夫人名“重”，是皆春秋时妇人之名。《史记·屈原贾生列传》载楚怀王之宠姬名“郑袖”；《史记·货殖列传》载“礼抗万乘，名显天下”之秦富豪巴寡妇名“清”。是皆战国时妇人之名也，妇人之有名，唯罕见于史籍耳。

窃以为古之女子非无名，所谓古之女子无名，乃谓黔首百姓之女，非谓贵族大家之妇也。《仪礼·士昏礼·记》之《问名之辞》胡培翚谓：“妇人不以名行……不以名行者，特以妇人无外事，故名不闻于人。”其俗虽行于周，然流之于后世久也。至清末，民间之女无名仍存。

余尝查诸正史之《列女传》，其载贞妇、烈女，多作某女、某妻、某母、某氏，概无名也。以《明史》例，《列女传》凡百五十八人，有名者仅一十六。史传之知名若王昭君、蔡文姬、谢道韫、李清照、朱淑贞实属凤毛矣。

光武帝不诛功臣

后人论史，每以帝王江山创而诛功臣为之诟，此亦民心忠厚之自然也。故讥评古人多诟病刘邦、赵匡胤、朱元璋，谓其不义也。即若满人入关，于顺治间亦翻覆多尔衮，其后愈不可复言矣。余以为帝王者社稷为其重也，其诛杀当有其不得不为之者焉。然余独钦服光武，天下初创，削三公，并郡县，封功臣，奠二百载一统之基，于开国之元勋恩宠有加，君臣其乐融融，后世称之矣。

然功臣之弊独光武世而无之乎？云台二十八将乃国之栋梁也，东汉初定，其权重位高，帝封之，且长为汉藩。然引先高祖之教训，于功臣优容而防制之，封其食邑使之坐享，独不予之政也。《后汉书·马援传》：帝于功臣，“每能回容，宥其小失。远方贡珍，必先遍赐列侯，而大官无余。有功辄怀邑赏，不任以吏职，故皆能保其福禄而终无诛谴者。”呜呼，功臣不易制，以其功高也，功臣之多诛，以其自负也，纵之则骄，诛之则负罪名，是若夫子所谓难养者也。光武谙于此道，故既恩养而绝其予政，君臣相安，不亦乐乎。

光绪行勋章之制

夫有清一代，于勋劳之臣民盖以赏黄马褂、花翎之物，示其殊荣，而励其勇进也。然至光绪朝，因于西人交往之频，礼仪之需，旧之马褂、花翎之物复不可用于西人，盖其服饰相异也，《清通鉴》载光绪七年总理各国事物衙门奏拟勋章之制。其制如下：

勋章之名谓之“双龙宝星”。盖章形呈星状，图式仿大清之旗帜，以龙为识，绘以双龙，上嵌珍宝。其等第别为五，一、二、三等各分三级，计五等十一级，以满文注等级于宝星之上。其式则据等第之异，糅以顶戴品级，于宝星之上嵌以珠宝，或珍珠、或珊瑚、或宝石，分其色而别尊卑。故酬酢之际多以之为荣，马褂、花翎反不屑也。

余谓勋章之制乃以西方之形而融于中华文化之质也。以其名言，颇似朝服之补，若其一级谓“正阳双龙”，二级谓“清华双龙”，三级谓“仙鹤双龙”；四级谓“锦鸡双龙”，五级谓“孔雀双龙”，六级谓“云雀双龙”，七级谓“白鹇双龙”，八级谓“鹭鸶双龙”，较之补服几无异矣。然其行也晚，待宣统三年“勋章章程”成而大清亡也。

国学训义

近岁国学复炽，然何为国学，云者茫然。余谓国学者，其义有广狭之别，广而言之，国学乃吾中华之一切学问也，凡诸子百家、地理建筑、琴棋书画莫不概之也；囿而言之，国学乃谓以儒学为主之中华文化及学术，若先秦典籍、两汉经学、魏晋玄学、宋明理学及汉赋、六朝骈文、唐宋诗词、元曲、明清小说皆其所云者也。今人所言国学即狭义之谓也。

吾中华讫清末向无国学一说，盖辛亥后，西学东渐，儒学式微，甚有言全盘西化者，既有西学之说，章太炎即以国学相应之也。其词固源于周，然义有所异。《周礼·春官宗伯·乐师》言：“乐师掌国学之政，以教国子小舞。”《礼记·学记》曰：“古之教者，家有塾，党有庠，术有序，国有学。”其言国学者，国家所置之所也，犹汉之所谓“太学”。章太炎谓“国学乃一国固有之学”，斯言善矣。

汉高祖首祭孔子

丁亥秋，余游曲阜而瞻孔庙，庙乃明清两代钦定建筑，其制则仿皇宫，三路九进，贯于南北中轴。庙有陈儒学典籍及庙史之室，泛览而有感焉。

夫仲尼于其生也，游列国，道不得行，凄惶苦楚，不得已而设帐授徒，制礼作乐，传经研易。待其亡，鲁哀公哀之，翌年命将其“故所居堂”立为庙，“岁时奉祀”。所藏仅夫子“衣、冠、琴、车、书”类，其制“庙屋三间”耳，此孔庙之肇始也。思其初，庙之建乃赖哀公之愍而使邑人祭之矣。夫子乃儒学之始祖，然首祭其庙者乃丰沛酒徒刘邦，此亦可浮一大白矣。刘本市井中人，素恶儒生，兵戎中尝取儒冠而尿，及儒者孙叔通依周礼制汉仪，群臣巍冠博带而山呼万岁，方悟为帝之尊也。《史记·高祖本纪》记：高祖于十二年十二月，“自淮南还，过鲁，以太牢祭祀孔子”，开历代帝王祭孔之先例。汉四百年间，光武、明帝、章帝、安帝皆循其例而祭之，后人据以推绎而有“汉四百年命脉，全在此”说。

自汉始讫清，帝王祭孔例而无可言者，唯祭之尊崇则推外夷入主中原者，不亦异乎？若西晋末，“庙貌荒残”，司马氏仓皇南渡，不及顾之。至东魏孝静帝兴和元年乃修葺旧庙，“雕塑圣容，旁立十子”，易木制神位为像，增其尊显矣。金修庙四，元修庙六，至清则增其制崇其祭，无可复加焉。

余以为外夷之尊孔者，盖知兵之不可胜也。儒学非复一学派或一家之言，乃系民族之征也。故欲亡一民族则必先亡其文化，一民族之文化存则其民族亦必存，文化乃一民族之魂矣。契丹之铁骑尝亦践之千里，而今不可觅其迹，盖其民族文化亡也。

汉高祖重楚文化

刘师培谓中国文化有南北之分，《诗经》为北文化，《楚辞》为南文化。然南文化之得以继，实赖汉高祖矣。汉之前，中国文化以齐鲁三晋为正统，《左传》多载北人轻蔑南人之言。孟子亦谓楚文化别于齐鲁三晋也，故有“南蛮鴂舌之人”之说。当其时，北人视南人皆为蛮夷也，犹今日欧人之视非洲之人矣。汉承秦制，然高祖独重楚之文化，其作《大风歌》、《郊祀歌》，传至武帝《秋风》、《瓠子歌》皆为楚声也。高祖之宠姬唐山夫人善楚舞，高祖为之楚歌。故汉乐府亦多楚调也。余以为，其非高祖之独重楚调，不知后人能知楚音否。

汉之称族考

汉为华夏诸族人口最众者，然其为族之始末余未见诸典籍，权以陋闻考之。

夫上古文化均位黄河之域，若仰韶、龙山、良渚类，皆汉之祖也，然“北京人”、“元谋人”则恐非汉之族焉。昔黄帝与蚩尤战于涿鹿之野，败蚩尤而称帝；与炎帝争，战于阪泉之野，灭炎。三人皆古之酋长，争雄而已，今人自谓“炎黄子孙”、“炎黄遗胄”，不及蚩尤，以其暴也。华夏者，夏为三代之首，禹之称也，华则载于《尚书·武成》：“华夏蛮貊，罔不率俾。”《传》：“冕服采草曰华，大国曰夏。”《疏》：“华夏为中国也。”《左传·定公十年》：“中国有礼仪之大故称夏，有服章之美故称华。”

商周之事见于文字，无周人、周族之谓。春秋之际，称秦为“西戎”，称楚为“荆蛮”，不与中国盟会也。当斯时中原各部称“诸夏”、“诸华”耳。秦灭六国，不以秦人自称，西域之人称之也。刘氏创汉，然汉非族称。先是，秦废封建为郡县，于汉中置郡。刘、项灭秦，高祖至汉中为王，至灭项，即定国名为汉矣。两汉之时，比邻国民称之为汉人，意谓汉国之人，非谓汉族也。至南北朝，汉方予族之义。盖北朝魏、北周之主皆鲜卑人，故于北方居民统谓之“汉人”，语言则称之“汉语”。若《北齐书·祁武纪上》，高欢称：“今以吾为王，当与前异，不得欺汉儿。”

“汉人”之具血统编民义，辽之制也。其时治民以两法，契丹、汉民各用其法，以别贵贱也。元时，人分四等，契丹、女真及金境之汉民列之为三等，所侵之地民则为四等民，称之为汉民也。故朱洪武举事，以“驱除胡虏，恢复中华”为号。至清，则满汉对称，以汉为族称焉。

夫自氏族、部落而来，四千载传承，其中民族或兴或亡或合，而成今之五十六焉，唯以汉之数为最耳。

汉之第一比丘尼

晋之前，有巫无尼，比丘尼乃“舶来”物也。释教东入中土，种令仪成削发受戒之汉族比丘尼第一人。令仪自幼夙慧，博学多才，通经史，娴文墨，善操琴，父守武威，新寡后于晋愍帝建兴年间受戒，法名净检，主洛阳竹林寺佛事，“说法教化，如风靡草”，度女僧二十有四，为佛教史之第一比丘尼教团。

种姓源于鲁，令仪随父居凉州，其氏族源流不可考，疑亦鲁人也。吾族非大姓，具大声望于世者寡，唯令仪为汉之第一比丘尼，其为光耀种氏者矣。吾曾祖母自幼信佛，终其年礼拜观音，享八十余而善终，是抑非夙缘乎？

偶翻《两般秋雨庵随笔》，其卷一有“尼姑”条曰：“汉刘峻女出家，乃尼姑之始，而尚未立名。东晋妇人阿藩，习西域之教，始有尼姑之称。何充舍宅安尼，乃尼寺之始。”应来之说误，汉刘峻女出家事既未立名，何以为之始？余乡人令仪受戒乃西晋愍帝建兴间事，东晋人何可比之西晋事？癸巳仲冬初十补记。

洪武书案

因文罹祸，古称书案，源于《左传·襄公二十五年》齐大夫崔抒弑君，太史书“崔抒杀其君”被杀事。以文字违碍而兴狱，历朝可见，然深文周内，锻炼成狱，甚而附会文字，以同音、叶音、方言曲解文义而加之罪者，明初朱洪武也。

朱洪武出身卑微，及登基复疑文士讥讪诽谤，故尤留意于奏章文字间，以己之私心而度他人之文字，因文罹祸，冤狱兴焉。余阅近世治明史者吴晗先生所著《朱元璋传》，复证之于王业林《中国文字狱》，述之于右。

洪武初，帝宴高僧来复，来复谢恩诗称：“金盘苏合来殊域，玉碗醍醐出上方。稠叠滥承天上赐，自惭无德颂陶唐。”帝怒曰：“汝诗用‘殊’，谓我是歹朱耶。又谓‘无德颂陶唐’，欲以陶唐颂我，而未能也。遂斩之。”中书舍人詹希原，善书，帝命书太学“集贤门”额，因门字右直微勾起，谓：“吾方欲招贤，原乃闭门，塞我贤路耶”。遂杀之，而以粉涂其钩。余初意明初门字有异体，复于《朱元璋传》卷首见洪武帝亲书书影，其书门字竟亦“右直微勾起”。呜呼，小沙弥应自履其罪矣。

洪武之书案尤异于别朝者，以音曲解而罪之于人也。浙江府学训导林元亮作《增俸谢表》内用“作则垂宪”被诛；北平府学训导赵伯宁作《万寿贺表》内用“垂子孙而作则”被诛；常州府学训导蒋镇作《贺正旦表》内用“睿性生知”被诛。盖元璋以其操淮南方言，读“则”、“贼”同音，“作则”即“作贼”，讥其尝为“红巾贼”也。“生知”则读如“僧知”，岂非谤其尝为僧乎？诸如此类，不胜举也。

呜呼，考之各朝之书案，或讥诮或隐射，间或有之，若洪武之臆断肆虐，史之无也。以清之书案论，牵涉之广、杀戮之惨，均非明初可比，就实而言，清之书案虽亦有附会而构之，然多或不奉清之正朔，或揭橥建州臣属于明之史实，或斥满人为夷狄，或语含讥刺等，皆有所因也。

窃以为洪武之荒唐实源于其之自卑矣。考其先人，均佃于人，帝于幼亦随父祖佣作，后为僧，又入贼军，故虽位九五亦耻已出身也。《明史·太祖纪》载其自撰《皇陵碑》叙己出身，似亦无所忌，然其卑怯之心终非能坦荡者矣。

洪秀全之《多妻诏》

太平天国行禁欲，虽夫妻不得同宿，违者处极刑，然其首领不限。天王洪秀全有《多妻诏》，明谕东王、西王十一妻，南王、豫王六妻，王下则二三妻不一。据《洪大泉自述》，洪秀全有“三十六个女人”。据幼天王自述，其有“八十八个母后”。

后宫妻妾有品秩

帝王多妻妾自始皇帝讫清宣统皆然，而汉唐时后宫妻妾各有品秩若朝臣，后世无此制也。

《汉书·外戚传》：汉兴，因秦之称号，帝母称皇太后，祖母称太皇太后，嫡称皇后，妾皆称夫人。又有美人、良人、八子、七子、长使、少使之号焉。至武帝制婕妤、娙娥、傛华、充依，各有爵位，而元帝加昭仪之号，凡十四等云。昭仪位视丞相，爵比诸侯王。婕妤视上卿，比列侯。娙娥视中二千石，比关内侯。傛华视真二千石，比大上造。美人视二千石，比少上造。八子视千石，比中更。充依视千石，比左更。七子视八百石，比右庶长。良人视八百石，比左庶长。长使视六百石，比五大夫。少使视四百石，比公乘。

《旧唐书·后妃列传》：唐因隋制，皇后之下，有贵妃、淑妃、德妃、贤妃各一人，为夫人，正一品；昭仪、昭容、昭媛、修仪、修容、修媛、充仪、充容、充媛各一人，为九嫔，正二品；婕妤九人，正三品；美人九人，正四品；才人九人，正五品；宝林二十七人，正六品；女御二十七人，正七品；采女二十七人，正八品。

夫后宫之人既众且与之品秩，实伤国体也。帝王之妻妾，深居而绝于外，唯奉一人耳，其爵位品秩虚其名而。爵位品秩乃国之重器，竟率尔与之妻妾，不亦谬乎。

画眉之习始于秦

余幼时未见有妇人画眉者，唯社戏中伶人为之耳。近时妇人则无论老幼皆习之，至有眉未描而不出户者。

夫画眉之习当源于秦宫中，《事物类聚》卷三："秦始皇宫中悉红妆翠眉，此妇人画眉之初也。"沿流至今二千岁矣。汉承秦，故"汉宫人扫青黛蛾眉"。李煜《长相思》："淡淡衫儿薄薄罗，轻颦双螺蛾。"则称女子之眉为螺蛾也。检之古诗词，画眉之法有别，或以黛画，或以黛点。庾信《舞媚娘》："眉心浓黛直点，额角轻黄细安"乃点法；梁沈约《三妇艳》："大妇拂玉匣，中妇结罗帷，小妇独无事，对镜画蛾眉"乃画法。《玉台新咏》载南朝梁刘孝威《寄妇诗》："新妆莫点黛，余还自画眉"明言点、画两法也。

妇人画眉多自为之，温庭筠《菩萨蛮》："小山重叠金明灭，鬓云欲度香腮雪。懒起画蛾眉，弄妆梳洗迟。"朱庆余《近试上张水部》："妆罢低声问夫婿，画眉深浅入时无？"皆言女子自画也。若汉时张敞为妇画则几至获罪矣。《汉书·张敞传》："又为妇画眉，长安中传'张京兆眉怃'。有司以奏。上问之，对曰：'臣闻闺房之内，夫妇有私，有过于画眉者。’上爱其能，弗备责也。”敞妙语解颐，亦一逸事。

夫古之画眉又谓扫眉。白居易有“蛾眉用心扫”诗；温庭筠《南歌子》有：“倭堕低梳髻，连娟细扫眉”词。

汉后画眉之风盛，其式亦随之繁，至玄宗时致有十种。唐张泌《妆楼记》载：“明皇幸蜀，令画工作十眉图。一曰鸳鸯眉，又名八字眉；二曰小山眉，又名远山眉；三曰五岳眉；四曰三峰眉；五曰垂珠眉；六曰月棱眉，又名却月眉；七曰分梢眉；八曰还烟眉，又名涵烟眉；九曰横云眉，又名横烟眉；十曰倒晕眉。”纳兰容若《齐天乐·洗妆台怀古》词谓“冷艳金消，苍苔玉匣，翻书十眉遗谱。”知清初尚有十眉谱存也。

呜呼，妆台弄巧，女子之性也，而眉之画岂真使之美乎？美者自美，施粉画黛安能易其容焉；丑者自丑，若漠母之效西子，即以十眉画之其复丑矣。其真美者，素面临人，而愈显其美矣。

黄帝为专制之祖

长沙易白沙尝著《帝王春秋》，引《韩非子·扬权篇》：主施其法，大虎将怯；主施其刑，大虎自宁；法刑苟信，虎化为人，复反其真。欲为其国，必伐其聚；不伐其聚，必将聚众。欲为其地，必适其赐；不适其赐，乱人求益。彼求我与，假仇人斧；假之不可，彼将用之以伐我。黄帝有言曰：“上下一日百战。”下匿其私，用试其上；上操其度量，以割其下。

白沙谓韩非其文皆演绎黄帝百战之旨，故以黄帝为专制之祖，于群臣百姓，如交战团体，每日战百次，四千载百姓与虏无异也。《道德经》六十五章曰：“古之善为道者，非以明民，将以愚之。民之难治，以其智多，故以智治国，国之贼；不以智治国，国之福。”白沙于老子言则直谓“古之善为道者，即指黄帝一流人物”。

呜呼，吾中华盖以黄帝为始祖也，而白沙谓之专制之祖，其言虽激，盖有因也。余杭章炳麟尝为白沙传，述其事迹谓：“发意欲驱建虏出之大幕，故与民党尤昵。清宣统三年，武昌兵起……白沙子集学生为青年军，以遮诸军剽略。”白沙乃民初激进青年也。其时帝制方毁，热血者皆罪满清，而白沙则历诟五千载帝王之专制，致黄帝不能免也。然若究其初也，则黄帝、炎帝、蚩尤皆部落之酋长，其所行皆专制，何可专责之黄帝欤？况以斯时民主之论而求之于黄帝者，其激愤之情固可恤，而所论安可附之哉。

嘉庆帝封越南国号

据张品端先生考，越南于1802年建阮朝，阮福映称帝，建元嘉隆，定都顺化。阮初，福映帝遣使纳贡于大清且请封，乞改定国号。嘉庆帝乃封福映为国王，命以“越南”为其国号。盖其时清与阮朝宗藩之属也，越南国名由是沿用至今。噫，彼越南者，国号尚为吾大清所封，今竟觊觎中华之南海，尤为可憎焉。

甲骨四堂

甲骨四堂之说，始于钱玄同。甲骨之学术奠基于四堂，人无异见，四堂亦皆一时才士也。然志向所异，人生际遇，令人扼腕也。

雪堂罗振玉，字叔蕴，光绪辛亥于刘铁云处初见甲骨墨本，惊谓汉以来未之见也，遂促编《铁云藏龟》刊行。昔之“龙骨”药物始获新生矣。观堂王国维，字静安，随罗氏而学甲骨。其源于罗而不拘于斯，颇多创见，首立考史一目，终成大家。彦堂董作宾，以西洋之术用于殷墟之发，于甲骨卜辞作断代之研，誉为泰斗，名实相副。鼎堂郭沫若，亡扶桑始涉甲骨，其治甲骨以探中国社会之起源为目的，适时也。人谓以马列之法征引甲骨者，鼎堂第一也。

唐兰先生尝曰：“卜辞研究自雪堂导夫先路，观堂继以考史，彦堂区其年代，鼎堂发其辞例。”善且宜矣。四堂皆一时才俊，然其终概令人哀之。

呜呼，何世而无才俊之士，才俊之士而幸终其身者，鲜矣。

江南三织造

清承明制，于江宁、苏州、杭州三地设织造局，史称“江南三织造”，隶内务府。甲申夏余游江宁见其旧迹，无复恢宏之制也。织造之官，职微而权重，论其职仅五六品耳，然督抚亦侧目视之。盖织造之员乃上之所委，其所司以供奉内廷“御用礼服，及四时衣服，各宫及皇子公主朝服衣服”为表，实乃上之耳目矣。清制，凡外官，督抚可上折奏，布政使、按察使属亦依例由督抚转递。然织造之员则可上折，且享密札之权，故地方官吏皆为之侧目也。上亦视织造为己心腹，凡有疑难事皆询之织造，上下言语亦无冗文，皆私家话也。余藏《李煦奏折》，内御批多大白话，绝无官场之冗文。

康熙间任江宁、苏州织造职一甲子之久之曹氏即满洲整白旗包衣。其祖本汉人，于沈阳降后金，随多尔衮入关，为“从龙勋旧”。故其后及戚族多任织造之职矣。

治红学者，须明此中关节。

金字牌

《说岳》述宋绍兴十年岳飞北伐，连克蔡、郑、洛阳诸地，郾城大捷而欲渡河，方其时，高宗秦桧以十二道金牌逼其鸣金，冤死风波亭。其事街巷小儿皆能言之，然所谓金牌者人鲜知也。

盖金牌之制创于宋神宗时，沈括《梦溪笔谈》卷十一云："金子牌急脚递，如古之羽檄也。以木牌朱漆黄金字，光明眩目，过如飞电，望之者无不避路，日行五百里。有军前机速处分，则自御前发下，三省枢密院莫得也。"传持金牌以马接力转递，自京师至成都，日行四百余，十有八日可达。

窃谓金字牌之制盖因以宋之形势也。终宋一代，辽、西夏、金、元皆以军事而逼，军情莫测，时有变故；而其内则民乱频起，亦必欲平之。然宋时将不专兵，兵不识将，凡军之调均出于中枢，故必创金字牌矣。呜呼，将在外而必受之于君命金牌，岂为兵之道哉？以岳少保尚制于一木牌，宋之亡必矣。

凯旋与凯乐

凯旋者，胜而归也。旋，归也，而凯之义何谓乎？盖其源于古之礼俗也。

《尔雅·释天》："南风谓之凯风，东风谓之谷风，北风谓之凉风，西风谓之泰风"，南风因其催万物而使之长，人喜之，故以"凯"称焉。凯风先民视之为和祥之风，《诗经·邶风·凯风》云："凯风自南，吹彼棘心；棘心夭夭，母氏劬劳。"凯风乃母性之徵也。恩之所及，犹如风之及物，用之乐即凯乐焉。然乐之用有其制也。上古之时，国之大事祀与戎也，《礼记》云："天子将出征，类乎上帝，宜乎社，造乎祢。"鲁庄公时有曹刿论战，即可窥临征祭祀之事。征伐得胜而归，必报于"社"。《周礼·春司乐》："王师大献，则令奏恺乐"，郑玄注"大献"谓"献捷于祖"，"恺乐"谓"献功之乐"，此制沿袭至清犹存。古乐中若"朝天子"类即凯乐矣。凯乐者表其功乃神灵祖先之恩德若使万物之长之凯风也。故凯乐为征伐胜而于庙堂所奏之乐。

至战国时，凯乐出乎庙堂。《左传·僖公二十八年》记晋楚城濮之战，晋大胜，"振旅，恺以入于晋"。《春官大司乐》云："王师大献，则令奏恺乐。"晋军败楚，归途即奏"恺乐"，无复专奏于庙堂也。故后之世于得胜之军之颂辞谓之"凯旋"也。据《新唐书·礼乐志》载："武舞曰'凯安'，郊庙朝会同用之。""凡命将出征，有大功献俘馘，其凯乐用铙吹二部，乐器有笛筚篥箫笳铙鼓歌七种，迭奏《破阵乐》等四曲”，宋人郭茂倩编《乐府诗集》之“郊庙歌辞”中即有“凯安”之词。而今人复有于“凯旋”词后附以“而归”则蛇尾焉。

康乾六下江南之褒贬

康乾祖孙皆尝南巡，民间所谓六下江南者是也。清季及民国间野史戏曲尤多演义之，故南巡事迹坊间流传甚广。然考其行迹，迥然有别，不可同日语矣。余年来喜阅清史及遗闻逸事，姑以陋见而褒贬一二。

康、乾于位时，皆以巡视河工、咨访吏治民情名，六下江南，历时二三十载，似无二致，然考其行事则有别也。玄烨自康熙二十三年始讫四十六年，六下江南，开清帝南巡之盛举。其行之旨固在河工。明末清初，战乱频仍，黄河失修，淤沙堵塞，时成水患。顺治至康熙初，河之大决口即八十余，以至宿迁以东“民田皆成巨浸”，危及淮及“南北之咽喉，军民之命脉”之运河。东南岁四百万石漕运每因河患而阻。玄烨乃谓：“黄、淮两河关系运道民生，最为紧要”，故列为国家三大事之一。其南巡亲临工地，视察河务，了解“河势之汹涌漶漫，堤岸之远近高下”，终康熙之世，水患受之制已多矣。以其咨访吏治民情论，谒孔庙、拜禹陵、祭明太祖陵，以示崇汉之祖；广增学额以示恩宠；考察吏治，视情而决迁免。其行“躬行节俭”，“简约仪卫，卤薄不设，扈从者仅三百人”，诫曰：南巡乃“为百姓阅视河道，咨访闾阎风俗”，“非为游观也”。以至二十三年南巡至江苏，“御舟已入邑境，县令犹坐堂决事”。殊属可贵矣。

弘历之南巡则不然，其承祖恩，经顺、康、雍近百年之治，国势强而固，实乃富贵天子也。睹其父南巡“盛典昭垂，衢谣在耳”，亦效而巡也。自谓“予临御五十年，凡举两大事，一曰西师，一曰南巡”。其之巡也，名之曰视河工实乃为山水园林之游，假南巡之机而“眺览山川之佳秀，民物之丰美”。每于巡前指亲王一人任总理所营事务大臣，甚行路，修桥路，葺名胜，建行宫，随扈达两千五百余。陆路用马五六千，车四百余，征夫役无数；水路则用船一千余，首尾衔接，声势显赫，且沿途建行宫三十余处，皆“陈设古玩并应用什物器皿及花盆景致之类”。（《南巡事宜》）两淮之盐商豪富也，每于其巡则献纳巨款，上不拒之，且赞之曰“踊跃急公，捐输报效”，恩赏有加。靡费之风既开，群起效尤，其害大矣。南巡六而至“民财日以竭，民风日以奢”，国势由是衰矣。待其危方悟“六次南巡，劳民伤财，作无益害有益”。（《清史稿·吴熊光传》）虽有追悔，为时晚矣。

呜呼，由是而知创业之艰而毁坏之易也，有清一代，世人俗谓康、雍、乾盛世，乾隆实由盛而衰之始也。为政者能无惕乎？

科举不公

自隋唐行科举取士，为政者皆严峻其法，故科场之案历朝均存。唯元时科举其制即不公。

夫元人轻科举，初废之，至仁宗皇庆二年方定选举之法。据《元史》载，凡与考者，蒙古、色目之人首场经问五条，《大学》、《论语》、《孟子》、《中庸》内设问，以朱子章句集注为准，二场策一道，以时务出题，限五百字。汉人、南人则首场明经、经疑二问，四书内出题，并用朱子章句集注，限三百字。二场以古赋诏诰章表内科一道。三场策一道，经史时务内陆题，限千字。若蒙古、色目之人愿试汉人、南人科，中选者则加一等注授。

窃谓科举取士乃国之本，焉能以四等人制而行之哉。其制既失之公，故终元一朝亦无才智之士为之选，此亦其速亡之因也。

咳唾杀身

今人咳唾随意，不以非礼，然古时以之重。《礼记·曲礼》以“让食不唾”为之礼；《礼记·内则》以“在父母姑舅之所，不敢唾洟。”为敬侍父母之礼仪。甚有因咳唾致杀身者。据《魏书·李栗传》：北魏左将军李栗“性简慢。矜宠，不率礼度。每在太祖（拓跋珪）面前舒放倨傲，不自祗肃，任情咳唾。太祖积其宿过，天兴三年遂诛之。”又有因咳唾而致迁者，《魏书·杨播传》载：杨播之子杨津“少端紧，以器度见称。年十一，除侍御中散。于时高祖（拓跋宏）冲幼，文明太后临朝。津久侍左右，忽咳逆失声，遂吐数升，藏衣袖。太后闻声，阅而不见。问其故，具以实告。遂以敬慎见知，赐缣百匹，迁符玺郎中”。降至明，则于咳唾之事入于刑也。《明史·礼志》载：宣德七年，“大祀南郊，帝御斋宫。命内宫水使，饮酒食荤，入坛唾地者，皆罪之。司礼监纵容者同罪。”

嗟夫，咳唾之道或致诛或致迁，其岂咳唾使之然焉？李栗之诛以其宿过，杨津之迁因其敬慎耳。夫咳唾之道，礼也，礼不下庶人，故古之素重者而民不习也。尝闻李鸿章逸事，谓其于洋务中与西人会，时咳唾而吐于毯，人告以当偿百金，仍唾如故，天朝之威不坠矣。

梨园弟子乃乐工

世俗皆以“梨园弟子”谓戏曲艺人，殊不知其初乃乐工之谓也。《新唐书·礼乐志十二》：“玄宗既知音律，又酷爱法曲，选坐部伎子弟三百教于稍园，声有误者，帝必觉而正之，号‘皇帝梨园弟子’。”盖梨园弟子乃谓乐器演奏者，犹今之所谓“乐队”者也。刘禹锡《酬杨司业巨源见寄》诗：“渤海归人将集去，梨园弟子请词来。”即谓乐工也。至元明，散曲兴，凡勾栏中人皆称之谓“梨园弟子”，不复乐工专谓矣。高则诚《琵琶记》开场即曰：“今日梨园弟子，唱演琵琶记。”《珍珠塔》十八回：“做个梨园弟子播宫商。”可证之。

两晋妇女洒脱

余阅《世说·贤媛》，凡三十二条，多以才智著，于妇德鲜可称者。故季豫先生以为“题为贤媛，殊觉不称其名。”夫魏晋之时，玄风炽盛，礼教衰微，玄学破儒家之锢而任自然，为一时之风。故斯时妇女言语举止洒脱任真，不类宋元以下者也。“贤媛”一门所载两晋妇女多卓识，若谢遏姊之神情散朗，许允妇之才智敏捷，皆有林下之风也。

夫斯时崇“礼岂为我辈设”，妇人之行止亦世风使然耳。谢道韫大薄其夫王凝之浅薄，王戎之妻蔑夫“于礼为不敬”，况复畅游于山水之中，浪迹于酒乐之宴哉。其希冀林下、追踪高范之行，舍两晋而不复见矣。

唐修《晋书》，《列女传》仅三十四人，而五人出于外族。其晋人行义足尚者，十余人耳。人谓晋之妇教，最为衰敝也。故余嘉锡评曰：“夫君子之道，造端夫妇。故《关雎》以为风始，未有家不齐而国能治者。妇职不修，风俗陵夷，晋之为外族所侵扰，其端未必不由于此也。”

辽朝行北南二制

余阅《辽史》，观其所行礼仪有南北之分，后满人入关所行事颇多相似处。

盖契丹耶律氏建辽，自太宗耶律德光据燕云十六州，即立“以国制治契丹，以汉制待汉人”之策。礼仪衣冠之制亦南北有所别，然所谓国制之礼实已融汉之文化也。辽时礼仪多仿于唐、宋制度，以衣冠言，“太后与蕃官皆国服，帝与汉官即汉服”，帝尚衣汉服，故人称“辽家遵汉制”也。

观夫《辽史》，其述族祖事迹尤有趣，与清史之述满族祖事颇合。盖辽人重祭祀，尤以祭山为大仪。所祭之山为木叶。据《契丹国志》载：“昔相传有男子乘白马浮土河而下，复有一妇人乘小车驾灰色之牛浮黄河而下，遇于木叶山，顾合流之水，与为夫妇，此其始祖也。是生八子，各据分地，号曰八部落。”故辽人视木叶为契丹之发祥焉。辽既兴，即建南北始祖庙于木叶，岁祭奠。

及太宗军助后唐石敬塘称帝建后晋，于幽州大悲阁迁白衣观音于木叶，奉为家神，视为至尊，则不明其因也。满人入关所祭撤满神尚属祖神，契丹之族直以佛门假之，其文化陋鄙可窥矣。余谓契丹之族勇猛骑射之人耳，固无文化之传，是以驰骋漠北仅数百年，及其消声则何其迅也，今之中华无契丹之族存，盖其文化已灭焉。

凌迟之刑

读史多见有所谓“凌迟”之刑者，然不明其刑之状。钱大昕《十驾斋养新录》谓其始于五代，其据陆游《渭南文集》，“五代多故，以常法为不足，于是法外特置凌迟一条”。查《旧五代史・刑法志》，五代后晋开运三年，窦俨奏有于例律之绞斩二刑外“不守通规，率肆性情……以短刀脔割人肌肤者”，乞求禁之。晋出帝云：“有罪宜从正法……宜依所奏，准律令施行。”

凌迟之刑，据《国史旧闻》载明史料云：太监刘瑾被“凌迟三日”，“例该三千三百五十七刀，先十刀一歇一喝。头一日该先剐三百五十七刀，如大指甲片，在胸膛左右起初开刀”。又有郑鄤之凌迟，“黎明脔割之旨乃下。行刑之役俱提一小筐，筐内均藏铁钩利刃。时出刃与钩，颖以砂石磨利之。郑鄤坐于南牌楼之下，科头跣足，对一童子嘱咐家事，絮絮不已。鼎沸之中忽闻宣读圣旨，应剐三千六百刀，刽子手百人群而和之，如雷震然，人皆股栗。炮声响后，人拥挤至极，原无所见，下刀之始，不知若何。但见有丫之木，指大绳勒其中，一人高距其后，伸手垂下取肺肝两事，置之丫巅。忽又将绳引下，聚而割之者如猬。须臾小红旗向东驰报，风云电走，云以刀数报入大内。”余阅之毛骨为之竦然矣。俗语谓“千刀万剐”，尝以其酷固然，然何至千万焉？阅此方知其然也。

凌迟之成正刑，始见于《辽史・刑法志》：“死刑有绞、斩、凌迟之属”。可窥契丹人之残矣。自元而至清，凌迟之刑赫然载之于法典也。《元史・刑法志》“死刑：斩、凌迟处死”。《大明律・刑律・盗贼》载：“谋反大逆：凡谋反谓谋危社稷大逆谓谋毁宗庙山陵及宫阙但共谋者不分首从，皆凌迟处死。”《大清律》同之。

据《清史稿・刑法志》凌迟之刑至光绪三十一年方废，时大臣沈家本奏请删除凌迟等重刑，清廷准以凌迟及枭首戮尸等法“永远删除，俱改斩决”。

刘、阮采穀入天台

南朝刘义庆《幽明录》载刘晨、阮肇入天台山遇仙女故事唐时已广传，刘禹锡“前度刘郎今又来”即用其典。《幽明录》宋以后不复存，“刘郎”篇存于《太平御览》引文，“汉明帝永平五年，剡县刘晨、阮肇入天台山取穀皮，迷不得返。”鲁迅《古小说钩沉》照录之。今人多谓“取穀皮”为入药耳，《辞源》亦袭其说，吾以为误也。

穀，树名也，即构树，皮可造纸。《诗经·小雅·鹤鸣》：“爰有树檀，其下维穀。”《后汉书·周党传》：“乃著短布单衣，穀皮绡头，待见尚书。”陆玑《毛诗草木鸟兽虫鱼疏》：“今江南人绩其皮以为布，又捣以为纸，谓之穀皮纸。”两晋时，穀树皮已为造纸之料也。其所谓穀皮纸即皮纸也。故吾谓刘、阮入天台取穀树皮乃为造纸也。

刘秉忠建元大都

今之北京城始建于元大都，主其营建者邢州刘秉忠也。秉忠字仲晦，当其幼邢州为蒙古治所，及长任吏，寻弃官投全真教，号藏春散人，复投虚照大师门下为僧，法名子聪。十年间身历官、道、佛之门，兼通儒释，尤精于易。

宋理宗淳祐二年，秉忠赴和林见赏于忽必烈，上书万言，谓马上可征天下然不能治天下，唯取法三王之道，倡三纲五常之说，方可至汉唐鼎盛之世，忽必烈深称之。及登汗位，秉忠多所予言，取《易》之“乾元”义建国号为大元，凡朝仪之制多所建言。至迁都燕京，秉忠主都城之规划营建也。

夫秉忠之规划，承古都城之制，“前朝后市，左祖右社”，且以参领中书省事主宗庙、宫室之营建。大都之坊市弃汉唐而来之封闭，废坊坊间之危墙，宫殿之营建尤胜辽金旧制，至街衢、坊制、坛庙、衙署皆其匠心独运矣。

于戏，乱世之时必有奇才显，秉忠固兼通三教，如无明主之赏，或亦一道一僧耳。元世祖一时英才也，故慧眼而识秉忠，君臣相得益彰，以成秉忠之功业焉。凡其卒，世祖赠太傅，追赵国公，有元一代，汉人而三公者，独秉忠一人而已。有《藏春集》传于世。

刘谨创罚米法

《明史·刘谨传》载，刘“复创罚米法，尝忤瑾者，皆擿发输边”。其法未载《大明律》，乃瑾自创者也。所谓罚米之法，以罪之轻重而定罚米之数与输边之远近也。

其法之酷不在米数之多寡，在所罚之米概需输边。正德间，右副都御史张鼐因罪于瑾，“下诏狱，令其家人输米辽东，鼐坐输二千石，以力不办，系辽东”。

呜呼，法者，国之纲也，一阉宦而以私意制之，纲纪败坏，一致于斯。夫明至中叶，上疏于政，宦竖擅权几近于狂，其予朝政遑不论之，易更创法竟达八十余也。阉宦之心性固异于人，以其所创之法亦每出人心思者。求之秦汉唐宋之律，亦有罚米之惩，然所罚皆偿人所损或入于库，无如瑾之以所罚而责之远输于国之鄙矣，其所输之费实百倍于所罚之米焉。

瑾复创枷法，亦异于前之诸朝，其大枷有重至百五十斤者，受者三二日而亡。后更有枷三百斤者，多未期日而亡焉。余幼时值大劫之年，见有悬牌而批者，其牌亦有百余斤，受者多不堪，不亦瑾之遗风乎？

绿营兵

清季于八旗外复置绿营，乃入关后新募之汉人军也。然八旗驻防兵由于世籍，绿旗各营兵由于招募。八旗之军自入关渐趋骄横，怠于武事，至顺治时凡有事多赖于绿营之兵也。

夫清时京师及各省皆置绿营。据《会典》京师称巡捕营，隶步军统领；各省列汛分营，总督统之者谓督标，巡抚统之者谓抚标，河道统之者谓河标，漕运统之者谓漕标。标之下设协，副将统之；协之下设营，参将、游击、都司、守备分而统之；营下设汛，千总、把总、外委分而统之。绿营之制盖设马兵、战兵、守兵，濒江河处则置水师。据《清史稿.兵志》二，绿营兵丁皆习弓箭、鸟枪、藤牌、长矛、云梯；水师则习水战。嘉庆十七年绿营兵凡六十六万一千六百七十一人。

清之八旗绿营皆为薪制，月定饷银，年给岁米，数目多寡则以所任职也。据《清史稿.食货》，兵饷所费为朝廷岁入之半，若有战事，则所费不可计矣。

顺治甲申清兵入关之初，凡战事乃以八旗满洲蒙古之兵为主，汉军次之，及顺治初则满汉军并重，后则以新旧汉军为主也。《清史稿·本纪》顺治十四年正月载顺治言“今八旗人民怠于武事，遂至军旅廪敝，不及曩时”。康熙十二年三藩事起，则八旗几不能战，所用四十万皆汉人之绿营，八旗仅殿于尾耳。然绿营之兵亦随八旗之旧，《清史稿·王鸿绪传》记，王鸿绪于康熙二十六年曰：“绿营提镇，纵兵害民。以及虚冒兵粮者，不一而足。”贪腐风起，军纪松弛，绿营亦若八旗矣。雍正八年后，清廷以事而募乡军及防军，绿营渐类虚设，每战皆贻，故人议裁汰也。观夫鸦战之势，知绿营之情焉。

孟子尊为亚圣始于东汉

孟子之尊为亚圣，其始于何时，言者不一，近见有学者谓亚圣之称始于大清，谬也。

夫东汉学者赵岐于《孟子题辞》云："著书七篇，二百六十一章，三万四千六百八十五字。包罗天地，揆叙万类，仁义道德，性命祸福，粲然靡所不载，帝王公侯遵之，则可以致隆平，颂清庙；卿大夫士蹈之，则可以尊君父，立忠信；守志厉操者仪之，则可以崇高节，抗浮云。有风人之托物，二雅之正言，可谓直而不倨，曲而不屈，命世亚圣之大才者也。"

元时，封孟轲为"邹国亚圣公"，至明去封爵而称"亚圣"。《元史》卷七十六载："至顺元年，以汉儒董仲舒从祀。齐国公叔梁纥加封启圣王……孟子，邹国亚圣公。"余尝游于鲁，于邹县孟庙见元文帝至顺二年御制圣旨碑。碑以蒙汉文镌："皇元圣制，上天眷命，皇帝圣旨：'孟子百世之师……可加封邹国亚圣公。'"此当为帝皇之始尊其"亚圣"也。

据《明史》卷五十载，嘉靖九年，大学士张璁言："先师祀典，有当更正者。"帝命礼部会翰林诸臣议，议为："人以圣人为至，圣人以孔子为至。……其四配称复圣颜子、宗圣曾子、述圣子思、亚圣孟子。"盖去其封爵而易为"亚圣"。清沿明制，一仍其旧，《清史稿》记之详焉。

明初皇室殉葬

春秋之时尚殉葬，战国而为俑，孔子不忍，谓"始作俑者，其无后乎"，后以人殉者鲜也。余阅《明史》及《万历野获编》，明初之皇室仍行嫔妃宫女殉矣。

史载太祖孝陵有妃嫔四十人以身殉，成祖长陵有从殉妃嫔三十余，仁宗献陵七人，宣宗景陵十人，自洪武至宣宗卒，三十七年四帝皆以妃嫔宫人殉，盖为明初之制也。

殉葬之制，史载语多不详，斯亦知其非礼也。据野史载，明初有子且封藩者不当殉，册封贵妃者不当殉，子为皇太子者尤不当殉，母家有旧勋者则可"恩免"。《明史·后妃传》载有宫女郭爱，殉前书绝命辞，读之凄惨而催人泪矣。"郭嫔，名爱，字善理，凤阳人。贤而有文，入宫二旬而卒。自知死期，书楚声以自哀。词曰：'修短有数兮，不足较也；生而如梦兮，死则觉也；失吾亲而归兮，惭予之失孝也；心凄凄而不能已兮，是则可悼也。'"是以才女殉也。

英宗朱祁镇史无善评，唯临崩废殉，为人所称耳。事见《日下旧闻》卷三十四。

明清布政司辛亥后衍流百年

明改元行中书省为承宣布政使司，凡十三司，每司置左右布政使各一，掌一省之政。清定为督、抚属官，司一省之财赋人事，与司刑名之按察使并称两司也。辛亥后，诸官制随之亡，唯香港仍谓之布政司。盖港俗称布政司为藩司，律政司为臬司，沿满清之习。

布政司之名乃洪武帝所定。初，帝设十三省承宣布政使司，以分职官之权也。自清亡讫港归，布政司之名竟存之百年之久，亦一奇事矣。

《明史》可列前五史

史家素称《史记》、前后《汉书》、《三国志》为前四史，余直以《明史》可列前五史。

《明史》凡三百三十二卷，顺治二年，满人入关翌年即置明史馆，自康熙十八年启修至乾隆四年刊印凡一甲子也。清廷诸帝重《明史》之修，当时大儒多予之，若张玉书、王鸿绪、张廷玉次第任总裁，黄宗羲之弟子万斯同出力尤多。其继师承，治史崇征实，重考证，严核是非，不信传闻，据明历朝《实录》并参以明人所撰史籍，亲撰《明史稿》。王鸿绪继而削删，复由张廷玉纂修而成。斯书编排精审，体例得当，列传尤可比之于太史公矣。盖其列传人物非独据其职与技长，而重其德操与行事。若李孜省、陶仲文辈皆擅方术，应归《方伎传》，因其假方术而谄事于上，故归之于《佞幸传》也。又列传之分合则以事系人，事系则合，反之则分。若文臣黄福、武将张辅，皆与征安南战事，故两传合而一；张玉、张辅父子，因事有别则分而为之传也。附传之编排则视事分合，直无一格。若清初兵破扬州，明官吏多有殉难者，附传则将文臣数十附之《史可法传》，武臣数十附之《刘肇基传》。

是书记事翔实而执中，于史事人物评论亦为平允。若谓张居正“通识时变，勇于任事，神宗初政，起衰振隳，不可谓非干济才”；于明亡之因谓“臣僚之党局已成，草野之物力已耗，国家之法令已坏，边疆之抢攘已甚……加以天灾流行，饥馑洊臻，政繁赋重，外讧内叛”，入木三分焉。唯于清入关前事及南明事讳隐不详，一憾。

《明史》之较之《元史》其功尤彰。余以为盖康雍乾三帝皆受汉文化之重大熏染，而朱元璋独一乞儿耳，主事者之功，岂唯张廷玉辈之功耶?

南朝“三书”

自南朝大小谢出，山水之诗笼举江左，刘勰《文心雕龙》谓：“宋初文咏，体有因革。庄老告退，而山水方滋。”大谢因景悟理，小谢以景托情，然皆以造化之美而究人生，亦诗坛之奇也。

南朝匪唯诗奇，斯文亦奇。大小谢以山水为诗，而吴叔庠独以山水为文记，可谓诗文联壁矣。叔庠之文记余独喜其三书，盖《与施从事书》、《与朱元思书》、《与顾章书》是也。郑振铎君谓其“皆为绝妙好辞，能以倩巧之语，状清隽之景”。三书皆数百字文，然若陆机《文赋》所言：“笼天地于形内，挫万物于笔端”。“函绵邈于尺素，吐滂沛乎寸心。”诗情画意竟蕴书牍小品之中，诵读之际，似展色墨淋漓之画卷，如吟晶莹隽秀之韵诗，实乃六朝文苑之奇葩也。据《梁书》载，叔庠“好学有俊才”，“文体清拔有古气，好事者或效之，谓为吴均体”。余谓三书，斥齐梁之纤弱靡冶而存其轻倩婉丽，不失魏晋古文之意韵矣。

今人于古文唯推唐宋八大家，而余独喜柳河东与东坡耳。取《永州八记》、《赤壁》二赋与三书相观照，其渊源明矣。

南朝宋武帝之遗藏

《宋书·武帝本纪》谓刘裕幼时“家贫，有大志，不治廉隅，事继母以孝谨称”。及登基，“清简寡欲”，“未尝视珠玉舆马之饰，后庭无纨绮丝竹之音”，“财帛皆在外府，内无私藏”。其于器用之具尤简，凡为帝者无之。《本纪》载：“宋台既建，有司奏东西堂施局脚床、银涂钉，上不许；使用直脚床，钉用铁。”上之有崇俭之德，故是时“内外奉禁，莫不节俭”。及其卒，孝武于其阴室发见“床头有土鄣，壁上挂葛灯笼、麻绳拂”。

呜呼，帝王之出身贫贱者非独裕，位九五而崇俭如斯者唯裕也。盖裕本北府将，其创业艰险胜于南朝诸帝，知创业之难故能简朴如斯。其所遗藏非金玉之属而皆田舍之具，其意蕴深矣。故孝武曰：“田舍公得此，以为过矣。”终宋一朝凡七传，岂知非田舍具之功乎？今有司严令禁奢侈，崇俭朴，盖奢糜之风盛也。观有宋一代无奢风，固裕之功矣。

南书房专权

清宫之南书房本玄烨读书处，十六年十一月诏“建立南书房于乾清门右阶下，拣择词臣才品兼优者充之”，实乃以之易国议也。

清初，行议政王大臣会议，称之国议，“凡军国重务不由阁臣票发者，皆交议政大臣。每临朝，坐中左门外会议，如坐朝仪”。权非上出，皆议于会也。玄烨设南书房始即亲铨官员，“非上所亲信者不得入”，入值者谓“南书房行走”。由是南书房直秉上意，撰拟诏谕，发布政令，与国之军政事矣。至雍正设军机处，复权归军机，而国议则名存实亡也。

余谓南书房之设固意在专权，然观其多用汉官，委之重任，则亦寓笼人之意也。凡入值者“饮撰给于大官”，“器具之属皆取于御府”，“珍果膳馐”则常“撤自御馔”，其礼遇之隆不复加，故时京官文臣皆引颈相望之焉。以清初计，汉官之入值者若陈廷敬、朱彝尊、徐乾学、查慎行、李光地、张廷玉、方苞皆一时才士也。然既以书房名，其亦兼司讲经论史，撰文作诗之职。高士奇即尝言：“余自康熙丁巳叨尘侍从，日直大内南书房，寒暑无间，将十有三年，日唯探讨载籍，与笔墨为伍。”康熙亦自谓“与诸文士赏花钓鱼，剖析经义，无异同堂师友”。

南书房自雍正设军机处后方名实相副，与清运相终焉。

女儿国源于佛经

读吴氏《西游记》皆以其西梁女国事为奇，自电视出，其咏女儿之曲尤为广传，人尽吟之矣。考其事实则源于佛典。

昔玄奘之徒慧立、彦琮撰《大唐大慈恩寺三藏法师传》，为神其师，间多述异事。卷四谓：“西南海岛有西女国，皆是女人，无男子，多珍货，附属拂懔，拂懔王岁遣丈夫配焉，其俗产男，例皆不举。”佛典《出曜经》卷二十一《如来品》之二，载罗刹鬼事，即《西游》西梁女国之源出焉。其谓：初，阎浮利商贾多不信佛，或遇恶风而舟至罗刹。罗刹之女皆美，佩奇珍，善待之。曰宝物任取，唯图妻之。中有智者窥其秘，皆罗刹鬼也。马王告曰：“凡心纯正且定者皆可归，然去女必啼，如存爱恋则不能归，唯意坚者虽系吾一毫亦可归。”后唯大智师子一人得归。其言女人国者喻人生之苦海也，云必弃情欲方可度矣。余品《西游》所述，立意盖源彼焉。

考之古史，亦有女儿国存焉，然未若《出曜经》之与之合。《后汉书·东夷传》曰：“海中有女国，无男人。”《山海经》亦有女儿国之载，郭璞注曰：“有黄池，妇人入浴，出即怀妊矣。若生男子，三岁辄死。”

秦灵公以公主妻河

河伯娶妇事见《史记》褚少孙补《滑稽列传》，今中学国文尚选之。余昔于斯文颇有惑，“邺三老、廷掾常岁赋敛百姓，收其钱得数百万。用其二三十万为河伯娶妇，与祝巫共分其余钱持归”，以至“其人家有好女者，恐大巫祝为河伯取之，以故多持女远逃亡。以故城中益空无人，又困贫，所从来久远矣”。三老、廷掾之恶行，岂其私为乎？三老乡官耳，廷掾辅吏耳，河伯娶妇事既见怒于民，令何以漠然？况谓“其从来久远”。初，余疑其为乡前贤之杜撰，因列之于滑稽焉。

近读太史公及庄周书，悟邺之为河伯娶妇事固有因矣。《史记·鲁周公世家》：“初，成王少时，病，周公乃自揃其蚤沉之河，以祝于神曰：‘王少未有识，奸神命者乃旦也。’亦藏其册于府。成王病有瘳。”周公剪指甲以沉于河，盖以代身也，犹后之曹孟德自断己发而代身类。《史记·诸侯年表》亦谓“秦灵公八年，城堑河濑，初，以君主妻河。”《索隐》谓：“初，以此年取他女为君主，君主，犹公主也。妻河，谓嫁之河伯。故魏俗犹为河伯取妇，盖其遗俗。”呜呼，灵公之前，公主尚妻河，况民女乎？又，《庄子·人间世》：“人有痔病者，不可以适河。”周谓沉人于河而祭也。祭必恭，故有污疾者不以祭，是亦述以人祭河也。

窃谓妻河既倡于君，故其礼隆，用钱而至数百万，三老、廷掾以之为法，虽民怨而邺令不敢斥也。然其俗当属邺地耳，如一国皆是，则所谓“持女远逃亡”无益矣。他地无而邺独行，故豹方敢斥其妄且沈巫祝矣。微是则豹以区区县令之威焉能制三老、廷掾耶。

清初江南多女子诗社

余读《石头记》尤赏“秋爽斋偶结海棠社”事，“海棠诗社”之始末，自三十七回始而至七十六回止，凡历四十回，占雪芹之作半壁也。窃谓雪芹幼居江南，其书当有所见者。近阅《国朝闺秀正始集》，盖清初江南女子多能诗者，故亦多结诗社事，兹录一二以证之。

清初之江南，诗风炽盛，即女子亦多能诗者。盖富庶之地，士人悉以歌咏酬唱为家庭之乐，影响所及，闺中亦诗才辈出矣。胡文楷谓：“清代妇女之集，超轶前代，数逾三千。”可谓空前未有，极一时之盛也。

康熙间，仁和顾之琼招诸女而结“蕉园诗社”，七子中林以宁乃顾之媳，钱凤纶为其女，艺林传为美谈。斯社之举异于世俗，据时人载：“是时，武林风俗繁侈……季娴独漾小艇，偕冯又令、钱云仪、林亚清、顾启姬诸大家，练裙椎髻，授管分笺。邻舟游女望见，辄俯首徘徊，自愧弗及”。风流儒雅之状，读之尤可想见矣。若林以宁之《墨庄诗钞》、钱凤纶之《古香楼集》皆有遗也。

乾隆间，苏州有张允滋首结“清溪吟社”，十女号“吴中十子”，媲美西冷也。嗣又选定诸作，刊《吴中女士诗钞》，附以词赋及骈文。艺林传诵，与“蕉园七子”并称。十子外，有比丘尼王寂居，时有酬唱，以释门之人故，未列诗社，其行迹若栊翠庵之妙玉，“槛外人”凡心未尽，诗情未泯矣。

时文坛才子亦喜以诗相召女弟子，袁子才即广纳女弟子并辑《随园女弟子诗》。

清代公主少子嗣

据《清史稿》，有清一代公主鲜有子嗣者，盖夫妇若君臣，如主奴、夫婿之见妇，低眉敛首，战兢惶恐，复何言床帏之乐焉。

依清制，公主之嫁曰“下嫁”、“下降”，或“厘降”，示以龙廷而屈尊入于夫婿之家也。额附娶公主亦不谓娶，称之“尚”，尚者上也，上附而攀之于龙廷也。固伦公主之秩类亲王，然固伦额附之秩仅类固山贝子；和硕公主之秩类郡王，然其额附之秩仅类镇国公。故于公主言，秩高而少爱，位尊而寡情，实一悲情人耳。

清制，公主之大婚后九日，率额附“归宁谢恩礼”。公主入而额附于乾清宫内右门外行礼，非特旨不得入。归宁礼毕公主迁公主府邸居，额附仍归旧家，非宣召不得面。且额附需日晨昏问安于妻，其式若儿女之问安于双亲，臣子问安于君主，稍违制则为大不敬也。若此夫妇安存人伦之乐哉？是以公主鲜子嗣也。

或曰，公主何不日召之焉？盖公主复受挟于保姆，如宣召额附须首肯于其，故多有贿之。野史多有载其事者。传道光帝之大公主下嫁符珍。婚后数召均止于姆，竟至岁未面。及归宁，直以告父，帝曰：“夫妻之事，姆何禁？尔自主可也”。公主奉旨立斥姆，即宣符珍。夫妇情笃，有数子女。

于戏，夫妻枕席尚须重贿于保姆，亦清廷之奇事也。民间之夫妇尚多举案齐眉，融融天伦，独皇家之女不得享，夫乃公主之幸耶或悲耶？坊间百姓每喜言中状元，召驸马事，以为人间极乐，其安知额附之哀耶。

清末始制国歌

吾国千载而来，向无国歌之谓。清光绪间，曾纪泽使西洋诸国，感西夷礼仪皆有国歌，以是呈奏“国乐”，未准。光绪二十一年，新建陆军，朝廷制军歌一章，域外即以之权为大清国歌也。

宣传三年，朝廷方首制国歌，名之为《巩金瓯》，词曰：“巩金瓯，承天帱，民物欣凫藻，喜同袍，清时幸遭。真熙皞，帝国苍穹保，天高高，海滔滔”。未及传而金瓯碎矣。

民国初，沈恩孚、沈彭年尝为国歌词曲稿，其词为："亚东开化中华早，揖美追欧，旧邦新造。飘扬五色旗，民国荣光，锦绣河山普照。我同胞，鼓舞文明，世界和平永保"。革命党之风貌尽显，殊非《巩金瓯》之强为粉饰也。八年，章太炎议以相传上古舜作《卿云歌》配乐而为国歌，其词为"卿云烂兮，纠缦缦兮，日月光华，旦复旦兮"。佶屈古奥，人多不解其义。

清末新政之高校招生

光绪二十九年癸卯，清廷颁行《奏定学堂章程》，明令全国设近代之高、中、初三级新制，史称"癸卯学制"，斯为今日教制之奠基也。其最高者为大学堂，如京师大学堂；大学堂之下为高等学堂与大学预科，大学堂设进士馆"令高等学堂毕业者入焉"。进士馆所招者为新中举之人。其教制虽同于今，然需"同等学力"之科举身份，如中等学堂毕业即授予举人。其制名为新制而仍存旧制焉。且无论各级均拒女子入学，盖维系封建之男尊女卑也。

儒家学派之前已有儒

儒、儒家及儒学，论者多不别之，而其义异也。儒，《说文》曰："从人需声"，盖儒乃人之一类也，然儒为何许人耶？儒家成派之前即有所谓儒者。《周礼·天官》云："儒以道得民。"郑玄注云："儒，诸侯保氏有六艺以教民者。"儒之称谓西周初已存。《论语·雍也》："女为君子儒，毋为小人儒。"可知仲尼之前儒之称存焉。

儒家学派建于春秋末，自西汉武帝独尊儒术，其派兴焉。然于儒家学派外仍有医卜星相及炼丹术士之流称之为儒，故《说文》释儒为"术士之称"。盖所谓儒者，汉时非儒家之专谓也。汉之后，儒家之外亦有所谓儒者。《史记·秦始皇本纪》记始皇帝屡遭术士若韩终、徐市辈欺，闻方士卢生惧长生方陷而亡，怒而"焚书坑儒"，此儒即非专谓之儒家，其所坑犯禁者四百六十余多为方术之士矣。

三国故事盛于唐

世俗之辈熟知之史事莫过于三国，盖缘于罗氏贯中《三国演义》之盛行也。演义者，虽多艺术之创造，其骨骼终不离大概矣。余阅《三国志》，裴松之注已多采奇特之民间传说，其注当为后世三国故事之肇始也。唐末李商隐《骄儿诗》曰："或谑张飞胡，或笑邓艾吃。"可窥三国故事已传于坊间。《东坡志林》记曰："王彭尝云：'涂巷中小儿薄劣，其家所厌苦，辄与钱令坐听古话，至说三国事，闻刘玄德败，颦蹙有出涕者，闻曹操败，即喜唱快。以是知君子小人之泽，百世不斩。'"至宋三国之演唱艺术已盛于世矣。民间演唱于史之传播不可小觑，或赞或贬尤胜于正史矣。今之知三国者，多为演义故事所致，庶几人获之于陈寿之著乎？治史者不可不惕之。

色目人

元世祖一统华夏，分民为蒙古、色目、汉人、南人四等，所谓色目者，盖元时视其居之西氏族概谓色目，或谓之西域人也。

夫色目之称其类繁也，然以回回居多，故或以回回谓色目也。据《元史》，色目之人去回回，有汪古、西夏、畏兀儿、哈剌鲁、唐里、钦察、阿速、阿儿浑等，欧洲氏族亦归其类。元末陶宗仪《南村辍耕录》"氏族"条载："蒙古七十二种、色目三十一种、汉人八种。"色目族人于元时位于二等，多有任显职者，若元太宗时回回人奥都剌合蛮，元世祖时回回人阿合马皆位大夫之列。

色目之人居汉地久，多浸润于中华文化，其博学如回回赡思，儒学如哈剌鲁人伯颜，诗人如萨都剌、丁鹤年俱回回也。元时之回回，即于中亚、西亚迁徙之奉伊斯兰教之突厥、波斯、阿拉伯及汉之各族相融。

山呼万岁

臣民面君呼万岁，秦时尚无例。凡所见或谓三呼，或谓山呼，初以山为三之假，及读《汉书·武帝纪》方知其始末。《武帝纪》载：元丰元年春，武帝封泰山"亲登嵩高，御史乘属，在庙旁吏卒咸闻呼万岁者三"。荀悦注曰："万岁，山神称之也。"汉武亦喜祥瑞者，事复见于诏书。山呼之制由是定也。《元史·礼乐志》载山呼之仪尤详：朝君之臣，先跪左膝，司仪者呼"山呼"，下叩头应曰"万岁"，再者亦复，至"再山呼"，下再叩头应曰"万万岁"。

山呼者，谓泰山之神呼也。空谷传声，人之习见，樵夫登山一呼，亦复应之，所谓庙旁吏卒闻之者，假以谀也。窃以为武帝岂不知其谬，盖内喜之耳。汉之后诸帝，亦岂不知其谬乎？皆内喜之耳。闻谀则喜，人之性也，世俗皆然，为政者亦不能免。

善战者省战

刘基《诚意伯文集》曰："善战者省战，不善战者益敌。省敌者昌，益敌者亡。夫欲取人之国，则彼国之人皆我敌也，故善省敌者不使人我敌。汤、武之所以无敌者，以我之敌敌敌也。惟天下至仁为能以我之敌敌敌。是故敌不敌，而天下服。"

斯言善矣。夫观史之所谓善战者众也，而卒以战亡，其焉为善战哉？春秋五霸皆所谓善战者也，战国七雄亦皆所谓善战者也，至嬴政亡六国而天下一，世无不谓其善战也，然仅二世而亡其国，其善战耶抑或不善战耶？敌者，人之欲也，人之有欲则敌生也，若无欲而敌其何生哉。故基谓"惟天下至仁为能以我之敌敌敌，"是故亦无敌焉。孔子以仁行天下，孟子以王道行天下，故千秋而来无敌也。韩信善用兵者，"多多益善"而将千军，诸葛善用兵者，运筹帷幄决胜千里，其皆身亡而国破，岂可谓善用兵者耶？仁者无敌，仁者善战也。

上官大夫未夺屈原稿

太史公《屈原列传》今之选本多矣，余阅其注谓上官大夫夺屈原所造宪令稿事，惑矣。传曰："怀王使屈原造为宪令，屈平属草稿未定，上官大夫见而欲夺之，屈平不与。"所见诸家皆谓上官见屈平稿而欲强夺之，屈平不予。噫，既明言怀王令屈平书国家之法，上官何以夺之？

夫夺者，古谓强而易之志也。《论语·泰伯》："可以托六尺之孤，可以寄百里之命，临大节而不可夺也。"杨伯峻训夺为动摇、屈服义。《论语·子罕》："三军可夺帅也，匹夫不可夺志也"，亦同其义。《礼记·儒行》："身可危也，而志不可夺也"，其义亦类。李密《陈情表》有"舅夺母志"语，谓舅强易母志而令改嫁也。

夫怀王之时，屈平欲行新政，上官之属欲阻之。屈平既作新法，则必有除旧布新之举，窃谓上官所欲夺者，屈平之新令之旨也。平不与者，未合其流也。焉有夺其书而已据之之理哉？一字之讹而误之于上官，可知读书不易也。

《诗经》十五国风之属地

《诗经·国风》采之于十五国，其属地注家多言之不详，余阅南治平所考，甚善，述之下。

夫《周南》、《召南》所采乃江、汉、汝水之域之风也，盖今之河南临汝、南阳及湖北之襄南、宜昌、江陵诸地。

《邶》、《鄘》、《卫》三国风实为一地，盖邶、鄘旧封国也，寻归于卫。其地括今河北磁县与河南安阳、淇县、滑县、汲县、开封、中牟、濮阳诸地。

《王风》谓都城也，即今洛阳及近畿地。其地约今孟县、泌阳、偃师、巩县、温县诸地。

《郑风》、《桧风》，两国相接，桧为郑灭，其地约今河南郑州、新郑、荥阳、密县诸地。

《魏风》之魏则非战国之魏也，古魏国于今山西芮城，后归于晋。《唐风》之唐则为晋之前，于今山西翼城、曲沃、绛县、闻喜诸地。

《齐风》源于春秋之齐，乃今山东之大部也。

《秦风》、《豳风》生于秦、豳二国，其地乃今之陕西境，豳地即今栒县与邠县也。

《陈风》生于陈，其地乃今河南淮阳、柘城及皖之亳县也。

《曹风》生于曹，其地乃今之山东西南之曹县、菏泽、定陶。

明乎十五国风所采之地，于其事物风俗则可详考，即今之民俗学者亦大有益焉。

《史记》与《通鉴》之别

或曰：《史记》写人状物多精彩纷呈，而《通鉴》则简约粗略。抑君实之才逊于太史公欤？实不知两书体例之异也。《史记》以文章称世，《通鉴》以记事称世，体异而落笔亦复陌路矣。世人多称太史公为史家，吾唯推其为文学家矣，盖其文所记以史家论则多有谬误，而以文学论则多可下酒拍案处。文学重描摹，史学重记事。重描摹者必于情事处添枝加叶，以塑其人物；重记事者则于情事处删繁就简，以求简约。故《朱子语类》载：问："读《通鉴》与正史如何？"曰："好，且看正史，盖正史每一事关涉处多。……《通鉴》则一处说便休，直是无法，有记性人方看得。"吾以为喜文学者可翻《史记》而研史者可读《通鉴》。周树人谓《史记》乃"史家之绝唱"，过矣。

"史记"乃古史通称

《太史公自序》曰："(父)卒三岁而迁太史令，䌷史记石室金匮之书。"䌷者，抽引古书故事而编也，故太史公所谓史记者，史之所记，乃古史之泛称也。后世以史记专称于太史公之著，始于三国。盖太史公之著成，或称《太史公百三十篇》，《汉书·艺文志》称《太史公书》，即司马公于其书亦时有史记言，若《周本纪》

谓“太史伯阳读史记”，《十二诸侯年表》谓“左丘明因孔子史记，具论其语”。故三国之前，称史记者，非谓太史公之著也。窃谓《史记》者，实《太史公记》之略称耳。

使节重容貌风度

孔子曰：“以貌取人，失之子羽”，然魏晋南北朝之使节则重其容貌风度。盖斯时乃战乱之际，故使节能纵横捭阖于各国也。春秋之时，战国之季，其恐同与魏晋也，然不闻使节有重容貌云，若苏秦辈岂皆堂堂相貌者欤?

《北史》卷四三载“南北通好，务以俊入相矜，衔命接客，必尽一时之选”。其时之风，凡为使节必具奇伟之容貌。孔明“少有逸群之才，英霸之器，身长八尺，容貌甚伟，时人异焉”。故其使东吴，孙权“睹亮奇雅，甚敬重之”（《三国志》卷三五）。南朝梁庾信“身长八尺，腰带十围，容止颓然有过人者”，数使东魏而魏君臣悦之（《北史》卷八三）。人传之有“捉刀人”之典，亦此风也。《世说新语·容止》记“魏武将见匈奴使，自以形陋不足雄远国，使崔季圭代帝，自捉刀立床头。既毕，令间谍问曰：‘魏王何如？’匈奴使答曰：‘魏王雅望非常，然床头捉刀人，此乃英雄也。’魏武闻之，追杀此使。”

使节之重容貌亦重风度，故斯时使节多风韵雅致之士人也。北魏李谐“幼有风采”，人称“神人”，与卢元明同为“邺下风流”。谐使梁，其文采风流惊武帝，曰：“朕今日遇劲敌。卿辈常言北间都无人物，此等何处来？”（《北史》卷四三）北魏与梁通和，“妙简聘使”，名士邢邵、魏收、魏子明入征。然邵虽“当时文人，皆邵之下”而不令出使，盖以其“不持威仪，名高难副”故也。（《北史》卷四三）。

世风嬗变，自古皆然，然则一国之使重其容貌风度唯魏晋矣，后世不复此风。

始皇帝筑高速之道

初，秦为拤固一统，始皇帝岁时巡行郡县，为求巡行之便则治驰道也。《汉书·贾山传》云：“秦为驰道于天下，东穷燕齐，南极吴楚，江湖之上，濒海之观皆至。道广五十步，三丈而树，厚筑其外，隐以金椎，树以青松。”夫以秦时六尺一步计，则其道宽三百尺矣，今之所谓高速之路何可及之。后复使蒙恬通道，自九原抵甘泉，堑山堙谷千八百里。道未通而始皇崩。

太史公尝云：“吾适北边，自直道归，行观蒙恬所为秦筑长城亭障，堑山堙谷通直道，固轻百姓力矣。”观嬴政筑咸阳，徙豪富，二百里内，宫观二百七十，又为阿房殿，百姓为之疲矣。秦二世而亡，岂非因乎？驰道虽广，不行之于民，而复为民苦，故秦之驰道亦速亡之道焉。

四面楚歌非两湖民歌

《史记·项羽本纪》云：“项王军壁垓下，兵少食尽，汉军及诸侯兵围之数重。夜闻汉军四面皆楚歌，项王乃大惊曰‘汉皆已得楚乎？是何楚人之多也。’”既而自为垓下歌，美人和之。

余数阅太史公此文，所惑者，高祖乃余乡沛人也，其军何以尽善楚歌焉？翻检辞书皆训楚歌即楚地山歌或两湖民歌。甚者谓楚声即楚歌，楚乐之音，故《垓下歌》及高祖之《大风歌》亦皆荆楚之歌，然余之惑终不解矣。夫依高祖言，其本沛人，起事初“收沛子弟二三千人”，入咸阳，居汉中，出关东，其军皆关中子弟，何能歌荆楚之歌欤？它军若韩信来于齐，彭越来于梁，刘贾来于寿春，皆非两湖之人，欲非楚人而歌楚声，难矣。依霸王言，其本下相人氏，随叔父项梁迁吴中，“遂举吴中兵，使人收下县，得精兵八千人”，所谓八千江东子弟者是也。李清照有咏诗曰：“生当为人杰，死亦为鬼雄。至今思项羽，不肯过江东。”刘与项逐鹿中原数岁，未达荆楚之地，史所明载，被围之垓下军何能熟谙荆楚之声焉？此余愈或之也。

近阅孟棣先生考楚之地域演变文，方释楚歌之惑。盖春秋之楚，其地在湖北，都城郢，楚盛时西北达陕西，西南达广西，东北达山东，后进至东海之滨，原吴、越之故地尽为楚有。故知楚汉所争之地，其初皆为楚之疆域。自白起破郢都，楚东迁，入江淮，故江淮之域亦谓之楚地。两汉分封诸侯有楚，其地非今之湖北而乃彭城。是以知垓下之楚歌乃江东吴地之楚歌，而非荆楚之歌也。

读史不易，学识陋若余者，尤不易矣。

寺院善女科

余尝游萧山竹林寺，寺于城厢惠济桥北堍，建于南齐间。后晋天福间，寺僧高昙“得异授而兴医业”，竟创女科。南宋绍定六年，谢皇后道清病笃，延寺僧净暹为之诊，旋愈。帝封净暹“医王”，赐寺名惠济，匾二，一曰“晓庵”，一曰“药室”。千载而来，衣钵相传，其寺僧皆通岐黄，尤以善用“太和丸”、“生化汤”著于世。今有《竹林寺女科秘方》、《宁坤秘籍》为医家所重。

释家寺院重清修，虽有以医修善根者，然未闻僧侣行女科也。《高僧传·义解一·于法开》载晋时僧法开，于旅逆遇妇人难产，令其进羊肉羹，并施以针，妇寻娩也。法开精岐黄并佛释，尝与支道林争即色空义，时人多倾支道林，法开遂至剡隐，创识含宗。其或为僧侣行女科之始也。

窃谓寺院之施女科，盖有其因也。大乘佛教宣比丘僧众习“五明”，非独佛学也，凡音韵、逻辑、医药、建筑、雕塑、绘画皆在所习之例，以之弘佛，普度众生，故释僧多有通岐黄者。僧医所诊，多以中医之法，雅而避俗，女疾者易受也。凡僧医之方，多以廉价之药，且多有已采而制者，众生所乐也，况赈济贫病，亦结佛家善缘矣。于女子而病疾者言，既虔诚于佛，则无不可言者，僧医据之而疗，其效莫大焉。于戏，余观今之僧侣，鲜有习五明者，唯事功德道场亦图阿堵耳。叹叹。

宋代官员冗滥之因

今之论史者，皆谓宋之机构臃肿，员多阙少，而官员冗滥之因乃科举取士之多也。近人张希清异之，以为宋之入仕之途广，科举取士外，尚有门荫补官、胥吏出职、进纳买官类。以嘉定六年例，四选总数为三万八千八百七十员，然科举取士不足十三，而门荫补官则占十六，故知两宋官员冗滥实乃门荫补官所致也。然较之于今，则宋之官员不为冗矣。

宋代投诉登闻鼓

古之明君，向重广言路，求纳谏，禁门外置登闻鼓即是，犹今之意见箱类。

登闻鼓始置于晋。唐时，长安、洛阳并置之。宋太祖即位即置鼓，至太宗淳化三年五月，诏置理检司，并置鼓于禁门外以达下情，名曰鼓司。至真宗，以为“开广言路，理国所先”为改“车驾每出，词状纷纭，洎自披详，无可行者”之况，诏：“诸人诉事，先诣鼓院，如不受，诣检院，又不受，即判状付之，许邀车驾。如不给判状，听诣御史台自陈”。夫登闻鼓初仅鸣冤投诉之具，后遂为朝廷信访之司也。鼓院、检院相制，类今之司法、检察之司。《宋史》卷一百六十一载：“登闻检院，隶谏议大夫；登闻鼓院，隶司谏、正言，掌受文武官及士民章奏表疏。凡言朝政得失、公私利害、军期机密、陈乞恩赏、理雪冤滥及奇方异术、改换文资、改正过名，无例通进者，先经鼓院进状；或为所抑，则诣检院，并置局于阙门之前。”

宋时，自太祖、太宗至真宗，皆重登闻案之处置。据史实，开宝六年三月，进士徐士廉击登闻鼓，诉宰相李昉知贡举不公，取舍不当。太祖即诏令贡院计落第士子凡三百六十，重考一百九十五，亲至讲武殿阅试，选诸人才，原考官李昉、杨可清算皆予坐责。登闻之案太宗尤重之，每有身自审处。淳化四年十月，京畿民牟晖击鼓诉其家奴遗母豕事，上亲听决，“诏令赐千钱偿其直”。

民之有屈则欲诉诸上，上欲知民情亦欲知诸下，登闻之用，通于上下耳。上下通则言路畅，言路畅则政治清，政通人和则天下治也。

宋代之酒肆

北宋一代榷酤制度定“三京”（东京开封、西京洛阳、南京商丘）官造曲，许民纳直以取。而“诸州城内皆置务酿造，县、镇、乡、闾或许民酿而定其岁课，若有遗利，所在多请官酤。”词人秦观即尝贬为处州酒税。据《东京梦华录》载，其时东京大酒肆七十有二，小者“不能遍数”。南迁后，国土少而酒肆反增。《武林纪事》载，临安大酒肆即二十有九，然临安之特色酒肆遍布胜于东京焉。若今之楼外楼类皆南宋酒肆之遗风也。《水浒传》写武二郎醉打蒋门神，谓其去快活林计十四五里，酤河之家即十有二三，几里有一酤酒处矣。至若景阳岗乃山野之处亦有“三碗不过冈”之酒旗，较之小杜“牧童遥指杏花村”之唐时又甚之矣。

余谓酒肆之盛乃世风所致也，今之酒肆若比之于宋，宋小巫矣。处州乃偏僻小郡，酤酒处亦近千家，少游当叹为弗如乎？

宋高宗恭俭

南渡后，宋高宗赵构践阼之初，躬行俭德，殊异于真宗后诸帝也。《清波杂志》卷一载：一日，语宰执曰：“朕性不喜与妇人久处，早晚食只麦饭、炊饼、煎肉而已。食罢，多在殿旁小阁垂帘独坐。设一白木卓，置笔砚，并无长物”。据陆游《老学庵笔记》卷一载，高宗于徽宗服中用白木椅，乃缘赵鼎、张浚作相主俭之故也。传绍兴初，徐康国为浙漕，进台州螺钿椅棹，高宗即命焚之。指御座曰：“如一椅子，只黑漆便可用，何必螺钿。”夫螺钿之器出于江西吉安庐陵，内府中物俱坚漆，或有嵌铜线者，甚佳。

于戏，宋自太宗后，奢侈之风渐行，上行而下效，民风为之易，国力为之衰。及靖康之难，相州渡河，贤相主俭，思陵方以恭俭貌于世，岂其性而喜俭哉。绍兴二年，修建康府行宫，以图进呈。被旨：“可只如州治修盖。一殿之费，虽未为过，而廊庑亦当相称，则土木之侈，伤财害民，何所又致。象箸之渐，不可不戒。”呜呼，府治之改行宫，实等新建，其费工力也必矣。然高宗之去华崇实，还淳返朴，致有中兴之称，终为善事矣。

宋国经之面具兵

鸦战时，浙江道台宋国经效宋狄青披发、戴铜面具例，使人购纸糊面具数百，招募三百余乡勇，装作鬼怪状，日于衙门昼夜演习。后有战事，遣都司率之出战，其败绩不复言也。此亦大清之气数如此，故有此等荒唐事也。

肃宗惜福

唐李德裕《次柳氏旧闻》记肃宗为太子时玄宗称其惜福事，今之在位者可戒之。其记曰："肃宗为太子时，尝侍膳，尚食置熟俎。有羊臂臑，上顾使太子割。肃宗既割，余污漫在刃，以饼洁之。上熟视不怿，肃宗徐举饼啖之，上甚悦，谓太子曰：'福当如是爱惜。'"

噫，玄宗亦知以俭教子也。然其一饼尚惜，何以遂杨氏一欲而不惜天下民欤？盖俭之为德人匪弗知也，而一溺于欲则不能自知矣。岭南鲜荔固美，万民之膏也，玄宗固惜一饼而不惜万民，其真惜物者欤？其戒子当惜福，何己不自惜之。人心之变卒莫能知者焉。余见今之富商巨贾，冠冕威严者弃珍羞如糟糠，斥千金如粪土，直不知惜福矣。

隋炀帝擅相术

《旧唐书·方技传》载："乙弗弘礼，贝州高唐人也。隋炀帝居藩，召令相己。弘礼跪而贺曰：'大王骨法非常，必为万乘之主，诚愿戒之在得。'炀帝即位，召天下道术人，置坊以居之，仍令弘礼统摄。帝见海内渐乱，玄象错谬，内怀忧恐，尝谓弘礼曰：'卿昔相朕，其言已验。且占相道术，朕颇自知。卿更相朕，终当何如？弘礼逡巡不敢答。帝迫曰："卿言与朕术不同，罪当死。"弘礼曰："臣本观相书，凡人之相，有类于陛下者，不得善终。臣闻圣人不相，故知凡圣不同耳。"自是帝遣使监之，不得与人交言。

炀帝以九五之尊而专于相术，亦一奇数也。初，帝以计除太子勇与越王秀，承隋家天下。后复迁乙弗弘礼为道术总管，以弘相法。为人君而惑于相术，其害甚矣，故值李氏兵起，发"好头颅，谁将斫之"之叹焉。

太平天国避讳改字

近人王文濡撰《太平天国野史》，以纪传体而述天国之史，虽以野史名之，而多史实也。余旧藏是书乃广陵刻印社影印，王氏叙议相夹，或评或点，殊多正史所不载者。

是书有谓太平天国避讳改字篇，书天国史者多未及。斯时天父名及诸王及王子孙名讳概改避之。若秀改绣、全改泉、清改菁、朝改潮、贵改桂、云改芸、山改珊、正改政、辉改挥、达改大、开改阶。致年月日地支亦改易之，若年改岁、月改期、日改旦、丑改好、卯改荣、亥改开。五行次序亦易为木水炎金土。

夫考古革命之君，亦多所更易，盖其势有不得不然者也，然于文字皆未有所创。唯南汉刘龑取飞龙在天义造龑字，武后取日月当空义造曌字，后世且深讥之矣。天国朝之窜易文字至数十，史之未见也。以避讳言，古之君主唯当时临御及庙讳耳，未若天国朝尊爵显秩之名亦讳之也。此皆首事诸王心雄而好矜异，其事虽细，而失人心，其害亦甚巨也。

天下第一无赖皇帝

周秦之际，礼乐破坏无遗。始皇当政，仁义不施，严刑峻法，焚书坑儒，终失天下。“世无英雄，遂使竖子成名。”汉之高祖乃无才无德，儒墨不沾之一亭长，何而“拨乱世反之正”而为一代帝王焉？吾羞乡贯为沛矣。阅《史记·高祖本纪》睹其诸般无赖行迹，每多感叹焉。

余谓高祖实乃中华“匹夫崛起而有天下者”之始皇帝也。其骑士尝与书生郦食其谓：“沛公不好儒，诸客冠儒冠来者，沛公辄解其冠，溲溺其中。与人言，常大骂。”粗野一乃如此，儒墨不沾者也。《郦生陆贾列传》载：“郦生至，入谒，沛公方倨床使两女子洗足，而见郦生。”恃气傲人如此，世之帝王无过其右者。及陆贾规其多读诗书，其竟狂言曰：“乃公马上而得之，安事《诗》、《书》。”顽劣浅薄，一至于斯。尤为世人所诟者，欲分父之羹也。初，项羽与沛公临广武而相持不下，时太公为人质于羽。羽于阵前以烹太公相胁，“今不急下，吾烹太公”。沛公乃曰：“吾于项羽俱北面受命怀王，曰‘约为兄弟’，吾翁即若翁，必欲烹而翁，则幸分我一杯羹。”其玩世不恭，不入人伦，竟至于此。然乱世之中则必此等人物方为英雄矣，儒墨之徒安能安邦哉。

晚清之白话文运动

今人但谓白话文之倡导兴于“五四”，晚清时实已有之也。斯时变法维新之士以开通民智为其要，而开通民智则必欲使民通文字，故倡导白话，谓白话、文言之取舍实关乎国之兴亡焉。

盖其时黄遵宪首倡语、文合一，谓“盖语言与文字离，则通文者少；语言与文字合，则通文者多：其势然也。”梁启超作《沈氏音书序》谓“中国文字，能达于上，不能逮于下”，“后之人弃今言不屑用，一宗于古，故文章尔雅，训词深厚，为五洲之冠；然颛门之士，或乃穷老尽气，不能通小学，而山海僻壤，百室之族，知书者往往而绝也”。康南海之徒陈荣衮之设譬尤为直率，其曰：“文言譬如古玩店，浅说譬如卖米店。一国之中，可以人人不买古玩，不可以一人不买米。”以为用文言而废白话，“是直率为无用之学而已矣”。光绪三十三年，白话报刊《演义白话报》于申诞，继而白话之书籍亦风行于世，即素以推崇魏晋文章之章太炎亦以为白话乃“径直易知，而能恢复智识，则其所化远矣。藉非不文，何以致是”。

文言、白话之争盖有其历史之渊薮，焉能以一概之耶？试看今日之域中，恢复国故之风炽焉，余直不知何以为智者矣。

万岁纪原

今见有撰史事者，凡臣见君皆呼“万岁”，谬也。

万岁一词始见于《庄子·齐物论》“参万岁而一成纯，万物皆然”，谓万年、万代也。杜少陵《荆南兵马使太常卿赵公大食刀歌》诗“万岁持之护天子，得君乱丝与君理”，亦其义。

查诸史籍，战国之时，秦王见蔺相如奉璧，田单伪约降燕，冯谖焚孟尝君债券，左右及民皆呼万岁，盖七国时，众所喜庆皆呼万岁也。然亦有喻死义者，楚王游云梦曰：“寡人万岁千秋后，谁与乐此矣？”《史记·高祖本纪》载：“吾虽都关中，万岁后吾魂魄犹乐思沛。”《三国志·魏书·武帝纪》裴松之注引孟德言“顾我万年之后，汝曹皆当出嫁，欲令传道我心，使他人皆知之”。故知战国至汉初，万岁乃人常言之辞也。

唐初，有以万岁称颂君主者，然未专擅。余于野史见一故事，谓武则天称帝时，尝召翰林学士于殿前，出一联令对，曰：“玉女河边敲叭梆，叭梆，叭梆，叭叭梆。”众无以对。某学士善谀，应曰：“金銮殿前呼万岁，万岁，万岁，万万岁。”三呼万岁之习，衍千载而至今，余幼时尚亲呼之，忆之莞尔。

万岁之专擅于君主，或曰始于汉高祖，或曰始于汉武帝，皆不确，因至唐时，民间犹有称之者。万岁之专称于君主，乃自宋始，宋之后，士庶无用其辞者。明之魏忠贤大阉也，时权倾朝野，自居谓“九千岁”，盖不敢以万岁称也。据清人赵翼考，万岁之辞“民间以口语相沿未改，故唐末犹有以为庆贺者，久之遂莫敢用也”。

《五代史》稿胜金珠

欧阳修《五代史》史家所重，南宋时，人视其稿胜于金珠也。《冷斋夜话》卷八云：“渊材游京师贵人之门十余年，贵人皆前席。其家在筠之新昌，其贫至饘粥不给。父以书召其归，曰：‘汝到家，吾倒悬解矣。’渊材於是南归，跨一驴，以一黥挟以布橐，橐，黥背斜绊其腋。一邑聚观，亲旧相庆三日，议曰：‘布橐中必金珠也。’予雅知其迂阔，疑之，乃问曰：‘亲旧闻渊材还，相庆曰：君官爵虽未入手，必使父母妻儿脱冻馁之厄。橐中所有，可早出以慰之。’渊材喜见眉须，曰：‘吾富可埒国也，汝可拭目以观。’乃开橐，有李廷圭墨一丸，文与可竹一枝，欧公《五代史》草稿一巨编，余无所有。”盖渊材视欧公之书尤胜金珠也。夫渊材，尝为郭天信门客，第进士。徽宗时，进乐书，召至乐府。

嗟夫，旧时士子视前人书胜金珠，岂近世唯贵阿堵者可相类哉？余复恨欧氏子孙之零落，君子之泽，竟不待五世而斩也。盖南宋淳熙间，其家仅剩断稿亦归之他人，亦可叹矣。

西晋之放达风

司马氏廷变而代曹魏，所建西晋实赖士族之力，故终其一朝推占田荫客，九品中正，皆取媚于士族也。名教之行则愈致内外离心，朋党纷争，而酿八王之乱。外夷觊觎，乘虚而入，以至国祚短促仅五十载而亡。

余观其时也，世风皆崇放达，放达者，以放任为达之谓也。晋人干宝于《晋纪·总论》谓：“朝寡纯德之人，乡乏不二之老，风俗淫僻，耻尚失所。学者认庄老为宗而黜六经，谈者以虚荡为辩而贱名检，行身者以放浊为通而狭节信，进仕者以苟得为贵而鄙居正，当官者以望空为高而笑勤恪。是以目三公以萧杌之称，标上议以虚谈之名。”然晋之放达有二谓，一为竹林之放，一为元康之放也。

魏晋之际，稽康、阮籍辈鄙司马氏擅曹魏之权，“荣进之心日颓，任逸之情转笃”，主“越名教而任自然”，故“口不臧否人物”，服药饮酒，清谈玄学，其行乖僻，脱俗潇洒。余谓其乃以放达之表而解内之块垒者也。及司马氏代魏，竹林之辈或诛或仕，其放达亦渐为游戏人生，专营财色，乃致放荡，是所谓元康之放也。自惠帝元康始，放达之风人以为恶矣。

放达者一，而其风嬗变者异也。晋人戴逵曰：“竹林之为放，有疾而为颦者也；元康之为放，无德而折巾者也。”夫元康时放达之士岂可与竹林之放达名士同日语哉。窃谓西晋之亡者，元康放达之风促之也。故知世风之行，关乎国祚，殊非寻常矣。

西园如雨

徽宗时，蔡京第宅甚多，《清波别志》卷下云：“蔡京赐第在都城之东，周围数十里。”崇宁末罢政，赐西园，毁民屋数百间。京尝于园顾伶人焦德曰：“西园与东园景致如何？”德曰：“太师公相，东园嘉木繁阴，望之如云；西园人民起离，泪下如雨。可谓‘东园如云，西园如雨’也。”终获罪于京。

于戏，焦德以一伶而面刺于京，其行固可嘉，然若究之史实则多有疑，恐为时人之飞语耳。京之东西园则宋人笔记多有所载，至于毁民屋而建园事于京则何疑哉？近时闻有强迁民宅事，皆号以官名也，其所迁之民起离，抑非泪下如雨乎？夫居者，人之本也，故有巢氏教民筑巢以避风雨猛兽之侵；杜少陵长呼“安得广厦千万间”，是知民之困也，为政者行西园之政，岂异乎毁民之本耶？彼焦德一伶人耳，尚面诋之，今复有如此者乎？叹叹。

先秦君主论

夫独裁之制乃生君主，凡为君主者皆为家天下也。天下者非天下万民之天下，而为一姓一人之天下，故自上古讫清季，君主之争未之息也。余阅先秦之史籍，时有贤智者论君主之人，见仁见智，莫衷一是。

或曰，先祖之具大功，子孙可为君主。“成天地之大功者，其子孙未尝不章。”

或曰，能靖民者为君主。“天所崇之子孙，或在畎亩，由欲乱民也；畎亩之人，或在社稷，由欲靖民也。”

或曰，君臣无常位，得民者为君。“社稷无常奉，君臣无常位，自古以然。”

或曰，选贤立为天子。“选择天下贤良圣知辩慧之人，立以为天子。”

或曰，具才能且善使众之力者为王。“假众力以禁强虐而暴人止，为民兴利除害正民之德”之“智者”为王。

或曰，擅权势者为王。“凡人君之所以为君者，势也。”“君之所以为君者，赏罚以为君。”

或曰，未欲占天下者可以为君。“唯无以天下为者，可以托天下也。”

或曰，有德且得天之助者可以为君。“匹夫而有天下者，德必若舜禹，而又有天子荐之者。”

或曰，能使众者为君。“能以使下谓之君。君者，善群者也。”

或曰，兵胜天下者为王。兵胜方致“名尊地广，以至于王者。”

呜呼，上古之所谓禅让者，余未之信也，君位之立，或以兵，或以祖，或以篡，岂复有他者乎？即共和之时，君之名弃而君之实存，盖君之难禁焉。

“刑不上大夫”考

余尝亲历“批林批孔”故事，耳熟能详者唯“刑不上大夫，礼不下庶人”之说，且皆以为夫子之言。今读《礼记》始知其谬也。

《礼记·曲礼》曰：“礼不下庶人，刑不上大夫，刑人不在君侧。”郑玄注谓：“不与贤者犯法，其犯法则在八议，轻重不在刑书。”孔颖达疏曰：刑不上大夫者，制五刑三千之科条不设大夫犯罪之目也。所以然者，大夫必用有德，若逆设其刑，则君不知贤也。盖言“刑不上大夫”者，非谓大夫犯罪而不刑，乃大夫犯罪以“八议”判其罪也。所谓八议，若议亲之辟、议故之辟、议贤之辟、议能之辟、议功之辟、议贵之辟、议宾之辟也。大夫之罪依议而非依刑，实乃君欲治其罪而其式耳。

东坡即辩其误曰：“嗟夫，刑不上大夫者，岂曰大夫以上有罪而不刑欤？……故大夫以上有罪，不从于讯鞫论报，如士庶之法。斯为刑不上大夫而已矣。”

巡抚之名始于明

据沈德符《万历野获编》载，巡抚之名始于明也。其谓：“洪武二十四年辛未，太祖令皇太子巡抚陕西地方，巡抚之名，始见于此。”然其言巡抚者，巡视而抚恤之义，非朝廷官制。其后，有尚书、侍郎、都御史、寺卿等官员奉旨巡边境腹地，亦以巡抚称之。后，凡文职行概以巡抚称之，监察御史行则以巡按称之，其别略异也，遂成定制之称焉。

余时于汉魏唐宋之戏曲故事见有巡抚、巡按之说，谬也。然历朝官制之变易繁复实难尽知矣。

一朝而有二史书

余阅二十四史，唯唐有二史书存焉，一朝而有二史书，独此例矣。

夫《旧唐书》凡二百卷，其纂繁也。盖唐亡于哀帝四年，后梁末帝龙德元年史馆始搜前唐之史迹，欲修其史也。及梁亡，后唐明宗复使使于两浙、荆湖征野史、日历、除目、朝报及实录，然未及修而其为后晋所灭。天福六年，宰臣赵莹始率而修唐史。凡四载而《唐书》成，刘昫适以相任监修，故书题“刘昫等奉敕撰”，其亦幸矣。及仁宗庆历四年，贾昌朝复议修《唐书》，方以宋祁、范镇、宋敏求、吕夏卿等主其修也。是修凡拾有七年，前以宋祁主修列传，后以欧阳公主修纂纪、志、表，然欧阳公以祁为长，尤于列传用功最多，故坚意别而名之。今之《新唐书》纪、表、志题为欧阳公，列传则题宋祁之撰，实史学佳话哉。纵观二十四史，无此例焉。

至清初，考据之学兴，学人趋于征实，人渐重史料之值，故《旧唐书》为之注目焉。顾炎武《日知录》卷二十六评新旧《唐书》之得失，以为《旧唐书》虽“颇涉繁芜”然“事迹明白，首尾详赡，亦自可观”。雍正间，有沈炳震作《新旧唐书合钞》，乾隆初，沈德潜奉敕于两《唐书》考证校勘，评其优劣，并为正史，新旧《唐书》皆入官定史书焉。

余以为《旧唐书》成于五代，其距唐亡仅四十载，时近迹真，见闻亲切，独重复杂沓，失之粗糙，然其史料之资不言而喻也。及《新唐书》之修，改之失而枉其正，删削尤过亦为其弊也。欧阳公专以褒贬笔削自任，宋祁公则独以文笔辞采为先，亦其病矣。

雍正帝崇佛

清世宗崇佛，尝自号“圆明居士”，著《集云百问》、《圆明语录》，辑僧衲语录《御选语录》，刊释典《宗镜录》诸书。其藩邸雍和宫今为大都名胜也。

世宗尝有替僧，登位后自称“释主”。雍正五年初，奏黄河水清祥瑞，朝臣称贺，蒙古王求诵经祈福。世宗谓：若蒙古因做福事而人畜兴旺，是受我之赐，朕亦即是释主。

世宗于藩邸时即与禅僧性音游，及世宗登基，音隐于庐山，“谨守清规，谢绝尘境”，四年而寂。世宗追赠国师，赐谥，且入其言干藏经。然仅数年复诏谓音“好干世法”，削封撤经，尤命地方“将朕当年藩邸之旧迹私记存留，违者重治其罪”。盖世宗与音固甚契，而音尝予雍邸密事，故以惩之也。有禅师文觉者，奉于宫中，予密事，传年羹尧、隆科多、允禩等案皆有予之。然比丘予于帷幄，终非皇家宜言者，故高宗撰世宗实录均无载也。

余谓世宗之崇佛实非释子之崇也，盖以佛家之理而诱掖奖劝，导人于善，欲百姓皆为大清顺民耳，岂真莲花座下人哉？杀戮罪孽，三世而难度，帝辇之傍焉有佛子欤？

雍正尊孔改丘姓

余尝见雍正三年上谕："孔子德高千古，道冠百王，以正彝伦，以端风化，为往圣继绝学，为万世开太平，自天子以至于庶人，皆受师资之益……至姓氏相同者，按通考太公望之后，食采于营丘，因得姓丘，今拟添加阝旁，做邱姓。""凡系地名，皆易他名。"知今之邱姓者，皆丘姓也。《明史》人物概无丘姓者，缘其修于乾隆时，皆循世宗制而易之也。辛亥后，有复其丘姓者，有未复者，故今丘、邱两姓皆存，源其宗则一也。

夫自汉武独尊儒术，尊孔始也。或尊其人而封其号，或尊其术而广其说，世宗独易天下之丘字以为尊，其果尊之乎？夫子之学乃一仁字耳，而世宗严法杀戮，岂行仁政者耶？野史之说世宗事固不足证，仅其祸及织造曹氏，先父之谊曾不能及，安谓仁者焉？唐太宗尝评隋炀帝言尧舜而行桀纣，世宗亦然矣。

元行四等人制

元时行四等人制，蒙古、色目、汉人、南人是也。其制实承于金，盖金时亦以女真、渤海、契丹、汉儿为等级之序。若世祖至元二年即定各路之达鲁花赤必为蒙古之人，汉人仅许任总管，回回人可任同知，至元间，吾郡处州路达鲁花赤地方志载为赵贲亨，赵乃鲁之冠人，吾终疑之。据《元史·百官志》载，元之中枢至地方官署之长均以蒙古之人任，汉人、南人仅许充副职耳。

夫元之四等人制，其氏实杂，余阅《辍耕录》载蒙古氏有七十二种，色目人有三十一种。其所谓汉人者，盖谓淮之北原金治之汉民，《辍耕录》载有八种，即契丹、高丽、女真、竹因歹、竹温、竹赤歹、渤海也。唯四等为南人，亦谓蛮子者，皆原南宋境地之民也。

世之治岂强权而成者焉，观元之治未足百载，四等之治实其亡之因哉。

元史编修未期年

凡二十四史编修最迅者为宋濂总裁之《元史》。明太祖元年，即诏令编修《元史》，以宋濂主之，翌年开局，仅一百八十八日即成，除顺帝一朝外之本纪、志、表、列传凡一百五十九卷。洪武三年重开史局，仍以宋濂主之，凡一百四十三日即续修本纪、志、表、列传凡五十三卷，合前后二书，厘分附丽，凡二百一十卷，其编纂仅三百三十一日矣。是史于洪武三年七月成，十月即已“镂板讫功”。修史之迅速无及之者也。

盖濂之修元史，照抄于各朝实录、经世大典、功臣列传之典籍耳，于史之功过亦无已论，故成书速而讹误亦不免也。最可一笑者莫过于《后妃表》中盖将儿媳、曾孙媳、玄孙媳亦作平列之妻妾，尤为治史者所诟矣。余谓宋濂固一文学之士，岂治史之才乎？况未及年而修一朝之史，焉有史家之严谨可言哉。故其修之史多乖误亦平常事也。顾《史记》之成凡一十八载，《汉书》之成凡二十载，《三国志》之成约一十五载，《后汉书》之成凡二十载，《资治通鉴》亦凡一十九载，传世之史焉朝夕之功之可成者哉？

重本抑末

今日之社会乃商品经济社会，人之行止莫不因利而趋之，习以常也。然吾中华数千载重本抑末，重商之势未之有也。

本者，耕织之农也，末者，工商之业也。故千年而来，“劝民农桑”、“禁民趋末”一以贯之，并行不悖。究其源流，始乎战国。盖春秋之时尚“商农工贾，不败其业。”（《左传·宣公十二年》）一视同体，未见抑扬。至战国后其势变矣，诸侯需居则能勤耕而富国，出则能攻城略地而强兵之民，诸子百家皆主抑商焉。韩非概而为“本”、“末”之分，以为“仓廪之所以实者，耕农之本务也，而綦组锦绣刻画为末者富。”“明主治国之政，使其商工游食之民少，而名卑以寡，趣本务而趋末作。”继而成二千年治政之条。始皇帝假“上农除末”之“耕战”策，一统天下；汉高祖则极抑商贾之位，禁衣丝乘车携兵。文景时亦谓“雕文刻镂，伤农事也；锦绣纂组，害女红者也。农事伤则饥之本也，女红伤则寒之原也”。至魏晋乃“钱货无所周流”，商贾之位尤为低下，晋令“侩卖者，皆当着巾、白帖额，题所侩卖者及姓名，一足着白履，一足着黑履”。“金银锦绣，工商、皂隶、妇女不得服之，犯之弃市。”（《晋书·符坚载记》）唐宋时其策方得略松，陆贽以为“商农工商，各有所专”，应使其“咸安其分”；韩昌黎则曰：“既夺其业，又禁不得求觅职事”，其后“则富商大贾必生怨恨。”（《韩昌黎集》卷四十）

逮于宋明，亦复如是。宋人张乖崖为县令，见一农夫市菜，竟“笞之四十”，谓“尔有地而市菜，惰农也”。明初，太祖诏农家许着“细纱绢布”，然若家有一人为商则禁穿服。止风沿至道光。

《周易》言经济

《易》为六经之首，传孔子著《十翼》以阐释易之道，《老子》、《庄子》袭其“象以尽意”以异言发其自然之道，禅宗“不立文字，以心传心”，弘“自性”开悟之道，盖儒、道、释三家，皆以其为源也。古之巫者假《易》以预事，今之有所谓治《易》者，妄言风水，择吉取名，其焉知《易》乎？

余览夫《易》，其义不能解一二，然愚者一得，见其颇多言经济语也。寻之于卦，有三十余矣。“富有之谓大业，日新之谓盛德”，谓财乃人之本也。其复谓均富、薄赋、积贮，理财之道也。故《易》主农工商并举，谓“不获耕，未富也”；“备物致用，立功成器，以为天下利，莫大乎圣人”，于商则谓其使民“各得其所”，“以利天下”。后世皆主“重本抑末”，逆乎《易》之理也。

窃谓先人之著作，其意为晓理耳，然后来之治经者，臆度其文，故作玄妙，累世而降，今人不复知先哲之书矣。若言《易》申经济，定为怪也。

朱元璋禁水火葬

自墨家倡薄葬始，代有倡者。元时循胡俗，其葬尤简，虽帝王亦无陵寝之制，故后世向无盗元墓者。至朱洪武则力禁民间水火之葬，概依汉俗也。《双槐岁钞》卷一载：圣祖尝与学士陶安登南京城楼，闻焚尸之气，恶之，安曰：“古有掩骼埋胔之令，推恩及於枯骨。近世狃于胡俗，或焚之而投骨于水，孝子慈孙，于心何忍？伤恩败俗，莫此为甚。”上曰：“此王道之言也。”自是王师所临，见枯骨，必掩埋之而后去。

史载，洪武三年，尝禁浙江等处水葬火葬，盖浙地兴水火之葬也。夫葬之于水火，民族之俗也，释子圆寂概以火焚之，源于佛祖之葬，岂可谓佛家无慈爱哉？窃谓葬俗，或遵教习，或依旧制，非以水火为伤恩败俗也，至若有天葬者，任鹰隼食之尽而为善，焉得谓其残耶？洪武帝时，律令尤厉，至有剥人皮而充之草者，其岂所谓王道者焉？黄瑜谓其“圣祖可谓体天地之仁”者，阿谀之词也。

状元本事

状元之称，始于唐而备于宋，延至元、明、清凡千三百年。状者取其投状义，元者压首也。武则天天授元年首创殿试之例，其于礼部考后再行复试，始将最优者称之状头、状元。状元之名，盖自此始。然科考诸目，惟贡举中进士科第一方称之。然自唐至辽，状元之称亦皆俗谓也，文人学士或有偶称之者。朝廷名文，金榜及进士题名碑唯称“第一甲第一名”，至朱洪武方定“状元”为殿试一甲第一之专称。

《明史·选举志》载：“三年大比，以诸生试之直省，曰乡试。中式者为举人。次年以举人试之京师，曰会试。中式者天子亲策于廷，曰廷试，亦曰殿试。分一二三甲，以为名第之次。一甲止三人，曰状元、榜眼、探花，赐进士及第。”清则沿明制也。

查诸史籍，有唐一代凡状元一百三十九人；五代十国之后梁、后唐、后汉、后周、后晋沿唐制，有状元十有一人；宋有状元一百十八人；元时蒙汉状元三十有二人；明有状元九十人；清至光绪三十一年废科举止，有状元一百十四人，凡五百有四矣。然亦有未列之者。若辽、金二代，实以名列榜首之进士为状元；张献忠大顺有状元一人；太平天国有状元十有四人，此皆不可列也。

状元之首称者为唐高祖武德五年壬午科状元孙伏伽，末位状元则为清光绪三十年甲辰科之刘春霖，皆非一时才人也。余观夫状元之以才学显于世者唯有唐一代。唐之状元而位极人臣者常十有二三，登显列者亦十有六七。世人熟谙者若王维、王勃、陆贽、房玄龄、韩愈、柳宗元、柳公权辈皆唐之状元也。

世俗故事往往喜谓“中状元，选驸马”，余寻觅列代状元，史仅一例耳。唐玄宗赏状元之才名，以万寿公主下嫁状元李显龙。事见《旧唐书》。

近世每岁高考，所谓状元者众矣。县邑有之，州府有之，行省有之，尤为滥者，一校一乡亦以名列首者称之状元，不亦谬乎？

卷二

二卷

阿斗大名

刘备之子阿斗，名禅，读《三国》者皆熟谙，然其名“禅”有二音，一为禅让之禅，读若 shan（去声）；一为禅学之禅，读若 chan（阳平）。余见人皆读若禅学之禅。

王了一《汉语史稿》尝言禅字，谓乃梵语禅那之略，意为静虑也。范文澜《中国通史简编》谓：“禅，梵语禅那。自鸠摩罗什译《禅法要解》，禅学始成专业。”依二先生所论，禅学之传当于后秦，盖鸠摩罗什乃后秦之高僧也。后秦之于蜀汉，犹有百年之隔，东汉末释教始传未广，印人之语言恐未播于世也。且玄德儒生也，其师卢植乃一代儒宗，玄德之子当承儒学而名也。

查禅字，《广韵》去声线韵收之，义为“禅让、传受”，注音时战切。《三国志·后主传》：“后主讳禅，字公嗣。”禅者，禅让也；公者，孔子曰“大道之行也，天下为公”；嗣者，继也。公嗣者，公天下之继人也。名字反义相成，古之例也。若韩愈，字退之者。清人钱大昕《晦之字说》曰：“名之于字也，有以相承为义者，由之字路，启之字开是也；有以相反为义者，哆之字敛，黑之字晰是也。”斯刘禅字公嗣，与禅让义相反为义者也。故阿斗之名当音禅让之禅焉。

白居易出位罹祸

辛文房《白居易传》载：“时盗杀宰相，京师汹汹。居易首上疏，请亟捕贼。权贵有嫌其出位，怒。……贬江州司马。”查顾学颉编《白居易年谱简编》，“元和十年乙未：六月，首上疏请急捕刺杀宰相武元衡之贼，以雪国耻。宰相（张弘靖、韦贯之）恶居易以宫官（太子左赞善大夫为宫官）而先谏官言事，……遂贬为州刺史。余尝以孔子“不在其位，不谋其政。”为夫子之论，殊不知白乐天乃因言出其位而罹祸，夫不守夫子之教也。

考有唐一朝，非其位而言事者多矣，岂皆治之罪乎。盖乐天先时因诗讥刺权豪贵近及掌军权之宦官故也，所谓出位者，假以辞矣。

白居易代复悼亡诗

诗人多情种，故传世之诗多有书悼亡者，若东坡之“十年生死两茫茫”，纳兰容若之《饮水词》尤多书悼亡者。然“存者且偷生，死者长已矣”，逝者安闻其悼哉？于悼者亦以之抒己私情耳。

《唐诗三百首》辑元稹悼亡妻《遣悲怀》三首，辞真情切，读之催泪而湿青衫矣。盖微之贞元十九年娶韦夏卿女丛，至元和四年而丛卒，比翼连理仅六岁耳。稹感伤而书悼亡之诗三十余，且尽寄之白香山，盖元、白终身至交也。白香山亦情种，感稹之伤，惜丛无复，竟代亡人而书《感元九悼亡诗，因为代答三首》，实前无古而后无来之事矣。

其一为《答谢家最小偏怜女》，诗云：

嫁得梁鸿六七年，耽书爱酒日高眠。雨荒春圃唯生草，雪压朝厨未有烟。身病忧来缘女少，家贫忘却为夫贤。谁知厚俸今无分，枉向秋风吹纸钱。

其二为《答骑马入空台》，诗云：

君入空台去，朝往暮还来；我入泉台去，泉门无复开。鳏夫仍系职，稚女未胜哀。寂寞咸阳道，家人复墓回。

其三为《答山驿梦》，诗云：

入君旅梦来千里，闭我幽魂欲二年。莫忘平生行坐处，后堂阶下竹丛前。

夫白乐天自以元微之平生知己居，故代答其悼亡，然夫妇闺帷之情岂足为外人知哉？余谓乐天亦多事者焉。

百战之臣乃功狗

夫君者，主也；臣者，奴也，汉高祖则直称臣为功狗。言虽粗鄙，意则直率。余阅《汉书.萧何传》载：上（汉高祖）以何功最盛，先封为鄼侯，食邑八千户。功臣皆曰：“臣等身被坚执兵，多者百余战，少者数十合，攻城略地，大小各有差。今萧何未有汗马之劳，徒持文墨议论，不战，顾居臣等上，何也？”上曰：“诸君知猎乎？”曰：“知之。”“知猎狗乎？”曰：“知之。”上曰：“夫猎，追杀兽者狗也，而发纵指示兽处者人也。今诸君徒能走得兽耳，功狗也；至如萧何，发纵指示，功人也。”

呜呼，为人君者，焉以人臣为人耶？夫逐鹿之时，虽狗亦以兄朋而称之，至定九鼎而山呼，则昔之兄朋亦类狗也。此时之易耳，自始皇帝而至光绪，未之变也。凡为人君者，御人而使之耳，焉可得天下而共享之者哉。高祖无赖儿，未知文饰，故直以功狗喻之。余复叹天下所谓功臣者，其在位无不沾沾喜，其不意于人君视之则犬耳。为犬而不自知，悲夫。至若萧何，其真非犬乎？犬之别类耳。

板桥何曾哭袁枚

《随园诗话》记郑板桥尝因误传而哭袁枚事“兴化郑板桥作宰山东，与余从未识面。有误传余死者，板桥大哭，以足蹋地。余闻而感焉。”余尝读此文颇为感激，以为文人相重，有古人之风矣。闲翻《冬心集》，其《冬心自写真题记》记板桥与其至交，尝有误传其卒，板桥闻知“设位而哭”事，乃知袁子才之说讹传附会也。

板桥于乾隆二十八年三月于扬州应转运使卢雅雨之邀予虹桥修禊宴，席间而遇袁枚，至有赠诗酬唱之事。板桥之于枚亦泛交耳，《郑板桥集》无他记，余固疑袁子才何以录其讹传之事耶，且谓“以足蹋地”，实假以自高矣。袁子才才高名盛，而假讹传之事自高，不足为训也。

包拯误判

包龙图乃世俗最熟谙者，黎庶无论知识与否，皆能道其一二。据史料，今存元公案戏文凡十有八种，而涉包拯者即十有一种矣。明季，小说趋繁，而涉包拯者已至百案。而民间愈谓其“日判阳，夜断阴”，俨然审狱之圣焉。考其因固乃世人愤懑之情借以泄耳，然装神弄鬼之技则无益于斯矣。

余藏元刊影印本《梦溪笔谈》，其《谬误》篇记有包拯误判事，“包孝肃尹京，号为明察。有偏民犯法，当杖脊。吏受贿与之约曰：今见尹必付我责杖，汝弟呼号自辩，我与汝分止罪，汝决杖，我亦决杖。既而，包引囚问毕，果付吏责杖，囚如吏言，分辩不已，吏大声诃之曰：但受脊杖出去，何用多言。包谓其市权，捽吏于庭，杖之十七，特宽囚罪。止从杖坐以抑吏势。不知乃为所卖，卒如素约小人为奸，固难防也。孝肃天性峭严，未尝有笑容，人谓‘包希仁笑比黄河清’”。以包拯之智尚受蒙于一小吏，安可谓其明察乎？《宋史·胡宿传》载：“泾州卒以折支不时给，出恶言，且欲相扇为乱。既置于法，乃命劾三司吏。三司使包拯护弗遣。”泾州卒乱直由“折支不给”所致，缘于三司不明计度也，胡宿奉诏置狱，勘问三司之吏，理宜也。拯为三司之长而“护吏不遣”，岂可谓清明者欤？

拯自知县出仕，至殉职枢密副使，仕宦凡二十有六载。其工于计谋，机敏善断之行事固为当世所称也，虽有偶误，亦猾吏之诈所致，其固非神，焉能无误哉。人非圣贤，孰能无过，贤者固贤，不因其疵而非其贤，不亦善乎？

布衣君侯刘敬

刘敬，齐人，原名娄敬，汉高祖之车卒也。汉五年封“奉春君”、“建信侯”，赐姓刘。

初，高祖欲建都洛阳。敬闻而求乡人虞将军欲谒高祖。虞难之，再三，姑转呈，竟蒙召。敬褐衣敝履谒高祖，力陈都洛阳之弊而主关中。群臣皆诘之，唯张良以为然。高祖权衡利害，纳其言，“即日车驾西都关中”。赐敬刘姓，拜郎中，号“奉春君”。其时匈奴势盛，中原疲惫兵革，高帝欲伐之，使使察之，皆曰可击。敬独谓匈奴示之老弱羸瘠，必有图，不宜击。高帝怒，下敬狱，流之广武。待败绩，亲释敬，封二千户，为关内侯，号建信侯。敬复建言和亲匈奴，以帝之女妻单于，以示好。敬亦首议和亲者。继之复建言迁六国贵族十余万于关中。

噫，刘敬以一车卒，非运筹帷幄决胜千里若子房之才；无镇国家，抚百姓，使汉军粮草不乏，兵员毋缺若萧何之能；无论战必胜，攻必取似韩信之勇。然慧眼别具，全局在胸，审时度势，言人之不能言，为人之不能为，是亦一代英杰矣。

蔡行奢丽

《宋史》卷一五二《舆服志》五载：天圣七年，诏士庶、僧道不得以朱漆床榻。盖仁宗时尚欲禁民间奢华之风也。至徽宗时则不可禁，凡朝野皆以奢丽为荣。据《宋史·蔡攸传》，蔡京孙行，宣和间，尝以保和殿大学士领殿中监，视执政。宠信倾其父。其奢丽尤可骇，卧榻亦以滴粉销金为饰。

微宗但知花鸟丹青，瘦金为体，其亡宜也。

蔡京无大臣气度

凡为大臣者，当具轩昂气度，尤于去留之际不可乱仪，唯奸诈小人而为尊者，一日被逐即惶惶然，气度全失，贻人讥矣。《曲洧旧闻》卷七载蔡京临逐日，竟呼童贯子攸为公，大臣气度贻尽也。

据《宋史·蔡京传》云：“帝呼童贯使诣京，令上章谢事，贯至，京泣曰：‘上何不容京数年，当有相谗谮者。’”时贯偕其子攸同至京所，京以攸被诏同至，乃置酒留贯，攸亦预焉。京以事出不意，一时失措，酒行，自陈曰：“京衰老宜去，而不忍遽乞身者，以上恩未报，此二公所知也。”左右闻京并呼攸为公，莫不窃笑，以其临事而无大臣气度也。

夫蔡京固奸人也，以智而位尊耳。观其心胸了无浩然正气，故于去留之际则言辞失度，举止无方，还其小人态也。近多闻有贪鄙官吏，虽昔居显位，临事之际或泣或乞，甚或屈膝者，概类京者也。是知为官者，去留之际最可考其心迹。世人多称岳武穆，观其既临风波，尚书“天日昭昭”而表心迹，大臣气度岂以生死而失之耶？

蔡伦乃宦官

《后汉书·宦者列传》第六十八，载蔡伦以永平末始给事宫掖，建初中为小黄门。及和帝即位，转中常侍，豫参帷幄。知蔡侯纸之造者乃宦官也。

汉初，宦者仍袭秦制，宫中置中常侍官。然亦引用士人，以参其选。士既参其选，则斯时所谓宦者非尽阉者也。考之汉史，始为中谒者为高祖部将灌婴。婴于楚汉之争有大功，垓下之役追霸王刎者即婴也。婴赳赳武夫，有子孙，身为列侯，而为宦官。据《后汉书》卷七十八载：“中兴之初，宦官悉用阉人，不复杂调它士。至永平中，始置员数，中常侍四人，小黄门十人。”“自明帝以后，迄乎延平，委用渐大，而其员稍增。”光武后，所谓宦官皆阉者，此乃宦制之巨变，读史者当慎之。

然既为宦官，复娶妇养子者亦非鲜见。西汉元帝时，宦者石显宠于帝，贵倾朝野。尝杀大臣萧望之。《汉书》载其“与妻子徒归故郡，忧懑不食，道病死”。唐之有高力士娶吕玄晤妹；宋之有宦官梁师成妻亡而东坡子叔党，少游婿范温亲吊事，盖宦官权显，则其行事不复禁焉。

曹操何曾刺董卓

《三国演义》第四回“废汉帝陈留践位，谋董贼孟德献刀”述董卓欺主弄权，百僚震栗，曹孟德借司徒王允七宝刀欲刺卓，事泄诡谓献刀而亡。余幼时阅三国连环画于是事尤记之深，不复有疑焉。及阅《三国志·武帝纪》仅载：“卓表太祖为骁骑校尉，欲与计事。太祖乃变易姓名，间行东归。”裴松之注引王沈《魏书》曰：“太祖以卓终必覆败，遂不就拜，逃归乡里。”操之亡乃不欲助纣也，何曾有刺卓事？若孟德实有斯迹，陈寿何以弃此大事而不书？演义所表献刀之事其源于何哉？查《三国志·武帝纪》裴松之注引孙盛《异同杂语》云：“太祖尝私入中常侍张让室，让觉之；乃舞手戟于庭，逾垣而出。才武绝人，莫之能害。”夫张让者，十常侍之首恶也，操刺之未遂力拼而脱，与事理符，故裴松之引之。演义之献刀书其智，表其奸，亦是时说唱之需矣。演义之作其初匪不有本，至溥衍成文则多若天马焉。

曹孟德以诗招才

世之论诗者皆称曹孟德《短歌行》，余谓其“月明星稀，乌鹊南飞，绕树三匝，何枝可依？山不厌高，海不厌深，周公吐哺，天下归心”实乃一招才榜也，以写事笔墨而寓招才之意，读此诗慎勿被蒙于阿瞒。

清人沈德潜于《古诗源》云：“月明星稀四句，喻客子无所依托。”沈氏明其作喻，然仅言“客子”则流于空泛矣。盖三国鼎立，世势纷乱，欲建功者无所适之，若卧龙者终属异数，故孟德以乌鹊绕树、“何枝可依”而启之，谓当择良枝而栖也。“山不厌高，海不厌深”则谓求才之众，然鸟固可择木，木岂能择鸟乎？当天下三分之季，士不北走则南驰耳，孟德欲成大业故求才之心亦切矣。读史之人唯称汉高帝《求贤诏》，余独谓曹阿瞒以诗招才真不脱诗人之气度焉。

曹孟德择婿

曹孟德与丁冲善，闻冲子仪才士，欲以女妻之，商于丕。丕谓仪眇，遂罢。及睹冲，知为稀世才，甚嘉许，方悔当时，谓吾儿误我矣。是事见《三国志·魏书·任城萧王传》，裴松之注引《魏略》曰：

太祖“闻仪为令士，虽未见，欲以爱女妻之，以问五官将。五官将曰：‘女人观貌，而正礼目不便，诚恐爱女未必悦也。以为不如与伏波子楙。’太祖从之。寻辟仪为掾，到与论议，嘉其才朗，曰：‘丁掾，好士也，即使其两目盲，尚当与女，何况但眇？是吾儿误我。’”

噫，孟德之识胜于今人，但才朗两目盲而可与女，亦才士之识也。丕以貌取人，故植有《洛神》之叹矣。

曾国藩幕宾多才俊

有清一代，凡州县至督抚皆聘才识之士以佐政事，俗谓之师爷，雍正元年正月朔谕巡抚及三月乙酉谕吏部称之幕宾、幕客、幕友也。幕主之于幕宾，形若主客，合则聚，不合则离，异于官吏之任也。

余尝见郑毅生考清之幕府，列幕主幕宾及幕宾之始末，尤感曾文正公之幕宾何多才俊之士也。入其幕者凡九十四人，后之显赫者济济，殊非他人可比肩者矣。初入其幕者乃咸丰三年之杨岳斌，后位陕甘总督；继而李鸿章总理粮饷，后位两广总督；李元度理营务，后位贵州布政使；沈葆桢后位两江总督；钱应溥后位军机工部尚书，皆咸丰间幕宾也。至同治间，则张树声后位两广总督；丁日昌后位福建巡抚；何璟后位闽浙总督；薛福成后位湖南按察使，出使英法意比四国大臣；左宗棠亦尝幕于曾府，终位封疆；春在堂之俞樾因科考之诗赏于曾文正，同治间亦幕于曾府。所叙者皆世所熟谙辈，他若出幕而位州府者，众矣。

窃谓曾文正之幕宾固非寻常之辈也，盖以曾文正之才识岂致延揽碌碌焉。主宾之遇合相得益彰，宾既佐文正公一时功业，主亦辅宾而展鸿图之志，是主宾概具慧眼焉。今之士人多喜为秘书，冀主之携耳，然比之于幕宾之制则鄙甚，盖其有主宾主奴之异矣。

曾国藩自诩善相

清薛福成《庸庵笔记》卷二载曾文正公自诩善相，于文武员弁来谒者，必审视其福量之厚薄，以定用舍及所任之大小。然为萧山某人所欺，奇其雄辩，令督造炮船，未几，挟千金遁去。呜呼，以曾文正之智而见欺于人，则所谓相术果何如哉？

余谓曾文正之自诩善相实踵前人之失者也。《太平广记》卷一六九《选将》谓：唐李责临阵选将，必相有福禄者而后遣之，谓“薄命之人，不足与成功名”。宋徽宗政、宣间除官亦行推命。明成祖亦尝信相士袁忠徹，袁性阴险，与群臣有隙，即缘相法于上前齮龁之。夫星相之学，行之于民，其害尤不胜言，况登之庙堂乎？近闻蜀地有某尊者，甚信休咎，费千金而葺祖茔，未期年，事败而身系囹圄，其亦踵前人之失者也。自然之分，乐天不忧，推理安常，观斯殷鉴，可以知矣。

陈寿不因父嫌赞诸葛

《晋书·陈寿传》谓：“丘明既没，班、马迭兴，奋鸿笔于西京，骋直辞于东观。自斯以降，分明竞爽，可以继明先典者，陈寿得之乎。”《三国志》名列前四史，时人称其“善述事，有良史之才。”然善述事者岂胜班、马？良史之才亦非独负，余惟谓其不因父嫌而称诸葛，真乃具史家之风骨矣。

据《晋书》“寿父为马谡参军，谡为诸葛亮所诛，寿父亦坐被髡”，以人情论，寿与诸葛当有隙，然寿固史家也，秉承史实，不以己私而害史，其“删除复重，随类相从”。于晋武帝泰始十年编成《诸葛亮集》二十四篇，并上表谓诸葛“逸群之才，英霸之器”。“声教遗言，皆经事综物，公诚之心，形于文墨，足以知其人之意理而有补于当世。”又《魏略》、《九州春秋》皆谓诸葛与刘备之相见乃诸葛自请见于备。寿作《诸葛亮传》则不取其说，而据《出师表》之自述“先帝不以臣卑鄙，猥自枉屈，三顾臣于草庐之中”。记此事谓“由是先主遂诣亮，凡三往，乃见。”以是观之，寿于亮推崇之极矣。非真史家，非良史家焉能如此？

余复悲自清之降，中华无史矣。余之所谓无史者，无信史者也，无信史者，盖无如寿之真史家也。清之遗老著《清史稿》，存清之制度耳，余谓其无史也。盖以一己之私而写史岂可谓史者欤？

楚灵王好细腰

俗传“楚王好细腰，宫中多饿人”。谓灵王好小腰，而宫内女子皆不敢多食也。余阅《战国策·楚一》卷十四：莫敖子华对曰：“昔者先君灵王好小要，楚士约食，冯而能立，式而能起。食之可欲，忍而不入。死之可恶，然而不避。章闻之，其君好发者，其臣抉拾。君王直不好，若君王诚好贤，此五臣者，皆可得而致之。”知俗传之误也。此谓灵王，《荀子》则云：“楚庄王好细腰，故朝有饿人。”《墨子》又云：“楚灵王好细腰，故其臣皆三饭为节，胁息而后带，渊墙而后起。”《韩非子》则谓：“一国有饥色饿人。”

夫子华所言盖设喻也，然言“楚士约食”，非言女子也，盖古之女有以子称之者，而无以士称之者也。其言士，当为朝中之臣，上有所好，臣而有之谀，韩非谓一国有饥色饿人，然黔首者何而为之耶？呜呼，上之好，关乎风，故人谓上有所好，下必甚矣。为君者之所好，风之一国；为郡守者之所好，风之一郡；为县丞者之所好，风之一县，其势固然焉。故在位者无私好，所好者必民之宜好者矣。

大奸之人有大智

夫世之大奸辈每有大智，盖无大智则无以逞其大奸也。《清波杂志》卷二记蔡京事曰：“又一岁，户部欠郊费若干，长、贰堂白，京唯唯。期逼，申言之，答以‘徐之’。旋闻下文思院铸钱样，亦叵测。时富商大贾在京识事者，惩屡变盐法之害，亟以所蓄箅请钞旁。不数日，府库沛然。”所谓“箅请钞旁”者，盖宋时商贾输刍粟于沿边，易钞（文券）取茶盐等物于京师或他所，谓之箅请；钞旁乃谓官府发放钱物之文据也。盖京以变钱样之风而制商贾，天下商贾一时尽入其彀中矣。

徽钦时，秦桧亦有铸钱样事，与京所为颇类。宋张端义《贵耳集》云：“京下忽阙见钱，市间颇皇皇。忽一日，秦会之呼一镊工栉发，以五千当二钱犒之。谕云：‘此钱数日间有旨不使，早用了。’镊工亲得钧旨，遂与外人言之。不三日间，京下见钱顿出。此宰制天下之小术也。”假镊匠而行其术，亦大智矣。

于戏，蔡京、秦桧皆巨奸大恶之辈，然其术亦大智也。二说源于野史，以蔡秦之行事当无虚也。世之智者同，唯仁者之智利于民而奸者之智害于民耳。故养仁于心修身于己为智者之要，若非，则智愈高则害民愈深矣。

登徒子不好色

自宋玉书《登徒子好色赋》，世人莫不以登徒为好色也，然登徒岂真好色者乎？余直以千古奇冤视之矣。

夫登徒楚之大夫也，其妻“蓬头挛耳，齞唇历齿，旁行踽偻，又疥且痔”，然登徒不弃，且“悦之，使有五子”，若易之子渊吾不知其所也。人固有好色之癖，故夫子曰：“吾未见好德如好色者”。子见南子，子路犹不悦，是故以圣人之德弟子且疑之，况登徒大夫焉？余谓登徒子居大夫之位而不弃糟糠之妻，实尚德之人也，安可谓其好色哉？刘勰《文心雕龙》谓“宋发巧谈，实始淫丽”，善矣。

惜自子渊赋出，登徒蒙冤，千年而后，其谁解之？究其因，玉之赋辞章艳丽而工矣。以文论则斯赋固佳，以人论则斯人固陋。故李义山诗云：“何事荆台百万家，唯教宋玉擅才华。”秦少游则尤赞东邻之女，其《南乡子》云：“妙手写徽真，水翦双眸点绛唇。疑是昔年窥宋玉，东邻。只露墙头一半身。”皆不解登徒之人也。

东坡遗腹子

北宋徽、钦朝，有宦官梁思成自谓苏轼子，《朱子语类》亦云：“师成自谓东坡遗腹子。”盖梁为宦官，外讷而内奸，善察色。徽、钦两帝皆甚宠之，至于钦宗如厕梁亦恭侍于外。其势炽，至蔡京父子亦谄附，时人称为“隐相”。

余查《宋史》卷四六八有《梁思成传》，曰：“中外泰宁，徽宗留意礼文符瑞之事，师成善逢迎，希恩宠。帝本以隶人畜之，命入处殿中，凡御书号令皆出其手，多择善书吏习仿帝书，杂诏旨以出，外廷莫能辩。师成实不能文，而高自标榜，自言苏轼出子。是时，天下禁诵轼文，其尺牍在人间者皆毁去，师成诉于帝曰：‘先臣何罪？’自是，轼之文乃稍出。”是事之真伪盖亦无从考也，然以梁护持东坡事则宜有其因。

余尝读东坡《朝云诗》，忆有妾数，寻检而读，其序曰：“予家有数妾，四五年相继辞去。独朝云者，随予南迁。”则知东坡遣妾事确，既有斯事则遗腹亦不可谓其谬也。况思成高官厚禄，何须自引东坡为父耶？后人以其事谬，盖因思成品陋故，而不欲东坡有如此子焉。

范仲淹尝名朱说

范仲淹字希文，江苏吴县人，幼时尝姓朱氏，及长方复本姓也。宋吴处厚《青箱杂记》卷五云："范文正公幼孤，随母适朱氏，因冒朱姓，名说。后复本姓，以启谢时宰曰：'志在投秦，入境遂称于张禄；名非霸越，乘舟乃效于陶朱。'"文正公幼贫而志于学事称之者众也，然为拖油之事多不传，其为尊者讳乎？余谓其以陶朱、张禄事典，识见亦高也。范雎、范蠡，皆希文同宗，亦尝改名姓，事虽异而迹类也，特文正公随手拈出，尤为切当矣。窃谓公幼贫而遇如斯，故入仕而心系黎民，有"先天下之忧而忧"之念也。《宋史》本传不载其冒姓事，其为公讳耳。然少孤之人，其遇可悯，非此无以偷生，非此无以成后来功绩，焉可以其少贫之事而轻之哉？

放翁书巢

《渭南文集》卷十八有放翁《书巢记》，状其书斋之文也，读之颇叹此老藏书之丰，读书之勤矣。

"陆子既老且病，犹不置读书，名其室曰书巢。……吾室之内，或栖于椟，或陈于前，或枕借于床，俯仰四顾，无非书者。吾饮食起居，疾痛呻吟，悲忧愤叹，未尝不与书俱。宾客不至，妻子不觌，而风雨雷雹之变，有不知也。间有意欲起，而乱书围之，如积槁枝，或至不得行，则辄自笑曰：'此非吾所谓巢者耶？'乃引客就观之。客始不能入，既入又不能出，乃亦大笑曰：'信乎其似巢也。'"

书巢者，放翁淳熙九年于山阴所筑书斋也。《读书》诗曰："放翁白首归剡曲，寂寞衡门书满屋。藜羹麦饭冷不尝，要足平生五车读。……客来不怕笑书痴，终胜牙签新未触。"其云屋者即书巢也。书巢之藏颇丰，父陆宰之遗也。绍兴间，高宗尝建秘阁，求天下遗籍，即命绍兴府列宰所藏献，计万三千余卷，加之放翁所搜，巢之藏愈富也。

夫世之喜藏书者众也，唐之前藏书者多以北人，至宋后则南人胜之。天一阁、嘉业堂之藏闻于世，而未闻其族有嗜读者。明清之时，浙省藏书之家凡数百，未闻有才俊之士出，盖视所藏为物而珍之，子孙竟未获而遍读，斯藏亦终三世而亡焉。放翁喜藏更嗜读，直一书痴耳。"爱书即欲死，人笑作书癫"，《剑南诗稿》多有记其读者。《冬夜读书甚乐》云："腐儒碌碌叹无奇，独喜遗编不我欺。白髮无情侵老境，青灯有味似儿时。高梧策策传寒意，叠鼓冬冬迫睡期。秋夜渐长饥作祟，一杯山药进琼糜。"《冬夜读书》云："莫笑灯檠二尺余，老来旧学要耘锄。寒生点滴三更雨，喜动纵横万卷书。"青灯之下，书卷之中，个中味岂他人所能悟耶？余谓放翁之巢乃其读书之所而非藏书之屋，藏而不读，斯书死也。凡书皆禀其灵，当时时唤起，久而使之寂则是书亡矣。余每读先贤之作，恍惚有促膝之感，其灵生矣。

放翁晚岁贫窘

放翁其人颇有令人羡处，诗作之巨万首，享年八十有五，身后美誉千载，诗家得如此者复有几人哉。然余读其《剑南诗稿》，放翁晚岁落魄贫窘亦复几人可比也。

夫放翁尝入仕而无显位，及暮年归隐，家无积赀，故时有悲老嗟贫之叹矣。“不惟今日老，已是一生贫。食菜从儿瘦，关门任客嗔。”“翁犹羹不糁，儿固食无鱼。”“妾病常停织，儿饥屡辍耕。”“灶间无马穴，釜冷有尘生。”若此等句，时于笔端，当非诗人夸辞而。《贫居久蔬食，至是方稍得肉》云：“出波鱼美如通印，下栈羊肥抵卧沙。”偶一得鱼肉则馋状可掬。其日食以粥，饮酒常赊，类于乡民也。“我得宛丘平易法，只将食粥致神仙。”“邻家幸可赊芳酝，红蕊何曾笑白头。”“呼儿持故襦，买酒具一醉。”尤可叹者，为惜灯油竟废夜读。“惜酒已停晨服药，省油仍废夜观书。”书既不可读，纸墨亦已告罄，《纸墨皆渐竭戏作》云：“官库谁能饷陟厘，汉宫无复赐卢麋。不如扫尽书生事，闲伴儿童竹马嬉。”

嗟夫，放翁身后固多美誉，近世亦颇有寻其暇者，或讥或讽，失之忠厚之道也。耄年之人而无致仕之资，欲读乏油，欲书匮纸，然胸中仍系中原恢复之事，此般心情岂常人可窥者欤？

龚自珍之子甘为汉奸

清至嘉道，学凋文敝，索索无生气，定庵乃崛起于其间者也。其诗文多大彻大悟之言，沿及同光，家弦户诵，遍于江浙，风尚所趋，尊为龚学。至近世，未读其诗者亦知“我劝天公重抖擞，不拘一格降人才”句。然真若清人赵翼所云：“名父之子多败德”乎？余于广陵刻印之《清朝野史大观》见有龚半伦为汉奸事，嘘唏难已矣。

其载曰：“定庵子孝拱，晚号半伦，半伦者，无君臣父子夫妇兄弟朋友，而尚嬖一妾，故曰半伦云。半伦少好学，天资绝人，顾性冷僻而寡言语，好为狭邪游。中年益寥落，至以卖书为活。英人威妥玛方立招贤馆于上海，与之语，大悦之，旅沪西人均呼为龚先生而不名，月致百金以为修脯。庚申之役，英以师船入京，焚圆明园，半伦实与同往。单骑先入，取金玉重器而归。”查《清通鉴》文宗显皇帝咸丰十年癸记："是日，英法军败僧格林沁、瑞麟军于德胜、安定门外，官军去十之七八，退往彰仪、右安门一带。英法军随即由黄寺、黑寺直趋西北，进占圆明园，大肆抢掠。园内所有稀世珍宝、文物均劫掠一空，殿堂数座被焚，宫门外朝房及海淀居民铺户大半亦被焚毁。"

《圆明园残毁考》亦载，"所以焚掠圆明园者，因有龚半伦为引导。半伦名橙，字珍子，为人好大言，放荡不羁，窘于京师，辗转至上海，为英领事纪室。及英兵北犯，龚为响导曰：'清之精华在圆明园。'及京师陷，故英法兵直趋圆明园。"

冒鹤亭《孽海花》则载："英使（威妥玛）在礼部大堂议和时，龚橙（半伦）亦列席，百般刁难，恭亲王奕䜣大不堪，曰：龚橙世受国恩，奈何为虎像翼耶？龚厉声说：吾父不得官翰林，吾贫至糊口于外人，吾家何受恩之有？恭亲王瞠目看天，不能语。"

凡史籍所载及野史之言，半伦之有亏于私德明也。然野史小说之言难以征之正史也，余凡寻之《清史稿》、《清史编年》及《清代通史》均若《通鉴》，唯记英法军侵犯暴行事，笔墨未及半伦，此乃余之疑者也。或因半伦为英人记室素为国人所诟，至英军北侵，意其固随之，至有"单骑先入"之说乎？

呜呼，定庵父子皆狂涓之士，然定庵之狂意在社稷，半伦之狂祸及祖宗，焉可同日语耶？子败父德事今复多见于报章，今人谓之"官二代"者，亦复半伦辈焉。

官不作假品自高

《资治通鉴》卷四十三载刘昆事，有感而录于右。时建武二十二年丙午，"初，陈留刘昆为江陵令，县有火灾，昆向火叩头，火寻灭；后为弘农太守，虎皆负子渡河。帝闻而异之，征昆代林为光禄勋。帝问昆曰：'前在江陵，反风灭火，后为弘农，虎背渡河，行何德政而致是事？'对曰：'偶然耳。'左右皆笑，帝叹曰：'此乃长者之言也。'顾命书诸策。"

夫昆之叩头于火，情之急也；虎背渡河，或为讹也。二事或皆适逢其机耳，易以他人亦复如是。然逢此机而不自负，难也。盖斯时光武乃先存行德政于内，昆循其意则必奉龙颜矣，而昆以偶然对之，实逆上意也，故左右皆笑之。致若光武叹其乃"长者之言"，书诸策，亦君臣之相得焉。余以为有光武而后复有刘昆，上喜直而后有直臣，上敬长者而后有长者之言。昆谓反风灭火，虎背渡河为偶然，余谓其书诸策则非偶然耶。纵览史策，上有所好，下必甚矣，上喜伪则下必伪之，昆之遇非偶然也乃适逢其遇焉。

案。昆代林之林乃光禄勋杜林也，时为大司空。

郭乾晖易名学艺

《因树屋书影》卷四，载郭乾晖易名学艺事，艺林一逸闻也。

五代郭乾晖画鹰鸟，得名于时。钟隐亦负重名，自谓不及，乃变姓名，受佣于郭。经年得其笔意，求去；再拜陈所以。郭怜之，尽以传授，故与齐名。

夫画一技耳，至变姓名受役于人，求艺之心一至于斯，可畏也。夫为艺之道，凡有所成而垂名于后世者，莫不具无上之坚毅力，致人视之为痴。非痴艺之不成，故艺林亦多痴人痴事传焉，非独画坛耳。

韩湘子乃韩愈之侄

国人皆知八仙，然知其来历者鲜，所言无非夤缘附会耳。所谓八仙之说，其始于唐，盛于元，盖王重阳派道教援而附之也。余阅明人胡应麟《庄岳委谈》，谓八仙之韩湘即韩文正公之侄也，昌黎实赠以诗，贾岛亦有诗寄湘，然皆不言其道术，盖道家附会古人矣。八仙之说既传之广，坊间多有附之神魔之奇，亦国人心性使之然也。余又见韩湘度韩愈成仙事，尤可解颐。其说谓湘既成仙，欲度其叔，未果而愈卒，于是欲度其神职也。愈谓必与夫人同坐，然天庭唯玉皇与王母同坐，神职皆单身，独土地与夫人同坐焉。湘为之谋，故北地土地爷多称韩愈。其说固荒诞，盖亦文正公之名存之于民间而致矣。

考之民间之神，皆为前世之俗人也，或忠义，或保民，后世感念，绘影塑像而祀之，其初无非寄托衷情耳，久之而成神祇也。婺州之方岩有胡公大帝者，四方数百里皆神祀之，亦此理也。

韩愈食毒而亡

白居易《思旧》诗云："闲日一思旧，旧游如目前。再思今何在，零落归下泉。退之服硫黄，一病讫不痊。"盖韩愈亡于服食硫黄也。

史载国人食毒始于魏晋至南朝。其时道家兴炼丹之术，制五石散，石钟乳、石硫黄、白石英、紫石英、赤石脂是也。周树人考五石散乃毒药，魏晋时何晏始服之，其效类清季之鸦片也。至唐则有所谓金丹者，以为长生药也，高宗、太宗、宪宗均服之。流风所及，贵勋豪富皆好之。

昌黎文起八代，一时之士也，其谏迎佛骨，直言上书，何其智也，何以亦坠其彀而不省耶？或疑白香山所谓退之者非韩文公焉。其抑为贤者讳乎？五代陶穀《清异录》曰："昌黎公愈晚颇亲脂粉，故事服食，用硫黄末搅粥饭啖鸡男，不便交，千日烹疱，名‘火灵库’。公间日进一只焉，始而见功，终致绝命。”余恐有讹，复于陈寅恪先生《元白诗笺证稿》所附之“白乐天之思想行为与佛道关系”文寻其究竟。寅恪先生曰：“陶榖为五代人，距元和长庆时代不甚远，其说当有所据。至昌黎何以如此言行矛盾，则疑当时士大夫为声色所累，即自号超脱，亦终不能免。”

噫，夫昌黎公亦非圣人，流风所染，当非异事，不可以之为奇也。寅恪先生以为：“但鄙意昌黎之思想信仰，是称终始一贯，独于服硫黄事，则宁信其有，以与唐代士大夫阶级风习至相符会故也。”斯言宜矣。

汉景帝为人刻深

汉之文、景二朝皆治世，故有“文景之治”美誉。余阅《史记》感文帝贤而其子景帝刻深无行也。

夫启为太子时，吴王濞遣子朝见，启之族兄也。手谈争执，启怒掷盘而致之亡。濞失子而衔恨，终伏日后吴楚七国之乱。为太子与梁王共舆入朝，经司马门犯禁不下，公车令张释之阻，劾为“不敬”。及为帝，于后宫妃嫔淫亵，竟容郎中令周仁旁观。其行悖理无所讳，实非贤君之行止也。

余阅太史公所记，景帝传略竟无可称者。其为政而无担当，忠诚之士莫不寒心。初，晁错议削减诸侯，启喜而行，致七国之乱起，仓促而诛错，其不明乱之因远乃濞子之亡，近乃启之行事刻深，七国之乱实启逼之也，岂诛一错而可洱者乎？其事甚明，其理甚浅，错诛而乱仍起焉。若无先帝之臣周亚夫、窦婴，汉之社稷至启而亡矣。乱方敉平，帝后王氏欲封其兄王信为侯，亚夫廷谏，谓：“高皇帝约：非刘氏不得王，非有功不得侯。不如约，天下共击之。今信虽皇后之兄，无功。侯之，非约也”，帝默然而止。然其不感念亚夫谋国之忠，规谏之诚，竟假庸工诬词而陷夫夫于囹圄之中，致其不胜愤懑，绝食而亡。太史公于《绛侯世家》谓：“条侯果饿死。死后，景帝乃封王信为盖侯。”呜呼，春秋之笔，一言中的。启之刻深于子亦然，皇太子荣，四年而废，出为临江王。因罪囚于中尉府，令酷吏郅都审，荣恐而自戳，葬于蓝田。太史公为之下数语：“燕数万，衔土置冢上。百姓怜之。”史书如此，非志怪也，以言禽兽怜之，人不如也。

夫孝景杀晁错、辱亚夫、逼亲子，实非贤者所当为矣。余以《文帝本纪》，《景帝本纪》相较，太史公盖以春秋法也。文帝所载者，废律、罪己、减刑、重祀、尚俭、纳谏云；景帝所载则全然付阙，了无所见，止书年月耳。

余谓“文景之治”者，实孝文之治也，若清之谓“康乾盛世”者，实康雍之治也。是故知史传之说，不可概信矣。

黄庭坚以东坡门弟子居

今人言苏轼、黄庭坚，每以苏黄称之，然鲁直甚敬轼，生时交谊甚厚，而以门弟子居，其谦固非后来争名者可类也。

《说郛》卷三《拊掌录独步》云："黄鲁直在荆州，闻东坡下世，士人往吊之。鲁直两手把一膝起云：'独步，独步。'"《闻见后录》云："赵肯堂亲见鲁直晚年悬东坡像于室中，每早作，衣冠荐香，肃揖甚敬。或以同时声名相上下为问，则离席惊避曰：'庭坚望东坡门弟子耳，安敢失其序哉。'"

夫黄鲁直诗书画皆一时之绝，其与东坡相惜猩猩，岂世俗辈可窥其行止者乎？其诗文字画，别为一家，实非出于东坡门下也。窃谓凡人才之所得，千万而蔑有同之者，是造物者之大恒也。鲁直之以东坡弟子居，示之敬耳，若板桥谓己青藤门下走狗类也。

去岁闻鲁直一墨迹拍价近亿，其复胜于东坡也。

毁誉参半说冯道

人之臧否前人每多偏颇，余读史时有感焉。欧阳修撰《新五代史》极詈冯道，谓其"无廉耻者"，司马君实《资治通鉴》则云："兹乃奸臣之尤。"所论皆谓其历仕四朝、十帝，而非专效于一朝之故也。然专之于一朝者则谓忠臣乎？冯道臣事十帝，屈于契丹，居相位者二十余载，盖有因也。

夫五代之乱，各族相融，诸帝朝夕而易，数十年间，唐、晋、汉、周"乱纷纷，你方唱罢我登场"。观其时也，强兵者为天子，力败者先亡。四朝之时，所谓矛盾者强兵之争，殊非后之宋、元、明、清之际也。后之史家专以孔儒之说而加之于冯，则必多毁谤矣。余窃奇《新五代史·冯道传》则谓：冯道死，"时人皆共称叹，以谓与孔子同寿，其喜为之称誉盖如此"。观夫冯道其人，终其生，清廉俭朴，"不受四方之贿，未尝以片简扰诸侯"。唐明宗称其："冯道性纯俭，顷在德胜寨居一茅庵，与从人同器食，卧则刍藁一束，其心晏如也。及以父忧退归乡里，自耕樵采，与农夫杂处，略不以素贵介怀，真士大夫也。"（《旧五代史·冯道传》）据传，冯道为相，"凡孤寒士子，抱才业、素知识者，皆与引用。唐末衣冠，履行浮躁者，必抑而置之。"五代丧乱之际，典籍错乱舛谬，其倡以唐郑覃所刻石经为本，雕版印行，其功莫大也。明宗尝谓道："天下虽熟，百姓得济否？"道曰："谷贵饿农，谷贱伤农，此常理也。臣忆得近代有举子聂夷中《伤田家诗》云：'二月卖新丝，五月粜秋谷，医得眼下疮，剜却心头肉。我愿君王心，化作光明烛，不照绮罗筵，偏照逃亡屋。'"明宗谓善，遽命侍臣录，每自讽之。

呜呼，观夫其行事而后复论其人，方不失偏颇，史家安而弃之而专注于四朝十帝者焉？冯道之所仕者，一朝之帝乃前朝之臣。沙陀人创唐，而终之于汉人；石敬塘固出西夷，然为明宗之婿；刘知远祖为沙陀，然世居于汉地，辅唐明晋高。四朝之势，夷汉相杂，殊不能以效汉而论之矣。乾隆帝尝命撰《贰臣传》，依其论冯道则为十臣也，势之异焉能一以论之哉？

纪晓岚夏虫疑冰

余幼时随祖寝，祖素喜留仙之作，夜则为吾讲鬼狐事，故余未进学而略知《聊斋》也。及长，遍寻世之诸版，唯张友鹤辑校之三会本厘定十二卷为善耳。及读纪昀《阅微草堂笔记》，亦颇喜，以为清之小说双璧。然纪昀于留仙意存贬斥，余不以为然也。

盛时彦昀之徒也，编《姑妄听之》后为之跋，言：“先生尝曰：‘《聊斋》盛行一时，然才子之笔，非著书者之笔也。’”晓岚以为《聊斋》之述，既非小说又非传记，“一书而皆二体，所未解也。”其谓“今燕昵之词，媟狎之态，细微曲折，摹绘如生。使出自言，似无此理；使出作者代言，则何从而闻见之？”盛时彦尚谓：“因先生之言，以读先生之书，如叠矩重规，毫厘不失，灼然与才子之笔分路而扬镳。”师徒之言非公允之论也，晓岚学识渊博，尝任《四库》总纂，侍君之人失之正统，岂留仙乡野逸士之可并言者耶？

余以两书相较，可窥端倪一二。以其体例言，留仙自谓：“才非干宝，雅爱搜神；情类黄州，喜人谈鬼。闻则命笔，遂以成篇。”晓岚亦曰：“昼长无事，追录见闻，忆及即书，都无体例。”以旧例则两书均可称之“笔记”或“小说”，以今习则《聊斋》近小说而《笔记》近“笔记”也。留仙之文委备华赡、刻画尤腻，晓岚之文则实录少文，质朴无饰。留仙自序开益即谓：“披萝带荔，三闾氏感而为骚。”“集腋为裘，妄续幽冥之录；浮白载笔，仅成孤愤之书。”晓岚谓：“小说稗官，知无关于著述；街谈巷议，或有益于劝惩。”一为泄其“孤愤”，一为志在“劝惩”，落笔之意，一目了然焉。盖留仙假狐鬼以写人间，而晓岚独借鬼神以戒世人耳。一官一民，所思异而落笔殊也。

盛时彦无知小子也，贬留仙谓：“故诲淫导欲之书，以佳人才子相矜者，虽纸贵一时，终渐归湮没。”其岂知人知文知世者乎？试以留仙自序吟之，“嗟乎，惊霜寒雀，抱树无温；吊月秋虫，偎栏自热。知我者，其在青林黑塞间乎。”寄托如此而复为晓岚师徒所诟，夫真亦足悲矣。

妓殉秦少游

《清波杂志》卷九“郴州词”云：“秦少游发郴州，反顾有所属。”所谓有所属者，言其填《踏莎行》有“郴州幸自绕郴山，为谁流下潇湘去？”句，后人论之者众矣。

清赵翼《陔余丛考》谓少游之所属者长沙之妓也，云：“秦少游南迁至长沙。有妓生平酷爱秦学士词，至是知其为少游，请于母，愿托终身。少游赠词，所谓‘郴州幸自绕郴山，为谁流下潇湘去’者也。念时事严切，不敢偕往贬所。及少游卒于藤，丧还，将至长沙，妓前一夕得诸梦，即逆于途，祭毕，归而自缢以殉。”《夷坚志补》亦载秦观此事，且云娼系拊棺“举声一恸而绝”。

夫绍圣后，少游长为逐臣，然词冠天下，慕名而游者不绝，致有妓殉之事传也。余谓淮海以逐臣之身，岂有畜妓之兴焉。云妓殉者，欲以称少游耳。旧小说有言少游娶苏小妹事，皆无稽也。放翁有诗云：“死后是非谁管得，满村听说蔡中郎。”前人故事，多发之于闾巷之欲，其传之世固合乎心，然求之史则多无所据，审其所以，所传故事皆史无而人欲有之者。呜呼，人皆欲有之者，胜于实也。

晋惠帝不识虾蟆

夫人君生长深宫之中，与法家拂士相接少，而宦官子女共启处多，故多有愚闇焉。《左传》成公十八年，谓周子有兄而无慧，不能辩菽麦。《晋书·惠帝纪》则载惠帝竟不识虾蟆，其愚甚矣。纪谓：帝常在华林园，闻虾蟆声，谓左右曰：“此鸣者为官乎？为私乎？”或对曰：“在官地为官，在私地为私。”呜呼，虾蟆亦知官私乎？然帝信之。盖其所处者禁中，所接者佞幸之徒，所闻者阿谀之词，安知天下之事哉。是以及天下荒乱，百姓饿死，帝闻而曰：“何不食肉糜？”为后世笑矣。

至若愚暗若惠帝者亦复众矣。《史记·李斯列传》载：赵高为郎中令，所杀及报私怨众多，恐大臣入朝奏事毁恶之，乃说二世曰：“天子所以贵者，但以闻声，群臣莫得见其面，故号曰‘朕’。”乃不坐朝廷见大臣，居禁中。赵高常侍中用事，事皆决于其也。明神宗时，台省空虚，诸务废坠，上深居二十年，未尝一接见大臣，其闭塞如此，焉知天下之事耶？虾蟆之声尚未明，黎民之疾焉可知欤？故今人所谓为政当接于地气也。

净土两初祖

释教东传，宗派林立，然一宗一派莫不有初创者，信徒敬为始祖也。净土乃佛门大宗，而后之信徒奉有二祖，实释门之奇数也。余阅《高僧传》始知其始末。

东晋慧远，出身仕宦，据《世说》，其“世为冠族”，“博综六经”，“虽宿儒英达，莫不服其深致”。两晋之际，玄风颇盛，士大夫多由儒而玄，远初精老庄之学，后闻道安宣《般若经》，豁然觉悟，遂入空门。尝曰：“庄周悲慨人生天地之间，如白驹之过隙。以此而寻，孰得久停，岂可不为将来作资？”由是而奉净土。其修之旨在因果报应之说，然源之于玄学之“本无”，即信阿弥陀佛，往生阿弥陀净土。

北魏昙鸾，家近五台，幼闻神灵之说，年十四落发。后因疾遂发愿取长生之法，闻道士陶弘景精神仙术，遂之江南从之，得《仙经》十卷归。途遇西域僧菩提流支，便求教。流支以无量寿经说之，鸾顶礼而受，焚《仙经》，专修净观，时知天命年也。鸾盖由道而佛，故以道之理而寻净土矣。

夫慧远、昙鸾，一玄一道，殊途而同归，则知佛门方广，岂论出身乎？于修持之法言，佛说念佛有三：称名而念一也；观想而念二也；实相而念三也。慧远修持即主观想而念，昙鸾则主称名而念。然无论何念法，皆出于佛说经，既如是我闻，归途而一，复以象说之则坠魔也。二僧之说至隋唐，为道绰与善导师承，终成净土一宗也。

余谓净土之宗，其理浅易，口称佛号耳，故其信徒众，迥非禅宗非士大夫不可修也。

孔尚任蔑郑妥娘

余素喜孔尚任之《桃花扇》，以其记一代兴亡之史也。其剧有郑妥娘者，丑且恶。偶阅钱谦益《列朝诗集小传》，惊其异也。兹抄于右：

郑如英，字元美；妥，小名；十二，行也。金陵旧院妓首推郑氏，妥晚出，韶丽惊人。亲铅椠之业，与期莲生者目成，生寄长相思曲，用十二字为目，酬和成帙。冒伯麟集妥与马湘兰、赵今燕、朱泰玉之作，为《秦淮四美人选稿》。伯麟称妥手不去书，朝夕焚香持课，居然有出世之想。有述怀诗寄伯麟云：“浪说掌书仙，尘心谪九天。归依原夙愿，陌上亦前缘。”良可念也。

于戏，妥娘“韶丽惊人”，为秦淮四美之首，复亲“铅椠之业”，亦能书者，况青楼之女而“焚香持课”，宛若比丘尼，余直以柳如是类之，终惑孔氏何以蔑之甚矣。

明清戏剧演义人物，多有悖谬事。若蔡邕其人，《后汉书》载之甚明，然至《琵琶记》则伯皆为薄幸郎也。其或作剧者有己之恶者乎？俗文学于闾巷之民感染尤深，既具成见，正史不复彰焉。余为妥娘一叹。

孔稚珪诬周颙

孔稚珪《北山移文》六朝骈文之名篇也，斯人亦因一文而传于世。其文讽周颙以隐求仕，极尽诬辞。“世有周子”“将欲排巢父，拉许由，傲百氏，蔑王侯。风情张日，霜气横秋。”“及其鸣驺入谷，鹤书赴陇，形驰魄散，志变神动。”以至“故其林惭无尽，涧愧不歇，秋桂遗风，春萝罢月。”颙伪隐之态跃然焉。

闲翻《南齐书》卷四十一有《周颙传》，细审之迥非孔文所叙也。周颙字彦伦，汝南安城人。由宋入齐，殊无恶迹。据本传，“宋明帝颇好言理，以颙有辞义，引入殿内，亲近宿直。帝所为惨毒之事，颙不敢显谏，辄诵经中因缘罪福事，帝亦为之小止。”“元徽初，出为剡令，有恩惠，百姓思之。”“颙于钟山西立隐舍，休沐则归之。”“清贫寡欲，终日长蔬食，虽有妻子，独处山舍。卫将军王俭谓颙曰：‘卿山中何所食？’颙曰：‘赤米白盐，绿葵紫蓼。’文惠太子问颙：‘菜食何味最胜？’颙曰：‘春初早韭，秋末晚菘。’”因其风度，太学诸生慕其风，争事华辩。观夫周颙虽慕隐而未隐，入仕而研诵佛学，心存一丝慈悲而惠于民，岂有伪者乎？

《南齐书》卷四十八有《孔稚珪传》，孔自刘宋至萧齐皆仕，至太子詹事。永明十年，尝与陆澄共荐无意于仕之杜京产，谓京产出山林而朝仕则“岩谷含欢，薜萝起忭矣。”嗟乎，移文之所讽者，德璋之所为也。据《南齐书》，德璋父灵产，刘宋泰始中罢晋安太守后，“有隐遁之怀，于禹山立馆，事道精笃，吉日于静屋四向朝拜，涕泗滂沱”，后却以术数见赏于齐高帝，遂擢迁光禄大夫。《北山移文》所讽者焉非乃父乎？

余审孔周二传绝无相交之迹，殊不明德璋何以诬彦伦如斯，是以知名文不可尽信之焉。

孔子求富

孔子贫，然亦求富也。其谓“富而可求也，虽执鞭之士，吾亦为之。如不可求，从吾所好。”盖人莫不求其富也，岂有可富而安于贫者欤？执鞭之士贱也，而操其业可致富，夫子不拒也。其又谓“不义而富且贵，于我如浮云。”夫子诚以义为本也，于所执役之贵贱，不之论也。余尝闻某高人谓夫子执贱役亦以求富，其果知夫子乎？求富之欲，人皆有之，夫子不掩之，诚君子也。奚若今之求富而羞于言之者欤？

孔子庄子屈原之生死观

生死观之于人实表其志也。孔子云：“朝闻道，夕死可矣。”“志士仁人，无求生以害仁，有杀身以成仁”，坦然而无畏。庄子云：“其生若浮，其死若休”；“虽南面王乐，不能过也”。羽化登仙，超乎尘世。屈原云：“宁赴湘流，葬于江鱼之腹中，安能以皓皓之白，而蒙世俗之尘埃乎？”“既莫足与为美政兮，吾将从彭咸之所居。”疾世之丑恶而憧憬理想。太史公之发愤激于无畏于死，王静安之投昆明绝望于文化之亡，陈寅恪以盲目膑脚之身而著钱柳姻缘，欲承中华之文化也。故余以为仁者取义，达者适情，智者全身，其行异而皆源于一己生死观矣。佛家以死为涅槃，道家以死为羽化，亦复如是。

李白崇尚孟浩然

诗仙太白禀性傲岸，睥睨王侯，尝使高力士为之脱靴，然其于才俊中独崇孟浩然。观其《赠孟浩然》诗，敬仰之情，溢于诗外，亦为奇数也。

余谓李孟皆养望待时之人也。唐时学人欲入仕，多有步终南捷径者，步此径则必先养其望，待名盛，而求得力者荐之，方可一步而致青云之上。故太白尝拒广汉守之荐，浩然亦有不赴郡守引谒之举，其意一也。以心性论，李孟概俱侠风，卓尔不群，白眼权贵，多讥刺世态炎凉，讽喻为政不识之作，故其心所印也。然则，其所行迹志在沽名，心存魏阙，以隐为饵，志在终南矣。若夫诗风相合，皆有冲澹萧散之致，亦其缘也。前人谓太白五言律多似浩然，不虚也。观太白《黄鹤楼送孟浩然赴广陵》，依依之情，感人至深，迥非一时兴之所致焉。

李渔打抽丰

余尝阅李渔《闲情偶寄》，感其精于饮食衣着，庭院楼台，意其为富家才俊。后观诸清人笔记乃知其竟身无恒产，浪迹江湖，寄食豪门，抽丰索财之辈也。拍案之余，复叹其虽具绝世才华而品格低下如斯焉。

《复柯岸初掌科书》谓其：“渔无半亩之田，而有数十口之家，砚田笔耒，止靠一人。一人徂东，则东向以待；一人徂西，则西向以待。今来北，则皆北面待一哺矣。”噫，直若率家而乞者矣。故其言“负笈四方，三分天下几遍其二”。笠翁以才望而乞之四方，复能直率无饰，豪富者多求，差强者寡取，手中钵绝无虚时。其乞语亦复雅致，刘梦锡诸暨小令也，则曰：“知老父台厚待故人，不必定为不费之惠，倘蒙念其凄凉而复悯其劳顿，则绨袍之赐不妨遣盛使颁来。”龚芝麓显宦也，则曰：“所望于故人者，绝不在绨袍二字。以朝野共推第一，文行合擅无双之合肥先生，欲手援一士俾免饥寒，不过吐鸡舌香数口向人说项，便足了其平生。”巧言多智，厚颜无耻，故其抽丰斐然也。

或曰，何以人皆愿援之于手哉？余谓笠翁固负一时盛名，亦赖之于世风也。赵宦光《牒草》记云：“有明中叶以后，山人墨客，标榜成风。稍能书画诗文者，下则厕食客之班，上则饰隐君之号，借士大夫以为利，士大夫亦借以为名。”一求利，一借名，盖非贫寒之士之乞于豪门者也。笠翁之奇者，在其以乞而食，然纵享声色一如贵宦。妻妾歌姬，所养颇众；伊山别业，营造亦奇，虽托钵而悠然自得。

挟才情而托钵于豪门，笠翁之品鄙矣。清初董含斥其尤为淋漓：“李生渔者性龌龊，善逢迎。常挟山妓三四人，遇贵游子弟便令隔帘度曲，或使之捧觞行酒，并纵谈房中术，诱赚重价。其行甚秽，真士林所不齿者。余曾一遇，后遂避之。”呜呼，文人而无行者，当为之戒。

梁启超嗜麻将

麻将之于芸芸众生，其诱也甚矣，贤愚概莫能免，光绪间梁任公亦嗜斯雀焉。余尝见王森然为之传曰：

先生喜作方城之戏，藉以遣兴，虽行旅不废也。学界深慕先生言论风采，纷以讲演见请，事到目前，先生绝不预备，红中白板如故。同座代之急，先生笑应曰：予正利用博戏时间起腹稿耳。常以此旁骛故，每赌必负。或劝止之，先生曰：“骨牌足以启予智慧，手一抚之，思潮汩汩来也。屡验屡效，已成习惯。”

呜呼，骨牌之于任公既启智慧复引文思，诚文房五宝也。《清稗类抄》有《麻雀诗》四首，读之解颐，可窥清季麻将风也。其曰：

麻雀何难打，只求实者虚。逢和须要算，死听不为输。三项家家大，双风对对符。自摸清一色，喜煞牧猪奴。

今日赢钱局，排排对子招。三元兼四喜，满贯遇全幺。花自扛头发，月从海底捞。散场须远避，竹杠怕人敲。

素有盘龙癖，得闲打八圈。上家六合占，本位自输钱。勒子看人倒，病张难我拈。不如加两点，或可有庄连。

又唱竹林戏，讴歌逸兴赊。四圈输八吊，一客累三家。包子连连吃，头儿屡屡拿。不愁输得苦，明日早来些。

近世麻将之风愈盛，凡闾巷妇老，莫不溺之。观夫任公之于其中而启智慧者，其人尽可效之焉，若其“手一抚之，思潮汩汩来也”则不复有其人也。人之嗜固不可免也，若陶潜之嗜于杜康，米颠之嗜于石，板桥之嗜于男风者，亦未可尽诟之矣。

梁山伯乃薄情郎

梁祝故事经近代越剧演绎及梵娜玲之曲，雅俗无不知者。余尝游明州，见梁山伯庙，乡人谓岁八月朔望，香火极盛，盖言望日祝英台归宁也。庙间有售《义忠王庙记》者，购而读，惊梁氏何乃薄情之辈耶。

盖徽宗大观间，明州知州李茂诚撰《义忠王庙记》，谓：“至（晋）安帝丁酉秋”，梁之灵助太尉刘裕败孙恩军，帝封为“义忠神圣王”，于明州立庙祀之，又于会稽建梁王祠，“民间凡旱涝疫疠，商旅不测，祷之辄应，”以为神也。《庙记》载：梁山伯尝求婚于祝英台，时祝已许马家，梁闻“喟然叹曰：‘生当封侯，死当庙食，区区何足论也。’”其重功名而轻情谊，“区区”二字写尽矣。

北宋词牌有“祝英台近”，东坡、荆公始填也。《东坡乐府》载是牌，“挂轻帆，飞急浆，还过钓台路。酒家无聊，欹枕听呜橹”是也。唯其悲声通篇，殊少东坡豁达气象，故人疑为明人商辂所作。夫词牌之制初多因咏某事而得之，故知梁祝故事已行于北宋。明冯梦龙纂《喻世明言》，《李秀卿义结黄贞女》“入话”亦载之，与今之梁祝梗概无大异也。乾隆后，民间戏曲杂艺兴，梁祝故事之歌咏而传之世焉。

私谓若究之于梁山伯本事，则一薄情汉耳，由薄情而痴情，人情之所致也。《关雎》之始，人莫不褒之痴情，临川四梦及《西厢》皆言痴情者，故梁氏本事之易亦人心之所望焉。

刘基荐人不以己之好恶

明武宗称刘基“渡江策士无双，开国文臣第一”，斯论不失公充也。余于《明史》及《郁离子》诸书窥其举贤荐能，辅明太祖选材任人事尤堪称道。

初，太祖欲罢李善长相，询之基。基以为“国之大事，莫大乎置相”（《郁离子·论相》）固知善长因李彬事衔恨，而谓“善长勋旧，能调和诸将”，不应易也。其复谏之太祖曰：易相“如易柱，须得大木，若束小木为之，且立覆”（《明史·刘基传》）。待李善长罢，太祖欲以杨宪继之。宪，基之私好者也，亦以“宪有相才无相器。夫宰相者，持心如水，以义礼为权衡，而己无与者也，宪则不然”

为谏。太祖以以汪广洋询之，基曰："此褊浅殆甚于宪。"复问之胡惟庸，则谓若驾车，胡非不能驾，恐毁辕木也。太祖意以基任，则辞曰："臣疾恶太甚，又不耐繁剧，为之且孤上恩。天下何患无才，唯明主悉心求之，目前诸人诚未见其可也"。（同上）后杨、汪、胡为相，诚如基料，皆无善终。

夫欧阳修曰："朋党之说，自古有之"，乃为《朋党论》。有明一代朋党亦不能免，盖朋党之生有其因也，独诚意伯不以恶己者为恶，不以好己者为好，分明曲直，公而无私，其荐相事可窥昭然之心矣。及胡惟庸为相，基终为其毁，基亦明之辕木也。复叹基之有先见焉。

刘景升非豚犬耳

曹阿瞒尝谓：生子当如孙仲谋，若刘景升豚犬耳。阅三国者皆知此评，余以为非也，乱世奸雄焉知仁者之治耶？

景升乃景帝之裔，少求学于经学大儒王畅，蒙儒学熏陶，尤感于中庸以说。及其长，值汉之气尽，于衰败末世乃能反宦官擅权，世人誉为"八俊"（《三国志·刘表传》）之一。至其为荆州牧，以为"理平者先仁义，理乱者先权谋"，尊献帝，结袁绍，北方士人咸归之，成一时文化繁荣盛况。史谓表"招诱四方，威怀兼洽，其奸猾宿贼更为效用，万里肃清，大小咸悦而服之。关中、衮、豫学士归者盖有千数，表安慰赈赡，皆得资金。遂起立学校，博求儒术……爱民养士，从容自定"。景升之行德政，施文治，律己严峻，"在荆州二十年，家无余积"；吏治清明，无扰民之为。以至鲁肃谓荆州乃"沃野万里，士民殷富，若据而有之，此帝王之资也"。（《三国志·吴书·鲁肃传》）

夫汉末乃群雄逐鹿之世，奸雄、枭雄逞能之时，"家家欲为帝王，人人欲为公侯"，人谋之优劣乃成王侯之关键，岂景升辈能胜之乎？陈寿评其"外宽内忌，好谋无决"，而知其非治乱世之人也。若假其于太平之世，焉知其非长者大臣，经学大家耶？惜其逢纷乱之世，非能自强则必自灭，悲矣。而景升之悲非其一人之悲，乃汉末士人之悲也。

盲人注解唐诗

盲而著述者，近人尤称陈寅恪。钱谦益《列朝诗集小传》载明末唐汝询，称"盲者汝询"。夫汝询字仲言，江苏华亭人，五岁失明，从父兄学，凡经史子集诗赋入耳能诵，尝著《唐诗解》凡五十卷，笺注俱备，加以评讲，清初盛于世。钱谦益于《小传》曰：汝询"尝过予山中，酒间诵《子虚》、《上林》诸赋，杜、白诸长篇，锵金戛玉，琅琅不遗一字。”

朱竹坨《明诗综》收其绝句二，颇有风致，录之于右：

怅别高楼酒易醒，坐间落叶满沙汀。春来倘忆同游地，无限垂杨梦里青。（《夜别陆长倩》）

风雅翩翩自不群，荣华入目总浮云。江湖此去无知己，早晚移家欲就君。（《留别沈茂之》）

嗟夫，左丘失明而注《春秋》，寅恪先生以膑盲之身而著《柳如是别传》，两者皆长而瞽也，独唐汝询幼而盲，所学概以耳代目，亦盲者之奇人焉。

门第高可畏不可恃

《旧唐书》引柳玭《柳氏家训》，今不传。谓柳氏理家甚严，子弟克禀诫训，时言家法者，皆称柳氏也。玭常戒其子弟曰：“凡门地高，可畏，不可恃也。立身行己，一事有失，则得罪重于他人，无以见先人于地下，此其所以可畏也。门高则骄心易生，族盛则为人所嫉，懿行实才，人未之信，小有疵类，众皆指之，此其所以不可恃也。”

夫世传家训众也，而以门第高而戒子弟者唯柳氏。盖膏粱子弟，其行多骄，奢侈淫威，累及先人，故世有富不过三代之说矣。门第之高，子弟亦必自傲，鲜有卑怯而居下者。柳氏深谙其理，故以斯训传诸子孙，不欲以不行而败也。近世每传勋爵之后以败德而囹圄者，多以门第之高而贱慎故也。余阅史，诸代前贤之后，鲜有及于祖者，岂才识必逊于乃祖欤？高第之下，其识多陋，反不若白衣之家矣。

孟子怯外

《孟子·梁惠王下》：昔者大王居邠，狄人侵之。事之以皮币，不得免焉；事之以犬马，不得免焉；事之以珠玉，不得免焉。乃属其耆老而告之曰：“狄人之所欲者，吾土地也。吾闻之也：君子不以其所以养人者害人，二三子何患乎无君？我将去之。”去邠，逾梁山，邑于岐山之下居焉。邠人曰：“仁人也，不可失也。”从之者如归市。或曰“世守也，非身之所能为也。效死勿去。”“君请择于斯二者。”

噫，孟子言太王以皮币、犬马、珠玉事强狄，不成，乃弃其人民、土地，且言何患无君，余惑其何怯外如此也？为君者，保民而守土也，岂临强敌而弃其民且属其易君者焉？所谓义者，强狄临则拒之，知其不可敌亦当率民以死相拒，况民心归则焉知狄之不可拒哉。孟子复言相择，岂圣人之为焉？《离娄上》谓齐景曰：“既不能令，又不受命。”涕出而女于吴。强敌之临也，贤圣之君若古公，若景公者，或贿之财，或弃之地，或妻之女，吾愤而责之曰：彼果为古之贤圣之君乎？后世媚外之举其为开端乎？怯外之举，国人皆愤之者也，孟轲何无一辞责之者，终为吾之惑矣。

孟子无礼而责于妻

汉韩婴《韩诗外传》卷九载：“孟子妻独居，踞。孟子入户视之，向其母曰：‘妇无礼，请去之。’母曰：‘何也？’曰：‘踞。’其母曰：‘何知之？’孟子曰：‘我亲见之。’母曰：‘乃汝无礼也，非妇无礼。《礼》不云乎，将入门，问孰存。将上堂，声必扬。将入户，视必下。不掩人不备也。今汝往燕私之处，入户不有声，令人踞而视之，是汝之无视也，非妇无礼也。’”于是孟子自责，不敢去妇。

噫，孟子亚圣也，继儒家之仁而宣于王道，何于家则行以霸道哉。夫子尝责原壤夷俟，以其母丧而不哀，待友而箕踞也。故斥曰：“老而不死，是为贼。”以杖叩其胫。孟子之妻乃于私室踞，何违于礼焉？遽见之则欲去之，不仁甚矣。人谓孟母贤，不谬也。昔三择邻而教子，又以实而不囿于礼，盖礼之制定人所行动也，岂行之私室哉。夫妇私室非公行之处，裸露亦不可免，况踞乎？余谓孟子何迂之甚也。

夫子之谓礼，仁之形也，故曰：“礼云礼云，玉帛云乎哉？”内无仁而外有礼，伪礼也。余尝与某专于礼仪者云：礼之义在于心，故授人以礼必先使其知仁，不知仁，焉知礼？孟子之欲去妻，亦是矣。

欧阳修贬包拯

世俗称古之清官者，莫过于包拯也，宋元以来之戏曲，迨至明清之公案传奇皆以“青天”视之，誉之极也。《宋史》卷三百十六《包拯传》亦曰：“拯立朝刚毅，贵戚宦官，为之敛手。闻者惮之。人以包拯笑比黄河清。童稚妇女，亦知其名，呼曰：‘包待制’。京师为之语曰：‘关节不到，有阎罗包老。’旧制，凡诉讼不得径造庭下。拯开正门，使得进前陈曲直，吏不敢欺。”

余阅宋典籍，尤留意包拯事迹，然史籍所载简，寻之向所熟知事则多小说家言矣。公案小说述拯事迹多谓位开封府尹，若《包公案》、《七侠五义》属，然《续资治通鉴》载，拯自仁宗嘉佑元年十二月权知开封府，至嘉佑三年六月迁右谏议大夫，其知开封府仅年半耳，且绝无断案事见于史籍。倘以史论人，拯亦有为人詈者也。

据《宋史·唐介传》载：张尧佐侄女为仁宗宠妃，故“张尧佐骤除宣徽、节度、景灵、群牧四使，介与包拯、吴奎等力争之，又请中丞王举正留百官班庭论，夺其二使。无何复除宣徽使，知河阳。介谓同列曰：'是欲与宣徽，而假河阳之名耳，不可但已也。'而同列依违，介独抗言之。"时拯为监察御史，而不若唐介之正，谓："必不得已，宣徽、节度择一与焉，如此则合天意，顺人情矣。"知其庸碌而复荐之，岂君子之为哉。又《包拯传》曰："张方平为三司使，坐买豪民产，拯劾奏罢之；而宋祁代方平，拯以论之；祁罢，而拯以枢密直学士权三司使。"其劾方平、祁职之所责也，然取而代之则不免外议也。故欧阳公闻之曰："拯所谓牵牛蹊田而夺之牛，罚已重矣，又贪其富，不亦甚乎。"欧阳公尝力荐于拯，然亦不免詈之，无怪"命下之日，外议喧然"。

夫人之褒贬固难，盖虽盖棺之人论其行迹亦见仁见智，其既有可褒者复无可贬事乎？既有可贬者复无可褒事乎？然世人习以一字而判，焉能概全哉。欧阳公尝评拯"天姿峭直"，后乃詈其贪，亦惜其易性也。独拯以时世所需而得誉于优伶，不亦幸乎？

欧阳修休致

宋制，命官年七十而可言休致，欧阳文忠公则六十五即自告致仕，盖有因焉。《东轩笔录》卷四载：欧阳修致仕居颍。蔡承禧经由颍上，谒于私第，从容言曰："公德望隆重，朝廷所倚，未及引年，而遽此高退，岂天下所望也？"欧阳公曰："吾与世多忤，晚年不幸为小人所诬蔑，止有进退之节，不可复令有言而俟逐也。今日乞身，已为晚矣。"所言小人者，盖谓蒋子奇也。

余谓文忠公仕宦中之智者也。隋韦世康与子弟书有语曰："禄岂须多，防满则退；年不待暮，有疾便辞。"（《隋书》卷四七本传）入仕者若守此戒，则不贻不辱，可全始终也。然观夫古今仕者，皆昧于勇退，虽才智之士能明哲保身而全终始者鲜矣。近时亦有仕宦者致仕之制，然休致后多假虚衔而居之，盖不欲一日失却其仪威矣。

钱谦益借诗存史

钱牧斋明清之际史学大家也，而无史乘存于世，后人多以为恨也。夫牧斋尝志于明史，"三十余年留心史事，于古人之记事记言、发凡起例者，或可稍窥涯略，近代专门名家如海盐、太仓者，亦能拾遗纠缪，而指陈其得失。"（《牧斋有学集》）以其心志才情，确乎太史之大家也。惜国运而衰，清兵南临，牧斋屈节而降，随例北迁，寻返故里，退隐林泉，重拾史笔，且辑《列朝诗集》。寅恪先生谓牧斋“平生志在修撰有明一代之史……于丙戌南还之后，已知此志必不能遂，因继续前此与孟阳商讨有明一代之诗，仿元遗山《中州集》之例，借诗以存史。”（《柳如是别传》）然牧斋果知志必不能遂乎？据《牧斋有学集》载，其尝谓杜苍略“庶几以余生暮齿，优游载笔，诠次旧闻……用以当西京之杂记，东都之长编，犹可以解黍蝗食蠹之饥，而慰头白汗青之恨，此则某之所窃有志焉。”然辑诗成著史亡，岂牧斋之过耶？

顺治七年庚寅，绛云楼蒙祝融之祸，珍本秘籍尽付一炬，《列朝诗集序》谓“庚寅阳月，融风为灾，播架盈箱，荡为灰烬，此集先付杀青，幸免于秦火汉灰之余。”故“自此绝意于纂述”，寻归空门，潜心佛典。余意牧斋非无意史乘者，时不予之也。然以诗存史不亦一途乎？寅恪先生以诗证史人谓治史之异途，诗之既可证史复亦可载史，此事明矣，故余谓有明一代之《列朝诗集》亦牧斋之明史焉。

乾隆帝好诗而无名

余尝读放翁《剑南诗稿》，然万首之中佳者实鲜，终未能遍览，窃以为多诗者当属之矣。偶翻《清稗类钞·文学类》有“高宗御制诗十万余首”条，曰“高宗御制诗五集，至十万余首。每一诗出，令儒臣注释，不得原委者，许归家涉猎，然多有翻撷万卷莫能解者”。高宗寿八十有八而成诗十万，盖以其坠地之日计，当日三诗，古今为诗者无出其右也。

观夫帝王而为诗者众也，汉高祖乃沛之无赖儿，及其位九五，亦尝长啸《大风歌》，虽仅二十三字，诗史载之而传。清代十朝，《清史稿》载圣祖避暑山庄诗二卷，世宗悦心集二卷，高宗御制诗五集凡四百九十二卷，仁宗诗集一百八十二卷，宣宗诗集二十四卷，穆宗诗集六卷。惜弘历十万之诗而无一传世者，反不若丰沛无赖儿也。余谓弘历好大喜功，自谓十全老人，然于文功则无可言者也。

佛家有所谓结习者，谓嗜之于物也。以诗为物，则弘历亦结习于斯也。朱彝尊《静志居诗话》卷二十四“咏松僧”条载有结习于诗者，“有僧作《咏松》诗云：‘庭前两株松，风吹一株折。’作二句未成而死，凄风寒月，常有鬼吟，后有人闻而续之云：‘朝减半庭阴，夜露半庭月。’鬼遂灭。”无诗结者终不能解。窃谓弘历实一俱诗结者矣，以十万之诗而不能传之一，其岂诗乎？

曲坛盟主沈璟

今人言明之戏曲，独知汤临川，更以“东方之莎士比亚”谓之，其识亦陋矣。殊不知明中叶之优伶独称沈璟，谓其“中兴之功，良不可没”，罗列曲目皆在汤临川之右，誉之为“曲坛盟主”矣。

沈璟，吴江人氏，因不堪仕途之风云，辞官居乡研词曲。璟与顾大典善，“每相唱和，邑人慕其风流，多蓄声妓盖自二公始也。”璟妙解音律，兄妹每共登场，其友王骥德于《曲律》谓其“生平故有词癖，谈及声律，辄尾尾剖析，终日不置”。近世研戏曲者多有汤、沈之争，莫衷一是，盖临川主情理之分及“情必胜理”，璟则致力场上之曲，主戏曲之创制。夫中华之戏异于西洋歌剧也，西洋之剧先制词而后度曲，中华之戏曲则无度曲也，依曲牌而制之词，伶人按曲牌而唱之，故曲牌者，作家伶人之媒也。元杂剧之乐源于诸宫调，其腔俱矣，明传奇源于南戏，采诸乡俚村坊小曲，其腔固杂，人之无所循，故致著词与伶人离脱，梨园子弟困于斯焉。璟精研曲牌之格，著《南九宫十三调曲谱》，汇南戏传奇及昆腔曲牌之格，为时人制可循之例，喻伶人“词人当行，歌客守腔”，其功大矣。且璟主本色，凡演诸场上务令观者易知能解，直若白香山之为诗者，故凡其所制词俗而浅，质而古，一反“案头之作”之骈丽，其志仍求诸“场上之曲”矣。

自璟力主场上之曲，时风为之逆，曲坛之人多附之焉。《曲论》云：“皎然指南车也，我辈循之以为式，庶几可不失队耳。”余谓汤临川之詈于璟者，以其易《牡丹亭》为《同梦记》耳，况临川亦有惑于曲牌，于璟之规曲牌之格则无异言也。

三影和尚

民国间，寄禅和尚尝主阿育王寺。或有武弁数人，联袂入山，憩坐于寺中，忽发诗兴。上人与之谈，颇自骄矜，若不屑酬对者。顷之，一操湘音者微吟曰：“一步一步紧。”旁一人曰：“行过育王岭。”相与大笑。上人应声续曰：“夕阳在寒山，马蹄踏人影。”皆为之拍案叫绝。又有以《寒江钓雪图》向上人索题者，题曰：“垂钓板桥东，雪压蓑衣冷。寒江水不流，鱼嚼梅花影。”又和尚尝与人游岳麓，援笔吟曰：“意行随所适，佳处辄心领。林声阒无人，清溪鉴孤影。”以是人称之为“三影和尚”。

和尚与龙阳才子易哭庵友善，一日同宿寺中，易偶得句云：“山鬼听谈诗，窥窗微有影。”和尚笑曰：“若写鬼影，未工。我意易为‘孤灯生绿影’，何如？”易为之叫绝，曰：“摩诘诗中有画，寄禅则诗中有鬼。愿以百金易此句，可乎？”和尚曰：“文章千古事，得失寸心知。虽十倍，亦不易也。”其嗜诗有如此者。

民国元年壬子，师示寂。享寿六十二，僧腊四十五。杨度素与寄禅善，搜其诗汇刻成《八指头陀诗集》。

僧人办学

吾国私学为孔子始，僧人办学则由寄禅师始。释敬安，字寄禅。因“曾于阿育王寺烧残二指，并剜臂肉燃灯供佛”（《自笑》诗自注），故号“八指头陀”。

先是清庭罢科学，兴学校，南省大吏以资无所出，有提取寺产之议。浙江三十五寺请扶桑本愿寺僧伊藤贤道借传教保护，窃寄禅名为首，报纸喧腾，外部电询浙抚聂仲芳中丞。师闻之，愤甚，以为辱国辱教，即飞函当事者，陈窃名之妄，力请严拒。聂公电复外部，于是各府皆得自办僧学，由学部颁行僧教育会章程，僧人之倡立学校自此始。寄禅长宁波分会凡三岁。

以上行迹见冯毓孳书“天童寺方丈寄禅和尚行述”。头陀固世外人，然存救世之心，年重重仆仆，无一日清闲。或讽其应酬杂繁，唯笑颔之，不能答也。

诗　尼

释子能诗，世人皆知。以“诗僧”名于世者尤众。然同为释门，诗尼则鲜闻之。抑或比丘尼拙于诗乎？盖世人之陋见所致也。大众皆谓妇人识字即乱情，朱淑真亦云：“女子弄文诚可罪，那堪咏月更吟风。磨穿铁砚非吾事，绣折金针却有功。”况槛外人欤？

寻迹比丘尼能诗者，大多有目无书，偶有鸿爪雪泥，亦似散珠之不可拾矣。《鹤林玉露》载宋尼习静“悟道”诗，“尽日寻春不见春，芒鞋踏破岭头云。归来偶把梅花嗅，春在枝头已十分。”《柳亭诗话》谓其“得禅机三昧”。习静亦因得“梅花尼”之誉。其果得三昧欤？寻春不见春，春在梅枝头，所悟者远不如近也。然于梅花枝头所嗅得者终是外物，难见真性也。六祖慧能云“不见自性外觅佛”，习静是也。惜其芒鞋踏破，依然身在禅门外。诗者佳也，禅者迷也。《玉台画史》载元尼妙湛题画诗：“关树阴阴落翠岩，一灯千古破幽关；也知诸法皆如幻，甘老烟霞水石间。”自见本性，亦露外物，外物为幻，性能破关。清之八指头陀诗意颇与其合。

诗尼亦如女诗人，偶一得之，颇多佳处，绝少烟火味矣。

诗僧不识字

古之僧人，以诗著称艺苑者，自寒山、拾得以下，若唐之皎然、齐己、贯休，宋之参寥、石门等，皆为世所称道。近代方外之工吟咏者，当推八指头陀为巨擘焉。

据《诗僧八指头陀遗事》云：上人俗姓黄，幼为田家牧牛。初，不甚识字。

尝登岳阳楼，上人独澄神趺坐，下视湖光，一碧万顷，忽得“洞庭波送一僧来”之句，谓其殆有神助，归而习《唐诗三百首》，遂神悟能诗，所作清空灵妙，见者皆大异。

上人拙于书而复患吃，期期艾艾，不善应答。尝宿杨皙子度家，杨出屏纸，强其录诗，十字九误，点画不备，窘极。书未半，言愿作诗以求赦免，杨许之，命题钵按韵立成。或有讥之者，则曰：“字不欲工，略有写意；语不欲明，略存话意。”人竟无以难之。

有客见上人写诗稿，字体讹误，殊多不易辩识。尝书“花间一壶酒”句，而不知“壶”字，竟绘一酒壶代之，亦可谓趣矣。

噫，善诗而拙于字，寄禅亦一奇数矣。

又，北齐斛律金不解书，其作《敕勒歌》曰：“敕勒川，阴山下，天似穹庐，笼盖四野。天苍苍，野茫茫，风吹草低见牛羊。”为一时乐府之冠。

石守道贫乐箪瓢

石介，字守道，天圣八年进士。历嘉州判官，居忧躬耕徂徕山，鲁人号徂徕先生。传见《宋史》卷四三二。据《清波杂志》载，守道为举子时，寓学于南都，其固穷苦学，世无比者。侍郎王渎尝以盘餐遗之，石谢曰：“甘脆者，亦介之愿也；但日餉之则可，若止得一餐，则明日何以继乎？朝餉膏粱，暮厌粗粝，人之常情也，所以不敢当。”遂归之。

夫守道亦可谓贤者也。昔夫子称颜回“一箪食，一瓢饮，在陋巷，人不堪其忧，回也不改其乐。贤哉，回也。”守道志于学，未以恶食为忧，所忧者盘餐之诱也。如是事余尝见于谓范仲淹，谓其居庙而读，冻粥而食，人或遗其美肴不受，言类守道，意世之有其说，然未度真伪也。守道后拜太子中允、直集贤院，范公亦位尊而名显，其皆乐以贫而致焉。故非乐贫不能显达，殊非暴富者可知者矣。

士人春申君

自太史公《史记》后，人多以齐之孟尝、赵之平原、魏之信陵及楚之春申谓之“战国四公子”，然余读《史记》则以为春申乃士而非公子也。盖称之“公子”者，王公贵族之子也，其依门第而显身于世。且谓之“公子”者，多不学无术之徒，所仗倚者门下之士矣。孟尝乃齐相田婴之子，威王之孙；平原乃赵惠文王之弟；信陵乃魏昭王之子，皆王家之血脉也。然考之春申者，其姓黄，乃楚之庶姓。其“游学博闻”而任顷襄王左徒；因“治国有术”乃为考烈王之令尹。止秦攻楚，计归太子皆其谋也，岂倚鸡鸣狗盗之徒哉。余谓春申君乃士而非公子，当与商君鞅、武安君苏秦类也。盖所谓战国四君者，其可称者唯春申耳。至若孟尝、平原、信陵三子，纨绔之属矣。

事事如我意者可畏

清纪昀《阅微草堂笔记》载：

甲与乙相善，甲廷乙理家政，及官抚军，并使佐官政，惟其言是从。久而资财皆为所干没，始悟其奸，稍稍谯责之。乙挟甲阴事，遽反噬。甲不胜愤，乃投牒诉城隍。

夜梦城隍语之曰：“乙险恶如是，公何以信任不疑？”

甲曰：“为其事事如我意也。”

神喟然曰：“人能事事如我意，可畏甚矣。公不畏之，而反喜之，不公之给而给谁耶？渠恶贯将盈，终必食报；若公则自贻伊戚，无可庸诉也。”

文达公才思敏捷，名称于雍、乾、嘉三世，余谓其草堂笔记固非泛泛说鬼，是篇所记必有所指之人也。古今为政者孰不喜如我意之人哉？事事如我意者谀友，事事逆我意者诤友，人皆知诤友良然固喜谀友，其人性使然，亦无奈何矣。公尝诗云：“平生心力坐销磨，纸上烟云过眼多。拟著书仓今老矣，只应说鬼似东坡。”可作一注。

宋仁宗好裸女相扑

相扑之技，又谓角力，今人称摔跤者是也，扶桑人奉为国技，吾国古已有之也，吴自牧《梦梁录》卷二十即记其事。

余尝读司马光《论上元令妇人相扑状》，盖仁宗亦好妇人裸露相扑也。嘉佑七年正月二十八日司马君实上书谓：臣窃闻今月十八日，圣驾御宣德门，召诸色艺人，各进技艺，赐与银绢，内有妇人相扑者，亦被赏赉。臣愚，窃以宣德门者，国家之象魏，所以垂宪度，布号令也。今上有天子之尊，下有万民之众，后妃侍旁，命妇纵观，而使妇人裸戏于前，殆非所以隆礼法，示四方也。陛下圣德温恭，动遵仪典，而所司巧佞，妄献奇技，以污渎聪明。窃恐取讥四远。愚臣区区，实所重惜，若旧例所有，伏望陛下因此斥去，仍诏有司，严加禁约，令妇人不得于街市以此聚众为戏。若今次上元，始预百戏之列，即乞取勘管勾臣僚，因何致在籍中，或有臣僚援引奏闻，因此宣召者，并重行谴责，庶使巧佞之臣，有所戒惧，不为导上为非礼也。

余谓司马公实亦性情中人，其尝书《阮郎归》、《西江月》、《锦堂春》最为文士称道，亦艳词也。“……蝶尚不知春去，谩绕幽砌寻花。奈狂风过后，纵有残红，飞向谁家。始知青鬓无价，叹飘蓬宦路，荏苒年华。今日笙歌丛里，特地咨嗟。席上青衫湿透，算感旧、何止琵琶。怎不教人易老，多少离愁，散在天涯。”柔情似水，迥非学究。此老上书詈妇人相扑，职所致耳。

今多闻有艳舞者，其宋时瓦栏之遗风乎？

唐僖宗罪女子

《资治通鉴》载黄巢乱时，掠官宦家女为姬妾，及武宁节度时溥败巢，于中和四年献黄巢及家人首并姬妾，僖宗御大元楼受之。宣问姬妾而责之曰：“汝曹皆勋贵子女，世受国恩，何为从贼？”有居首者对曰：“狂贼凶逆，国家以百万之众，失守宗祧，播迁巴蜀，今陛下以不能拒贼责一女子，置公卿将帅于何地乎？”僖宗不复问，皆戳于市。及刑，人争与之酒，其余俱悲恸昏醉，居首者独不饮不泣，至于就刑，神色肃然。

呜呼，观夫史乘，国之乱而罪之于女子者众矣，商纣之亡罪在妲姒，吴越之乱罪在西施，故以倾城倾国云之也。居首女子之言，词严义正，僖宗当无以对之，故“不复问”也。明亡之际，吴三桂反于山海关，吴伟业书《圆圆曲》，谓“冲冠一怒为红颜”，亦以明亡罪之于女子，圆圆孤魂焉能服之哉？夫公卿将帅不能守土，祸及巾帼，复以巾帼罪之，岂非谬乎。妇人率尔之言，犹胜史家鸿论矣。

唐子西失物勿求

人之失物，其必寻之，寻而不得则必厌厌然，此常情而。余阅唐子西《失茶具说》则谓失物勿求，雅量非世俗之见也。

唐子西，名庚，眉州人。善属文，举进士，《宋史》有其传。尝作《失茶具说》，云：“吾家失茶具，戒妇勿求。妇曰：‘何也？’吾应之曰：‘彼窃者，必其所好也。心之所好，则思得之，惧吾靳之不予也而窃之，则斯人也，得其所好矣。得其所好则宝之，惧其泄而秘之，惧其坏而安置之，则是物也，得其所托矣。人得其所好，物得其所托，复何言哉。’”妇曰：“嘻，是乌得不贫。”

余谓子西豁达雅量乃达人也。物得所托，人得其好，天下之物岂必归我而谓之得焉？若子西之茶具归之牛饮辈则必惜之，倘归之品茗之佳客则何惜之有？佳砚归之善书者谓得其主，珍画归之善丹青者谓得其宿。凡物聚则必有散，此物理之常也。余嗜书而藏之数千，然身后终不知其所，或腐烂箧笥，或致蠹鱼之变，安为余可知者耶？子西所见当为宝物者戒矣。

桃花诗案说刘郎

刘梦得诗佳，然人称其者多因铮铮气骨也。桃花诗案二贬二十有四岁，依然故我，豪气逼人，有唐一代之诗人鲜矣。

余阅新旧《唐书》，梦得之行迹尤为之感。夫永贞初因与王叔文案初贬连州，行至江陵，再贬郎州。十岁远谪，以恩召还，是年春书《元和十年自郎州承召至京，戏赠看花诸君子》诗："紫陌红尘拂面来，无人不道看花回；玄都观里桃千树，尽是刘郎去后栽。"以桃花之明艳趋时隐喻得势之奸佞也，借花讽喻，入木三分。故王湘《千家诗·七言·玄都观桃花》注云："玄都观桃花千树，指在朝之官。刘郎，自喻也。言满朝之人皆吾去后而升迁者。"轻蔑之情，力透纸背。然因诗罹祸，诋谤蜂起，致再贬连州，待其回京又十有二岁矣。是时之玄都观，桃花皆尽，"种桃之蹊，半是苍苔而菜花满径矣"。复诗曰："百亩庭中半是苔，桃花净尽菜花开。种桃道士归何处？前度刘郎今又来。"明挽桃花而暗刺小人之消亡，睹物生情，百感交集矣。

刘郎两度桃花诗，罹念四岁谪途，其幸乎抑不幸乎？夫千岁以来，论者皆谓梦得之贬因桃花诗起，余以为非也，即或刘郎无诗，八司公焉能免祸耶？权臣之争，祸及桃花，忆明唐寅有《桃花庵诗》，潇洒俨然仙人，其亦知刘郎之桃花乎？叹叹。

陶弘景调和三教

儒、释、道三教，或兴或衰，自有其数，然以道士之身而调和三教者，陶弘景为第一人也。余观夫南北朝时，有所谓"山中宰相"者，陶弘景也。其人通天文、晓历算、精地理、擅医药、长炼丹、善铸剑，而于琴、诗、书、画亦皆工，实南朝之才人矣。

弘景《茅山长沙馆碑》谓："百法纷凑，无越三教之境。"其为道家，撰《真诰》、《登真隐诀》、《真灵位业图》，为道家之范典，然于释、儒之说亦甚崇之。其将释家轮回转生之说引而入于道说，行止多与僧人游，且尝舍身受戒。《梁书》本传谓其晚岁"曾梦佛授其菩提记，名为胜力菩萨。乃诣阿育王塔自誓，受五大戒。"其终复令"以大袈裟覆衾蒙首足。……道人道士并在门中，道人左，道士右。"释道之说主出世，儒家主入世，弘景则"高蹈出世"而倡儒家入政，据《本起录》载，其尝集注讲疏《孝经》、《论语》、《尚书》、《诗经》诸典，故朝廷每有事则咨之。

观夫魏晋南北朝，儒道佛斥而互通，实赖于武帝，然陶通明以大才智而身体力行，其功德无量于三教，古今第一人焉。

滕王无行

自王勃《滕王阁序》名于世，斯阁亦为江南三大名楼矣。然今人但知王勃之文而鲜知滕王者，余据《唐书》卷七十九述之右。

夫滕王元婴，唐高祖第二十二子，太宗之幼弟也。贞观十三年始封滕王，为金州刺史，骄纵失度。尝于太宗丧，集官属燕饮歌舞，狎昵厮养；巡省部内，从民借狗求置，所过为害；以丸弹人，观其走避则乐；城门夜开，不复有节。高宗尝以书切责曰："朕以王至亲，不忍致于法，今署下上考，冀愧王心。"盖滕王纨绔子也，余查高祖诸子，其败行无若斯者。永徽三年迁洪州都督，四年筑滕王阁。斯于洪州，凡官属妻美者，给为妃召，逼私之，至为典签崔简妻郑漫骂，以履抵面血流，历旬不视事。故帝尝赐诸王彩五百，以其贪黩，但下书曰："滕叔不须赐，给麻二车，助为钱缗。"

噫，滕王败德无行如是，而以一阁名于世，亦其幸矣。传滕王善丹青，尤善蜂、燕、雀、驴，有《蛱蝶图》名世。

滕子京悲情岳阳楼

自范仲淹书《岳阳楼记》，天下人皆知滕子京，文正公谓其治巴郡"政通人和，百废俱兴"，及卒，复为之作《天章阁待制滕君墓志铭》谓其"知命乐职"。然史载迥异也。

宋祝穆《事文类聚续集》云："滕宗谅子京左宦远守巴陵，重建岳阳楼，极雄伟。范文正公为之记。郡僚稟落成之日，子京云：'落甚成。待痛饮一场，凭栏大恸十数声而已。'子京果死于岳州。"宋范公偁《过庭录》云："滕子京负大才，为众忌嫉。自庆帅谪巴陵，愤郁颇见辞色。文正与之同年友善，爱其才，恐后贻祸；然滕豪迈自负，罕受人言，正患无隙以规之。子京忽以书抵文正，求《岳阳楼记》，故《记》云：'不以物喜，不以己悲。''先天下之忧而忧，后天下之乐而乐。'其意盖有在矣。"公偁乃文正公玄孙，其说得自家传，当可信从。

窃谓滕子京之守巴陵乃放臣逐客也，其忧悲伤怀固所宜存，岂有异乎？憔悴之叹，特为酸楚。范文正公知之，特假书岳阳楼而喻之耳。后之人以其记而言记，一谓公乃以楼而抒己之志，岂不谬乎？凡前人文字，其初，莫不有其因也，后人不复审而多所别解，致讹其意矣。若五柳先生之《归去来》，归之固妹亡也，然后人莫不谓其超俗之志，盖人之名成则多所附，以为所作皆寓天下苍生，非此不可胜，焉非庸人之虑哉。

王维之弟媚佛纳贿

世人尽知王维乃盛唐之田园诗人，然晓其弟王缙为相而媚佛纳贿者鲜矣。

王缙乃维之胞弟，行二，与兄维“俱有俊才”且均以擅文翰而著名，《旧唐书·王维传》谓其“博学多艺亦齐名”。玄宗开元、天宝间，兄弟各以诗文及科名冠绝于世。缙善诗而工于文，肃宗时尝奉诏撰《玄宗哀册》为时人所称。《全唐诗》收其诗八首。大历间缙为相，仿奸相元载专务聚财，且于乱世之际而媚佛不悟，纵弟妹女尼广纳财贿，以致“贪猥之迹如市贾”。大历十二年，元载伏诛，缙罪当诛，上鉴其老弱，贬为括州刺史。后又移置处州刺史。德宗建中二年卒。

初，缙亦才华俊士也，及其长，于治世亦不可谓无功，故能居三卿之位，惜迷于佛而贪于财，终至乱其性矣。摩诘与弟皆奉佛，摩诘以佛义而为诗为画，缙则以佛名而敛财。千载而后，人唯知摩诘而不知缙，故知为文者不可入仕焉。

网开三面而擒夏

《史记·殷本纪》载：“汤出，见野张网四面，祝曰：‘自天下四方，皆入吾网。’汤曰：‘嘻，尽之矣。’乃去其三面。”《吕氏春秋·孟冬纪·异用篇》载：“汤出，见野张网四面，祝曰：‘从天堕者，从地出者，从四方来者，皆入吾网。’汤曰：‘嘻！尽之矣。非桀其熟为此也？’汤收其三面，置其一面，更教祝曰：‘昔蛛蝥作网罟，今之人学纾。欲左者左，欲右者右，欲高者高，欲下者下，吾取其犯命者。’汉南之国闻之曰：‘汤之德及禽兽矣！’四十国归之。人置四面未必得鸟，汤去其三面，置其一面以网其四十国，非徒网鸟也”。

噫，汤之真仁者乎？夫斯时也，汤方国而夏天子，其势固不及也。故汤“圣敬日跻，昭假迟迟。”“敷政优优，百禄是遒。”其于夏则“不刚不柔”，“不震不动”。（《诗经》）夫韬晦也。张三面之网仁及于禽兽，禽兽亡而四十国入焉，待四十国入则张四面之网而擒之于夏矣。故后之人皆称汤之仁而不复窥其四面之网，惑于其去三面之网也。余阅史籍，每于仁者之举每疑之，盖多有假仁而欲猎之者焉。

为相不可傲君

自古为相者不易，任重而侍君难也，故宋太祖询刘青田相，三询而否之。为相者，才浅则难任，才高则招忌，侍君亦复如是。余读《唐书》尤感于杨炎焉。

夫炎以创两税法而垂青史，乃中唐之名相，由谪臣而超迁辅相，朝纲独掌，然仅二载即遭贬诛，其可深思者殊多也。新旧《唐书》所记毁誉交集，史臣之评亦非盖棺之论。《旧唐书·杨炎传》载：炎“早负时称”。代宗朝元载为相，“常选擢朝士有文学才望者一人厚遇之，将以代己”。后荐炎为相，亦才华及时誉使然也。炎既为相，时方镇跋扈，朝廷衰弱，炎首议“凡财赋皆归左藏库，一用旧式”。继扫庸调成规，立两税之新制。又裁抑骄藩悍帅，以杜恃功自重。炎救时之弊实挽危局于倒悬之举也。

然炎恃才傲物，任情行事。建元中卢杞为相，炎以其“无文学、仪貌寝陋”而恶之，至称病不与其政事堂餐。杞固“忌能妒贤，迎吠阴害，小不附者，必置之于死”之辈，故数诬之，致诛于崖州。炎身死数载，李泌为相，言于德宗曰：“杨炎罪不至死，杞挤陷之”，上坦然曰：“卿言诚有之，然杨炎视朕如三尺童子，有所论奏，可则退，不许则辞官，非特杞恶之也。”（《新唐书·李泌传》）呜呼，炎之诛傲君也。

夫为人主者，冀才而忌于才，若曹孟德之忌于杨修是也。炎既恃才可傲百官而不可傲君，人主岂皆太宗焉？君之视臣，奴也，身负才华者，良奴也，焉可傲其主欤？故炎之诛亦烹走狗耳。

魏晋名士好作驴鸣长啸

《世说新语·伤逝》载：“王仲宣好驴鸣，既葬，文帝临其丧，顾语同游曰：‘王好驴鸣，可各作一声以送之。’赴客皆一作驴鸣。”噫，驴之为人詈久矣。柳河东作《黔之驴》讥之甚也，栊翠庵妙玉亦以“饮驴”讥之宝玉，“岂不闻，一杯为品，二杯即是解渴的蠢物，三杯便是饮驴了。”故知旧时俗以驴为蠢物矣。然此俗当兴于魏晋后，若王仲宣之好，时人不以眚，若非则文帝何令赴客作驴鸣耶？史载曹丕及其属皆能妙肖仿驴鸣，无伤大雅，可窥其俗一二。窃以为驴之鸣“高音远畅”，而晋人多喜作长啸之音，其有以似之乎？

魏明帝跳槽

今人改易职场每戏谓之跳槽，盖不明跳槽乃旧时青楼语也。余阅《清稗类钞·娼妓类》跳槽条曰：“跳槽头，原指妓女而言，谓其琵琶别抱也，譬以马之就饮食，移就别槽耳。然则以言狎客，谓其去此适彼。不得其解，或本元人传奇，以魏明帝为跳槽语也。”明帝乃文帝曹丕之子，名叡，余复查《三国志·明帝纪》，谓其“天资秀出，立发垂地，口吃少言，而沉毅好断”。武帝甚喜之，及立为太子“自在东宫，不交朝臣，不问政事，唯思书籍而已”，绝无狎邪之语。

盖其说本于明杨慎《升庵诗话》，“魏明帝初为王时，纳虞氏为妃，及即位，毛氏有宠，而黜虞氏……其后郭夫人有宠，毛后爱驰，亦赐死……元人传奇以明帝为跳槽，俗语本此。”明帝为政，失德甚少，其屡败孔明尤胜乃祖父，奈何有此宫闱之詈耶。余素喜沈三白《浮生六记》，忆其“浪游快记”言：“秀峰今翠明红，俗谓之跳槽，甚至一招两妓。”可知清人仍以跳槽为青楼语也。噫，风月场中狎语易为职场语，不亦异乎？

魏延何曾有反骨

魏延，蜀之勇将也，以部曲随刘备入川，“数有战功”而至牙门将军。是时，延为备所重，返蜀中之时拜为汉中守。延尝豪言曰：“若曹操举天下而来，请为大王拒之；偏将十万之众至，请为大王吞之。”（《三国志·蜀书·魏延传》）蜀汉时，延镇守北门，其功大矣，故封都亭侯。延固才勇，然生性矜高，至“当时皆避下之”，唯长史杨仪不然。据《杨仪传》，仪“为人干敏”，“亮数出军，仪常规画分部，筹度粮谷，不稽思虑，斯须便了。军戎节度，取办于仪”，故深得孔明赞赏，由是魏、杨交恶矣。

待孔明殒于军中，魏、杨之争益激炽，然众皆拥杨也。闻亮亡，延不遵亮计，大言云：“丞相虽亡，吾自见在。府亲官属，便可将丧还葬，吾自当率诸军击贼，云何以一人死废天下之事邪。且魏延何人，当为杨仪所部勒，作断后将乎？”竟与仪战，众皆叛，延终见诛。《演义》则谓亮素知延有反骨，故诛之，谬也。窃以为延之与仪恶，固其心狭也，安可诬其叛蜀焉？延之欲杀仪，易丞相而成汉业也，况其独击仪而未降魏，何叛之有？孟达尝献天水而封侯，延欲叛蜀，献汉中之地厚禄立至矣。

呜呼，延固将才也，蜀中关、张之后，无可相较者，然一己私欲不灭而致身败名裂，千古蒙冤，不亦悲乎？

魏徵不识人

魏徵，贞观之良相也，读史者多称之。其以谏诤而见容于太宗，徵亦自为不世遇。《新唐书·魏徵列传》言其“乃展尽底蕴无所隐，凡二百余奏，无不剀切当帝心者。”徵复言于太宗曰：“愿陛下俾臣为良臣，毋俾臣为忠臣。”君臣相得世无二也。

然吾谓征知事而不识人矣。何则？初，隋乱，征诡为道士事元宝藏，再事李密，复事太子，所事者皆非明主也。及太子败，太宗“器其直”，方成其为良臣，登凌烟阁。徵择主不识明君，荐人亦不识其慧矣。尝荐杜正伦、侯君集才任宰相，后正伦“以罪黜”，君集“坐逆诛”，可谓有目无珠者也。以至身后“停叔玉昏，而仆所为碑”，家道式微，不亦悲乎？其识人难于知事者欤？

呜呼，盖知事但凡秉一公心，无一已之私而察天下，自当明也。识人者不然，察其行，观其言，或亦不得其人，世之如邹忌者几何？古之人崇道义，重礼仪，魏徵尚复不识；今之人崇利禄，重阿堵，何人复敢言识人欤。叹叹。

文宣帝洞房被戏

旧时新婚习闹房之俗，若俗传苏小妹三诘新郎自属风雅，然乖情悖理之举颇多，致颓风日下，其弊滋蔓。葛洪《抱朴子·疾谬》所载尤为发指，“蹙以楚挞，系脚倒悬，酒后酗蓄，不知限齐，致有伤瘀血流，踒折支体者，可叹者也。”

余于《北史·后妃传》见文宣帝洞房被戏事可例之。卷十四载：“段昭仪，韶妹也。婚夕，韶妻元氏为俗弄女婿法戏文宣，文宣衔之。后因发怒，谓韶曰：‘我会杀尔妇。’元氏惧，匿娄太后家，终文宣世不敢出。”可知南北朝时其鄙俗流于民间矣。唐段成式《酉阳杂俎》亦记“婿拜阁日，妇家亲宾妇女毕集，各以杖打婿为戏乐，至有大委顿者。”

窃以为闹房之俗原为增喜庆耳，至若悖理之举则违其初矣。汉之前，孔子订婚姻礼仪，肃穆而有制，《礼记·曾子问》曰：“嫁女之家，三日不息烛，思相离也；娶妇之家，三日不举乐，思嗣亲也。”习尚淳朴，无复喧闹也。闻今乡野间闹房复有荒诞猥亵事，亦古礼式微之致也。

倭女度种

宋周辉《清波杂志》言其于泰州遇倭国一舟飘泛境上，询其风俗则谓“妇女悉被发，遇中州人至，择端丽者以荐寝，名‘度种’”。

夫倭国大唐时虽有鉴真辈以佛学度之，且输以中华文明，然以一国言，盖宋时扶桑尚属蛮地也。其视吾中华固上国，视中州之人亦人之优者，是有“度种”之说焉。

无行才子阮大铖

士人之立于世，当以德为先，才为辅也，倘其败德则其才岂足论焉。余阅《桃花扇》则有感于阮大铖也。

大铖字集之，号圆海，万历四十四年进士。历任给事中、光禄卿，弘光时迁兵部尚书。天启间集之依魏阉，与东林人为敌。明亡，复附马士英，主降而斥史可法。及降清，更为清人筵曲侑酒，为士林不齿者也。然其为文则颇多才气。前人以为其诗“源于陶谢”，格调之高近于唐人。晚明之季，戏曲之作有吴江、临川之争，集之则俨然临川中坚矣。其笔效显祖复取吴江严守曲律之长，蹊径别辟，名重一时。余尝读其《燕子笺》传奇，音调旖旎，情文宛转，曲词典丽，若入之临川四梦，不辩其真伪也。其《一江风》：“可怜宵，小泊在黄陵庙。淡月江声搅，闪星灯苦竹丛芦，似有灵妃笑，琴心不自聊，琴心不自聊，骚魂何处招，向归鸿支下伤秋料。”才情焉逊汤临川欤？

《陶庵梦忆》卷八有“阮圆海戏”条，述其家优所演曲目“本本出色，脚脚出色，出出出色，句句出色，字字出色。”张石公自言尝亲于阮府观戏，其言当不虚也。于大铖之人则谓：“阮大海大有才华，恨居心勿静，其所编诸剧，骂世十七，解嘲十三，多诋毁东林，辩宥魏党，为士君子所唾弃，故其传奇不之著焉。”

噫，大铖亦一时才人也，就戏而论，镞镞翻新，非入巢穴者可相比。惜其败于德行，致毁才名矣。叹叹。

熙宁诤友

余读史，因政见异而反目者众也，近阅王荆公《答司马谏议书》，尤感其诤友之谊矣。熙宁变法，风浪激荡，危机四伏，而尤引人目者，介甫君实两友为行新法与否新法之帜，故友为敌，不亦悲乎？

介甫与君实“十有余年，屡尝同僚”，“游处相好之日久”，“平生相善”。况皆身蒙欧阳公之诲并荐，同交好于尧臣，诗赋酬唱互传，一时称于都下。以友论，介甫与君实交谊笃厚，非唯泛泛唱和者也。其交也喻于义而非喻于利，皆仁人而具君子之风者，故于政为敌而于友不易，实古之诤友矣。

介甫素敬君实，谓其“操行修洁、博知经术”，“文学行治，有称于时”。

君实则谓介甫“才高学富”，“议论高奇”，“友爱诸弟”，“刚直不屈”。盖其品志类，故“倾慕之心，未始变移”，以至居京师赁宅亦相为邻。新法之争起，君实三书谕介甫不可“用心太过，自信太厚”，借“以尽益友之忠”。介甫势不可逆，亦“赐之晦笔，存慰温厚”。二君于变法众多分歧，然多属方略之差异，若君实言“光与介甫，趣向虽殊，大归则同。”介甫亦坦承“议事每不合，所操之术多异故也。”及介甫辞相归半山，犹时念“司马十二，君子人也”。至新法废而介甫卒，君实闻之悲憾不已，抱病作书告右相吕公著：“介甫文章节义，过人处甚多……不幸介甫谢世，反复之徒必诋毁百端。光意以谓朝廷宜优加厚礼，以振起浮薄之风。”介甫寻追赠太傅。

呜呼，介甫与君实身后荣辱遭际，其不可测也，然生前之磊落襟怀，凛然风范，大节略同。世俗皆以相敌而视之，殊不知其洽守友义，不负夙契，绝无小人之权势倾轧而至残戕矣。余谓介甫君实皆天下之大贤，其优劣等差，自有公论焉。

徐霞客以身许山水

夫古今所谓旅游者，江阴徐弘祖第一人也。其年二十二始游，至五十有六归，凡三十余岁也。余叹其以长风为伍，云雾为伴，洞穴为栖，倾力于查山观水之中，尤可称者，其行也全藉徒步跋涉，偶尔舟乘，绝少坐骑，负箧日行数十百里，“不计年，不计程，旅泊岩栖，游行无碍”，常“持数尺铁作磴道，无险不披，能霜露下宿，能忍数日饥，能逢食即饱”。初始泛舟太湖，尔后登北方之诸岳，天命之年仍入“人迹不到之境，声教难通之域”之西南，仆仆风尘，迹遍神州之半，此岂常人可为者焉？

余观夫其游也，日则攀险峰，涉危涧，行于丛林绝径；夜则宿荒野，寄草莽，燃松拾穗为记。顾炎武高足潘次耕尝称其“不避风雨，不惮虎狼，不计程期，不求伴侣，以性灵游，以驱命游，亘古以来，一人而已”。（《徐霞客游记序》）其言宜矣。观其记，崇祯十年挥融县龙岩，因僧误引而入岐途，至失足洪涛，幸系荆棘而免死。若坠崖入险事不胜举焉。或劝之，则谓“吾荷一锸耒，何处不可埋骨耶”。

然其游也，非若今人之走马观花，到此一游耶。弘祖之游欲求之山川之本，“一山一水，必寻其源而探其脉”，若疑“岷山导法”说，故亲证目验，以明金沙为江之源。

余旧藏上古社《徐霞客游记》，为褚绍唐、吴应寿整理之本，点校精确且训释尤详。

许元焚船称钉而破奸

闲翻宋人魏泰之笔记《东轩笔录》，记判官许元焚船称钉而破奸事，感叹系之，兹录于右：

“许元初为发运判官，每患官舟多虚破钉鞠之数，盖陷于木中，不可称盘，故得以为奸。一日，元至船场，命拽新造之舟，纵火焚之，火过，取其钉鞠称之，比所破才十分之一，自是立为定额。”

夫钉鞠之事微而私贪之事大也，区区钉鞠之虚破即达十九，其大者可知也。今闻有司严令禁以公帑购烟花，其行类于称钉也。盖烟花亦微物也，耗之公则损于民，故禁其细微而效行于大者矣。为政者倘以许元焚船称钉之毅而惩之于奸，为政之清明可待矣。

严嵩有诗才

嘉靖朝严嵩列《明史・奸臣传》，巨奸大恶之名天下尽知，然以诗才论，人谓可列明之中上品，然以其品卑，鲜有传世者也。

夫嵩弘治十八年以二甲第二及第，入翰林。有诗名。李梦阳、何景明亦颇有赞词。其《钤山堂集》尝风行于世，清初朱彝尊辑《明诗综》选其诗十六，谓其亦一时诗家也。余尝阅其诗，文采斐然，若《赠友》云：

北风吹层波，高帆疾于马。矫首望云山，日夕到乡舍。亲友慰远归，春杯正堪把。故园多所欢，薄宦何为者?

《金山》云：

寺拥金山古，江流碧海深。千年此形胜，词客几登临。波浪浮香阁，鱼龙听梵音。晨风渡舟揖，真有济川心。

呜呼，大奸巨恶之徒每具奇才，读其诗焉复知其人哉。是故孔子曰：“今吾于人也，听其言而观其行。”窃谓朱氏亦达人也，凡辑诗者，代而有之，然鲜入大奸巨恶之诗，盖卑其人即鄙其诗也。《静志居诗话》云：“孔雀虽有毒不能掩文章，殆平情之论乎。”夫和坤乃乾隆时之巨恶者也，其诗亦颇可观。至光绪、宣统时，郑孝胥其人世多诟语，然亦诗之大家矣。噫，为文行事不可一论也。

晏子善心理疗疾

人之疾固有已心而生者也，势必以心法而疗之，举凡针灸药石无使效也。《晏子春秋・内篇杂下》记景公病水事，晏子设辞授占梦者，实以心理而疗疾焉。其曰：

"景公病水，卧十数日，夜梦与二日斗，不胜。晏子朝，公曰：'夕者梦与二日斗，而寡人不胜，我其死乎？'晏子对曰：'请召占梦者。'出于闺，使人以车迎占梦者。至，……晏子曰：'公所病者，阴也，日者，阳也。一阴不胜二阳，故病将已。以是对。'"占梦者依晏子言，居三日，景公病大愈。

呜呼，晏子机变而知景公者也。类事亦见于《庄子·达生》篇。桓公田于泽，管仲御，见鬼而病，齐士皇子告敖曰："公则自伤，鬼恶能伤公。"复以委蛇之状告之，"委蛇，其大如毂，其长如辕，紫衣而朱冠。其为物也恶，闻雷车之声则捧其首而立。见之者殆乎霸。"桓公辴然而笑曰："此寡人之所见者也。"于是正衣冠与之坐，不终日而不知病之去也。

夫今之所谓心理治疗实始于春秋焉。俗谓"解铃还须系铃人"，夫心疾亦须以心法疗之，晏子、庄周深谙其理焉。

杨溥荐人不私其子

枕边闲翻《两般秋雨庵随笔》，阅杨文定公事，颇感激于内。其云：杨文定公溥执政时，其子自乡来省。公问曰："一路守令闻孰贤？"对曰："儿道出江陵，其令殊不贤。"公曰："云何？"曰："即待儿苟简甚矣，乃天台范理也。"文定默识之。即荐升德安府知府。甚有惠政。

呜呼，居位者以趋奉之勤而疏密，子弟假其势而作威福，自古皆然，文定公不私其子，反重其人，范理之幸，天子之幸，生民之幸矣。复观今日之"官二代"，亦多类杨溥子也，惜世之多杨溥子而鲜杨溥矣。

杨玉环之褒贬

言安史之乱者必及太真，然唐时诗人于太真褒贬皆存，非复后来景象。

玉环乃唐开元天宝间人，《旧唐书》未载其籍贯，《新唐书》则记"徙籍蒲州，遂为永乐人"。玉环原为寿王妃，天宝三载，纳入宫，四载壬寅，封贵妃。据《旧唐书·后妃列传》记，玉环"善歌舞，通音律，智算过人，每倩盼承迎，动移上意"。固非专以色媚之辈矣。然一弱女于玄宗亦"助娇花"、"销恨花"耳。虽蒙宠之时，"一骑红尘妃子笑，无人知是荔枝来"。然值中原鼙鼓匝地之时，万千须眉皆罪归玉环，岂公允之论焉？夫当其宠，杨门豪贵，玄宗之过也；安史作乱，窳败朝政，亦玄宗之过也，焉能委之于玉环耶？《新唐书·玄宗本纪》曰："自高祖至于中宗，数十年间，再罹女祸，……玄宗……而又败以女子"，"呜呼，女子之祸于人者甚矣"，如此言语，余为玉环而冤，亦为修史人羞也。

忆昔安史狼烟甫消，李杨遗事即传，人皆津津于天宝逸事，搜奇辑逸，专为猎艳，安有史家公允之评乎？余以为玉环之色固艳，然非专以色事君也。其《霓裳羽衣舞》乃唐宫软舞之最优，其创《凉州词》，凄清怨切，实唐乐之绝响矣。野史笔记谓其淫，然《旧唐书》仅记“禄山母事妃，来朝，必宴饯结欢”，未涉乱也，司马君如撰《资治通鉴》则引野史入书，不亦谬乎？

余谓诗家之笔尤胜史家。杜少陵《丽人行》固讥杨氏，及入长安，则书《哀江头》转忆“昭阳殿里第一人，同辇随君侍君侧”，叹惜“明眸皓齿今何在，血污游魂归不得”。李义山《华清宫》诗谓“未免被他褒女笑，只教天子暂蒙尘”，然于《马嵬》诗则云“如何四季为天子，不及卢家有莫愁”，寄之哀也。自白乐天《长恨歌》出，则玉环全无史实而溺于文学焉。

悲夫，太真。

叶梦得回护蔡京

宋周煇《清波杂记》卷三谓叶梦得为蔡京客，故其《避暑录》所书政、宣间事，尊京曰“鲁公”，凡及蔡氏，每委曲回互。余见其卷一载一道士事谓：“崇宁间余在京师，则已用技术进为医官矣。出入蔡鲁公门下，医多奇中，余犹及见。其与鲁公言从子瞻事，且云：‘海上神仙宫阙，吾皆能以术致之，可使空中立见。’蔡公亦微信之。”信斯言也。石林为周煇从祖姑之夫，煇自言幼即识其风度，其言当不误焉。

盖梦得初为蔡京客，京倚为腹心，交植党与。世传梦得尝与强浚明、强渊明为京立元祐党籍，分三等定罪。后知应天府，坐为蔡京所知，落职奉祠。然其本传不载也。宋徐度言昔蔡京刻党籍碑，梦得谓之曰：“天下有道，则庶人不议。今举籍上书之人名氏刻之于石，以昭示来世，恐非所以彰先帝之盛德也。”则知梦得于立党人碑事亦存异也。

嗟夫，宋时初入仕，必具乡贯户头、三代名衔、家口年齿、出身履历。若注授转官，则又加举主，有无过犯。崇、观间即云：“不系元祐党籍。”至绍兴间即云：“不系蔡京、童贯、等亲党”，梦得书《避暑录话》乃绍兴五年事，而犹有回护蔡京言语，其石林亦欲矫之世弊乎？仕途风云固不可测，入仕者多随势而为，所谓识时势者是之谓也。余谓石林居士于崇、观间未詈元祐党人，于绍兴间复无诟语及蔡童，其所执者皆中肯之论焉。至若其称蔡鲁公者，念主宾之谊耳，岂似世俗落井而下石者耶。

遗子孙以清白

《梁书·徐勉传》载："勉虽居显位，不管产业，家无蓄积，俸禄分赡亲族之穷乏者。门人故旧从容致言。勉乃答曰：'人遗子孙以财，我遗之以清白。子孙才也，则自致辎軿；如其不才，终为他有。'"

勉时为侍中、尚书仆射，犹相之位也，为子孙置产业乃世俗之习，独勉而以清白遗之，其见高矣，其识远矣。所谓清白遗之者，励其发奋而自立，勿赖先人之庇佑也，俗谓"富不过三代"，以其无清白遗之故。余复思前贤圣哲皆无以巨财遗之后者，欧阳公作《泷冈阡表》云："为善无不报，而迟速有时，此理之常也。惟我祖考，积善成德……是足以表见于后世，而庇赖其子孙矣。"是亦以清白遗子孙者也。勉之训，为官者当惕之。

元帝王丧崇俭

丧之有制，其来远矣。春秋之时，以棺椁而别之，至嬴政始穷奢极侈，耗天下民力，今之兵马俑可证。唯元时不承旧弊，丧葬极俭，故向无盗掘元帝陵之闻，不亦幸事乎？夫非后之盗贼独善元帝，而其固无陵矣。

《元史.祭祀》卷七十二谓"元之五礼，皆以国礼行之"。其"国俗旧礼"节载帝之葬甚详，抄于下：

凡宫车晏驾，棺用香楠木，中分为二，刳肖人形，其广狭长短，仅足容身而已。殓用貂皮袄、皮帽，其靴袜、系腰、盒钵，俱用白粉皮为之。殉以金壶瓶二，盏一，碗碟匙箸各一。殓讫，用黄金为箍四条以束之……至所葬灵地，其开穴所起之土成块，依次排列之。棺既下，后依次掩覆之，其有剩土，则远置他所。送葬官三员，居五里外，日一次烧饭致祭，三年然后返。

元帝之葬，绝异于汉之历代君主也。《陶庐杂录》卷五述其葬"送至寝园之地深埋之，则用万马踏平。俟草青，则已漫同坡。"呜呼，元兴朔漠，其礼崇质，虽为帝其葬亦类贱民。余谓其葬实乃智且仁矣，既葬，身归大地，无殉无陵，后之人无复考其遗迹，故亦无盗掘之患焉。

子曰："丧，与其奢也，宁戚。"元人之丧合乎礼哉。

元稹败德

元杂剧《西厢》改于唐传奇《莺莺传》，传奇之张生稹自况也。王实甫《西厢》极述君瑞莺莺笃痴于情，然考其实，微之于崔乃"始乱而终弃"者也。

据《旧唐书》，微之先世乃鲜卑拓跋氏，后世汉化以元为姓。稹尝仕河中，德宗贞元十五年，河中节度使浑瑊卒，所部骚动致蒲州乱。稹有远亲旅居蒲，为之请军护，是以识其女，“颜色艳异”之丽人也。稹慕之，使婢以艳诗相试，终致私合。其事颇与《西厢》同。后稹滞长安，尚使书问。贞元十九年登书判拔萃科而授秘书省校书郎，即弃崔女为显贵韦夏卿之东床也。稹于《莺莺传》尤力辩其弃，谓崔乃“不妖其身，必妖于人”之“尤物”，疑其有私，故有《古决绝词》。周树人谓其“文过饰非，遂坠恶趣”。公允之论矣。

夫稹有诗名，与白香山善，后世言唐之诗人，皆知所谓李杜、韩柳、元白者，然稹之史评鄙。《旧唐书·元稹传》谓：“稹性锋锐，见事风生。”其贬显矣。长庆二年稹为穆宗相，然交结宦官，弄权营私，终为朝臣所轻。及其卒，白香山为之撰《墓志铭》曰：“以权道济世，变而通之，以龃龉而不安。”为其变节讳饰之语也。

袁枚诬郑板桥走狗始末

《随园诗话》卷六第三十载“郑板桥爱徐青藤诗，尝刻一印云：‘徐青藤门下走狗郑燮。’”虽为趣闻，余实疑之。走狗者，素为贬人之词也，猎犬之谓也。《国策·齐策四》：“世无东郭俊，卢氏乏狗，王之走狗已具矣”。《史记·越王句践世家》：“狡兔死，走狗烹。”可证之。板桥何以自损如此，且署以名乎？偶见板桥自辑《板桥先生印册》，见一印文谓“青藤门下牛马走”，方悟袁氏之谬矣。“牛马走”语出太史公《报任安书》首句：“太史公，牛马走”。盖自谦之词也，板桥素重徐谓之画艺，谦而谓之也。然袁子才何以误为“走狗”耶。舒仲山《随园诗话批注》曰：“毕太夫人诗既不佳，事无可说，选之何为？所以郑板桥、赵松雪斥子才为‘斯文走狗’，作记骂之，不谬也。”盖板桥因袁子才无行而尝斥之为“斯文走狗”，袁衔恨而于板桥身后施以报复矣。

袁子才固文坛才子也，然终其生奉迎权贵以标榜则为当世学者诟病。舒仲山谓其“造言欺人，一何可笑”；洪雅存谓其“通天神狐，醉则露尾”；张尔田则谓其“袁子才本无行文人，《随园诗话》亦非上品书”。

复忆当世大家余秋雨成名作《文化苦旅》之《青云谱随想》篇曰：“早在齐白石之前，郑燮（板桥）就刻过一个自用印章，其文为：青藤门下走狗”，可知“走狗”一说谬传远矣。

宰相宅无正寝

明何良俊《语林》卷二，载唐时李义琰为相而宅无正寝，史所罕有者也。《语林》曰：李义琰宅无正寝，弟义琎为义堂材。义琰曰："以吾为国相，甚愧，岂可尚营美宇，以速祸咎。"义琎言："凡任为丞尉，且崇第舍，兄位高安可偪下。"义琰曰："事难全遂，物不两兴。既处贵仕，又广居宇，非有令德，必受其殃。"卒不许。其后，木腐弃之。

夫为相而不置宅舍，居褊迫则其心广也，正所谓君子居之，何陋之有？其谓"事难全遂，物不两兴"，惕惕于内之言也。《封氏闻见》谓义琰"虽居相位，在官清俭，竟终于方丈室之内。高宗闻而嗟叹，敕将作造堂以安灵座焉。"余谓义琰实以君子之道而处之世也，方丈之室足供安身，虽天下之大焉为我之有哉。俭以养德，卒能善终，焉知非其福欤？

张衡善诗赋

张衡字平之，东汉建初永和间人。今人言衡但知其善数算天文耳，余近阅汉赋而知其仍不失为文学之士。衡少有《温泉赋》、《定情赋》并作《七辨》，凡七之类，亦赋也，其始于枚乘之《七发》。为南阳太守主簿时，作《二京赋》，与班固《两都赋》异曲而同工。其寓意也同，皆以铺陈西都之奢而为戒，以盛赞东都之俭而为讽，然班张之世异，建初间危亡之势已呈，故衡之赋所讽重矣。

永和间衡为河间相，政事一新，然悲世忧君之感不能减，故有《四愁诗》。斯诗由骚而易诗，读之颇有俚歌味，录其一而例之。

一思曰：我所思兮在太山，欲往从之梁父艰，侧身东望涕沾翰。美人赠我金错刀，何以报之英琼瑶，路远莫致倚逍遥，何为怀忧心烦劳。

四诗以四方之地为理想所寄，美人则乃理想之化也，其思之美人事皆似幻梦耳。余尝读周树人杂诗"我之失恋"疑即效于斯也。世之人唯称衡科学之术，不虞之誉矣。

张石公寻梦

春日淫雨，足不出户者三日，闲翻张岱二《梦》，忽有所感焉。石公世家子，至清则"国破家亡，避迹山居，所存者破床碎几，折鼎病琴，与残书数帙，缺砚一方而已；布衣蔬食，常至断炊"，故忆及往事，顿生"隔世"之感。既存块垒，安能不吐？是故诉之于二《梦》也。

其“梦忆”、“梦寻”，书晚明市井之琐事，西湖之掌故，戚而能谐，歌哭同声；分明旧梦，倏忽新知。故其《梦忆序》曰：“偶拈一则，如游旧径，如见故人，城郭人民，翻用自喜”，“余今大梦将寤，犹事雕虫，又是一番梦呓”。呜呼，石公斯梦，实于地老天荒沧桑而后，不胜身世之感也。

夫其梦乃故国不堪回首之梦。斯梦也，细丝密缕，光彩迷离，更何堪时事之凄风苦雨耶？其叹曰“繁华靡丽，过眼皆空”；其长啸“今当黍熟黄粱，车旋蚁穴，当作如何消受？”泪眼观梦，察梦，寻梦，虽所忆诸多意趣，余读之而有泪湿青衫之悲，挥之不去之哀矣。《西湖梦寻》自序言其不忍睹“一带湖庄，仅存瓦砾”，“乃急急走避”，以“保吾梦中之西湖”。多梦由是多病，所病者非独强虏之虐，亦谓晚明之沉疴痼疾也。今之人但喜其《西湖七月半》、《湖心亭看雪》，以为性灵美文，然其沉浸哀思岂泛泛读之者能窥欤。余谓雪芹红楼之梦其取意实类石公之梦焉。

赵匡胤虚伪

余阅史，感帝王之行止多虚伪欺诈，三代之时即多虚诈，至宋太祖黄袍加身事则尤可讥者也。《宋史·太祖本纪》载：

北汉结契丹入寇，命出师御之。次陈桥驿，夜午鼓，军士集驿门，宣言策检点为天子，或止之，众不听。迟明，逼寝所。太宗入白，太祖起，诸校露刃列如庭，曰：“诸军无主，愿策太尉为天子”。及未对，有以黄衣加太祖身，众皆罗拜，呼万岁……有顷，诸将拥宰相范质等至，太祖见之，呜咽流涕曰：“违负天地，今至于此”。

于戏，太祖此时中心欢喜无量，多时谋划，至此方成，然竟面众人而呜咽流涕，真不知其泪从何处来也。凡史乘所载所谓“符瑞”、“请封禅”、“求临幸”、“上尊号”者，莫不虚伪欺诈之举，所以悦君王之心志耳。至若太祖之于陈桥，岂非谋之先耶？非，则一时间何处觅得黄衣哉？其显明易见矣。凡易代之君，皆为强夺，赵氏既欲强夺而惧天下人，故有陈桥一戏，欲以蔽天下人也。

赵挺之乞谥不得

赵挺之，字正夫，诸城人也，熙宁三年进士，徽宗朝累官御史中丞，排击元佑党人，不遗余力，为王荆公变法之拥戴者。其在朝与苏轼、黄庭坚辈结怨甚深，为监察御史时屡弹劾苏轼。元符三年哲宗崩，端王继位，复用元佑党人，正夫之势式微。其子明诚，少有才名，慕济南李恪非之女清照。然李恪非乃苏门后四学士之一也，政见迥异，势如水火，数十年夙怨之积，岂朝夕之可消，何论联姻焉。然正夫则操纵其子求凰于李门，显然政治韬晦也，假联姻而送秋波于元佑宿敌，其巧伪权变见焉。

徽宗大观元年正夫以丞相薨。陆游《老学庵笔记》卷四《车驾临幸》。夫人郭氏哭拜，请恩泽者三事，其一乃乞于谥中带一正字。余二事皆即许可，唯赐谥事独曰："待理会"。徽庙凡言"待理会"者，皆不许之词也。正夫遂谥清宪。"噫夫，徽宗亦明事理人也。"待理会"者，托词也。犹今之官场言"待研究"者。

夫正夫虽权变巧伪，然其促明诚清照之佳姻，则文坛幸事也。或曰正夫不以门户之见，不亦可乎。

郑板桥好色

郑板桥名列扬州八怪，其行止怪诞不经，世所尽知。余阅其《板桥自序》，竟自道好色，尤为怪焉。其叙曰："酷嗜山水，又好色，尤多余桃口齿，及椒风弄儿之戏。然自知老且丑，此辈利吾金币来耳。"所谓"余桃口齿"者，言弥子瑕有宠于卫君事。《韩非子·说难》：弥子瑕"与君游于果园，食桃而甘，不尽，以其半啖君。君曰：'爱我哉'忘其口味，以啖寡人。"椒风乃汉宫阁名也。《汉书·董贤传》："又召贤女弟以为昭仪，位次皇后，更名其舍为椒风，以配椒房云。"注曰："皇后殿称椒房。欲配其名，故云椒风。"弄儿乃供狎弄之童也。

于戏，子曰："吾未见好德如好色者也。"是好色人之性也，然殊无自坦好色者，盖儒家重德而视好色为败德也。余所见唯《孟子·梁惠王》载："王曰：'寡人有疾，寡人好色。'"夫宋玉之讥登徒子好色及梁惠王自谓好色者，皆好女色也，板桥之好则颇近男宠矣。考之晚明至清，豪贵之门多有蓄美男而宠者，《三言》、《二拍》及明清小说多有言及。乾嘉后，"相公"风行，故《石头记》书宝玉蒋玉函有互赠裤带之昵行，其亦余桃口齿之遗风焉。

清词人陈维崧亦好男风，尝与歌童徐紫云恋，及紫云卒，填"摸鱼儿"而悼之。词云：正轻阴未做寒食，落花飞絮时候。踏青对对嬉游侣，只我伤心偏有。休回首，新添得一堆黄土。垂杨后风吹雨溜。记月榭鸣筝，露桥吹笛，说着也眉皱。十年月，此意买丝难绣。愁容酒后微逗。从今怕到岐王宅，一任舞衣轻斗。君知否？三两日春衫，为汝重重啼透。多人瘦，定来岁今朝，纸钱挂处，颗颗长红豆。

嗟夫，余桃口齿之风今人谓之同性恋，世多诟病焉。然爕之好时风使之然也，若非则断无自叙于文者也。陈维崧乃清初词坛巨擘，尝与纳兰容若游，亦一多情种，既伤于紫云而复为之赋，亦殊无讳者，世人不以病也。故余谓板桥自叙余桃口齿，椒风弄儿，乃才子骚雅之作，非复淫猥之行矣。读余记者勿谓我伤于前贤为幸也。

知而难行

洪庆善尝书座屏曰：“禄岂须多，防满则退；年不待暮，有疾便辞。”庆善镇江丹阳人，登政和上舍第。历秘书省正字、太常博士，出典州郡。后因忤秦桧，编管昭州卒，《宋史》有其传。

嗟乎，庆善不可谓不智者也，然仕者若守此戒，固可不殆不辱，可全始终进退之节，然知之者难以行之矣，故庆善晚有南荒之谪，盖亦昧于勇退者焉。人皆知明哲而保身，然全始终者实寡矣。余见今之仕宦者多喜书前贤语张于壁，实不明其义，遑论身体而行，附庸风雅耳。

诸葛巾帼怒司马

巾帼者，古时妇人之头巾与髪饰也，故俗以为妇人之称。袁宏道《徐文长传》：“虽其体格，时有卑者，然匠心独出，有王者气，非彼巾帼而事人者所敢望也。”余阅《三国志·魏书·明帝纪》乃知巾帼之典源于诸葛巾帼怒司马之事迹。“是月，诸葛亮出斜谷，屯渭南，司马宣王率诸军拒之。”裴松之注：“《魏氏春秋》曰‘亮既屡遣使交书，又致巾帼妇人之饰，以怒宣王。’”复阅《晋书·宣帝纪》，所载尤详：

“二年，亮又率众十余万出斜谷，垒于郿之渭水南原。……帝引军而济，背水为垒。与亮会于积石，临原而战，亮不得进，还于五丈原。

时朝廷以亮侨军远寇，利在急战，每命帝持重，以候其变。亮数挑战，帝不出，因遗帝巾帼妇人之饰。帝怒，表请决战，天子不许，乃遣骨鲠臣卫尉辛毗杖节为军师以制之。后亮复来挑战，帝将出兵以应之，毗杖节立军门，帝乃止。”其谓“帝”者，司马懿也，盖魏帝曹丕时，懿任大将军，晋朝建追称宣帝。《三国演义》亦记其事，然不复有曹丕止之而遣辛毗事。

庄周敬残人

庄周之文博而深，常寓至理于诙谐笑谈之中，迥非泛读可管窥者也。余每惑其喜以残者谈，深虑之下则悟其炽热之心矣。

夫周视残人愈为毅而有为，《人间世》载支离疏者，“颐隐于脐，肩高于顶，会撮指天，五管在上，两髀为胁”。其形固陋也，然其“挫针治繲，足以糊口；鼓筴播精，足以食十人”以养其身，终其天年。《德充符》载叔山无趾者，“踵见仲尼。仲尼曰：‘子不谨，前既犯患若是矣。虽今来，何及矣。’无趾曰：‘吾唯不知务而轻用吾身，吾是以亡足。今吾来也，犹有尊足者存，吾是以务全之也。夫天无不覆，地无不载，吾以夫子为天地，安知夫子之犹若是也。’”其言愧仲尼，致孔子曰：“丘则陋矣。”夫周恶炎凉之态，憎位尊者怠残人，其称于形缺而心智明，贬形好而心智缺者，可见于申徒嘉。《德充符》载：“申徒嘉，兀者也，而与郑子产同师于伯昏无人。子产谓申徒嘉曰：‘我先出则子止，子先出则我止。’”子产亦智者，然耻与断脚者行。申徒嘉曰：“人以其全足笑吾不全足者多矣，我怫然而怒，而适先生之所，则废然而反。不知先生之洗我以善邪，吾之自寤邪。吾与夫子游十九年矣，而未尝知吾兀者也。今子与我游于形骸之内，而子索我于形骸之外，不亦过乎。”至于状哀骀它、承蜩者，则极誉其德与智，君侯圣人为之折也。

呜呼，余谓周实人道者也。观夫先哲于残疾者，或怜之或悯之，无似子之赞其德誉之智，直使圣人为之折。以人道之心施之残疾，非独怜之悯之，而尊之敬之，是足以佩矣。柳河东之种树者，雨果之击钟者，亦其余也。

邹伯奇开近代摄影先河

摄影之术，今人不以为奇，处州之摄影尤为国人之先，且以艺术而名之。考其初，国人之摄影乃始于邹伯奇也。伯奇字一鹗，又字特夫，南海人氏也。道光二十四年著《格术补》，于透镜、望远、显微诸光学器述之颇详，且手制摄影器，实开吾国摄影之先河者也。

初，洋务兴而社会风气稍有开化。摄影之术亦引国人之趣。同治二年，英吉利女医师德贞携相机驻京，其奇器国人叹为观止矣。据《脱影奇观》载，其宅“光顾相邀者，目不暇给。”士大夫由惊而羡。兵部侍郎崇厚亲为其书序，谓“开数千年不传之秘”。刑部尚书崇实则赋诗称绝：“光学须从化学详，西人格物有奇方。但持一柄通明镜，大地山河无遁藏。”

国人之俗向为生不留形，唯亡者方绘其像，故以留影为忌也。及摄影术兴，世风为之易，士大夫皆以之为文明开化之趣事焉。有《沪游杂记》诗写其况谓：“显微摄影唤真真，较胜丹青妙入神。客为探亲争购取，要凭图画选佳人”。

卷三

董仲舒之《春秋决狱》

儒学之尊，汉董仲舒奠基者也，董为经学大师，尝任博士，以“天人三策”名于世。武帝间，其“罢黜百家，独尊儒术”之论纳为国策，然名成而功不就，仅得江都相了事。寻因罪入狱，复为胶西王相，以病辞归，讲学著作为业。然董之才名显，上有疑则使使者及廷尉张汤求教。董每以复，类今之顾问者也。其间书《春秋繁露》及《春秋决狱》，惜《春秋决狱》仅存清人马国翰辑本一卷，凡七则。

《春秋决狱》之成，盖缘于张汤。时汤为大臣，主司法，每遇疑案则求之董，董以《春秋》经文为断案之据，寻积而成书矣。例二于右。

某男无子，道拾弃婴而养之。及长，杀人而亡，终捕之于家，盖父隐其子也。依律父当罪。董曰：依《春秋》，“父为子隐”。父终以无罪而释。其说见于《论语·子路》：“叶公语孔子曰：‘吾党有直躬者，其父攘羊，而子证之。’孔子曰：‘吾党之直者异于是：父为子隐，子为父隐。’直在其中矣。”盖夫子伦理之学以孝慈为本，故言父子相隐也。董之断案尚有原心定罪说，颇与今之律合。例有甲父乙与丙争致殴，丙持佩刀刺乙，甲即以木杖击丙，误击己父。依汉律殴父者当枭首之刑。董引《春秋》范例：“许止父病，进药于其父而卒。君子原心，赦而不诛。”甲以无罪赦，盖其无殴父之心焉。

汉时人多称《春秋决狱》，武帝罪淮南王即引《春秋》“臣无将，将必诛”。将者，（谋反）之机也。王充于《论衡》极称《春秋决狱》“稽合于律，无乖异者”。至白香山尚引谓断狱之典范矣。

《爱莲说》源于佛经

宋周敦颐《爱莲说》享誉久矣，周乃宋明理学开山之祖，知其理学者鲜而人皆诵《爱莲》，斯敦颐幸抑不幸耶？

夫《爱莲》乃今幼学之范文，余见注家或谓“假莲以自况”，或谓“假以勉君子当具亮节而勿为污”，或谓“以莲而颂己之洁身情操”，以文而论，诸说皆善，然其以莲立意非敦颐之创，实仿于佛经，文眼“出污泥而不染”则直佛典之词矣。

三国支谦译《孙多耶致经》：“沙门心开受明，痴垢都寂，虽处秽世，犹莲华居夫泥中，泥不能染华。”竺法护译《文殊师利净律经》：“人心本净，纵处秽浊，则无瑕疵。犹如目明不与冥合，亦如莲华不为泥尘之沾污。”竺昙无兰译《寂志果经》：“譬如青莲芙蓉蘅华，生于污泥，长养水中；虽在水中，其根叶华实在水无著，亦无所污，比丘如是。”凡此文字，佛典多见。佛门化人以喻，若《百喻经》者，“莲花喻”为其一也。相较之下，《爱莲》脱之于佛典明也。

窃谓敦颐欲以莲寄理学心性耳，其论本受教于佛而立，故谓人性固净，然易遭污，一为欲染，一为惑染，唯无欲、治惑，方呈本性之清净也。沙门谓但依经、律、论三藏，修戒、定、慧三学，皈依佛、法、僧三宝，尽摒世俗之欲，则能致涅槃之境。莲之性与佛之性一也，故佛典每以污泥喻世俗，以莲喻修行之人，余谓敦颐爱莲之因本此焉。

八股文多为六股

八股文乃明清两代科举之文体，因其文为八股而成，俗谓之八股文也。八股文自明洪武十五年诏令重开科举而滥觞，至清光绪三十一年废科举而止，凡五百余年。八股之制又实非八股，题目、破题、承题、原题、起讲、入题、起比二股、出题、中比二股、过接、后比二股、束比二股、收题或收结，凡十三股，盖原题、入题、出题、过接不必尽有，亦十股矣。余查诸《清代八股文译注》，多数制文实非八股而以六股者为多，余则尚有十股、五股、四股乃至二股者。既谓之八股文而六股为主者，何故焉？

盖八股之源始于宋王荆公行“经义取士”，其初可散可偶，于行文之式不拘矣。至明景泰、天顺间八股之式方普遍，成化后始为正体。历百余年，至隆庆、万历后，其式渐遭厌弃，诘之者众也。顾炎武《日知录》乃谓“嘉靖以后，文体日变，而问之儒生，皆不知八股之何谓矣”。清季复以八股为式，然变体亦许之，中期后则六股文章为主也。

今人言八股者，但诟其僵化而不及其他，无复有知何为八股者也？

“拔山”乃使山动

项羽垓下诗“力拔山兮气盖世，时不利兮骓不逝。”注者多训“拔”为举义。“拔山”一词《辞海》与《汉语大词典》皆无确解，但云其喻力大耳。《辞源》释为“举山”，然山与地相连，焉能举之？查诸典籍，拔无举义。《说文》谓：“拔，擢也。”表擢义之拔仅用于以手攥捏之物，而“拔山”之“拔”实为“动”也。《易·乾》：“乐则行之，忧则违之，确乎其不可拔，潜龙也。”陆德明释文引郑玄曰：“拔，移也。”移者易也。《韩非子·解老》：“至圣人不然，一建其趋舍，虽见所好之物，不能引，不能引之谓‘不拔’；一于其情，虽有可欲之类，神不为动，神不为动之谓‘不脱’。”不为所好之物诱谓之“不拔”，今之惯用之语若“坚忍不拔”、“拔涉”类以“拔”为“动摇”或“移”义也。故知楚霸王诗之“拔山”乃谓使山动，以今之语法论则用作使动也，义似撼山者也。

曹植七步诗

曹子建七步成诗：“煮豆燃豆箕，豆在釜中泣。本是同根生，相煎何太急。”人皆熟谙，《三国演义》七十九回尝引之，然《曹子建诗集》未录。

查子建“煮豆”诗实源于刘义庆《世说新语》“文学”六十六则：

文帝尝令东阿王七步中作诗，不成者行大法。应声便为诗曰：煮豆持作羹，漉菽以为汁。萁在釜下燃，豆在釜中泣。本自同根生，相煎何太急。帝深有惭色。

《世说》成书距曹魏不足百年，其说当可信也。然罗氏《演义》删《世说》二句，不知何所据。以诗论，今传之四句佳于《世说》本。据《魏记》，子建年十余岁即能诵诗论及辞赋数万言。善属文，太祖尝视其文曰：“汝倩人邪？”植跪曰：“出言为论，下笔成章，顾当面试，奈何倩人？”即为父者亦疑其才也。

《出师表》之句逗

诸葛武侯之《出师表》余幼年所诵也，退食之余，于文义复细勘之。至“亲贤臣，远小人，此先汉所以兴隆也；亲小人，远贤臣，此后汉所以倾颓也。”句，忽觉有惑矣。先汉，后汉；西汉，东汉者，熟语也，然察之于史，西汉十有三帝，凡二百一十四年间，岂皆“亲贤臣，远小人”者耶？东汉亦十有三帝，凡一百九十五年间，岂皆“亲小人，远贤臣”者乎？以一言而蔽两汉十三帝之行事，得无谬乎？究之于两《汉书》，先汉既非兴隆始终，而后汉亦非一贯倾颓也。

窃以为“诸葛一生唯谨慎”，其为文当不至轻率如是也。余意其误当以句逗所致之，倘于“此先”“此后”处逗之，则其意明矣。盖诸葛视汉为一体，无前后之别，既言高祖之西汉亦含光武之东汉，甚或亦有蜀汉也。盖其以一“先”字泛指“汉”之“兴隆”，以一“后”字特指“汉”之倾颓也。

古语之特点为以单音词为主，一字一义，而现代语多以双音词表义，阅古文者不得不留意之，然此类句逗实不易辩之焉。

《楚辞》语言胜《诗经》

《诗经》以四言为本，待再言方成句。《楚辞》以五言为本，加“兮”耳。《诗经》待再言方有动词，如“关关雎鸠，在河之洲”，后句之主语乃前句之“雎鸠”也。楚辞则每句必有动词，语言生动，情感浓厚，故继《诗经》而为文学之砥柱，亦势之必然矣。

“慈母”最是伤心事

余祖极孝，太祖母亡，亲书“慈母碑”铭于墓，幼时所睹，至今不能忘也。近阅《仪礼·丧服第十一》“慈母如母”条，传曰：慈母者何也？妾之无子者，妾子之无母者，父命妾曰：“女以为子。”命子曰：“女以为母。”若是，则生养之，终其身如母，死则丧之三年如母，贵父之命也。乃知慈母之何谓也。以词源论，慈母与生母之亡相关，然与慈祥之义无涉，所谓慈母者，母子皆伤心之事，子哀其丧母，母哀其无子，两般伤心以成慈母者也。

词义之演化顺时之变耳，至唐则慈母已非专谓也。李白诗“曾参岂是杀人者，谗言三及慈母惊。”及孟郊“慈母手中线，游子身上衣。临行密密缝，意恐迟迟归。”则慈母之义已易矣。

叠字词

李清照《声声慢》词，篇首连用叠字七对，词末复加四叠字：“梧桐更兼细雨，到黄昏，点点滴滴。”凡九对。评词者谓前无古人之作也。清有才女贺双卿尝填《凤凰台上忆吹箫》词，词曰：“寸寸微云，丝丝残照，有无明灭难消。正断魂魂断，闪闪摇摇。望望山山水水，人去去，隐隐迢迢。从今后，酸酸楚楚，只似今宵。青遥，问天不应，看小小双卿，袅袅无聊。更见谁谁见，谁痛花娇？谁望欢欢喜喜，偷素粉，写写描描？谁还管，生生世世，夜夜朝朝？”叠字达二十四对。

于乎，双卿之叠字发轫于易安而愈翻新奇，二女子叠字之词古今须眉无胜之者也。清人丁绍仪《听秋馆词话》叙双卿之身世云：“双卿生有夙慧，嫁金坛周姓樵子，家无纸笔，所为诗词悉芦叶写之。”余阅其遗词，皆凄怨愁苦，缠绵悱恻，俨然易安南渡后心情也。清末词家黄燮清评双卿词曰：“双卿词如小儿女，哝哝絮絮，诉说家事，见见闻闻，思思想想，曲曲写来，头头是道。作者不以为词，而阅者亦忘其所词。而情真语质，直接三百篇之旨，岂非天籁？岂非奇才？乃其所遇之穷为古才媛所未有，每诵一过，不知涕之何从也。”

呜呼，天下灵秀何独钟于斯矣，胡适之尝作《贺双卿考》，疑有其人焉，盖其亦感其才情，几疑世间之有也。

东坡本是借山川

湖北江、汉间以赤壁名之者凡五，可谓“赤壁不知何处是，年年江上费东风”。近由出土文物之实证证蒲圻之乌林赤壁乃周郎破曹之地，了却千年公案焉。

以黄州赤壁为周朗赤壁者实自李白始。其《赤壁送别歌》云：“二龙争战决雌雄，赤壁楼船扫地空。烈火张天照云海，周瑜于此破曹公。”可知盛唐时人已混淆其地也。晚唐杜牧尝任黄州刺史，亦以黄州赤壁为三国遗址。《齐安郡晚秋》云：“可怜赤壁争雄度，唯有蓑翁坐钓鱼。”《黄州寄李岳州》云：“乌林芳草远，赤壁健帆开”，尤以《赤壁》诗闻于世。至东坡贬黄州，赋赤壁二赋及《大江东去》词，则后世皆以黄州赤壁为是也。故有诗谓“不是当年两篇赋，如何赤壁在黄州”，是以东坡后，“黄州赤壁天下闻”矣。然坡公书两赋之时果以为是乎？其曰：“黄州西山麓，到入江中，石色如丹，传云曹公败处，所谓赤壁者。或曰非也，曹公败归由华容路……今赤壁少西，对岸即华容镇，庶几是也。然岳州复有华容县，竟不知孰是。”其曰“传云”、“或曰”“不知孰是”，实未置可否也，其词云“人道是三国周朗赤壁”，盖亦疑之焉。

余谓无论李、杜，抑东坡诗赋，皆假山川而抒已情，借古迹而遣块垒也，非复若郦道元之注《水经》，一山一川皆需细考穷究之。赤壁何须问出处，东坡本是借山川焉。

东坡不知天象

顾炎武《日知录》卷三十“天文”条云：“三代以上，人人皆知天文。‘七月流火’，农夫之辞也。‘三星在户’，妇人农语也。‘月离于毕’，戍卒之作也。‘龙尾伏辰’，儿童之谣也。后世文人学士，有问之而茫然不知者矣。”盖上古之人视宇宙皆有无上之主宰，或曰帝也。若风师谓之飞廉，雨师谓之屏翳，云师谓之丰隆，日御谓之羲和，月御谓之望舒，且为诗赋之沿用辞藻焉。然文士学富，而轻天象，不时亦为后人所讥矣。

清人张尔岐，字稷若，号蒿庵，撰《蒿庵闲话》云：

张如命云：东坡文字，亦有信笔乱写处。如《前赤壁赋》：“壬戌之秋，七月既望”，下云：“少焉，月出于东山之上，徘徊于斗牛之间。”七月，日在鹑尾，望时，日月相对，月当在陬訾，斗牛二宿在星纪，相去甚远，何缘徘徊其间？

坡公于象纬未尝留心，临文乘快，不复深考耳。

余尝读王了一《古汉语通论》天文篇，其曰：“少焉，月出于东山之上，徘徊于斗牛之间”，亦用二十八宿坐标法，未言东坡之误也。余阅注东坡斯赋者众，概无言其误者。

嗟夫，庄周叹“吾生也有涯而知也无涯，以有涯随无涯，殆矣。”今人但谓通中外而熟文史者为达人，然天象历法地理种种实无不囿于学识焉。阅此吾心惕惕然，为学之道岂易哉。

东坡禅诗

读东坡诗词，于不经意处常露禅意，无心者每为其惑。其有登庐山诗曰：“庐山烟雾浙江潮，未到千般恨不消。及至到来无一事，庐山烟雾浙江潮。”唐禅师青原唯信谓“未参禅时，见山是山，见水是水；及见禅理，见山不是山，见水不是水；可真正有个休息处时，见山又是山，见水又是水了。”东坡之诗始言“见山是山，见水是水”，至登览则言“见山不是山，见水不是水”矣。

嗟夫，今之有言禅者，独谓一空字，岂得禅理乎？禅于外物非一意而弃，亦非一意而对，乃谓“一即一切，一切即一”之圆满功德也。东坡之于宦途，多所坎坷，半生飘零，其于彼岸乐土固生羡意，故于禅理解之尤深。细品庐山烟雾、浙江之潮，正似三祖僧粲所谓“莫逐有缘，勿住空忍。一种平怀，泯然尽逝”。

观夫东坡儒释道三家皆可窥于诗文，然寻其根本则终归于禅也。盖尽脱外物之物固非禅，不脱外物之物亦非禅，“一蓑烟雨任平生”，“也无风雨也无晴”，是悟禅矣。故《金刚经》云：“不住色生心，不住声、香、味、触、法生心”“凡一切相，皆为虚枉”。

东坡读书“八面受敌”

天下人皆知读书，然岂尽知读书之法焉。少陵谓“读书破万卷，下笔如有神”，然读书破万卷者天下复有几人哉。东坡尝谓读书当以“八面受敌法”，同一书而转之视角读之，“横看成岭倾成峰”是之谓也。或曰一书而必穷则毕生复读几何哉？非也，东坡所谓八面受敌者，择之二三耳。余谓少陵之破万卷实以二三卷为其基也。其言“熟精文选理”，即以破《昭明文选》一卷也。

余读东坡《志林》，时有人所不能言者，盖其八面受敌，所识异乎常人也。陶诗“采菊东篱下，悠然望南山。”东坡谓“望”字乃俗人妄改，“因采菊而见山，境与意会，此句最有妙处。近岁俗本皆作‘望南山’，则此一篇神气都索然矣。”

于《桃花源记》则谓桃花源者避乱人潜居耳，迥非世俗所谓仙人之居，盖文曰“杀鸡为黍而食之”，则“岂有仙而杀者乎？”若非八面受敌，焉能于平常文字中别出新解哉。

窃谓古人穷生而治一经，非谓唯治一经而不他及，乃欲破一经而博览者也。一经既破复以其法施之，则万卷皆可迎刃，此可为东坡八面受敌为注乎？以东坡之法而读陶诗，余复有解焉。南山者，终南之谓也，位长安之南郊百里，五柳先生隐于庐山之麓，安可见之耶？所谓见者，意念之思耳，不言思而言见，东坡所谓“境与意会”也。复谓言南山者岂必谓南山乎，以南山而言隐者之志耳。呜呼，以东坡八面受敌法而读，书多妙处矣。

东坡讽博

宋时，士大夫多善博，东坡尝讽之云：“如人善博，日胜日负。”其意若曰：善博者于货则可谓赢，于义则实为亏，盖取人之货违于义则虽赢犹亏也。其时，吕正献尤不喜人博，吕本中《童蒙训》云：“正献公幼时未尝博戏。人或问其故，公曰：‘取之伤廉，与之伤义。’”《清波杂志》则谓公言“胜则伤仁，败则伤俭”，皆警人博也。

观夫近世，人多喜博，为政者不能止，故知博之道传之久矣。凡欲禁之者多以博而至贫为之戒，然博者之心皆欲以之富也，故其禁不能行。余谓欲止博者，当以东坡“日胜日负”之义喻之，使之立仁义之心于中，虽胜亦负，亏之于德，方可止其博矣。

东坡识庐山面目

东坡《题西林壁》诗妇孺皆熟谙者也，“不识庐山真面目，只缘身在此山中”句，以其哲理深含而博万口争诵。然东坡果不识庐山之面目乎？

《东坡志林》卷一“记游庐山”条记苏轼于元丰七年入庐山十余日，并书山景诗四首。一写水，《开先漱玉亭》与《栖贤三峡桥》是也。细品两诗，山水之状尽得真蕴也。诗中之水，势之猛，声之大，色之清，味之甘，温之寒，皆异于它处。二写山，《题西林壁》与《初入庐山》是也。《初》诗云：“青山若无素，偃蹇不相亲。要识庐山面，他年是故人。”因初而不识，故须变“无素”为有素，变“偃蹇”为“相亲”，余度东坡斯时固豪气存焉，安知他年再临而非故人哉。

世人尽谓东坡不识庐山真面目，愚意非也。庐山之美在其多变，时空异而景象亦异，岂似他山之形于一乎？形于一者，俗山也。庐山之雅在乎其横看、侧看、近看、高看、低看皆变化万千，故不识者乃其理性之识也，知其万千之变即由不识至识焉。以其《法惠寺横翠阁》诗例之，“朝见吴山横，暮见吴山纵。吴山故多态，转折为君容。”山外观山，亦复如是。余素以东坡为哲者，《前赤壁赋》之述变者与不变者俨然唯物之辩证之也，即不识庐山之论岂非一哲论乎？

东坡误用皋陶事

嘉祐四年，东坡应已亥进士科。试题为《尚书·大禹谟》仿孔安国注，“刑疑附轻，赏疑从重，忠厚之至。”主考为欧阳文忠公。东坡释传谓“当尧之时，皋陶为士。将杀人，皋陶曰杀者三，尧曰宥者三。故天下畏皋陶执法之坚，而乐尧用刑之宽。”然《孟子·滕文公上》云：“尧以不得舜为己忧，舜以不得禹，皋陶为己忧。”故知皋陶乃舜之臣也，何乃与尧相对哉？

考场为文，盖皆思虑焦甚，不暇周全之思也，以东坡之才亦不免谬误，不足异之。异之者，文忠公深赏其文，点为上品。余以为欧阳公焉能不知其误，盖不欲以细瑕而湮才俊焉。

读词难于诗

人皆谓词乃诗余，然余感词之解尤难于诗，盖词之名物训诂，隶事用典非浅识而可窥其一二者，况词之平仄韵调参互而杂，欲求真知，了非易也。每有谓某词极佳而言于余者，询之佳处则茫然矣。不知词之佳而云佳，斯亦人云耳。故今多有大言欺人者，自矜秘诀，以文化学者自高，而实不解词者也。

今之为学者，皆谓古籍难读，余以为非也。上古之籍，《书》、《诗》、《易》外，先秦、两汉之文殊少典故隶事，今之人视其本事即为典故隶事矣。故欲读词先当明于名物训诂，然昔之俗语今已不传，即近数十年前语今人已有不省者，况百千年前之语哉。若唐、宋习语见於词者，读之多不易解，黄山谷词喜用“僝僽”、“恁地”，“济楚”、“厮见”、“掴就”等俗语，若般词宋、明小说即多见，细阅《清平山堂话本》、《水浒》、《金瓶梅词话》可知其义。李后主《浪淘沙令》：“梦里不知身是客，一晌贪欢。”人多误“一晌”为“一向”，表时之久也，此亦是时俗语，谓时之促也。柳永《鹤冲天》：“青春都一饷。忍把浮名，换了浅斟低唱？”张先《卜算子慢》：“一晌凝思，两眼泪痕还满。”周邦彦《庆春宫》：“许多烦恼，只为当时，一饷留情。”细品其中“一晌”皆言时之促也。

词之初起，多写男女之情，唐及五代词多为舞伎歌女而作，至北宋初，词之叙事写景多用白描，传情达意全凭本色，殊少引典。至南宋词境而大，家国之痛，身世之感，体物咏史，愤时疾俗，无不以词出之。词之类诗，而用典隶事亦随之也。余感小令易读，其典少也；长调之典肆意而为，若稼轩词用典广涉《左传》、《国策》、《庄子》、《论语》、《孟子》、《四史》、《晋书》、《世说》、《洛阳伽兰记》，随意拉杂，非少读书者能解也。五代北宋之词，引典巧而不涩，故易读。若“曾经沧海难为水，除却巫山不是云。”上句用《孟子》“观于海者难为水”，下句用宋玉《高唐赋》故事，兼人所熟知者。若李后主“问君能有几多愁，恰似一江春水向东流。”套用何逊《为衡山侯与妇书》：“思等流波，终朝不息”；徐干《室思》：“思君如流水，何有穷已时？”亦属隶事用典矣。

吴世昌先生谓读词当于上下四旁读起，词之上为诗，下为曲，四旁为唐宋传奇、笔记小说及集部之书，斯言善矣。

读书容易识字难

余少而失学，虽嗜学而苦无师，读书时有惑则求之于先贤之注，然注家亦多有不可解者。近读唐秦韬玉《贫女》诗，惑于“俭梳妆”语也。求之诸本，惑终不得解。及翻俗本《唐诗三百首》旧注，方悟乃通假之字也。

其诗曰：蓬门未识绮罗香，拟托良媒益自伤。谁爱风流高格调？共怜时世俭梳妆。敢将十指夸偏巧，不把双眉斗画长。苦恨年年压金线，为他人作嫁衣裳。诗意浅近，以贫女自伤迟暮，寓士子不遇之概也。然“共怜时世俭梳妆”句注家皆释“俭”为“俭朴”，《中国历代诗歌选》注其为“俭朴之妆”；《唐诗一百首》注其为“朴素之妆”；更有注俭为格调之高者，愈不得其义也。《三百首》旧注有“唐文宗下诏禁高髻俭妆，去眉开额”语，“俭妆”既于诏禁之列，当非俭朴之妆也。《唐会要》载有文宗下诏前群臣奏语：“妇人高髻险妆，去眉开额，甚乖风俗，破坏常仪，费用金银，过为首饰，并请禁断。”知“俭妆”乃“险妆”也。盖“险”、“俭”古通，互为异文也。查《易否卦》：“君子以俭德辟难。”虞注：“俭或作险。”

呜呼，俭则险也，“俭梳妆”者奇异之妆也，若今女子之多喜为异妆者。一字解而全诗通，直牵全身之一发矣。余诚谓读书易而识字难焉。

杜牧诗多浑然缥缈

余于唐诗独喜老杜与小杜，老杜为圣，前人言之备也。小杜之山水辽远迷蒙，浑然缥缈，正若刘勰云：“寂然凝虑，思接千载；稍焉动容，视通万里；吟咏之间，吐纳珠玉之声；眉睫之前，卷舒风云之色。”

余素畏寒，冬日则蜷缩于床，取《杜牧诗选》以遣无聊。恍惚间有所悟，草就于右。

夫小杜之山水迥无细微描画，凡景物皆浑然而成，若画之大写意者。《江南春》：“千里莺啼绿映红，水村山郭酒旗风。南朝四百八十寺，多少楼台烟雨中。”状千里江南春色，一一眺望，然未止于一花一木，一村郭一楼台，空间万象皆入我目，若舒展之长卷，江南之媚态尽呈而芥子未显也。明人杨慎《升庵诗话》谓小杜诗：“大抵牧之诗，好用数目垛积，如‘南朝四百八十寺’、‘二十四桥明月夜’是也。”盖升庵不明牧之视野辽阔也。若《山行》：“远上寒山石径斜，白云生处有人家。停车坐爱枫林晚，霜叶红于二月花。”俨然秋山远景图，然起首即以一“远”字拒寒山、石径于天边。云雾缭绕之山头，依稀幻象之人家概迷蒙而不可即也。所状之景物游离而不散，盖所状皆蕴于己心矣。

观夫小杜诗润染景物虽朦胧缥缈而其境远矣。“南朝四百八十寺，多少楼台烟雨中。”金碧肃穆之寺庙掩于迷蒙烟雨之中，平增缥缈变幻之意趣，读之恍若仙境。“烟笼寒水月笼沙，夜泊秦淮近酒家。”诸般实景融而合，绘就一幅水边月色图。

余谓小杜诗惯以虚代实，实隐于虚，然虚中又复见实矣。张式《画谭》云：“烟云渲染为画中流行之气，故曰空白，非空纸。空白即画也。”以此而论小杜山水诗，不亦宜乎？

敦煌壁画多乐器

余尝游敦煌莫高十余窟，其壁所画多有演乐者，所操器多不识，度今已亡佚也。其处有绍介图册，购之而寻骥，图之器竟达四十余。举凡气鸣有横管、竖管、哨管、编管、簧管、胴腔类；弦鸣有弹弦、拉弦类；打击有膜鸣、体鸣类。气鸣今之尚存者有横笛、竖笛、排箫、笙、埙；弦鸣今之尚存者有琵琶、阮、箜篌、胡琴类；打击之今尚存者有腰鼓、羯鼓、军鼓、大鼓、手鼓、铙、钹、钟、锣、串铃类。

夫敦煌之画自十六国至元千载间，历朝绘制，故其乐器几括千年也。诸类之器有传之今者，有失而不知其名者，唯拉弦之胡琴形制几无更易。

放翁律诗多佳句而少佳篇

余尝读陆务观《剑南诗稿》，终不能毕其卷，因其佳处固多，而率意无味者倍矣。故每读百首，可圈者二三耳。近读钱钟书《谈艺录》评放翁诗，愈有感焉。

夫乾隆帝独赏放翁，赞其“感激悲愤，忠君爱国”，尤多赏爱赞誉之词。故清季诗家放翁位南宋四大家之首也。然朱彝尊谓：“陆务观《剑南集》句法稠叠，读之终卷，令人生憎。”贺裳则直言：“大抵才具无多，意境不远，唯善写眼前景物而音节琅然可听。”沈德潜谓其粗制滥造，贪多务得，评之尤宜，“六十年间万首诗”，焉能字字推敲乎？

余谓放翁佳句多出七律，今人多乐诵其一二句然不知全篇，盖唯一联佳耳。“山重水复疑无路，柳暗花明以一村”句，世俗毕知，钱钟书谓：“《清波别志》载强彦文句曰：远山初见疑无路，曲径徐行渐有村”谓源于此也。钱氏谓其“制题之宽泛因袭，千篇一律，正以非如此不能随处安插佳联耳”。诗匠弄巧，亦一恨事。《石头记》四十八回写香菱学诗，自道：“我只爱陆放翁的‘重帘不卷留香久，古砚微凹聚墨多’”，以至黛玉批其：“断不可看这样的诗。你们因为不知诗，所以见了这浅近的就爱，一入了这个格局，再学不出来的”。此亦雪芹评放翁语也。

钱氏复有讥放翁二痴事，《谈艺录》三七：“好誉儿，好说梦。儿实庸材，梦太得意，已令人生倦矣。复有二官腔：好谈匡救之路，之性之学，一则矜诞无当，一则酸腐可厌。……放翁爱国诗中功名之念，胜于君国之思。舍临殁二十八字，无多佳作。”夫所谓二十八字者，《示儿》绝句也。

放翁之诗曲径通幽

《剑南诗稿》万首，余独喜《游山西村》，人皆以田园闲适视之，余老而吟诵忽有异思也。

盖放翁“战士无所有，耻复守妻孥”言壮志也；“壮心未与年俱灭，死去犹能做鬼雄”言豪情也；“遗民忍死望恢复，几处今宵垂泪痕”言悲愤也；“伤心桥下春波绿，曾是惊鸿照影来”言相思也，故世人皆以“山重水复疑无路，柳暗花明又一村”为言闲适。然余谓诗言志，《沧浪诗话》谓：“诗者，吟咏性情也。”岂若佛家之虚空，道家之清静，全无人间烟火焉。《诗·七月》状一岁之作，言庶民艰辛而为之悲，太白《梦游天姥吟留别》、杜牧《山行》岂皆留恋山林之作耶？余以为放翁当别有一番滋味，但不为读者所窥耳。

乾道丁亥，放翁罢归山阴，居三山。睹女真铁骑践踏而雄图难展，视朝野乱臣贪枉而一计莫施，叹君王苟且淫逸而忠言不进，故叹“山重水复疑无路”，然是翁报国之心不息，彷徨之中尚存理想之念，是以言“柳暗花明又一村”矣。至若“莫笑农家腊酒浑，丰年留客足鸡豚”，亦非纯写农家淳朴之情，与所历浮沉之宦海较，比之法也。“箫鼓追随春社近，衣冠简朴古风存”。如较之于尔虞我诈、奴颜媚骨事，其义昭然也。刘勰尝谓：“人禀七情，应物斯感，感物吟志，莫非自然。”余谓物者乃放翁目中之山村风光，情者乃放翁心内之拳拳赤子也。

余观夫是诗，隐其志于山水田园，有曲径通幽之妙。“从今若许闲乘月，柱杖无时夜叩门”，知放翁终未能忘情于家国矣。入妙之诗本乎淡，等闲语言寓衷肠，此亦余一得之见也。

浮生半日闲

明冯梦龙《古今谭概》载：有贵人游僧舍，酒酣，诵唐人诗云：“因过竹院逢僧话，又得浮生半日闲”。僧闻而笑之，贵人问僧何笑，僧曰：“尊官得半日闲，老僧却忙了三日。”初阅似《笑林》，继而思之，复哀之焉。

嗟夫，尊者之幸，下民之哀，古今一也。康熙凡六下江南，乾隆效之，水陆辇运，游幸孝敬，几耗国帑半也。依《清通鉴》载，帝之巡，皆诏勿扰民为要，况明喻凡所费皆不得支于地方，然为督抚者安敢草率为之哉？弘历之六游，实耗尽雍正苦心所积，余谓其富二代耳。

凡贵者之游，或赏景或览古，自谓偷得浮生一时闲，岂知扰民之甚哉。凡接辇之官，皆视上之游为迁之遇，百般恭敬犹恐不及，国帑之费，闾巷之忧，焉为己虑者哉。余谓游僧舍者之意固在偷闲，弊在下吏耳。处州坊间旧有称接官亭者，实驿舍也，度之旧时凡尊者之幸则郡县必侍于其间，故有是谓也。

古抒情诗之地名多虚指

唐王昌龄《出塞》诗乃千古传诵佳作，近见有某考据家谓其“但使龙城飞将在，不教胡马度阴山。”句地名有误。其考“卢城”乃汉时右北平郡治所“卢龙城”，广尝任右北平守；而“龙城”乃匈奴祭天之处。故应纠“龙城”为“卢城”。且今小学课本据宋《唐百家诗选》既易为“卢城飞将”。复忆旧时有考北朝民歌《木兰辞》之“黑山”者，其云应为某县某地某山，盖此山距黄河之渡适一日之程，故与“朝辞黄河去，暮至黑山头”相合云。呜呼，“木兰”之人有否尚未之知也，何以论其黑山欤？此与考“武大郎之炊饼遗址”、“花果山之所在”者何异焉。

夫考古诗之地名者不知古诗之地名多有虚指者也，其习尤以抒情诗为最。诗人兴之所至，于地名多泛指之，不复细究虚实矣。陆放翁“尚思为国戍轮台”“明年万里驻安西”“万里击胡青海岸”“梦绕祁连古战场”“君王何日伐辽东”类，皆泛指北方沦陷之国土也，何可确其所在。若张若虚“斜月沉沉藏海雾，碣石潇湘无限路”；高适“少妇城南欲断肠，征人蓟北空回首”；范仲淹“浊酒一杯家万里，燕然未勒归无计”之地名，倘一一坐实考据之，则真煮鹤焚琴也。殊知诗人非地理家，以地理家之眼而观照诗人则胶柱鼓瑟焉。

《古文观止》转录于《才子必读古文》

癸巳春，偶于书肆得金圣叹《才子必读古文》，乃陈年积压物，余以价之十三购之。闲翻之，惊其有燕归之感，颇以为惑。细究之，其文多与《古文观止》同。复以二书相较，几出一辙矣。金本选文凡三百五十有二，吴本凡二百二十，明文十有八篇，《公羊》、《谷梁》、《礼·檀弓》十有一篇为金本无，余者皆转录于金本，且所评之语皆袭之于金也。

吴楚材、吴调侯叔侄，山阴人也，于康熙三十三年选《观止》，顾其名，自谓甚高，盖取吴公子季札观《九韶》之语矣。然金人瑞之选《才子必读古文》于顺治末，孰与转录者明也。

《观止》行世已来，得誉盛矣。即如周树人辈亦称之"不可轻视"。殊不知其原于金人瑞也。恨人瑞一生多厄，所选评之文亦复光照于吴氏叔侄，不亦悲乎。

鬼不可畏

纪晓岚《阅微草堂笔记·滦阳消夏录二》载一鬼言，发省于人，似蓄难言之隐也。其记曰：朱青雷言：有避仇窜匿深山者，时月风清，见一鬼倚白杨下，伏不敢起。鬼忽见之，曰："君何不出？"粟而答曰："吾畏君。"鬼曰："至可畏者莫若人；鬼何畏焉？使君颠沛至此者，人耶？鬼耶？"一笑而隐。

嗟夫，其鬼乃具大智慧之鬼也，度其生固因人而致亡者，故有至可畏者莫若人之叹焉。人皆畏鬼，然鬼何尝见害於人哉？蒲留仙《聊斋》书鬼狐数百，可怖者仅一二耳，其所可畏者，亦人间之寄言焉。然鬼之可畏者存乎？存之于人世也。人之为人，当禀阳刚之气，行光明之途，倘以人形而禀阴霾之气，行黑暗之途，其为人世之鬼也。故阴途之鬼不可畏，可畏者阳途之鬼焉。纪晓岚亦尝见害于阳途之鬼，故有斯说也。

韩愈为文融骈散为一

东坡于《潮州韩文公庙碑》称韩愈"文起八代之衰，而道济天下之溺"。愈于《答李翊书》亦自谓"始者非三代两汉之书不敢观，非圣人之志不敢存"。故余素以韩文公为复古者，且其诟病六朝骈体亦成定论矣。近读《送李愿归盘谷序》，有疑生焉。

夫自六朝后，盖有文、笔之分，所谓"有韵为文，无韵为笔"。是文乃散体，然文中多韵句；铺陈摹写处或韵或无，俨然开唐宋古文赋之先河焉。观《阿房宫赋》、

《秋声赋》、《赤壁赋》之体制，宛若效之，其篇末以韵歌作结，则尤似《诗》、《骚》矣。余以为韩文公之意宏也，其非独“起八代之衰”而已，所求者乃集古今之大成也，既上承秦汉、魏晋六朝，复独辟蹊径而创己路，故读韩文者应细察之。

汉乐府多悲歌

余诵汉之乐府诗，每感其多悲，其时风欤？惑而不解焉。王充《论衡·自纪篇》云：“美色不同面，皆佳于目；悲音不同声，皆乐于耳。”又云：“盖师旷调曲，曲无不悲；狄牙和膳，肴无淡味。”夫悲曲者，乐之致美也；诗之悲怆者，情之泄露也，故秦汉间传世之作皆慷慨伤怀之悲歌也。枚乘《七发》极言乐之美而后曰：“此亦天下之至悲也，太子能强起听之乎？”其言至悲者乃谓至美也。

考之西洋之文艺亦复如是。古罗马之戏剧，古希腊之史诗，乃至文艺复兴时之音乐、小说、雕塑、绘画无不以悲为其旨，盖悲声乃美之极矣。复以吾国之诗史言，凡传世之作几皆为悲声。太史公以《史记》悲其声，左丘以《春秋传》悲其声，屈子以《离骚》悲其声，雪芹以《石头记》悲其声，至若金人瑞批诸才子书，沈三白著《浮生六记》，陈寅恪书《柳如是别传》皆以是而悲其声矣。究之文艺诸种种，凡发人思想者，振荡人心者莫不而以悲声矣。江文通尝作《恨赋》，惜未书《悲赋》也。

《汉书》亦有不可佐酒处

今之人皆知苏子美“汉书佐酒”典，文人雅士多效之者。陆放翁《雁翅峡口小酌》“欢言酌请醥，侑以案上书。”清人屈大均《吊雪庵和尚》“一叶离骚酒一杯”，皆效之者也。然吾以为《汉书》亦有不可佐酒处。

去岁课三二小儿习古文，讲鸿门宴，并参之《汉书》、《通鉴》。《汉书》于其文删节颇多，且皆不宜。《史记》起首记项羽言曰：“此沛公左司马曹无伤言之，不然，籍何以至此。”篇末则记“沛公至军，立诛曹无伤。”首尾遥呼，且直写霸王之胸无城府而高祖之机心重重矣。《汉书》则删却诛曹无伤事，高祖形似阿斗也。两书相校，逾感《汉书》之陋，吾不知苏子美当日读此尚可浮一大白乎？

嗟呼，以书佐酒固雅事，然今日可佐酒之书尚有几多欤？

汉武帝重文

或曰：“秦皇汉武，略输文采”，余不以然也，读《汉书·武帝纪》，刘彻在位五十三年间，自建元初即重文治，非独专武功也。以帝王论，重文治而善为文者汉武第一人矣。

初，天下甫定，高祖固鄙儒士，遑论文也，至文、景乱治而民安，无乃及于文功，其或因于人，或因于时，皆有武治而不能有文功焉。武帝所谓文功者五：设抄书之官，建藏书之所，此其一也。始皇焚书坑儒，毁中华文化，陷诸典籍于濒危，武帝挽之也。建学馆，倡儒术，重文士，此其二也。建元初令“天下郡国皆立学馆”，擢治《春秋》之公孙弘为相，天下学士感焉；抑百家而尊儒术，虽失偏颇而文化兴。设乐府，采民歌，劝著作，此其三也。武帝建乐府之官，专司诗乐，采民间之风，继《诗》之遗迹，司马相如而造诗赋论律吕也。揽天下文士，劝致志于赋，此其四也。上有所好，下必趋之，四方文士咸致大赋，赋因以兴也。武帝宠辞家而不使之仕，辞赋之家得无贾祸，而赋因之得主于汉之文坛。身体力行，辞章卓然，宛若大家，此其五也。纵观是时大赋，若去相如则斯为翘首也，其文采岂时所谓大家者可较之焉。《汉书·艺文志》载：“上所自造赋二篇”，一为《秋风赋》，曰“秋风起兮白云飞，草木黄兮雁南归。兰有秀兮菊有芳，怀倩人兮不敢忘。”一为《李夫人赋》，曰“秋气憯以凄泪兮，桂枝落兮而销亡。神气茕茕以遥思兮，精浮游而出畺”，皆赋中名辞也。

自古帝王文功武治皆俱者鲜，魏武或为其二。汉武以赋名，魏武以诗名，然兴天下之文而风之，魏武不及也。

虎丘伪诗

顺治时，苏州虎丘寺壁尝有题七绝诗二十首，附序曰：“妾刘素素，年十六，是年豫章大乱，妾随母氏，避乱山中，既而北兵肆掠，遂陷穹庐。痛母妹之各分，念家山之久破，肝肠寸断，血泪双垂。薄命如斯，真不减土梗浮萍。今岁某从役浙中，彼人戎事滞迹门。因停舟吴阊门外，以俟其来。兀坐蓬窗，百愁总集，因揽纸笔，作绝句二十首，以写其哀怨之思。”其诗叙身世之惨，催湿春衫也。若“回首家山似断蓬，蛾眉欲画怨春风。自怜憔悴无人问，惟有慈亲入梦中。”“对酒难禁红泪垂，天涯何日是归期？愁心却是春江水，日日东流无尽时。”人皆以为闺中笔墨，一时传抄于世矣。

余阅纳兰容若《饮水词》、《金缕曲·简梁汾》词所注，乃知所谓虎丘所题闺诗实吴汉槎所伪托者也。汉槎清初诗人，以顺治十四年江南科场弊案而发宁古塔，其友顾贞观梁汾与容若善，乞于明珠，以金赎归。容若重友，其词曰：“绝塞生还吴季子，算眼前，此外皆闲事。”汉槎性傲，激于江南杀戮之惨，尤感于妇女之辱，是以假女子之笔而抒己之情，是有伪诗之出焉。

教授古诗须明乎诗韵

古诗依韵而作，故教授、朗诵古诗凡韵脚处皆须明乎诗韵，于今古异音处尤须明乎古音，知其协韵。余时见中学生有朗诵古诗而不知协韵者，师之过也。

老杜《春望》传世广矣，新版《辞海》于“簪”字注音 zan（阴平），然引“白头搔更短，浑欲不胜簪”为证，误也。其诗用侵韵，韵脚字为“深”、“心”、“金”、“簪”，若“簪”读如侧吟切，则非协韵矣。故“簪”当读 zhen（阴平）。又有老杜《水槛遣心》“去郭轩楹敞，无村眺望赊。澄江平少岸，幽树晚多花。细雨鱼儿出，微风燕子斜。城中十万户，此地两三家。”注者训“赊”为 she（阴平），全诗韵脚“花”、“斜”、“家”，亦非协韵也，故依诗韵当读 sha（阴平）。查初中语文课本，亦有佳者，若《敕勒歌》“敕勒川，阴山下，天似穹庐，笼罩四野。”即于“笼罩四野”之“野”字训为 ya（上声），与“下”协韵。又例唐金昌绪《春怨》诗亦广传之作，首句“打起黄莺儿”之“儿”，人皆读如 er（阳平），与下句“莫教枝上啼”之“啼”，末句“不得到辽西”之“西”非协韵也，故当读如 ni（阳平）。

古诗之美，或吟诵或朗读皆有韵律之美也，若非协韵，美之不存矣。此理甚明，训之亦非难事，恨今之为师者，鲜有为之者焉。

借鬼之术

余读前人笔记，多有言鬼神巫术事，皆假其术也。《东坡志林》有记梦十余则，多假梦而言事。若梦与杜甫言，假少陵口说《八阵图》诗，盖东坡以鬼言而驳时人之议也。梦之不可知，鬼愈不可知，以巫术而言志，东坡乃始作俑者，后人沿袭，鬼风遂流矣。

清初，王渔洋为诗宗，以神韵标榜，奉“羚羊挂角，无迹可求”为旨，执诗坛牛耳近五十载。身后毁誉参半，势若蔡中郎。纪晓岚《滦阳消夏录》假夜半鬼访赵秋谷论诗而批评之，实承东坡之遗风也。其曰：“渔洋山人诗如名山胜水，奇树幽花，而无寸土艺五谷。如雕栏曲榭，池馆宜人，而无寝室庇风雨。如彝鼎罍洗，斑斓满几，而无釜甑以供炊灶。如纂组锦绣，巧出仙机，而无葛裘御寒暑。如舞衣歌扇，十二金钗，而无主妇司中馈。如梁园金谷，雅客满堂，而无良友进规谏。”其所设喻皆讽渔洋之诗无利民之用，案几摆件而已。

袁子才《子不语》亦效其颦，卷八有“见曹操称晚生”条，谓江宁副榜王苇，梦古衣冠人召往一处，宫阙巍峨，兵卫甚严。有赤帻者从军门出曰：“汉丞相曹公奉屈。”及见，操命旁坐，谓曰：“闻汝好学书，可知楷书先乎？草书先乎？”曰：“楷书先。”操摇头曰：“不然。先有草书，后有楷书。所以召汝者，正为将此义告知，以便转语世人也。”

纪晓岚、袁子才皆一时才俊也，而多假巫术而言事，其有所讳乎？余见今之为文者多喜假伟人之言而证己，斯亦借鬼之术也。

金日磾之日音密

汉武帝时大臣金日磾，原为匈奴休屠王之太子，降汉，为武帝所重，因功封秺侯。其名中之“日”，王了一《古代汉语》注音为mì（去声），余尝求教于某先生，告之此乃古音，犹阿房宫之“房”读如pang类，盖古无轻唇音也。今人史佩信著文谓乃汉时之方言，加之金乃匈奴人，故人度其音当有异于常人处矣。复忆日前于青田遇一老者，言及近世史学大家陈寅恪，质疑余恪音为误，彼亦不审恪音乃陈氏客家之方言也。

《镜花缘》仿《红楼梦》

李汝珍之《镜花缘》余幼时所读书也，初仅记其海外奇闻及武后命百花严冬齐开事。今夏无聊复取以读，悟其立意构思皆源于《红楼梦》。

夫雪芹卒于清乾隆二十八年癸未，是年适汝珍生，乾嘉时《红楼》诸版已广传，汝珍自当熟谙，既有所著而效之亦自然耳。取而比对，两书皆以女子为描摹，而概在才学；一以悲概“红楼一梦”，一以状人生似“镜花水月”。水月村泣红亭百才女命运之篆刻，正太虚幻境十二钗正副册之辞。顽石之历劫辗转而至雪芹著书，玉碑之刻记辗转而至汝珍成书。《红楼》有一僧一道，《镜花》有麻姑道婆。《红楼》之女子聚于大观园，《镜花》之女子会于卞园。其结局一以千里搭长棚筵散人去，一以卞园宴集而作鸟兽散。其细微处尤多可考，难以赘述矣。唯汝珍于诸女之状写则一改“女清男浊”以使“闺阁昭传”，笔下女子处逆境而奋发，志于学而自救，多昔时徐敬业讨武周之唐室之后，才识勇气胜于十二钗，此亦是时世风之变及欧风东染所致也。女权政治之影百年后则彰也，汝珍之别于雪芹者，康乾之别于嘉道也，非关写书人才识云。

君子慎交游

闲翻颜之推《家训》，其《慕贤》曰："人在年少，精神未定，所与款狎，熏渍陶染，言笑举动，无心于学，潜移暗化，自然似之；何况操履艺能，较明易习者也？是以与善人居，如入芝兰之室，久而自芳也；与恶人居，如入鲍鱼之肆，久而自臭也。墨子悲于染丝，是之谓矣。君子必慎交游焉。"

夫观人而先观其友，因其类也，道不同不相为谋，亦不相为友，故观其友而知其人焉。少年之人若素帛，投之墨则黑，弃之朱则绛，以其洁也。颜氏所谓与善人、恶人居者，言择友之当慎也。子曰："无友不如己者"，亦谓当与贤于己者游耳。所谓贤，非但学问耳，当以品行道德为其要。余所游且为友者，固多田耕操艺者，岂其于六艺胜吾者欤？其德行宜为余友矣。

孔子何以"自牖执其手"

《论语·雍也》载：伯牛有疾，子问之，自牖执其手，曰："亡之，命矣夫。斯人也而有斯疾也。斯人也而有斯疾也。"牖，辞书释为窗，古人于屋置窗，求其通也，即今之所谓通风与采光也。《说文·穴部》云："在墙曰牖，在屋曰窗。"段玉裁注："屋，在上者也。"可知窗专谓之天窗，位于屋之顶，而牖置于墙。然孔子何以"自牖执其手"焉？以今人之习不可解也。吾度其文意，以为子之视伯生之疾甚恐也，而伯生之疾重，子之视犹诀别也，故行至牖即汲汲执其手，状其情之急耳。若以常理，焉有不问候于床第耶？且孔子方执其手即曰："亡之"，知其疾不可挽也，故有"自牖执其手"之举矣。

朱熹《论语章句集注》谓："伯牛，孔子弟子，姓冉名耕。有疾，先儒以为癞也。牖，南牖也。礼，病者居北牖下，君视之，则迁于南牖下，使君得以南面而视己，时伯牛家以礼尊孔子，孔子不敢当，故不入其室。而自牖执其手，盖与之永诀也"。宋人赵顺孙《论语纂疏》："不入其室以避过奉之礼也。自牖执其手以致永诀之意，仁也，此圣人从容中礼处"。噫，伯牛为孔门七十子，焉不知礼哉。朱熹以理学而训儒学，牵强处不免矣。

"老"为尊称

今之词语中以"老"字组词者颇多，"老师"、"老张""老虎"者是也。世人多以为缀之以老者，表敬也。其果如是乎？

《周礼·地官·司门》"以其财养死政之老"。郑玄注："死政之老，死国事者之父母也。”《周礼》“乡老”郑玄注曰：“老，尊称也。”以之而推，《左传·昭公十三年》“天子之老。”孔颖达疏：“老者，是大夫之总名。”《荀子·宥坐》“是老也，欺予也”，老者，大夫之称也。然则今之于姓氏前缀以老，表敬乎？语助乎？洪迈《容斋三笔》“东坡赋诗，用人姓名，多以老字足成句，如《寿州龙潭》云：观鱼并记老庄周，……是皆以为助语，非真谓其老也。”

乐籍中人喜诗

《春渚纪闻》卷六“营妓比海棠绝句”条记东坡“先生在黄日，每有燕集，醉墨淋漓，不惜与人。至于营妓供侍，扇书带画，亦时有之。有李琪者，小慧而颇知书札，坡亦每顾之喜，终未尝获公之赐。至公移汝郡，将祖行，酒酣，奉觞再拜，取领巾乞书。公顾视久之，令琪磨砚，墨浓，取笔大书云：“东坡七岁黄州住，何事无言及李琪？”即掷笔袖手，与客笑谈。坐客相谓：“语似凡易，又不终篇，何也？”至将撤具，琪复拜请。坡大笑曰：“几忘出场。”继书云：“恰似西川杜工部，海棠虽好不留诗。”一座击节，尽醉而散。琪自此声价增重。

窃谓昔之乐籍中人亦重诗文，岂皆以赀财而图者耶？若秦淮之柳如是辈则尤为乐籍中之诗人也。故旧之乐妓多通音律诗词，迥非八大胡同之陋焉。观夫东坡之喜李琪，雅而无俗，亦文坛韵事也。

诔乃哀祭文之始

古之祭祀，止于告飨，为文无哀伤之意，追念哀悼之文赋于诗也。故春秋之际，《诗》之《凯风》、《葛生》、《黄鸟》，悲切伤痛，传诵于黄河之域，战国以降，《九歌》、《招魂》、《大招》，缠绵悱恻，流播于江汉之滨。至两汉，复有《薤露》、《蒿里》，哀音纡徐，声绕闾里。故清姚鼐《古文辞类纂序目》曰：“哀祭类者，诗有颂，风有黄鸟、二子乘舟，皆其原也。”

古之哀祭文始见于《尚书》，其《周书·金縢》载武王病笃，周公旦祷于三王，请以身代，其辞简而哀，悬念生死，情切骨肉。其文曰：

“惟尔元孙某，遘厉虐疾。若尔三王，是有丕子之责于天，以旦代某之身。”

盖周时重厚葬，卿大夫卒则行祭奠仪，由史官宣诔辞，以表亡者功绩，并定其谥也。故《周礼》郑玄注曰：“诔者，累也，累列生时行迹，读之以作谥。”《礼记·曾子问》且定“贱不诔贵，幼不诔长”。诔，始见于《檀弓》载鲁庄公诔县贲父、卜国，以为“士之有诔，自此始也”。然仅记其事而无诔辞。《左传·哀公十六年》载哀公《孔子诔》，《墨子·鲁向》载：“鲁君之嬖人死，鲁君为之诔。”诔须宣读，其“呜呼哀哉”亦沿之用也。

两汉间，杨雄有《元后诔》，张衡有《司空陈公诔》，蔡邕有《济北相崔君夫人诔》。其例据《文心雕龙·诔碑》即“选言录行，传体而颂文，荣始而哀终。论其人也，暧乎若可觌；道其哀也，凄焉如可伤。”诔之为文，前为散后为韵，开两千年哀祭文散韵相合之先例。

余尝赏怡红公子诔晴雯《芙蓉女儿诔》，感其情主伤痛，而辞穷乎爱惜，然不明其体例。今退食而寻之旧典，以明其源流，是为记。

李白善骈偶

太白素否六朝文风，谓“自从建安来，绮丽不足珍。”然余观其《春夜宴诸从弟桃李园序》，多用骈偶之式，而太白实“通于古，变于今”者也。

夫书夜宴而起笔迥无其景，“夫天地者万物之逆旅，光阴者百代之过客。”所抒者天地人生之概也。夜宴之欢置之时空之下，绝异于时文之俗焉。“浮生若梦，为欢几何”，直假以《古诗十九首》“生年不满百，常怀千岁忧。昼短苦夜长，何不秉烛游。”然其欢情于大块，悦目于春景之意则始终于文也。“况阳春召我于烟景，大块假我于文章”，物色相召，人谁获安，神来之笔，盖得之江山之佑也。至述宴饮，言谈清雅，良辰美景，天伦之乐，几醉于明月之下。连串短句，至峰峦处则戛然而止，骈偶并用，诵之韵律均衡，若抚琴然也。

窃谓太白之文萧散流丽，唐人文中鲜见，其非独能诗者也。

李易安善文

人皆谓易安居士擅词，“莫道不销魂，帘卷西风，人比黄花瘦”，尤为人所赏。余阅其《金石录后序》则感其辞采俊逸，情意深婉，置之宋大家文中亦为善矣。夫区区一序，情倾于行云流水之文，事注于跌宕起伏之历，余阅之则随其悲而悲，随之喜而喜，心驰神往，掩卷凄然矣。

夫人间神仙伉俪唯清照明诚也，一长文学，一嗜金石，情趣相合，搜书稽古，品画论诗，极一时倡随之乐也。明诚仿欧阳公《集古录》而撰《金石录》三十卷，至南渡，书存而人亡，易安为之序焉。余谓易安之所谓序者，实乃缅夫而为之传也。其序言《金石录》者数语耳，而以“呜呼，自王涯、元载之祸，书画与胡椒无异；长舆、元凯之病，钱癖与传癖何殊；其惑一也”转意，假古而喻今，发无限慨叹。及其忆昔质衣得钱，“步入相国寺，市碑文果实归，相对展玩咀嚼”，自以为有葛天氏之乐；面名画而羞涩囊中，则相向惋怅数日。至若灯下校赏，饭后述典，倡随融洽，则俨然闺中行乐图焉。靖康之难忽至，则“四顾茫然，盈箱溢箧，且恋恋，且怅怅，知其必不为己物矣”。其悲则何以堪哉？扁舟泣别之时，告以“独所谓宗器者，可自负抱，与身俱存亡”，则其悲苦若闻也。

余谓易安之序，睹物怀人为之枢纽，“三十四年之间，忧患得失，何其多也”，转而作达观之语“然有有必有无，有聚必有散，乃理之常。人亡弓，人得之，又胡足道”。以盈虚消长，更易无常之理而自解。然焉知其果脱物之累欤？

余品斯序者再，愈感平生过目之闺阁文字，此为观止矣。行文之妙岂笔墨疏秀可尽之焉？文生于情而情显于文，情贯于文而无刻意之迹，无意求工而自工，如此文字非易安之才焉能为之？叹世人唯知其词而鲜知其文也。

良辰美景奈何天

汤临川《牡丹亭》传世久也，虽未读四梦者亦晓“良辰美景奈何天，赏心乐事谁家院”之词，众口传诵，莫不称其佳丽。然吟斯词，于感慨缠绵、心动神摇之余，欲释其义则惑者众矣。心有感而拙于言，知其美而不知其所以也。

余尝觅多家笺注而欲求其义，终不可得。或曰奈何天为怨天，或曰奈何天为呼天，或曰奈何天为悲天，或曰奈何天为愧天，概释天为苍天。故于奈何天之释而杜丽娘之思亦迥异，若夫安可窥海若之意哉？余复求之于宋元后词曲，方悟义仍之所谓天者，乃谓寻常之日也。奈何天者，愁苦无聊，抑郁寡欢之日也。晏几道《鹧鸪天》词：“欢尽夜，别经年，别多欢少奈何天。情知此会无长计，咫尺凉蟾亦未圆。”“奈何天”谓萦怀离别之恨，无欢之日也。李玉《占花魁》传奇：“短长痴梦苦缠绵，都捱遍，寂寞奈何天。”“奈何天”谓秦钟思花魁而神魂恍惚之日也。《聊斋志异·宦娘》有（惜余春）词：“甚得新愁旧愁，划尽还生，便如青草。自别离，只在奈何天里，度将昏晓。”“奈何天里”谓新旧之愁交织，剪刈不断之日也。曹雪芹“红楼梦引子”述己心情曰：“趁着这奈何天，伤怀日，寂寞时，试遣愚衷。因此上，演出这悲金悼玉的《红楼梦》。”“奈何天”谓伤怀之日、寂寞之时也。故“良辰美景奈何天，赏心乐事谁家院”，乃谓明媚春色，宜人景物，而丽娘于愁极无解之日中；他家别院或有赏心乐事，深居杜府何曾有缘。既喜而哀，丝丝怨情款款沁出。喜者，获一时之释也，哀者，惜其促也。天地春光非我所有，奈何天里空自煎熬，丽娘如何不悲不怨哉？

然丽娘之哀非复一事一物所致者，故其曰：“病厮迷，为甚轻憔悴？打不破愁魂谜。”情于至处，亦不可自解矣。海若亦言：“情不知所起，一往而深。”“世间只有情难诉。”故其绘丽娘惟写意渲染，道其意蕴耳，读其词唯可意会而不可言也。余吟《牡丹亭》词，唯觉韵致深藏之美，若李义山之诗，幽情绵邈，悱恻深曲，心痛神痴，魂销肠断之余而难尽其意矣。

邻妇杜甫草堂扑枣辩

偶见《马一浮遗墨》，收先生手稿《杜诗瘢》，马以为“少陵虽圣犹有过，择其善者而从之，其不善者而改之”，将自认为疵语者摘记于简。其于《呈吴郎》云：“堂前扑枣任西邻，无食无儿一妇人。不为困穷宁有此，只缘恐惧转须亲。即防远客虽多事，便插疏篱却甚真。已诉征求贫到骨，正思戎马泪盈巾。”叙述琐细，不合入诗。且西邻寡妇偶取其枣，少陵悯其穷，讳之可也，必记之诗且以示吴郎，何为者？世之寡妇而窃枣者必自不乏，幸而不遇少陵；使人人遇少陵，则千载下皆不免从邻翁诗中知其窃枣之事，吾不解少陵与其西邻寡妇何怨而必记其扑枣以示人也。

《又呈吴郎》历来选杜诗者多及之，吾尝读是诗亦甚感少陵之悯于生民也，及见一浮先生之论，唯徒唤奈何耳。先生乃现代大儒，吾中华最后之理学家，其重名分、名节自当必然。于其眼而观之，邻妇一朝蒙“窃枣”之羞，则终身难洗，失节事大，安可等闲视之。然少陵但言“扑枣”，何来“窃枣”之说？本无涉名节也。初，邻妇扑枣，少陵视而佯作不知，免其不堪矣。吴郎借居后于枣之周围以疏篱，防之扑也，妇诉之少陵而有是诗，以悲悯之心而感之吴郎，蔼然仁者恫瘝一体之心灼然可见也。

弘一法师尝谓一浮先生乃“生而知之”者，博极群书而学贯中西之大师，且精于诗学佛学。其尝谓“后人有欲知我者，求之吾诗足矣”，然其于杜诗何迂执如此？盖一浮先生乃理学家而少陵乃民胞物与之诗人，前者重名分而后者重实际矣。《杜诗瘢》虽谓稿本，度其意必欲公之世也，然一眚不掩大德，一浮先生亦有智者之失也。

林教头免祸草料场

余观传奇小说，无论诲淫诲盗，其终皆善恶有报者也。《水浒》之书林冲蒙冤受刑，充军沧州，高太尉使陆谦继而陷之。然天理昭然，佑护善人，天忽雨雪，既免教头之命，且使之手刃恶贼，焉非神之意乎？

呜呼，封建之时，草民既蒙其冤，唯乞冥冥之神，故果报之说生焉。余谓西教耶稣之说言终极之审于未来，佛教之轮回言在来生，然国人之果报则必在现世，盖受难既久，欲报之心必炽，故林教头之不得亡于草料场中也。

夫小说至明清乃盛，余尝购得巾箱本百册，走马而览，其末终未脱果报之说，亦世情之所欲，人心之所趋所致矣。小说家言，安能离之世焉。

刘基定八股

八股文之弊，人多诟之，然明清科举均重八股，盖时称制义、制艺、时文、时艺、四书文、八比文者也。《明史》卷七十《选举志二》叙八股源流云：科目者，沿唐宋之旧，而稍变其试士之法，专取“四子书”及《易》、《书》、《诗》、《春秋》、《礼记》、“五经”命题试士。盖太祖与刘基所定。其文略仿经义，然代古人语气为之，体用排偶，谓之八股，通谓之制义。

清承明制，《清史稿·选举三·文科》云：“有清科目取士，承明制用八股文。取“四子书”及《易》、《书》、《诗》、《春秋》、《礼记》“五经”命题，谓之制义。”

近人吴晗，胡适先生之弟子也，专攻明史，建树颇丰。其《朱元璋传》云：“科举各级考试，专用‘四书’、‘五经’出题，文体略仿宋经义，但要用古人思想行文，并且只能根据几家指定的注疏发挥，绝对不许有自己的见解。格式排偶，叫作制义。这制度是朱元璋和刘基制定的。”盖所谓八股文者，一言以蔽之即“四书文”也。唯四书文为真八股文，五经文虽用八股之式，实非八股文也。八股文自明洪武十五年诏令重开科举为其滥觞，至清光绪三十一年废科举止，凡五百余年矣。

柳河东巧化《檀弓》

柳河东永州八记之《捕蛇者说》取之于《礼记·檀弓下》，然世人皆知柳河东而鲜闻《檀弓》也。盖《檀弓》借夫子之言道苛政猛于虎，然于苛政之故事未及述也，抑有所讳乎？《捕蛇》则于苛政浓笔细绘，直指赋税之病民，“殚其地之出，竭其庐之入，号呼而转徙，饥渴而顿踣”。乃至“触风雨，犯寒暑，呼嘘毒疠，往往而死者相籍也”。故阅者知《檀弓》言“苛政猛于虎”，而不知其所以，阅《捕蛇》则知苛政之所以猛于虎者也。故为文者，命意同而落笔处异，虽出之于旧典亦可翻新也。

六十始知减枝叶

新得清版影印《郑板桥集》，装帧古朴，不似旧藏横排简体之俗，颇喜，置之枕边时阅之。偶见其述画竹，心有所触，录于右：

“始余画竹，能少而不能多；既而能多矣，又不能少。此层功力，最为难矣。近六十外，始知减枝减叶之法。苏季子曰：简练以为揣摩。文章绘事，岂有二道。”

板桥所论极为中肯，余幼时习文亦复类此，始则少，既而多，待欲复减之则不能为也。年来阅《左》及韩柳、东坡文，略窥文道，始由多而减之，是亦揣摩之谓乎？板桥以画名行世，文则不彰，唯刊行家书耳。然余阅其家书，感其书之始则有付梓之念，故为文多拘谨，与曾文正之家书异焉。其六十外悟减枝减叶之法，而复溺于俗名，叹叹。

陆游诗好记梦

古之为文者好言梦，《左传》即多记梦寐之事，李太白、杜工部、苏东坡亦多有记梦之作。唐人传奇有《枕中记》、《南柯太守传》，汤显祖则有“临川四梦”，蒲留仙《聊斋》多记梦中事，至曹雪芹则直以梦写红楼之事，然皆未若放翁记梦之多也。

放翁《剑南诗稿》八十五卷，仅题标记梦者百六十，无诗题而言梦者则愈可观矣。余谓放翁乃诗人中记梦第一人。

默存谓放翁好言恢复事，然一介书生，空言恢复，夙愿难酬，故惟推之于梦焉。“壮心自笑何时豁，梦绕祁连古战场。”（《秋思》）“三更抚枕忽大叫，梦中夺得松亭关。”（《楼上醉书》）“夜阑卧听风吹雨，铁马冰河入梦来。”（《十一月四日风雨大作》）梦寐之中，纵横驰骋，平生抱负尽展矣。然一旦雄鸡鸣起，又徒呼奈何。“东阁群英鸣佩集，北庭大战捷旗来。太平事业方施设，谁遣晨鸡苦唤回？”（《记九月三十日夜半梦》）

余观放翁每于梦中长歌放舟，遨游仙宫，跨鸾赋诗，骑鲸当龙，或入禅林，或寻仙道，随风飘逸，何其乐也。“残躬已向闲中老，痴梦犹寻熟处行。”老而无为，幻之以梦矣。凡言梦者，皆以之畅胸中块垒焉。故读古人言梦之作，不可以梦视之，“大梦谁先觉，平生我自知。”读者亦应知矣。

陆羽善诗

今人论茶皆言陆羽，以其书《茶经》故也，自唐始，凡茶肆概奉之为神。余偶于《全唐诗》见载其一诗，文既清绝，意亦深远，绝中佳品也。诗题《会稽东小山》，述嵊县剡溪之景，诗曰：“月色寒潮入剡溪，青猿叫断绿林西；昔人已逐东流去，空见年年江草齐。”

夫羽字鸿渐，号竟陵子，复州竟陵人。三岁见弃，幸智积僧育之长。幼牧牛，苦无纸笔，遂于牛背以竹枝习字，终大成。然绝缘释门，尤喜茶道，尝居吴兴，与颜真卿、张志和、皎然游，皆名士也。

美女曰娃

今人称童曰娃，然古称之于美女也。《史记·赵世家》："因夫人而纳其女娃嬴"，《集解》引徐广曰："《方言》曰：'娃，美也。'吴有馆娃之宫。"《汉书·杨雄传上》："资娵娃之珍髢兮"，颜师古注："娵、娃，皆美女也。"白行简《李娃传》之李娃，少女也；陆龟蒙《陌上桑》诗"邻娃尽著绣裆襦，独自提筐采蚕叶"之邻娃亦少女也。

考之古诗文，唐之前凡言娃皆谓美女，至唐方偶有以娃称之于童者，若元稹《梦游春七十韵》诗："娇娃睡犹怒"，亦有美义矣。

今人称女子，无论丑妍，概以美女谓之，亦一奇事，查之民俗未之有也。

明清小说盛于晚清

言文学者以唐诗，宋词，元曲，明清小说概之，然谓明清之小说，言之不详矣。余年前于书贩处购得巾箱本《古代小说百种》，泛阅而感其皆晚清之作，惑矣。

夫明初有《三国演义》、《水浒传》传世，而后百余年唯有瞿佑《剪灯新语》李昌祺《剪灯余话》传奇。嘉靖后，方有《西游记》、《封神演义》、《金瓶梅》及"三言"、"二拍"，一时昌盛复又寂然，至《聊斋》、《石头》、《儒林》出，尤钱江之巨浪推小说至峰巅也。然明初之《三国》、《水浒》乃源之宋元杂剧，《全相三国志平话》即传于元至正间。《水浒》之概貌，宋元间《大宋宣和遗事》亦已备载，其传世非杀青之时乃在嘉靖、万历间。《西游》之构架则直取宋元《大唐三藏取经诗话》及元末《西游记平话》。冯梦龙"三言"篇目亦多取之宋元话本，其言语述事均越明初而直承宋元也。

小说乃言世之作，故莫不受制于当时也，君主专制，思想禁锢，则市民文学必至衰，非世无小说家乃势不可为也。窃谓何世而无才人，凡无传世之作之世，皆有才人不得为之因也。晚清之时，禁锢稍驰，故成一时小说之盛世，其刊者当不下千种，虽无巨著而亦成一时之势矣。以明清小说之盛衰考之于斯时之政治，其理彰焉。

欧阳修论为学

《东坡志林》卷一载欧阳永叔论为学事，盖时多言为学当取三多：看读多，持论多，著述多。欧阳公则谓："唯勤书而多为之自工，世人患作文字少，又懒读书，每一书出，必求过人，如此少有至者。疵病不必待人指摘，多作自见之。"

陈师道《后山居士诗话》云："永叔谓为文有三多：看多、做多、商量多也。"

夫为文之道岂有巧乎？唯勤而已。多书则其理自显，多读则其义自明。杜牧之暮岁自辑平生文稿，去之十七八，以其不入己目也。故善书者，每以旧书为鄙，以其书品益增矣。近世每有所谓敝帚自珍者，凡所书皆以为珍，至有收为宦时讲稿而辑之者，付梓之日，沾沾自喜，多为人诟，其安为知学者欤？

骈文清音唯滕王之序

骈文兴于汉而其衰也速，唯至唐王勃《滕王阁序》出，清音幽雅，传之千载也。辛文房《唐才子传》谓"勃近然操觚，顷刻而就，文不加点，满座皆惊。"韩退之文起八代，素詈四六之文，亦于《新修滕王阁记》谓："江南多游观之美，而滕王阁独为第一，及得三王为序、赋、记等，壮其文辞，益欲往一观读之，以忘吾忧。"今之学人无不诵之，啧啧而称者众矣。

余观夫其文尤善秀句之炼，其法直似无法，故若天马之行于空，苍穹皆为我所驰也。"物华天宝，龙光射斗牛之墟；人杰地灵，徐孺下陈蕃之榻。"言常理也。"天高地迥，觉宇宙之无穷；兴尽悲来，识盈虚之有数。""关山难越，谁悲失路之人；萍水相逢，尽是他乡之客。"四六之句，抒无限之悲哀；异事相接，表沉浸之孤独。夫子安尤善翻新旧典，其妙无穷焉。"屈贾谊于长沙，非无圣主；窜梁鸿于海曲，岂乏明时？""酌贪泉而觉爽，处涸辙以犹宽。"事若己出，一扫汉赋堆砌之弊也。

子安家学渊源，重稽古而非引经，滕王之序实发沉结含凄之愤也。余谓其序以古人之意而精于古人；化古人之语而胜于古人，焉常人之可效者欤？世人所称"落霞与孤鹜齐飞，秋水共长天一色。"一联实化之于庾信《马射赋》"荷花与芝盖齐飞，杨柳共春旗一色"，然吟诵之际颇觉出蓝之美矣。

夫观斯序未足千字，而引典三十余，末两节则几句句引之，如斯为文，余未之见也。

齐人乞而有一妻一妾

《孟子·离娄下》记齐人有一妻一妾而处室者。良人乞于祭者之余，归而骄其妻妾，致妻妾相泣于中庭。人每惑其乞而复有一妻一妾，殊不可解，盖其以孟子之文尽为写实也。孟子之文多设喻，其所喻者岂皆实有之事哉。因文之需则假之于人事，所谓人事者或虚或实，安可一论焉。夫齐人子所诟者，讥其无耻之行也，仅写其食于祭余则致空泛，仅写其妻窥则落单薄，妻窥而知之复告之妾，妻妾互讪互泣，情景交融，齐人之丑态跃然矣。故"骄其妻"不若"骄其妻妾"也。

孟子曰："尽信书，不如无书。"读古人之书应知古人作书之法，不可尽信矣。

秦桧之才

清李慈铭《越缦堂读书记·卷八文学杂记》谓宋周煇《清波杂志》"惟屡称秦会之，且言其文字简古，是则可议者耳。"嗟夫，桧固巨奸大憝也，然其才艺岂无一是处乎？秦氏文章，南宋人多有称许，若《朱子语类》称其章疏"儆得甚好"，王应麟《辞学指南》称其表可以为格，是以知秦氏之文章实有过人之处也。

余阅《清波杂志》似亦未若李慈铭所言，昭礼之于桧亦非一味称许者也。卷四有"章持及第"条，即讽桧父子也。盖桧养子熺，绍兴十二年中进士第一，桧阳引降第二。汪彦章以启贺会之，有云："三年而奉诏策，固南宫进士之所同；一举而首儒科，盖东阁郎君之未有。"本意求属对之工，非有意薄之也，而熺父子怒以为轻己。彦章自此得罪，羁置湖湘，至终身不得还近地。

呜呼，憎人不及胥余，桧固奸人，然安以其奸而否其才焉？虽巨奸之辈倘无进身之阶，则何以藉肆虐之位耶？若因人而废其言，失之公允焉。余尝闻桧之书甚佳，惜未见之，意因其败人多不复存也。今之传世书文多人品高洁之士，亦世之鄙人而废其书文也。噫，为书为文者当戒之。

秦少游《踏莎行》之争

词家谓秦少游《踏莎行》为谪词之最，虽不脱艳情旧题，然于寄兴，一往而深。其词云：

雾失楼台，月迷津渡。桃源望断知何处？可堪孤馆闭春寒，杜鹃声里斜阳暮。

驿寄梅花，鱼传尺素。砌成此恨无重数。郴江幸自绕郴山，为谁流下潇湘去？

是词乃少游因东坡旧党案牵连遭贬时填，音调低沉，辞情哀苦。然于其二联之评，争端久矣。或谓"可堪孤馆闭春寒，杜鹃声里斜阳暮"为佳者，近人王国维《人间词话》云："少游词境最为凄婉，至'可堪孤馆闭春寒，杜鹃声里斜阳暮'，则变而为凄厉矣，东坡赏其后二语，犹为皮相。"或谓"郴江幸自绕郴山，为谁流下潇湘去？"者，据《冷斋夜话》："少游到郴州，作长短句云；'雾失楼台'。东坡绝爱其尾两句，自书于扇，曰：'少游已矣，虽万人何赎。'"清人王世祯则誉为"千古绝唱"。余研之诸版之释文，以为观堂之说乃不明少游词之本事也。少游之指事者，情有所系，所系者谁？歌妓也。故谓郴江有幸绕郴山，吾则无流江南，以郴江自喻也。

余谓末句为全词之眼，言近旨远，余意无穷。东坡固一代词家，手录于扇，日夕观之，当有灵犀相通处也。观堂讥其皮相，是未知词之本事也。其激赏“可堪”句，亦非无因，目睹大清将倾，其悲凉之状可知，以至“以我观物，物皆著我之色彩”也。其自沉于昆明，即可为注矣。

《清明》非杜牧诗

“清明时节雨纷纷，路上行人欲断魂。借问酒家何处有，牲童遥指杏花村。”世皆以为小杜诗也，近阅缪钺先生考证文，疑非樊川之作也。斯谓小杜《樊川文集》二十卷，牧之甥裴延翰所辑也。裴序曰：牧于唐宣宗大中五年喻裴“既不自期富贵，要有数百首文章，异日尔为我序，号《樊川集》。”翌年病笃，“尽搜文章，阅千百纸，掷焚之，才属留者十二三”。至牧卒，裴为之辑《樊川文集》二十卷，《新唐书·艺文志》记之。然其集无《清明》诗，北宋人所辑《外集》、《别集》亦无斯诗。今人谓《清明》为小杜诗者，盖源于南宋谢枋得编《千家诗》也。谢辑《千家诗》收《清明》谓小杜之诗，然裴所不录，北宋之人亦未录者，何由而谢得之哉？此其疑一也。

考《清明》绝句，三韵为“纷、魂、村。”唐人用韵多依陆法言《切韵》、孙愐《唐韵》，二书虽佚，然北宋陈彭年、丘雍重修之《广韵》，仍存二韵之实。据《广韵》，“纷”在文韵，然“魂”、“村”则在魂韵。唐人诗韵，文、魂两韵不通押。《清明》通押之误，疑之二也。

余阅近之辑小杜诗者，多录斯诗，世人亦皆以《清明》为小杜之作。以小杜之才附之斯诗，亦名实相副者焉。

屈原之化名

司迁《屈原列传》：“屈原者，名平。”平为名，屈为字。然《离骚》诗之屈原自序与《列传》异。其曰“皇览揆余初度兮，肇锡余以嘉名；名余曰正则兮，字余曰灵均。”正则、灵均为化名焉。证之其诗，盖诗人之自谓嘉名美字也。“循绳墨而不颇”，“耿吾既得此中正”，岂非正则乎？“大夫不均，我从事独贤。”岂非灵均乎？屈平乃浪漫于神灵世界之诗人，其自谓名、字亦皆具异思也，阅《离骚》者当明之。

攘鸡非偷鸡

《孟子·滕文公下》记孟子主什一田赋，去关市之征，戴盈之难之，子以人日攘邻人之鸡为喻。余阅现行《孟子》诸注本皆训“攘”为“偷”，然攘与偷其义异也。《尚书·吕刑》郑玄注云：有因而盗曰攘。《淮南子》训“其父攘羊”高诱注云：凡六畜自来而取之曰攘。则“攘”和“盗”似有不同处。六畜自来而留之，虽亦不义之行，而别之于身临邻家而窃之也。《孟子》此喻虽可训为“偷”，一以概之则谬矣。凡注典籍者，当于字词之歧义细加解说，本其源流，方为解惑焉。

儒家之典籍谓经始于《庄子》

儒学有“六经”之说，何为经者，诸说不一。以经为名，始见于《国语·吴语》之“挟经秉桴”。韦昭注曰：“经，兵书也。”春在堂则以为“世无临阵而读兵书者”。“挟经”乃掖剑柄，“秉桴”乃持鼓槌也。然剑不入于鞘而挟于腋，古无此说，且难捶也。杨伯峻先生释谓:《庄子·天下篇》谓墨学弟子徒孙皆读《墨经》，可知“墨经”之说起于战国。经名之起，不在儒家，经之义，亦非桓而不变。西汉经学家谓孔子所著为经，谬也，经名之起，其于墨经也。后之世于经则神之，凡佛所说谓之“佛经”，伊斯兰教谓之“古兰经”，道教称《老子》谓《道德经》，《庄子》谓《南华真经》，《列子》谓《冲虚至德真经》焉。

以儒家书籍为经，始见于《庄子·天运篇》：“孔子谓老聃曰：‘丘治《诗》、《书》、《礼》、《乐》、《易》、《春秋》六经，自以为久矣’。”然是书庄周自言“寓言十九”，不尽可信。而是说，战国之时，儒家有六经之说则可证也。

《三字经》非三字成句

近时兴国学,《三字经》应运而复行焉。人皆谓斯书为三字成句，故以“三字经”称之，谬也。观夫其文或加以虚字，或施之切割，盖若明教张无忌之乾坤大挪移，终非本来面目也。

若夫“匏土革，木石金，与丝竹，乃八音。”金石丝竹匏土革木为八音，十二字实为句也。匏土革，木石金，岂复为句焉？王应麟固知三字为句窒碍必繁，故加以“此”，加以“曰”，加以“与”类，复隔句叶韵，则咏之琅琅矣。若“曰春夏，曰秋冬，此四时，运不穷。曰南北，曰西东，此四方，应乎中。曰水火，木金土，此五行，本乎数。”则“春夏秋冬”，“四时不穷”各为句，“南北西东应乎中”独为句也。

自王应麟撰《三字经》，代有续之者。王为明末生人，故曰“炎宋兴，受周禅。十八传，南北混。”至明清，是经则增“清太祖，膺景命，靖四方，克大定”之语，有清二百余载遂成定本。辛亥后，是经删前文而为“我中国，地日削，传九帝，满业没。革命兴，意气雄，废帝制，效大同。”嗟乎，经为我用，则安有经哉？余见今之多有以《三字经》名而纂者，徒具其表耳。

少陵野老

杜甫自号少陵野老，余终不明其由来，及游杜甫草堂方悟。草堂位成都西效之浣花溪畔，乃子美故宅也，《茅屋为秋风所破歌》即居此之作。内有“少陵草堂”碑。询之土著老者，谓草堂原为杜伯国旧地，后为墓茔，即杜陵。子美居此而敬前人，自况少辈，故以少陵号之也。

考之杜诗，子美居草堂尝就近辟药圃，专植药材，若“不嫌野外无供给，乘兴还来看药栏。”余意其自号野老当缘此焉。先贤之号，多有所因，非名与字之有例可循，欲一一考之则力不逮矣。

圣为耳顺

《论语·为政》：子曰“五十而知天命，六十而耳顺。”杨伯峻先生困于“耳顺”之训，以为前人之说皆涉牵强，姑释为：闻人言而能辨真伪，判是非也。近阅秦家懿释“圣”字文，似可解之。

秦谓甲骨之“圣”，大耳于右，小口于旁，金文亦以耳为重。故圣字乃表耳闻之要也。今之圣字其二仍与听字类，表可听之神也。依此训，则“圣”为神人之媒，闻之神而告之人，故圣之义要矣。

夫子自述“六十而耳顺”示其知天命，故其自视为圣也。尧舜汤周，称其为圣者，知天命而告诸民焉。

诗人而貌丑

《老学庵笔记》卷八载：“贺方回状貌奇丑，色青黑而有英气，俗谓之贺鬼头。喜校书，朱黄未尝去手。诗文皆高，不独长短句也。”《宋史》谓其“长七尺，面铁色，眉目耸拔。”其悼亡妻《鹧鸪天》词足与东坡《江城子》相辉也。词曰：“重过阊门万事非，同来何事不同归。梧桐半死清露后，头白鸳鸯失伴飞。原上草，露初晞。旧栖新垅两依依。空床卧听萧萧雨，谁复挑灯夜补衣。”感人至深，实不可以貌取人焉。其《青玉案》词有“一川烟草，满城风絮，梅子黄时雨”句，故人称“贺梅子”。

寻之诗史，诗美而貌丑者时有之。初唐宋之问，人称“裁成六律，彰施五彩”，其《灵隐寺》诗有名句“楼观沧海日，门听浙江潮。”“桂子月中落，天香云外飘。”然武后以其齿疾而远之。温庭筠精妙绝人也，其“花间词”浓绮艳丽，情致含蕴，诗名与李义山齐。然其貌亦丑矣。《北梦琐言》谓：“温凯，飞卿之孙……然温氏之先貌陋，时号钟馗”。至清有龚定庵，其貌亦复不扬，传“山民有异表，四顶中凹，额罄下而额上昂，短矮精悍，两目炯炯。”而顾太清能私之。余尝见曹雪芹绘影，盖一黑粗壮汉也，痴红楼诗词者睹之必大失其愿焉。

书堆跑马

《清稗类钞》卷四记翻译之事，尤可解颐。其谓“两国文字互相翻译，既不可失之武断，亦不可失之穿凿。以华文译洋文，尤不易也，必须精研两国文字，并有专门术语，而又深知大意，融会贯通，所用名词，一一吻合，方始极翻译之能事也。有某舌人者，以国文译英文，将‘驰骋文场’四字译为‘有骑马于书堆而奔跑四周’者，英人某曰：‘华人其真善于跑马哉。’”

于戏，道德文章固不易，翻译绍介亦千秋功德矣。余幼时所读译著，多文意通畅，尤以华文之典适其履，文采倍添。若丰子恺之译《源氏物语》，杨绛之译《堂诘诃德》，傅雷之译《名人传》，典雅而多谑言，阅之无纤毫隔阂，而感倍亲。尤于林纾之译《茶花女》，惊其不识西夷之文字，转闻于人而译之，尚感人如斯，真译界之异数矣。余近时观夫译著，竟多无译人之名姓，唯署书肆之号耳，鄙译者一至如斯，悲夫。岂今之译界尽书堆跑马者欤?

庶人改诗仙诗

李太白《静夜思》诗妇孺熟谙，虽白丁亦能诵之。余尝见有辩其床义者，纷争难一，颇为有趣。为寻诸家所注，余查之所藏唐诗诸选本，竟有插柳之得。

宋明时《李太白文集》、郭茂倩《乐府诗集》、洪迈《万首唐人绝句》，首句均作“床前看月光”，第三句均作“举头望山月”，以是知此乃太白诗之原貌也。至《全唐诗》、沈德潜《唐诗别裁》及乾隆御定《唐宋诗醇》则首句易为“床前明月光”，第三句仍旧。至蘅塘退士孙洙编《唐诗三百首》则第三句易为“举头望明月”，其后选本皆从三百首矣。

二字之易，绝非刊刻之误，乃民间流传而使之变也。以诗而论，月之光本无形之物，安可专而看之，若太白专意观夫月光，何致“疑为霜”哉？若月光乃不经意而入太白眼，则“望”字贴切矣。太白诗多喜山月、海月，至庶民则直言为明月，故“余度”二字之易乃有清一代民间庶民于广传中而变之也。蘅塘退士于《唐诗三百首序》曰：“专就唐诗中脍炙人口之作，择其尤要者”而编，则知是时人口相传即今之版也。

太白诗仙也，庶人而改易其诗，可浮一大白焉。

宋元俚语探微之书

余卅年前购得张相《诗词曲语词汇释》，相随案头未一刻离，凡有惑则求之，每能释怀，实吾良师矣。

张相武林人氏，幼孤而嗜学，为清末秀才。其申著书之意谓：“词为诗余，曲为词余，诗、词、曲三者各为分流，仍属同源，窃意汇而释之，事或较便。”故历十八寒暑而成是书也。

夫唐宋以降，俚言俗语皆入于诗词曲中，盖词曲乃艺人歌伎所唱者，即诗亦需吟诵之，故于民间俚言俗语多采之矣。然自来学人于是多不屑，是故千年间无一专训之辞书，相感于兹，故著是书而专释宋元之俚言俗语也。余凡读诗词曲，所惑者非引典及词汇，每有疑多俚言俗语也，盖斯时之俚语贩夫能解，然今人睹之则茫然矣。是书于诗词曲三体之俚语汇而一，采诗证诗、词证词、曲证曲之法，力求其义，其功德大矣。若“可憎”意为“可爱”，“二四”意为“任意”，“五代史”意为“胡闹”，若此类皆他书未收者也。以“谁家”例，犹今杭人言“啥个”，然张书举《牡丹亭·惊梦》：“良辰美景奈何天，赏心乐事谁家院？”谓“谁家”乃悲语。“谁家院”犹言“什么院落”，因与“奈何天”相对。上句“似这般都付与断井颓垣，”下文“便赏遍了十二亭台是惘然”，皆可证之。如是之解，每有一见则可浮一大白焉。

颂盗诗

宋计有功《唐诗纪事》载颂盗诗，颇可读。谓：李涉，文宗大和间诗人，舟经九江，至皖口遇盗。盗询之，仆从对以李博士。盖涉尝为太学博士，有诗名。盗首闻而曰：“若李博士，勿夺。久闻诗名，愿题一篇足矣。”涉欣然题赠之，曰：“春雨潇潇江上村，绿林豪客夜知闻。他时不用相回避，世上如今半是君。”盗得诗喜，遗牛酒，再拜送别。诗婉而切，俗而直，唯尾句直刺世局，分明颂盗矣。

吾郡刘基亦有《分赃台》诗颂盗，见于《诚意伯文集》。诗曰："突兀高台累土成，人言暴客此分赢。饮泉清节今寥落，可但梁山独擅名。"饮泉清节用吴隐之饮贪泉典。盖隐之晋人，尝为广州刺史，州效有泉名贪，传饮之则贪，酌而饮，赋曰："古人云此水，一歃怀千金。试使夷齐饮，终当不易心。"

夫二诗一谓豪客，一谓暴客，皆绿林强人，晚唐元末之乱象于是诗可窥也。余谓李涉刘基亦达人，颂盗之诗鲜有为之者，窃为其视盗非盗，若梁山诸人皆一逼字耳。

唐宋八大家与宋六大家

吾尝读唐宋八大家文选，尤爱喜韩、柳、苏轼，至王荆公、欧阳修亦可读之，然每读苏洵、苏辙、曾巩文，逊之前者也，亦无所留于已心者。曾、苏同为八大家，鲜有佳作名句，脍炙人口者尤少，盛名之下，其实难副也。以文学史言为宋六大家亦然。六大家中无周敦颐、范仲淹，然后人皆知《爱莲说》、《岳阳楼记》，周、范非六大家，而今世何人不知其名？盖其文在也。故知史之所谓大家者，不足信矣。

唐宋词人最多情

余素喜词，以其入乐也。吟诵之间，若坠情网，片片情丝，阙阙情语，词苑犹情场，故吾谓唐宋词人多为情种也。若"伤高怀远几时穷？无物似情浓"（张先《一丛花令》），"渐写到别来，此情深处，红笺为无声"（晏几道《思远人》），"柔情似水，佳期如梦"（秦观《鹊桥仙》），"此情无计可消除，才下眉头，却上心头"（李清照《一剪梅》），情何其多，情何其浓，情何其深，恋情之心，无复加矣。

夫诵男女之情者，《诗》之有《摽有梅》、《野有死麇》，故三百篇首为关雎。然或比或兴，言焉不畅，"犹抱琵琶半遮面"耳。若唐宋之词则不然，歌宴酒席，女欢男爱，一时但见英雄气短也。欧阳公《玉楼春》云："青春才子有佳词，红粉佳人重劝酒。"晏几道《鹧鸪天》云："彩袖殷勤捧玉钟，当年拚却醉颜红。"唐宋都市，繁华旖旎，诱发词人才思，故韦庄《菩萨蛮》云："如今却忆江南乐，当时年少春衫薄。骑马倚斜桥，满楼红袖招。"《东京梦华录》言都城之夜"华灯宝炬，月色花光，霏雾融融，动烛远近"，"别有深坊小巷，绣额珠帘，巧制新妆，竞夸华丽。春情荡飏，酒兴融怡，雅会幽欢，寸阴可惜"。故有"月上柳梢头，人约黄昏后"之景。柳永赋《迎新春》曰："渐天如水，素月当午。香径里，绝缨掷果无数。更阑烛影花阴下，少年人、往往奇遇。"

盖唐宋之时，词为艳科，或香艳，或凄丽，或炽热，或怨悱；写欢晤，寄相思，哀别离，诉衷肠，成一代奇观矣。情有所思则赋之于词，全无羞答之态，故能感人至深。若张先《一丛花令》云："双鸳池沼水溶溶，南陌小桡通。梯横画阁黄昏后，又还是斜月帘栊。沉思细恨，不如桃杏，犹解嫁东风。"又如柳永词云："衣带渐宽终不悔，为伊消得人憔悴。"细腻解人，故千岁而相传也。

陶渊明喜以鸟喻

世人独谓五柳先生喜菊嗜酒，余以为其尤喜鸟焉。阅《陶渊明集》专以咏鸟之诗有六，复有言鸟处四十有二，盖先生尤喜鸟矣。

观夫先生之言鸟，高鸟、羁鸟、倦鸟、归鸟、孤鸟，分明以鸟而自喻也。"望云惭高鸟，临水愧游鱼。"超尘拔俗，杳然天界，先生理想之寄也。"误落尘网中，一去十三年。羁鸟恋旧林，池鱼思故渊"，"久在樊笼里，复得返自然"，宦途之照也。樊笼之中岂高鸟宜居哉？有奇翼而奋飞无时，羁旅之途而生"倦鸟"之念矣。先生之倦者，高标之品与俗世之法相异也，"目倦川途异，心念山泽居"，"自古叹行役，我今始知之"，以至生归鸟之思矣。归鸟者，避之乱世之祸也。"密网裁而鱼骇，宏罗制而鸟惊。"鸟且知还，人何不思归焉。既归而后，静谧闲散，无矫情伪饰、躬上凌下，一如归巢之逸，然日暮失群之感则生孤鸟之感焉。

呜呼，鸟之为禽，无情之物也，然先生赋之灵，以之喻也。凡山水万物，以有情之目而视之则山水万物皆有情者，若以茫然之目而视之则山水万物皆无情者也。情由心生，诸法皆空，先生是以喻之于鸟焉。

陶宗仪何曾摘叶而书

《南村辍耕录》元陶宗仪著。江阴孙作为之叙曰：陶君"作劳之暇，每以笔墨自随。时时辍耕，休于树阴，抱膝而叹，鼓腹而歌，遇事肯綮，摘叶书之，贮一破盎，去则埋于树根，人莫测焉。如是者十载，遂累盎至十数。……萃而录之，得凡若干条，合三十卷，题曰《南村辍耕录》。"此说后人多有转述者，摘叶而书，谓其为学之勤也。

余尝惑于摘叶而书之说。泗滨老人所书不知何树之叶，随摘而可书，且贮之盎十岁而不腐，世无此叶也。古以竹简为书，杀青为其要，去其油脂也。树之叶亦类，其青未杀，墨不可着，何以书之？且贮之破盎之中，焉能久之，雨浸虫蚀，未期月必腐矣。是录征引广博，多有千余字者，安能以一叶而书之？

余藏《辍耕录》乃陶湘影元本为底版刊，卷首有青溪邵亨贞为之疏，疏曰："南村田叟陶君九成，著书三十卷。凡六合之内，朝野之间，天理人事，有关于风化者，皆采而录之，非徒作也。然又能不忘稼穑艰难，盖有取于圣门‘馁在其中、禄在其中’之旨，乃名之曰南村辍耕录。”所谓“辍耕”之义言之明也，辍耕非为摘叶而书，乃谓其不忘稼穑艰难矣。

天真赤子同浪漫

癸巳冬，大妹于先严旧宅寻得抄本《聊斋》遗余，乃余四十年前手抄旧迹也。盖余祖毕生嗜《聊斋》，余幼时随其寝即聆婴宁、聂小倩于豆灯下矣。及余长，于德鑫兄处假民国版足本，购宣纸以墨笔抄录，岁余而毕，祖喜而珍之，遂予之也。今复睹是抄，墨迹宛然而父祖皆入冥界，唏嘘泪眼矣。忆余祖尝多为余讲婴宁，然年幼不解，但知斯痴于笑耳。复阅之，有感甚矣。

婴宁狐女也，美而纯，憨而直，幼孤而养于鬼母。及长，“颇亦不钝，但少教训，嬉不知愁”。其之笑，或嗤、或憨、或浓、或狂，似清纯之涧脱世俗掣肘，无一丝世故尘埃也。故清人何垠称“婴宁憨态，一片天真，过于司花儿远矣。我正以其笑为全人”。松龄笔端之小翠、娇娜、聂小倩、红玉、鸦头、连城皆彼辈也，其清新脱俗一跃然纸上，迥非圣贤书之列女贤妇之可比之者。余以为若辈女子盖刘兰芝、崔莺莺、杜丽娘之影也，其笑既悖于纲常之伦理又显于闺阁之叛逆，莞尔一笑，胜却女四书无数矣。

松龄心目中佳人“其胸与海同其阔，其心与天同其空，其天真与赤子同其浪漫”。（《聊斋文集》卷四）以为人之至美即“天付人以有生之真，阅数十年而烂漫如故，当亦天心所甚爱也”。（同上）故其评骘人物自有己之尺度也。余每阅“发蓬蓬许，裁如婴儿”，“年已十六，呆痴裁如婴儿”之婴宁，知松龄亦具其童心也，无童心之人岂能绘如此人物哉？余感雪芹之描黛玉、湘云、晴雯，汝珍之状女儿国诸女子，则处处可见婴宁焉。

晚清官场群丑图

退食之余，翻检旧箧，得李伯元《官场现形记》二册，乃甲子前之旧版，闲暇无事，复翻检之。是书余幼时所读，然仅存一二故事耳，复读之有悟甚矣。

夫《官》乃晚清谴责小说之开山作，自刊行即行于世，仿制者接踵，成一时之望，盖斯书体之民心矣。周树人谓“时正庚子，政令倒行，海内失望，多欲索祸患之由，责其罪人以自快”，故李伯元“撰《官场现形记》”。伯元述官场之故事凡三十余，事涉省份十有一，人物百有余，上自帝后军机，下至府州县吏，几无缺处。其书官吏，职有大小，位有尊卑，然皆以一钱字而主之。谓世上行当皆买卖耳，其优者乃为官之行，“任他缺分如何坏，做官的利息总比做生意的好。”故奉“千里为官只为财”为之铭。所状官吏之卑鄙无行，令人指目。绿营管带冒得官为求迁，以女为礼呈上司；候补知县为得优缺竟使五十内子拜制台府二十丫鬟为干娘；胡统领冒功而诛百姓为盗。千百丑态，呼之欲出矣。

《官》自刊，后人聚讼纷纭，毁誉悬绝，然其书实乃晚清之政治形象史，岂官修史书所可觅者？即清季诸多野史笔记亦匪如也。惜今人鲜有谈及者，其义又焉独文献哉。

为文当有生机

姜亮夫讲《楚辞》，及论文，谓为文当有生机。有生机者，写一而能引数十也。倘生机不足，只知其然，而不知所以然，究非学问之道也。故为文当选具生机之题。平列寻常，率尔断语，唯种类录耳。学人于词汇解释中，最见为学之真伪与工力之深浅。譬如释词，于诸词中皆可通，尚需寻觅其历史之根源，语言之根据，阐释其所以然，方为学问之道矣也。

为文忌滥

近读俞曲园《茶香室丛钞》，凡二十三卷，文多泛滥，可读处甚少，强读之，终不可卒。盖光绪五年夏夫人姚氏卒，葬于西湖旁右台山，时年曲园五十有九，自念“精力益衰，不能复事著述”，遂以读书自娱，然仅以岁时即汇成《茶香室丛钞》。曾文正谓其“拼命著书”，不谬矣。

为文忌滥，有可言处则言，无可言处则罢，无可言而强言之，滥文也。《道德经》五千言，周树人以为不读则不知中国之文化，胡适之谓其乃中国哲学之鼻祖，学人奉为圭臬。《论语》仅万余言，宋人以为半部可治天下矣。《周易》二万言，《孟子》三万言，岂以言胜之哉？明清章回小说每道“有话则长，无话则短”，至言也。今人有年著书百万言者，吾谓其书必无可读处，盖其滥也。

文无达诂

论诗者，向有“诗无达诂”之说，余以为论文者亦无达诂矣。凡六经秦汉文，训诂者众而一以其言者鲜，盖文亦不可达诂也。《论语》二十篇，自汉始注疏者汗牛充栋，然无尽释其文者，况后来之文哉。

余自退食，课一二小子学文，于五柳先生之《桃花源记》感慨颇多，聊志于下。文曰“忽逢桃花林，夹岸数百步。”夹岸者，夹溪之两岸也。“数百步”可作两解。一曰溪水垂直向之纵深，即林之广也；二曰与溪水平行之延续，即林之长也。两说皆通。然细玩后文“复前行，欲穷其林”句，方感以纵深解为宜，盖百步之长举目可穷，何须“复前行”而穷焉。又有“芳草鲜美，落英缤纷”句，落英者可训为“初开之花”，亦训为“落花”，“落”训为“始”，可引《尔雅释诂》与《离骚》之“夕餐秋菊之落英”为据。训“初开之花”，固通，若为落花则芳草被其瓣所掩，何可“鲜美”欤？然“落”训“始”为僻义，两说既兼通，余何取哉。它如“林尽水源”、“设酒杀鸡作食”等，皆于语义、语法处可斟酌也。

为文固不易，释文亦不易也。五柳先生之“不求甚解”其源于此乎。

《文心雕龙》释名

《文心雕龙》之名，人多有不解者，余权以刘勰之述及太史公之语释之，不畏见笑方家也。

刘勰训文心：“夫文心者，言为文之用心也。”谓为文甘苦之谈也。所谓“文心”者，非浅薄皮毛，细枝末节之论，乃谓“弥纶群言”、“唯务折衷”，“振叶以寻根，观澜而索源”之集大成者也。余谓“文心”之“文”，非今之所言文学，乃谓文学与非文学之文也。“雕龙”之说本出《史记·孟子荀卿列传》：“驺衍之术，迂大而闳辩；奭也文具难施……故齐颂曰：‘谈天衍，雕龙奭’。”齐梁文人颇喜用之，《文选》载《宣德皇后令》有“文擅雕龙”勰于《序志篇》亦曰“古来文章，以雕缛成体”。其《文心雕龙》五十篇，即以骈俪之文而书，以“雕龙”名其作，谓为文当似雕镂龙文矣。

五言诗源于妇女文学

吴世昌先生谓五言诗源于妇女文学，其论颇新，余昔涉诗史皆无此说。其谓汉初《戚夫人歌》：“子为王，母为虏。终日舂薄暮，常与死（尸）为伍。相距三千里，当谁使告汝？”乃汉代妇女五言诗之始。继之有李延年述其女弟之“北方有佳人，绝世而独立，一顾倾人城，再顾倾人国。宁不知倾城与倾国，佳人难再得？”再而有汉成帝时班婕妤失宠作怨诗，即后世所谓“秋扇之捐”者，“新裂齐纨素，鲜洁如霜雪。裁为合欢扇，团圆似明月。出入君怀袖，动摇微风发。常恐秋节至，琼风夺炎热。弃捐箧笥中，恩情中道绝。”又以《楚汉春秋》记虞姬答项王《垓下歌》为证，其诗曰：“汉兵已略地，四方楚歌声。大王意气尽，贱妾何聊生？”诸诗皆出于西汉，除李延年皆女性之作，且所述亦皆妇女事。故以为诗之五言者盖源于汉初之妇女诗也。

《西游补》

周树人尝考明末董说之《西游补》，谓其“造事遣辞，则丰赡多姿，恍忽善幻，奇突之处，时足惊人，间以俳谐，亦常俊绝，殊非同时作手所敢望也”，是书之旨则谓“全书实于讥弹明季世风之意”。余于明清百种小说寻而读，颇有会心。

夫是书刊于崇祯十四年，名之西游之补而实无关连处，唯假唐僧悟空师徒之名耳。余谓其托名于补，实以泄胸臆间物也。踏空儿身无邪气，类大圣者也，最可解颐者“秦桧百身难自赎，大圣一心皈穆王”一回也。唐人而勘宋人，关公战秦琼，荒诞之处充盈愤懑忧心矣。尤可观者，秦桧精血竟藉赤心鬼之躯于大圣眼下亡，实针砭时弊之笔也。其假桧之口谓：“后边作秦桧的也多，现今作秦桧的也不少”实有指者，当非信口之言。证之其世，诸如孔有德、耿仲明、尚可喜之降后金，“现今”之秦桧也；洪承畴、吴三桂、郑芝龙之降清，“后边”之秦桧也。

余不详董说之身世，然是书之成当于明亡前，倘待之于顺治朝，焉可率性而为之耶？

《西游记》非吴承恩所作

今人皆谓《西游记》乃明万历间人吴承恩所作，然其乡人宋祖舜修《淮安府志》，述其行状颇繁，然绝无一言及《西游记》者，以是书之盛名而不见于志，岂非怪乎？盖谓是书乃吴氏之作者，首推周树人与胡适之也。考之清版《西游记》皆署长春真人丘处机，丘乃元人，是书成于明中叶，其谬明矣。然寻之周氏《中国小说史略》及胡氏之著，亦无显证证之，盖因其显名遂成定论矣。

孟子主知人论世，后世遂以为习也。余以为是书既成而不署其名，固有其所隐也，后人何须穷究之哉。或以无名氏署之，不亦可乎。

先秦诸子假孔子而为己

世谓“盖棺论定”，余以为难矣。无论先贤与大奸，后之人岂尽评之中乎？近世而来，秦皇汉武、唐宗宋祖尽皆褒贬纷纭，焉可论定哉。即以孔子之圣，其身亡而世之诸子则以己之需而强说之也。孟、荀儒家之徒也，子尝称管仲辅桓公之业，而孟子则造“仲尼之徒无道桓、文之事者”之说，因其倡王道而反霸道也。《荀子·宥坐》则伪孔子诛少正卯事，假孔子峻法以证其说。至于儒家之外，孔子之形逾异焉。《庄子·人间世》谓孔子授颜回“虚而待物”之“心斋”，夫子俨然道者矣。《韩非子·内储说上七术》述孔子严刑令民救火，则夫子又巍然法者矣。

夫先秦诸子各倡其说，争鸣之不下则举孔子而以之证，尤今人为文喜引经典捧圣人而威己然，其所捧圣人徒抱冤于九泉而呼奈何矣。

谢榛不知杜牧诗

明谢榛《四溟诗话》谓：“鲍防《杂感》诗曰：‘五月荔枝初破颜，朝离象郡夕函关。’此作托讽不露。杜牧之《华清宫》诗曰：‘一骑红尘妃子笑，无人知是荔枝来。’二绝皆指一事，浅深自见。”其论失允，余当为之一辩。

夫小杜之《华清宫》，粗略过目，未加玩索，当感其语多直达，略无余蕴。故谢榛而有微词，谓其“露”且“浅”，然其亦若初尝鲜荔者，曾未细品之焉。

贵妃川人，喜鲜荔，玄宗命从川、粤驿运之，以至“人马僵毙，相望于道。”牧之处晚唐颓世，假故事而舒心胸，其意固深矣。其尝曰：“欲识为诗苦，秋霜若在心。”斯《华清宫》似露若浅，然字字露而隐、浅而深也。观斯诗无一语论，白描述史，胸中块垒融于人物，欲使阅者心感而自悟之矣。若“一骑红尘妃子笑”者，岂独实述者焉？《史记·周本纪第四》载：“褒姒不好笑，幽王欲其笑万方，故不笑。幽王为烽燧大鼓，有寇至则举烽火。诸侯悉至，至而无寇，褒姒乃大笑。”褒姒贵妃之笑何其相似乃尔。世人皆知褒姒一笑而幽王失其天下，若较之于贵妃，则不喻而明矣。东坡《荔枝叹》曰：“宫中美人一破颜，惊尘溅血流千载。”乃知妃子一笑者。余谓小杜诗直而蕴曲，浅而见深，托讽而能不露，反翻寻绎而其意未尽，实千古一绝矣。

新旧两年相争

八指头陀尝于元旦夕普茶示众，以新旧两年相争作喻，犹醍醐灌顶焉。其谓：

昨夜，新旧两年相争。新年谓旧年曰：“汝是旧岁，我是新年，今当除旧更新之时，汝何留恋如此不去？”旧岁曰：“我住此已久，汝一旦何得强夺我位？且汝自为新，目我为旧，则新旧有界限。汝何所争？我何为让？”新年曰：“汝旧不除，我新不立。”旧岁云：“我尚无我，安有所谓新旧乎？”新年曰：“汝曰无我，知无我者，即有我矣。既有我，则有人，便有古今新旧代谢。今新代旧，汝不谢何待焉？”旧岁曰：“新既可代旧，则我旧亦可代汝新，汝亦从此谢矣。”如是争执，两不相下，俱至丈室，请山僧判断。山僧曰：“新者自新，旧者自旧。知新不新，知旧不旧。”遂各打三十拄杖，逐出山门。

呜呼，新年说新法，然佛法焉有新旧乎？说新新已旧，说旧旧亦新；新年与旧岁，俱从妄想生。师谓：“知新不新，知旧不旧”，得佛法三昧矣。余今岁退食，亦每惑于新旧之易，昨闻巧红女史言新旧人之感，斯亦惑矣。是为记。

谑批古诗

诗无达诂，然或笺或注，终有所据，至于戏谑而嘲则游戏属，非谓之批者矣。

贯休觅句诗“尽日觅不得，有时还自来”或以为失猫之诗。李义山览汉史诗有“王莽弄来曾半破，曹公将去定平沉”，《西清诗话》载五代高英秀谓乃咏破船诗耳。白香山咏杨妃诗有“上穷碧落下黄泉，两处茫茫皆不见”句，人以为乃目连救母诗也。骆宾王咏古诗有“秦地关河一百二，汉家离宫三十六”句，人以为算博士之诗。《东轩笔录》记程师孟知洪州，衙内建静室，日必至。尝为诗曰：“每日更忙须一到，夜深还是点灯来。”李元规笑谓其乃如厕之诗，闻者忍俊不禁也。孟浩然《春晓》诗今之儿童皆可诵，余尝见有谓其乃盲人之诗者，盖言瞽者于春唯以耳闻之，风雨之声可闻而落花不可睹矣。《樗园消夏录》载钱载尝书迎春联云：“三间东倒西歪屋，一个千锤百炼人。”有以书之铁匠铺，一时传笑。余尝见《儒林外史》有联“三间东倒西歪屋，一个南腔北调人”，当源于斯也。

嗟夫，谑批之作，虽属揶揄，然终切中。《两般秋雨庵随笔》记近有人咏梅花句云：“三尺短墙微有月，一弯流水寂无人。”语极幽静，有轻薄子见而笑曰：“此一幅绝妙偷儿行乐图也。”可谓诙谐入妙矣。窃谓谑批者，以之行乐佐之浮白当可，若一味求疵则失之忠厚焉。

训诂学之模范

癸巳秋游申，觅得春在堂《古书疑义举例》凡七卷，欣喜之余，挑灯而读。

夫俞氏师法王念孙、王引之父子，作是书之旨乃欲使“蒙童之子，习知其例，有所依据”，以得“读书之一助”也。余幼而失学，所习杂芜，喜阅史乘而不暗语法，故往往不知其所以然矣。及师法王了一而浅窥语法一二，终多有惑处。及聆是书之训，启吾于蒙昧也。

是书卷一至三列典籍之殊者凡三十有九条，引证而论，发人至深。若“两语似平而实侧例”举《论语·宪问》“君子耻其言而过其行”。朱熹《论语集注》

训为“耻者，不敢尽之意，过者，欲有余之辞”，“耻其行”与“过其行”并而列之。刘宝楠《论语正义》曰：“此章勉人使言行相副也。君子言行相顾，若言过其行，谓有言而行不符，君子所耻也。”皇侃《义疏》训“君子耻其言之过其行也。”故俞樾批朱熹“误以两句为平列，失之”。卷四则重语辞虚词之用，尤专注虚词于语境中之规律，若复用、叠用者。卷五至七，举凡校勘中之衍文、误增、误删、误补、误倒、误改、误脱类咸以批评且析其因，读者疑义涣然冰释焉。

先生尝言：“治经之道，大要有三：正句读，审字义，通古今假借。”斯言善矣。饮冰室主人尝以是书与王引之《经传释词》并称，以为“训诂学之模范”者。

演义小说

自明罗贯中《三国演义》刊行，竞相效仿者众，自尧舜讫民国间事咸入演义之卷。故清魏裔《三国问答序》谓：“世人鲜有读三国史者，惟罗贯中演义得其梗概耳。”余谓演义之行，于普及史事具莫大功用焉。

考“演义”一词，始于《后汉书·周党传》，“党等文不能演义，武不能死君”，其义为敷陈义理加以引申耳。小说而名演义者，乃依傍正史加以敷演也。宋人于说话人敷演之技记之尤详。吴自牧《梦粱录》卷二十“讲史”条谓，咸淳间有人“敷衍《复华篇》及《中兴名将传》，听者纷纷”。罗氏《三国演义》即取之讲史话本，排比陈寿《三国志》及裴松之注敷演成文。所谓演义即“事详而文古，义微而旨深”之史传也。窃谓演义者，本有其事而添加敷演，终非杜撰空虚者也。

夫明之前，欲知史必专于经史典籍，明之后士人攻经史典籍而世俗观演义小说，皆可知史，是故演义之功德大矣。近世则又不然，世俗非假之于演义小说而假之电视戏剧，然其述说几近滥造，不复有本，则误人深矣。

一字而不苟

偶翻《过庭录》，见记欧阳公改易《相州昼锦堂记》一字事，内愧甚矣。去岁余尝为一二小子讲欧公此文，于公所改字竟一无所觉而。

《过庭录》载：韩魏公在相为昼锦堂，欧公记之“仕宦至将相，富贵归故乡”，韩公得之爱赏。后数日，欧公遣介，别以本至，曰：“前有未是，可换此本。”韩再三玩之，无异前者，但于“仕宦”“富贵”下各添一“而”字，文义尤畅。前辈为文不易如此。

夫欧阳公是文为《古文观之》选，故熟知者众，所改乃篇首之言也。添一连词，咏之愈上口，故谓文义尤畅也。诗词之言推敲，为文焉非如此？今之所谓大家者，落笔万言而讹误满篇，误人子弟而以学者自居，故其为文则无可读者焉。

尹师鲁讥《岳阳楼记》多对语

尹师鲁读《岳阳楼记》，讥之曰：“《传奇》体尔。《传奇》，唐裴铏所著小说也。”钱钟书先生谓“尹洙抗志希古，糟秕六代，唐人舍韩柳外，亦视同桧下，故睹范《记》而不识本原。”一语中的，尹师鲁崇古文而轻六朝骈文，直若季札之闻《桧风》也。

夫以对偶状景，岂范文正公首为焉。后汉《归田赋》“于是仲春令月，时和气清，原隰郁茂，百草滋荣，王雎鼓翼，鸧鹒哀鸣。”全以偶句状春景。五柳先生晋宋之交人，其“临长流，望层城。鲂鲤雀鳞于将夕，水鸥乘和以翻飞。”亦以偶句状景也。古文家则力排对偶，故至宋时黄鲁直亦尝讥东坡《赤壁赋》书偶句矣。观夫《岳阳楼记》自“若夫淫雨霏霏”至“把酒临风，其喜洋洋者矣”或骈语或辞藻，其格艳丽，固异于欧、苏也。欧阳公《丰乐亭记》“掇幽芳而荫乔木，风霜冰雪，列露清秀”，四季之景俱备；东坡《放鹤亭记》“春夏之交，草木际天，秋冬雪月，千里一色”，亦状四时之景，虽无偶句，亦避辞藻，简淡之风固异于范文正公焉。

窃谓欧阳公之意乃宣上恩德，东坡之意称张天骥放鹤之隐，皆意在景也。至若范文正之意则抒“先天下之忧而忧，后天下之乐而乐”之胸怀，以阴雨抒忧，以晴和抒乐，览物之情概寓景中，忧乐之生皆由景兴，故其意在景也。夫为文之道贵于一意，焉得以偶语而论欤？

尹师鲁批《岳阳楼记》

今人之知范希文者，其以《岳阳楼记》欤。然尹师鲁讥其为唐传奇体。尹洙天圣二年登进士第，授绛州正平主簿，迁太子中允。时值仲淹贬饶州，尹上疏自言与仲淹义兼师友，当同罪，贬为崇信军节度掌书记。

尹倡古文，斥浮靡之风。仲淹文成，人多誉之，独尹以为不然。谓唐人传奇绘景多用对偶，为古文者非之也。予观《岳阳楼记》乃骈散并合。自“庆历四年春”至“前人之述备矣”为散文，间之“衔远山，吞长江”为偶句，然不究宫商矣。平——仄平，平——平平，皆平音步而非平仄相间，不合宫商明也，且后句为三平调矣。至其写景，又不避对偶，似“阴风怒号，浊浪排空。日星隐曜，山岳潜形。”“沙鸥翔集，锦鳞游泳。”“长烟一空，皓月千里；浮光耀金，静影沉璧。”

全然偶句，且切合平仄调配。

盖为古文者以先秦为典，无论叙事抑或绘景皆讳骈文，故尹师鲁讥之矣。然梁之吴均为骈文，柳河东为散文，仲淹则骈散并合，自是通变文体也。时之变，为文者焉能不变？唐人不附六朝后骥，宋人亦不蹈唐人旧穴，此刘勰之所谓“是以九代咏歌，志合文则”矣。

蝇虱蚊蚤皆可入词

诗词曲令，文之雅者也，迥非俗语可入者，偶有以俚语书之亦当巧为化之，非常人可为矣。明陇西人金銮，字在衡，有散曲集《萧爽斋乐府》二卷传世，其《北落梅风》小令四首，咏蝇虱蚊蚤，以微见著，滑稽多趣，读之令人绝倒。

《咏蝇》：“从交夏，攘到秋，缠定了不离左右。饶你满口都是口，尝得出那些儿香臭？”

《咏虱》：“憎头锐，伶性拙，一搭儿热窝中依藉。又不曾苦贪人些多气血，汤抹着子孙族灭。

《咏蚊》：“明明的去，暗暗的来，怎当他毒如蜂虿。死来头上还不睬，天生的嘴尖舌快。”

《咏蚤》：“才离了睡，又蜇上身，缠杀人怎生安顿。些娘个儿偏走滚，任遮拦遣他不尽。”

所咏之物皆人世间恶虫，假诸虫而骂尽奸宄之徒矣。《诗·小雅·青蝇》状蝇“营营青蝇，止于樊。岂弟君子，无信的谗言。”李义山《虱赋》状虱“汝职唯啮，而不善啮；回臭而多，跖香而绝”。南宋洪咨夔《烘蚤赋》状蚤“左发右应，前却后侵。螫其股锥，愓其毡针。”咏物小什之佳景，每在似与不似间矣。故王静安《人间词话》云：“诗人对宇宙人生，须入乎其内，又须出乎其外。”金銮之名世人多不谂，窥豹一斑，斯为不刊焉。

用典之生熟明暗

钱锺书《管锥编·史记·李斯列传》记：《后汉书·刘玄传》记更始（刘玄）日夜与妇人饮宴后庭。“韩夫人尤嗜酒，每侍饮，见常侍奏事，辄怒曰：‘帝方对我饮，正用此时持事来乎？’起，抵破书案。”韩夫人语经黄庭坚《戏咏高节亭边山矾花》第二首运用：“北岭山矾取次开，清风正用此时来”，遂成江西社里人烂熟之典。岂不以“正用此时”四字别致醒目，故更始事可以暗用。典实“生”“熟”而外，犹判“明”“暗”异宜焉。

余读书少，每于诗文之典而不解，故少时读诗喜白香山而畏李贺，典之生暗者虽贵而不易知也。若黄诗“清风正用此时来”以典入诗，未阅钟书先生文，几不可解焉。复思韩愈文亦喜用典，若《师说》：“孔子师郯子、苌宏、师襄、老聃”；《进学解》：“昔者孟轲好辩，孔道以明”，“荀卿守正，大论是宏”。是之典，知之固善，不知亦可解其意，此亦散文之胜于诗者也。故余以为典之生不若熟，暗不若明，然欲掩其心迹者则又另论矣。

《游小园不值》多异文

宋叶绍翁七绝《游小园不值》多异文，二十八字多至五，余莫衷一是矣。诗云：应嫌屐齿印苍苔，小叩柴扉久不开。春色满园关不住，一枝红杏出墙来。然尝见诸本诗题有脱“小”者；“嫌”字有作“怜”字者；“小”字有作“十”字者；“叩”字有作“扣”字者；“久”字有作“九”字者，亦为异数也。

余以诗意而度，今之辑本为善。夫嫌，《说文》：“不平于心也。”怜，《说文》：“哀也。”嫌屐齿而印苍苔，即于其不平于心，怜屐齿而印苍苔，即睹屐齿印苍苔而哀之，二字义同，然嫌字自魏晋时即多训为厌恶义，《世说新语·捷悟》：“王正嫌门大也。”度绍翁小诗清醒逗趣，当不复以古义之字焉。小叩者，访者之礼也。体人避嚣故叩之而微，倘径谓“十叩柴扉九不开”，则大煞风景也。至若“叩”“扣”，于诗义似均可，然“扣”字本义为拉、牵。《吕氏春秋·爱士》：“晋梁由靡已扣缪公之左骖矣。”敲、击乃后起之义也。诗题之小字有无，则关乎园主也，余谓既言“柴扉”、“苍苔”，则其人必为隐者之流，避尘世之喧嚣，筑小园而独居，门庭寂寥，人迹罕至，故苍苔生焉。斯人岂居金谷者欤？题小园实称其高蹈矣。人未显而神情盎然，小字匪小，刊削不宜。

于戏，辑前人诗词，固以善本为优，然所谓善本者，非无讹误者也，于大关节处复当细审而校之。

谀墓金

余览《昌黎先生全集》，碑志文多谀墓之作，斯亦一瑕也。故刘禹锡《祭韩吏部文》谓“公鼎侯碑，志隧表阡，一字之价，辇金如山”。然谀墓而求金者岂独昌黎乎？

汉之蔡邕，一时才人也，文具神采，复精篆隶，且工于书，其谀人碑志竟至数十。其谀者固不乏名师硕儒，而七龄夭孩亦在谀中。据《后汉书》邕自叹曰：“吾为碑铭多矣，皆有惭德”，虽得万金，时人讥为“谀墓金”也。《旧唐书·李邕传》载，李邕因谀墓而著于史传，传曰："邕尤长碑颂，中朝衣冠及天下寺观，多赍持金帛，往求其文。前后所制，凡数十百，受纳馈遗，亦至巨万。时议以为自古鬻文获财，未有如邕者。"

于戏，夫士人鬻文而生，固无可詈者，司马相如为陈阿娇作《长门赋》而得百金，人引为佳话。郑板桥自书润笔书榜，明码标价，康熙秀才、雍正举人、乾隆进士纯真之性跃然焉。余谓昌黎，伯喈皆一时名士，因阿堵而谀于墓中人，恨事矣。谀墓之风今之犹存，凡为追悼者之文，全无公充褒贬之辞，尤专谀言，其昌黎之遗风欤？

遇官则奴

袁宏道，字中郎，万历间进士，尝任吴县令。文以"独抒性灵，不拘格套"相榜，诗文极清新，真率见性直若赤子。余读其《与邱长儒书》，拍案而浮一大白矣。文曰：

弟作令备极丑态，不可名状。大约遇上官则奴，候过客则妓，治钱谷则仓老人，谕百姓则保山婆。一日之间，百暖百寒，乍阴乍阳。人间恶趣，令一身尽之矣。苦哉，痛哉。

呜呼，遇官则奴，候客则妓，中郎一言道尽为官之道也。凡为官者，遇上官则为奴，然上官遇之上官，其复又为奴矣，以之而论则满朝勋官直群奴矣。汉高祖称全朝文武皆"功狗"，以供驱使耳。丰沛无赖儿未谙含蓄，然一言道尽为臣为官者君之奴狗也。凡为官者，遇上官则奴，而视下民则复主，盖一日之间，忽奴忽主，岂有谕百姓若保山婆者欤？陶靖节恶督邮而挂冠归田，中郎何复致台阁，吏部郎中焉非奴欤？满清时，八旗之人御前称奴，汉人之官欲为奴而尚不可得，直似功狗耳。

于戏，为官若奴，而人皆趋之若鹜，其奴性使之然欤？中郎觉其暖寒而感苦痛，其性尚真也。若身陷于奴而不觉苦痛，奴之下者也。

《源氏物语》满纸皆白香山诗

紫式部《源氏物语》，居士丰子恺所译，余三十年前读之，近与友人论及史之才女，余谓以小说当推扶桑紫式部，竟未闻。

盖式部父擅汉诗文，式部幼而从父习汉诗，熏染深矣。及长，著《源氏物语》，状滕原道长执政之平安朝宫廷之事，似雪芹之《石头记》。是书多引唐诗文，尤白香山之词满卷可窥，余谓式部亦江州司马之粉丝也。其开卷即将天皇桐壶院与昭阳殿相连，桐壶帝与唐玄宗并言，女更衣与杨玉环作类，但少《长恨歌》耳，然其魂灵贯以终卷焉。观其绘人述事之骨骼皆属同工，故余谓其本于白香山之长歌也。是书或援引，或改易，或随笔而及，处处可见白诗痕迹。若《夕颜》写源氏公子闻砧声，诵“八月九月正长夜，千声万声无了时”即源白氏之《闻夜砧》。《须磨》之“醉悲洒泪春杯里”又香山别元微之所作也。《明石》“‘商人妇’弹琵琶也曾感动贵人”，显谓《琵琶行》故事。《末摘花》“琴是三友之一”亦据白诗“今日北窗下，自问何所为？欣然得三友，三友者为谁？琴罢辄举酒，酒罢辄吟诗”。有好事者尝汇是书之引白诗处达九十余。呜呼，小说引诗之多，盖前无古人而后无来者矣，式部何独情钟情于江州司马欤？若其得见，春衫之袖定为之湿焉。式部于白诗外，于汉之诸家诗亦多所证引，有心者寻之可见。

夫安史乱后，世传玉环未殂，人助而至扶桑，空穴之言，固无史可证，然可知唐时故事已流至扶桑也。

折断门前柳

闲翻唐诗，至李贺《致酒行》诗，为王琦之注惑。李诗云：“主父西游困不归，家人折断门前柳。”王注云：“谓攀树而望征人之归，至于断折而犹未得归，以见迟久之意。”近人刘永翔谓断乃尽义，吾以为然。

盖自汉唐即有折柳赠别之俗，或有思远离之亲友者亦类。若张九龄《折杨柳》诗云：“纤纤折杨柳，持此寄情人；一枝何足贵，怜是故园春。”李白《折杨柳》诗云：“美人结长想，对此心凄然；攀条折春色，远寄龙庭前。”可证唐人思亲则径折柳条也。李诗谓主父偃西游蹭蹬，久客未归，家人思之，折柳以寄情愫，日久而使门前之柳尽为之折也。以折柳寄情之俗，复多见于宋词，至清纳兰性德亦复如是。

贞观之治与十八学士

元明杂剧有《十八学士登瀛州》，述唐太宗重有学之士，为十八文士修馆事。十八学士之称始见于《旧唐书·褚亮传》：“始太宗既平寇乱，留意儒学，乃于宫城西起文学馆，以待四方之士。”十八学士者，房玄龄、杜如晦、于志宁、苏世长、薛收、褚亮、姚思廉、陆德明、孔颖达、李玄道、李守素、虞世南、蔡允恭、颜相对、许敬宗、薛元敬、盖文达、苏勖是也。太宗尝命阎立本绘《十八学士写真图》，并注其名字爵里。

夫十八学士多为望族才人，隋末乱，皆历酸楚，及大唐建，冀于升平之世而抒抱负也。太宗之有贞观之治，实多赖于其人，非复世人所谓魏征一人之功矣。

盖学士十八，各擅其长。若房玄龄“幼聪敏，博览经史”；杜如晦“少聪悟，好谈文史”；于志宁专于律令；苏世长机辩有学；陆德明擅《易》，盖文达长《左》；李守素专谱学，姚思廉擅史籍，皆一时之才人也。《旧唐书·儒学传》谓：“是时四方儒士，多抱负典籍，云会京师。”太宗于其人虽以文学馆置之，而于政事实多询之。余谓太宗之于其人，非以之沽名耳，《唐书》所载多可见其心迹。若玄龄老而病，太宗许其乘舆登殿，至御座而下。日食与帝同。及卒，废朝三日，以示悼念。如晦病危，太宗使皇太子身临而望，后复“亲临其宅，抚之流涕”。

噫，太宗之功成，其于学士之诚乎？窃谓贞观之能治，固太宗之功，亦有赖效命之学士矣。汉之文景得有治，岂文景二帝之功欤？实其先而有萧何、张良、陈平、曹参辈之惨淡艰苦之创也。然太宗之重士，殊非他帝之可类，非此，十八之学士其亦山林隐人或河洲钩叟焉。

治《楚辞》者有派

治《楚辞》者，历代学人众矣，姜亮夫独谓治《楚辞》者亦有派也。其举洪兴祖之《补注》即王逸与郭璞之混合；黄文焕以《楚辞》注释翻冤狱；刘献廷以一孝字概楚辞，盖皆治楚辞之流派矣。其说虽有异之者，当不失为一家之言也。

吾以为凡治学者皆有异也，所谓异者，谓其方法有别也。自《春秋》而后，有左氏，有谷梁，有公羊，皆为派矣。况楚辞二千余载，治之者历代辈出，岂能无派？寅清先生梳理各人之成就，以归其派别，于后来之治楚辞者，当有大益矣。

庄周乱名实

明黄瑜《双槐岁钞》卷七谓庄周之书“荒唐诞放，启天下后世乱名实而紊载籍”，以为“是则可以凭怒也，周之罪大矣”。盖其以是书“稍据实事，附入己说”，“诡为姓名，恣其伸喙”，“虚实相半，是非交杂”，以致“天下实理自此不足信。自周之书行，而古今之事纷糅颠错，虚实混为一途，而不可尽识矣。”窃谓瑜之迂也甚矣，其不明周书之体例而致愤懑罪之也。

夫《庄子》上承《老子》，下启《淮南》，乃道家之籍，多以寓言而申其说。人物姓名多为诡撰，其事迹则虚实不可稽，凡所撰人物事迹皆为己说而设，岂可以史乘而考之哉。山阴周树人尝谓周：“其文则汪洋辟阖，仪态万方，晚周诸子之作，莫能先也。”余谓周之文汪洋辟阖，极尽浪漫，以申其说耳，至于营造万方之事物，凡我需者皆可有，非复其实矣。先秦上古之典，倘以实而考，则自《书》始皆不可稽也。若北冥之鲲鹏，仲尼见老聃，接舆之歌者，后之人何以稽其虚实？

然读其书者感其汪洋辟阖之势而不究其喻之有无也。唐玄宗诏号周为南华真人，其书则名《南华真经》，以道家典籍视之耳，亦无谓其文之虚实故事也。瑜以《庄子》孟浪无稽之浮谈而罪之，不亦谬乎？

醉翁之意在何处

欧阳修《醉翁亭记》与时人为文异。范仲淹“先天下之忧而忧，后天下之乐而乐”直抒胸怀抱负，柳河东《小石潭记》“凄神寒骨，悄怆幽邃”隐露贬后苦情，唯《醉翁亭记》独写太守之乐。观其文，全无贬官滁州之幽怨，此亦欧阳公狡黠之处也。细品其文，于蛛丝之细微处皆寓悲情矣。

姑以其号析之。欧阳公时年四十而自谓“翁”，宋时无此例。放翁《示儿》诗“家祭无忘告乃翁”，时年八十有五矣。窥其意谓老而无大用也。又曰“醉翁之意不在酒，在乎山水之间。山水之乐，得之心而寓之酒也。”心乐山水则可寓情于山水之中，仁者乐山，智者乐水，其乐自可融融焉，何则“寓于酒”乎？且太守“饮少辄醉”，醉则无山水之乐也。然醉翁之意于何焉？吾谓其不在酒亦不在山水也。醉翁之酒乃浇愁之器，故“饮少辄醉”，一醉可消万古愁矣。山水者，排解之形也，解之不去故复“寓之酒”也。醉翁之意乃在一愁字矣。

作文之法当得钱

《清波杂志》卷七有“坡教作文”条，谓“东坡教诸子作文，或辞多而意寡，或虚字多，实字少，皆批谕之”。又有问作文之法，坡云：譬如城市间种种物有之，欲致而为我用。有一物焉，曰钱；得钱，则物皆为我用。作文先有意，则经史皆为我用。宋何汶《竹庄诗话》卷一《讲论》引《苍梧杂志》，谓轼之言作：“今文章，辞藻、事实乃市肆诸物也，意则钱也。为文若能立意，则古今并有，翕然起为吾用。若晓得此，便会做文字也。”

夫东坡之言实出于前人，《尚书·尧典》记舜语云：“诗言志。”郑玄注曰：“诗，所以言人之志意也。”太史公自序亦谓“诗以达意”，可知志即意也。杜牧云：“凡为文，以意为主，以气为辅，以辞彩章句为之兵卫。”故为文以意为先，实谈艺者之恒言矣。余谓东坡以钱设譬，脱旧巢穴，未之闻也。

做官与为文

凡为官者不能为文，为文者亦不宜做官。吾尝见曾国藩云：“李少荃拼命做官，俞荫甫拼命著书。”李、俞为同科进士，然志趣迥异，虽皆于所求者有所成，二者亦不可皆得也。抑做官为文类于熊掌与鱼乎？

盖做官者有其官道，为文者有其文道，道不同不相为谋也。为官之道在上蒙下压，钻营投机，胸中全然不可存一毫仁义之心；为文之道在不图名利，载道于文，胸中全然不可存一丝利禄之念。天下万物，皆有其道也。顺其道则昌，逆其道则亡，此亦天道存亡之理也。李少荃尝入幕曾文正，其后爵高于曾，盖李之官道长于曾也。俞荫甫著书数百万言，以“春在堂”之名传于世，文脉绵延，其嗣俞平伯亦以文名显于世。

是故为官则害文，为文则害官。世之为官者为文者不可不惕之。

卷四

八旗图式

满清八旗乃按旗编户为兵、兵民合一之制，以旗为号，旗分八色，计为正黄、镶黄、正白、镶白、正红、镶红、正蓝、镶蓝八旗也。镶者，镶之于边也。余阅清史籍，镶、厢混用，正、整混用，满人不谙汉字之别也。

近时多清宫戏，每有八旗人多不能审别，盖努尔哈赤时即以图式而别之也。整旗色为黄、白、红、蓝四色，图以龙饰。唯镶边旗则各异也。若镶黄旗为周镶红宽边，镶白旗为周镶红边；镶红旗则反之，周镶白宽边，镶蓝旗为周镶红边。帜之中皆饰S形龙，其爪上及天，下及地，其姿虽同，然体有巨微之分。盖整色旗龙巨，镶色旗龙微，其镶边之致耳。八旗虽皆以龙为饰，然龙之色复有所别也。上三旗之龙为蓝，即所谓苍龙也，镶白旗之龙为紫蓝，整红、镶红之龙为黄，整蓝、镶蓝之龙则为红。龙之周饰以火云，龙口前绘火焰之球。

夫八旗虽尊，然旗旗间复有上三下五之别，故其旗之图式亦循而别矣。

八旗之制分上三下五

《雍正令典》载，世宗尝明令："又以镶黄、正黄、正白为上三旗"，他则为下五旗。八旗之别以上三下五，盖始于世宗也。

初，努尔哈赤于关外创八旗之制，以子侄为主，满语谓贝勒是也。旗者，满语谓固山是也。故清初有"四大贝勒"、"八固山王"之称。及太祖灭海西女真叶赫部，其第八子、四贝勒皇太极继汗位，亲统镶黄、正黄两旗，他旗则由兄弟统之。顺治七年，皇父摄政王多尔衮卒，福临收多尔衮所领之正白自统，由是镶黄、正黄、正白为帝所领之旗也。

余度八旗虽皆清廷之长城，然城有高下、近鄙之异，故上三下五之制自雍正始终清一代未之易也。据清典载，禁城之内、帝之近侍概以上三旗任，下五旗则但领禁城之外皇城之内卫戍之职事也。康熙之时，即尝限下五旗主之势，至雍正则愈严矣。俗有满汉不通婚之说，八旗之内上三下五之家亦鲜婚姻之通，此习至辛亥方息。

夫既有上三下五之别，即人皆欲归上三之旗焉，是以有清一代复有"抬旗"之制。所谓抬旗者，帝之后及皇太后之母家如系下五旗则例可抬入上三旗。咸丰十一年辛酉，慈禧即假上喻诏"慈禧皇太后丹阐著抬入镶黄旗满洲"，其母家由镶蓝而径入上三之镶黄旗焉。

百喻经

佛经言语多艰涩，唯《百喻经》文字古朴，简洁有致，寓意深远，余置为枕边之书也。

汉译佛藏多喜以譬喻命之，若《佛说譬喻经》、《阿育王譬喻经》、《法句譬喻经》，而以《百句譬喻经》为最善。会稽周树人尝为之校正断句，施银重刻。且考其乃天竺人僧伽斯那于《修多罗藏》十二部经搜录而成。是经所辑譬喻故事计九十八则，加之“卷首之引”与“卷末之偈”，凡百则，故以《百喻》名之。据佛教史，萧齐永明十年中天竺法师求那毗地译是经为汉文传世。

窃意佛经之典浩瀚无涯，实非常人可穷之者，然《百喻》小册，置之枕倾，暑浸难眠之夜，秋雨敲窗之时，足可消暑遣闷矣。其述几近常语，四字为句，于音译梵语外概无障碍，而百数字故事妙趣时生，简约隽永，发人于朦胧之中，若庄周、韩非、孟轲之设喻而。思其所述事，当取之古天竺传说，僧侣以为先导，附会教义而行说法。其末偈云：“如阿伽陀药，树叶以裹之。取药涂毒竟，树叶还弃之。戏笑如叶裹，实义在其中。智者取大义，戏笑便应弃。”夫宗教之宣多采此法，《圣经》之使徒事迹类斯也。余谓汉传佛学之传，士人固多取义理之法，世俗则多赖《百喻》之因果法矣。周树人之母喜《百喻》，周氏之刊印当有其缘在也。

包龙图不坐轿

今之历史剧，凡官吏皆坐轿，开封府包龙图则乘八抬大轿，故秦香莲有拦轿呼冤之故事，编导者不知宋制也。

夫轿始乃过山之具，《史记·河渠书》引《夏书》曰：“禹抑洪水十三年，过家不入门。陆行载车，水行载舟，泥行蹈毳，山行即桥。”桥即轿也。至唐末，轿无顶盖及围幕。五代至宋，轿之式方有顶盖及围屏饰物。《宋史.舆服志》载：“其制……盖无梁，以篾为障，左右设牖，前施帘。”然官吏坐轿多禁忌，唐初，宰相行皆乘马，坐轿者多达官之女眷也。开成五年，唐武宗定制，除三品上之相、三公、尚书令及致仕者，“不限高卑，不得辄乘担子”，足见朝禁之严。

北宋时，士大夫谓乘轿实“以人为畜”，乃有伤风化无德之举，故皆羞于乘之。哲宗时念司马光系四朝元老，且年高七旬，许其乘轿三日而朝，然君如“辞不敢当”。王荆公为相，或劝其乘，荆公谢曰：“自古王公虽不道，未敢以人代畜。”查《宋史·王安石传》载“上元夕，从驾乘马入宣德门，卫士诃止之，策其马。安石怒，上章请逮治。”知为相从驾出入亦无乘轿制。包拯素以清正廉明称于世，安能乘轿而行焉？

官吏乘轿习实兴于宋高宗南渡后。高宗称帝于南京，继而迁扬州。江南多雨，故帝以“扬州街路滑，始许朝臣乘轿”。数十年间，官轿不绝于道矣。

夫享乐之具禁之难而驰之易，欲使之然也，若无天理道德自戒，岂令之可禁者耶？

包衣旗

清八旗外复有包衣旗，人鲜言者。所言包衣汉译义为“家中”，即家中之奴也。包衣虽入八旗，然其主属旗下佐领，包衣则隶包衣佐领或旗鼓佐领也。

余尝见曹雪芹家系，盖雪芹亦包衣之家也。曹寅之母尝为玄烨乳母，故康熙厚于曹氏。包衣皆汉人，汉八旗无包衣制，包衣佐领下之旗奴，子孙世为奴。以选秀例，八旗之女备妃嫔之选，而包衣之女为宫女之选也。《石头记》载元春入选为妃，倘以自书家事言则违制也。

有清一代，旗主旗奴乃世袭之制，若为旗奴则虽为大臣，亦终听命于原主。梁溪张祖翼《清代野记》载：道光朝大学士松筠秉政，上甚倚重之，忽请假数日，上不之异也。次日军机召见奏对毕，上忽问曰：“松筠何事请假？”一满军机对曰：“因该旗主家有白事，松筠照例前往当差。”上曰：“汝往视之，如无甚要事，可命其早日销假。”满军机衔命往，至则见松筠摘缨冠，身白袍，坐大门外司鼓。满军机传旨讫。次早，面奏情形。上大怒，该旗主有意侮辱大臣，即日降旨抬松旗，免其奴籍焉。清之野史多有记旗主旗奴事者，雍正时，年羹尧位尊权重，然仍为雍正之旗奴，故其一旦骄横无主，祸速至焉。

于戏，奴隶之事战国之末已亡，然满人尚因袭之，游牧之族固无中华文明也。

鲍鱼小考

《史记·秦始皇本记》载：“七月丙寅，始皇崩于沙丘平台。丞相斯为上崩在外，恐诸公子及天下有变，乃秘之，不发丧，……诏从官令车载一石鲍鱼，以乱其臭。”

鲍鱼，美味也，以太史公言，其臭直如尸腐，今人每有盛宴必上鲍鱼，谓之美食，惑也。古今之鲍鱼非一物乎？忆《孔子家语》有言：入芝兰之室久而不知其香，入鲍鱼之厨久而不闻其臭。亦以鲍鱼为恶物也。《颜氏家训·慕贤》云：“与善人居，如入芝兰之室，久而自芳也；与恶人居，如入鲍鱼之肆，久而自臭也。

墨子悲于染丝，是之谓矣。”查《清稗类钞》：“鲍鱼旧谓鳆鱼”，鲍鱼乃今之所谓咸鱼也。沿海多咸鱼，其味奇臭而食之佳，吾意太史公所言当解为载一石咸鱼，以乱其臭，方通事理矣。

北宋荔枝产开封

荔枝产南地，北地寒而不宜植。东晋葛洪《西京杂记》载：“（南越武帝）尉陀尝献鲛鱼、荔枝，汉高祖报以蒲桃锦四匹。”晋时荔枝尚属异域之物。至唐宋，南地多产之也。杜牧《过华清宫绝句》：“一骑红尘妃子笑，无人知是荔枝来。”东坡谪居岭南，则谓“日啖荔枝三百颗，不辞长作岭南人。”皆谓荔枝为南地物也。

余阅放翁《老学庵笔记》卷三，载宣和中开封亦植荔枝且成实，“宣和中，保和殿下种荔支成实。徽庙手摘以赐燕帅王安中，且赐以诗。”查徽宗有《赐燕帅王安中荔支》诗“保和殿下荔支丹，文武衣冠被百蛮。思与廷臣同此味，红尘飞鞚过燕山。”汴京之地而产荔枝，且其实色丹可食，未之闻也。徽宗有《宣和殿荔支》诗，颇以其为傲，且讥唐玄宗飞骑运荔枝故事，其诗云：“密移造化出闽山，禁御新栽荔子丹。玉液乍凝仙掌露，绛苞初结水晶丸。酒酣国艳非朱粉，风泛天香转惠兰。何必红尘飞一骑，芬芳数本座中看。”太和殿中对酒赏荔，自负之心油然焉。以其诗，开封所植乃移之于闽地，则其术亦奇矣。

呜呼，数千载文明之史，国人向以四大发明而骄于世，火药、罗盘、印刷三术皆始于北宋，倘加之于开封荔枝，亦四大奇事焉。

禀报之规矩

今人书前清戏剧，凡上所幸，及至，即有随扈太监喝“皇上驾到”“太后驾到”或“某大人到”等，实无其例也。

余阅《故宫退食录》，朱家溍先生谓：凡上幸，皆有有司部署，向无太监临时喝道之制。倘驻跸时外出，前引太监见人，则以气声口哨“嘘”之，人闻则急避，不及避则面墙而立，待上过复转身。

夫旧时官衙，客至，门房当差则面禀于主，谓“某大人拜会”“某老爷拜会”，亦无喧嚷之礼，且下人禀报禁呼客之名号，以示尊也。

所谓“皇上驾到”类，伶人之语也，舞台戏曲，但求喧闹，不可视其为实事矣。

播与譒

现代传谋多有播字，若“广播”、“联播”、“直播”类。播者，以言而为之，何以手为傍焉，余每惑于此。搜之《说文》言部之“譒”，许慎解作“敷也，从言番声”，引《尚书·盘庚》“王譒告之”为书证。故知“播”“譒”为二字矣，音同而形义异也。“播”为播种专字，故从手，《尚书·尧典》“播时百谷”，《诗经·噫嘻》“播厥百谷”是为证。《说文》手部“播”下解作“种也，一曰布也”。播谷需手，故字从“手”，以手散布，故又有布义。“譒”为言之散布义，故字从“言”。追溯原始，盖“譒”为本字而“播”为借字，本字废而借字行焉。借字之行，其例繁多，治学者当审之。

补服之制

观今演义清宫戏，官吏之补服杂乱无章，盖编导不谙补服之制也。梁绍壬《两般秋雨庵随笔》卷三“补子”条曰：“品级补子，定于洪武，行于嘉靖，仍用至今”，复查之《明史》，载太祖于洪武二年颁诏，衣冠皆依唐制。故明之冠服多仿唐宋，大凡衣、冠、饰物皆有文武及品秩之别。复于百官常服加之补，即于前胸后背以金线彩丝绣成图，人望而知其品级，犹今军旅中人之佩衔也。洪武二十六年，定常服加补，其制如下。

公、侯、驸马、伯于常服上加补麒麟、白澤。文武百官以鸟兽类以之别。盖一品文为仙鹤，武为狮；二品文为锦鸡，武为狮；三品文为孔雀，武为虎豹；四品文为云雁，武为虎豹；五品文为白鹇，武熊罴；六品文为鹭鸶，武为彪；七品文为鸂鶒(xī chì)武为彪；八品文为黄鹂，武为犀牛；九品文为鹌鹑，武为海马。都御史则补图为獬豸。

窃为衣冠之别始于战国，贾谊《新书·服疑》谓：“贵贱有级，服位有等……天下见其服而知贵贱。”至秦，始皇帝则制黔首，庶民巾以黔。汉时“非其人不得服其服，”概其类也。据梁氏言，清季宫眷内臣，腊月二十四祭灶后，著葫芦补子；上元，灯景补子；五月，艾虎补子；七夕，鹊桥补子；重阳，菊花补子；冬至，阳生补子；此则于品服之外随时戏为之者。

余尝见太平天国史料，称李闯时亦有补服，以云为品，一品一云，九品九云，乃相牛金星所定。此说亦见于梁氏言，以为槐国衣冠耳。

不可"笑纳"远方客

先人之言语，功在表意耳，自文字出而有书面之语。士人为文以书面语，贩夫走卒则操口头语也。近世多有言语中夹之书面语以为雅者，然读书了了，时有《笑林》之谑。

某地开发旅游，为表敬意，大书"笑纳天下客"于通衢，令人捧腹。笑者固有喜而解颐意，亦有"讥笑"义。《诗·邶风·终风》："终风且暴，顾我则笑。"传曰："笑，侮之也。"《孟子·梁惠王上》："以五十步笑百步，则何如？"清赵翼《瓯北诗钞》"夜深归去就横陈，一语应添笑柄新。"李太白《笑歌行》"笑矣乎，笑矣乎，君不见曲如钩，古人知尔封公侯。"皆表讥嘲之意也。"笑纳"者，谦辞也。谓己之物菲而致人谑也。且所纳者物也，焉能纳人哉？夫言者，表意也，意达则已矣，焉有雅俗之别？吾旧时读李煦奏摺，李乃曹寅妹丈，时为苏州织造，实为玄烨之耳目。奏摺后多有朱批，皆大白话矣。最多者莫若"知道了"三字。此风于有清一代诸帝皆然。

不可乱行"作揖"礼

吾观影视传媒，时有着唐装，言雅语，不时作揖者，俨然传统文化之承继者也，然其所作揖，每每不合礼仪之制。不分尊幼，无论男女，甚而有以右抱左者，令人徒呼奈何。

"揖礼"源于周，《周礼》载揖礼有土揖、时揖、天揖、特揖、旅揖、旁三揖之分。《秋官司仪》诠为"土揖庶姓，时揖异姓，天揖同姓。"揖者，抱拳拱手也，以左抱右成拳状。拱者，抱拳于胸略动之，平辈之礼也。以左抱右者，吉拜也，反之丧拜也。是皆所谓男子之礼。女子则行"万福"礼，其仪如是：双手松松抱拳更叠，右覆左上，于胸前右下侧上下移之，略作鞠躬态，口称"万福"。吾幼时尚目睹此礼。

凡礼皆有仪，无仪则不成其礼焉。释家合什、满人打千，今人握手，洋人相拥，无不有其仪也，岂可乱行其道哉？

不孝有三何以无后为大

《孟子·离娄篇》曰："不孝有三，无后为大。舜不告而娶，为无后也，君子以为犹告也。"《孟子注疏》释"不孝有三"为："于礼有不孝者三事，谓阿意曲从，陷亲不义，一不孝也；家贫亲老，不为禄仕，二不孝也；不娶无子，绝先祖祀，三不孝也。三者之中，无后为大。”

夫上古之世，“其民聚生群处，知母不知父，无亲戚、兄弟、夫妇、男女之别，无上下长幼之道”（《吕氏春秋·恃鉴篇》）是时也，无孝及无后之说。至孟子时乃“天下为家，各亲其亲，各子其子，货力为己”之世，（《礼记·礼运》）各亲其亲则孝生矣。《尚书·酒诰》曰：“肇牵牛车远服贾，用孝养厥父母。”《诗·唐风·鸨羽》：“王事靡盬，不能艺稷黍，父母何怙？”斯时孝之说始也。然所谓“无后为大”之后者，实谓之男子也，盖社会之分工致男性中心之制度成矣。故《诗·小雅·斯干》曰：“乃生男子，载弄之璋”，“乃生女子，载弄之瓦”。既财之聚则必有其传也，传之乎其谁，后也，然后知无后之危矣。人各亲其亲则既承祖业亦承赡养之责也。无后则无以承祖业亦无以赡养，祭祀而绝，故谓之不孝之至焉。

无后为大之说既传之广，然《礼记》亦记曾子言曰：“孝有三，大孝尊亲，其次弗辱，其下通养。”《孟子·离娄篇》亦云：“世俗所谓不孝者五：惰其四支，不顾父母之养，一不孝也；博弈好饮酒，不顾父母之养，二不孝也；好货财，私妻子，不顾父母之养，三不孝也；从耳目之欲，以为父母戳，四不孝也；好勇斗狠，以危父母，五不孝也。”可窥孝之先乃父母之养矣。

窃以为孝者，以心而念悲父母也，心之念悲则其色恭，其行敬，非财货之赡也。余尝闻于德鑫兄言“论心勿论迹，论迹贫家无孝子”，斯至言矣。

藏书印记

凡藏书之人多有印记，或叙缘由，或嘱子孙，然鲜有传及三代者，待后人得其藏而览之则徒生感慨，油然生恨矣。余尝游黔，于骨董铺得拾余函同光间旧籍，册多钤印，意殊殷殷，思其初也眷眷之情何如，百年后竟归吾属，岂其所知者焉？吾今所藏，亦不知后之花落谁家，当复为吾叹也。

《清波杂志》载唐暹题其藏书卷末云：“清俸买来手自校，子孙读之知圣道。鬻及借人为不孝。”痴情如此，亦不明事理者。元赵孟頫书藏书卷后云：“吾家业儒，辛勤置书。以遗子孙，其志何如。后人不读，将至于鬻。颓其家声，不如禽犊。苟归他室，当念斯言。取非其有，毋宁舍旃。”毛晋汲古阁刻为印记，钤于所藏前后。拜经楼藏书印记则尤痴，云：“寒可无衣，饥可无食，至于书不可一日失。”

夫人有癖则嗜之若痴，光绪间叶德辉撰《书林清话》，为后世嗜书者所重。德辉字奂彬，号直山，光绪十八年进士。自谓先祖藏书至今，已及三代，吾更增置之，所收几二十万卷。“诸儿不能读，浊世不知重。每叹子孙能知鬻书，犹胜于付之奚媵覆酱瓿褙鞋衬。”词意凄恻，心为之悲。自唐讫清，痴于藏书者代而有之，近世则不复闻矣。

“差强人意”之差

“差强人意”乃常见之语，然多有不解其意而误用之者。其语源于《后汉书·吴汉传》：“诸将见战陈不利，或多惶惧，失其常度。（吴）汉意气自若，方整厉器械，激扬士吏。帝时遣人观大司马何为，还言方修战攻之具，乃叹曰：‘吴公差强人意，隐若一敌国矣。’”查诸辞书，《辞源》谓较使人满意也；《辞海》谓尚能振奋意志也；《汉语大词典》同于《辞海》，若以诸书之训，则其文不可解矣。“隐若一敌国矣”句，“隐”者，唐李贤等注为“威重之貌”；“若一敌国”，典出于《史记。游侠列传》：“吴、楚反时，条侯为太尉，乘传车将至河南，得剧孟，喜曰：‘吴、楚举大事而不求孟，吾知其无能为已矣。’天下骚动，宰相得之若得一敌国云。”谓得剧孟犹得能与国相匹敌之人才也。“隐若一敌国”称吴汉威严稳重，其才足以系国之安危矣。倘训“差强人意”之“差”为《辞源》《辞海》者，焉能与之接气合拍哉？盖其“差”当训甚、殊之意也。吾复查诸张相《诗词曲语辞汇释》卷二，“差”字第二义项即谓：“甚辞，犹最也，颇也。”张相谓《吴汉传》“‘差强人意’云者，乃甚强人意之谓，非稍强人意之谓也，玩‘隐若敌国’语意可知。”

词义之变固也，诸辞书之训亦见于清人之文。陈廷焯《白雨斋词话》卷一：“明代无一工词者，差强人意，不过一陈人中而已。”则合其训，恨未释其始末者矣。

拆字之术始于战国

余尝见有拆字而测人吉凶者，随意增减字形，言人祸福，实乃字外功夫也。

余见《左传·宣公十二年》载楚庄公言“止戈为武”，盖拆字之术战国已兴焉。甲骨武字似人持戈以行，所谓“战以止战”者也，而造字之初固未必能了此。许慎《说文》谓：“诸生竞逐说字解经义”，若“马头人为长”、“人持十为斗”、“虫为屈中”，几近乎拆字矣。

拆字乃方士巫师之术，实谶纬之术也。文字之用以谶符，因汉人谓其源于伏羲：观象于天，观法于地，而始作《易》八卦，垂宪象。王莽新政时，或拆“货泉”为“白水真人”，兆光武之出；董卓入朝，或折“董卓”为“千里艸”与“十日卜”兆卓之政短也。唐时尤重其术。太宗尝询一行禅师国朝年数，一行未应，而献叶子格。盖叶字上可拆“廾世”，下“木”与“子”成“李”字，叶子合而成“二十世李”。《酉阳杂俎》言翟天师于夔州市内嚷“今夕有八人过此，可善待之”。是夜果大火，焚数百家。盖拆火为八人也。据《石林燕语》卷一载：熙宁末年大旱，议改元，始拟“大成”，神宗谓：“不可，成字于文，一人负戈。”又拟“丰亨”，神宗谓：“不可，亨字为子不成，惟丰字可用。”终定元丰。

有宋一代，拆字风盛，据《鹤林玉露》载，谓东坡、子由、庭坚之谪皆有谶也。苏子瞻谪儋州，盖儋瞻形同；子由谪雷州，盖雷下有田，田由形近；黄鲁直谪宜州，盖直宜下半形同。至若拆朝为十日十月，拆春为三月八日，穿凿附会，术士之技耳。

余尝戏予人拆，竟谓灵异，不知吾鉴貌辩色，不自觉间获其心思也。夫文字始而表形继而表意，六书之义焉能为谶哉。

禅悦之风

明清之季，佛学式微，释教所行者唯禅宗、净土耳。王阳明谓禅儒“皆求去其心”，相去无几，以儒学之“性善”与禅宗之“本心清净”合一，以禅宗“直指本心”而“致良知”，人谓之“阳明禅”也。

万历前释教“宗风衰息”，至万历云栖袾宏、紫柏真可、憨山德清、藕益智旭四高僧出，内融各宗之说，外通儒释道三家之风，致士大夫及世俗皆趋鹜之。《见闻杂记》谓：“必悟禅道，而后人品始高”，由是禅悦之风兴焉。

考之明清学人，多喜禅悦。若李挚、袁宏道、汤显祖、董其昌辈皆与名僧“声气相求”、“函盖相合”。明神宗甚至“科举考试八股文，不用六经，甚取佛教道藏，摘其句法、口语为之”。禅悦之士每以习禅礼佛，静坐焚香，与僧人游为乐，盖欲之醉已也。窃谓当明清之季，内外乱象皆生，士人值此嬗变之时，欲以禅悦而托之空门，岂真释门中人哉。《归庄集》记曰，“天下奇伟磊落之才，节义感慨之士，往往托于空门；亦有居家而髡缁者，岂真乐从异教哉，不得已也”。

余以为浮屠之说，实与儒道仁义之旨无异，佛之虚无，道之清静，三教其有同者也。明清之所谓禅悦者，唐宋之时岂无耶，惟无禅悦之名字耳。观夫近世，三教俱衰，人心无所托，故世风日下，良知尽失。是以知无论释道儒，皆有其存留之理，方不失天道也。

成王有过则挞伯禽

余观二月河著《康熙王朝》，述玄烨幼时误晨读，师则罚伴读者，不明其故。至读《礼记·文王世子》方悟乃古制也。《文王世子》第八载：“成王幼，不能莅阼。周公相，践阼而治，抗世子法于伯禽，欲令成王之知父子、君臣、长幼之道也。成王有过，则挞伯禽，所以示成王世子之道也。”

夫玄烨时为王子，有过，师不能责，故责之于伴读，示之威也。《牡丹亭》春香为丽娘伴读，杜太守谓塾师陈最良：若有不当，则责之春香，其亦循古礼也。至溥仪师陈宝琛，溥杰、毓崇、溥佳伴读，有过则毓崇受之，盖溥杰、溥佳皆皇室子嗣，毓崇乃外戚也。然代幼主受过，于其则为幸事，故向无闻怨言。

乘奔乃奔星

郦道元《水经注·三峡》六朝之名文也，今为中学之文选，其“虽乘奔御风，不以疾也”句，教材释“奔”为快马，“乘奔”者，乘飞奔之骏马也。

余查《尔雅.释天》：“奔星为彴约。”郝懿行《义疏》：“流星。奔星者，《天文志》云：彗、孛、飞、流。张晏注：飞，流谓飞星、流星也。孟康注：飞，绝迹而去也；流，光迹相连也。然则飞、流有异。《尔雅》旧注云：“流星大而疾曰奔。”故其奔似以训奔星为宜。古人谓流星主多风，风随流星而至，故曰御风也。吴均《与朱无思书》：“急湍甚箭，猛浪若奔”之奔，方以训奔马宜，以其与箭相应也。况其时也，“夏水襄陵，沿泝阻绝”，既“王命急宣”，奔马安可行于江水之上焉，故以奔星而言之矣。奔星飞而风随之生，是谓“乘奔御风”也。

“鸱吻”避雷

古之殿堂于顶脊多有鱼、鸟或龙头形饰物，两翼飞翘，俗称“鸱吻”，借其禳灾除祸者也。《诗经·斯干》“筑室百堵，西南其户”，“如跂斯翼，如矢斯棘，如鸟斯革，如翚斯飞。”可知周时建筑已有“鸱吻”之制也。据唐苏鹗《苏氏演义》云：“蚩者，海兽也。汉武帝作柏梁殿，有上疏者云：蚩尾，水之精，能辟火灾，可置之殿堂。今人多作鸱字。”盖鸱吻乃蚩尾之误也。其位于殿堂之顶，亦可引雷电之流，故谓其能辟火灾云。

余观故宫太和殿之龙吻及明清古建，多有鸱吻，其初创当为雄壮装饰也，然不意之间而能防患于雷电之灾，亦无心插柳之举也。至若所谓“蚩尾，水之精，能辟火灾”者，附会之说矣。

“臭”“香”之训

杜甫《自京赴奉先县咏怀五百字》之名句“朱门酒肉臭，路有冻死骨”之“臭”字，近人有训为“香”者，可谓香臭不分矣。

《说文》释“臭”为：“禽走，臭而知其迹者，犬也。从犬从自。”知其本义为犬以鼻闻也。此义后引申为“嗅”，用如动词。若《荀子·礼论》：“三臭之，不食也”。由嗅而至于嗅之味，若《诗经·大雅·文王》“无声无臭”，亦引申之义也。其训“臭”为“香”者，引《周易·系辞下》“同心之言，其臭如兰”与《礼记·内则》“总角衿缨，皆佩容臭”，殊不知两处之“臭”皆训为“味”也。味者有香臭之别，而味则无香臭可谓矣。然犬之“嗅”实多恶臭之味也，故“臭”有今“臭”义。若《孔子家语·六本》“与善人居，如入芝兰之室，久而不闻其香，即与之化矣；与不善人居，如入鲍鱼之肆，久而不闻其臭，亦与之化矣。”

杜甫诗凡用“臭”字者三，其二为《驱竖子摘苍耳》“富家厨肉臭，战地骸骨白”与《遣闷》“妖孽关东臭，兵戈陇右疮”皆训为“臭”。盖治学者，大胆假设，小心求证乃学问之道也，然假设易而求证难，安能以一孤证而诘之于诗圣焉？时人多有喜作奇特语而假以成名者，徒见笑于方家哉。

出家需度牒

今之媒体臆造传奇，但求情节之跌宕，罔顾史实之真伪，余每为之愤愤。以世俗而入空门言，时有动辄宣言皈依佛门，身伴青灯之人，然身入佛门岂为容易事耶。

释教自入中土，历朝或扬或抑，然皆依律而治之，向无随意出入之例，欲遁释门先需官府颁以度牒，持度牒者方为寺院之僧。古之度牒由尚书省下祠部所颁，故称祠部牒。度牒者尤今之身份之证，载持牒者之籍贯、年岁、所住寺院、所诵经典、受戒师名等。持牒僧道免其赋税劳役，故人多以之重。《僧史略》载：“度牒自南北朝有之”，至唐、宋，度牒之价益重。据《燕翼诒谋录》载，宋徽宗初年每道度牒价二百二十千，岁卖三万余纸。南渡后，度牒价涨至道八百千。《水浒》述鲁智深下桃花山，“胸前度牒袋内藏了真长老的书信”，可知视之珍也。况欲为僧者先需受戒于本师，待取官府颁以度牒而后方为僧人，释门岂似入市之易耶？

民国后，度牒之制废，故今多有伪僧尼混迹于市，招摇渔利，甚而叩门乞财，尤为可憎矣。

初印蓝本

蓝本乃古籍版本之一种，《书林清话》卷八谓蓝本“其一色蓝印者……初印样本，取便校正，非以蓝印为通行本也”。盖古之雕版印刷以墨色，有以红、蓝色印者谓之朱印本、蓝印本。明清两代，书籍雕版初成，刊刻者以例先印红蓝若干，以供校订之用，类似今之校样也。初印之蓝本字清而框整，多为藏书家所珍，视为善本。今之蓝本一词源于清，王士祯《居易录》云："今方修《一统志》，似当以旧《通志》为蓝本。"焦循《易学篇录》亦云："王实甫《西厢记》全蓝本于董解元。"则知至清之所谓蓝本已非"初印蓝本"之义也。

据叶德辉考，尚有三色、四色乃至五色套印者，五色套印明人无之，道光甲午涿州卢坤刻《杜工部集》二十五卷，其间用紫笔者明王世贞，用蓝笔者明王慎中，用朱笔者王士禛，用绿笔者邵长蘅，用黄笔者宋荦也。并墨印而六色矣，斑斓彩色，娱目怡情，能使读者精神为之一振。此固书版之绝艺，然非有巨赀不能为也。

近购广陵书局线装书，均墨绿单色，虽效古制，不复其味矣。

"传奇"之传训音

"传奇"之"传"，辞书均作平声仙韵，余谓当作去声线韵。一音之异，其义迥别。

夫"传奇"一词起于晚唐裴铏。裴作小说集，名之曰《传奇》，后遂袭之也。夫裴之所谓"传奇"者，"传记之奇者"也，倘读平声仙韵，则为"传说之奇者"，窃谓悖于裴意矣。旧时文人每称传奇则含贬意，若周树人曰："此类文字……时亦近于俳谐，故论者每訾其卑下，贬之曰'传奇'，以别于韩柳辈之高文。"陈师道尝谓范仲淹作《岳阳楼记》，尹师鲁讥之"传奇体耳"，言其虚也。宋时如此，何况唐耶？

宋元南戏、杂剧均称传奇，其音当读去声线韵。明清以南曲为主唱之戏曲亦称传奇，若《牡丹亭》、《桃花扇》者。孔尚任释传奇曰："传奇者，传其事之奇焉者也。事不奇则不传。""传其事"、"则不传"谓"作传"、"立传"解，亦读去声线韵。孔氏谓其作《桃花扇》"朝政得失，文人聚散，皆确考时地，全无假借。至于儿女钟情，宾客解嘲，虽稍有点染，亦非乌有子虚可比。"其不欲人以传说、传闻视之明矣。

炊饼非饼

《水浒传》武大郎以炊饼为业，人皆以炊饼为今之烧饼，余见有烧饼铺以"武大郎"名之者，误也。

宋周密《齐东野语》谓"昔仁宋时，宫嫔谓正月为初月，饼之蒸者为炊"。盖仁宗名祯，避其讳也。炊饼者实蒸饼。武大郎日售炊饼十扇笼，既言笼，其饼何可烧焉？炊饼者实今之所谓馒头也。馒头之名古今而异。《东京梦华录》卷八"是月巷陌杂卖”条言汴梁旧宋门外有卖“羊肉小馒头”者，《水浒传》谓孙二娘所卖乃“人肉馒头”，皆谓馒头乃有馅也。馒头以笼而蒸，故古之所谓馒头实今之蒸包也。今之所谓烧饼古谓之胡饼。史载汉时即有胡饼者，因其传以胡人，故以之名。东汉灵帝甚喜食，至洛阳人尽食之。后赵石勒易胡饼为麻饼，因以芝麻施之上也。故武大郎所业炊饼乃蒸饼，即有馅之馒头也。

浙之金华有稣饼，处州缙云有以炉烤之饼，谓之缙云饼，皆胡饼之类矣。

春秋祭祀以人为尸

春秋之时重祭，其祭以人为尸，与后世以神主而祭异。《仪礼·士虞礼》十四载“祝迎尸。一人衰绖，奉篚，哭从尸。尸入门，丈夫踊，妇人踊。淳尸盥，宗人授巾。尸及阶，祝延尸。尸升，宗人诏踊如初。尸入户，踊如初，哭止。妇人入于房。主人及祝拜妥尸；尸拜，遂坐。”其礼繁，“尸取奠”“尸尝醴”“尸饭”及“尸答拜”，一如常人，盖以之为先人而祭之也。

以人为尸而祭，秦汉以降未见于典籍，当绝于战国之时。余初亦殊不解，郑玄注曰：“尸，主也。孝子之祭，不见亲之形象，心无所系，立尸而主意焉。”以其说则尸者代亲之形耳，后之木主、神位者皆寓其形，当为尸之易也。《庄子·天下篇》曰：墨家“以巨子为圣人，皆愿为之尸，冀得为其后世”，则为尸者尊也。

自近世照像术兴，神主牌复易为先人像。像者，先人之影，尤胜代之以尸焉。

词分上下阕非两阕

今人言词，多有谓词之一片为一阕，故长调分为两阕，三阕，或纠之为片，余不以为然也。一词为一阕，古之见于三《礼》、《左传》，《说文》释为“事已闭门也”。古时演乐毕谓之“乐阕”，词为依声而填者，乐终词亦终，故一词毕谓一阕也。马融《长笛赋》云：“曲终阕尽，余弦更兴”，阕谓曲也。词之谓阕，未见于乐府诗，宋人方以之称一词也。东坡如梦令词序云：“戏作两阕”，知北宋时已以一词为一阕。阕字于宋时几为词之代词，东坡词序有“作此阕”说，白石词序亦云“因度此阕”，“因赋是阕”。

一词为一阕，始于宋，然其源于一曲为一阕。《史记·留侯世家》：“歌数阕”，以一歌为一阕也。宋吴曾《能改斋漫录》云：“歌曲以阕为称。”

此致辟惑

凡书信毕人皆于末处书“此致”之辞，后复书“敬礼”以表敬。然询之“此致”之义，人多不解。夫此者谓所书之言也，故人复书以此复言之，官府之令则书之此令，此者谓了结全篇也。致者，尽也，与也，谓尽呈之意耳。《史记 · 伍子胥列传》：“王使使谓伍奢曰：‘能致汝二子则生，不能则死。’”《汉书 · 李广传》：“单于素闻广贤，令曰：‘得李广必生致之。’”古之有“致仕”之说，谓年老而退，交还官职也。欧阳修《胡先生墓表》：“已而以太子中舍致仕，遇殿中丞于家。”“此致”连言，谓上言已尽或上言皆诉与也。余谓今习于“此致”后概无断，谬也，既言之尽则所语亦尽，当句之焉。

笛箫辩

萧史吹箫引凤、李暮吹笛遇仙，人之熟知者也，世俗但谓“横笛竖箫”，殊不知笛箫之流变或异或同，其形制称谓亦复繁杂也。

笛乃管乐之器，古写作“篴”。据《周礼》载，周时即有笛也。近年长沙马王堆出土可见其形制，均开七孔，类今之制。《说文》谓：“笛，七孔。”可证。《晋书 · 乐志》载：张骞使西域，携《摩诃兜勒》曲横笛艺归，李延年摹而“更造新声二十八解，乘舆以为武乐”。时据形制复以大横吹、小横吹称之。

后，西方羌族传入羌笛，竖吹，实今箫之前身也。东汉马融《长笛赋》述其谓：“近世双笛从羌起……易京君明识音律，故本四孔加以一。君明所加孔后出，是谓商声五音毕。”自羌笛传汉，笛则有横吹、竖吹也，故古之笛箫混淆，不易别之，窃以为竖吹者则谓“羌笛”也。唐宋后，人方稍以竖吹之笛称之箫，或谓洞箫，自此笛箫分也。

箫之名，古已有之，乃编管乐器排箫之谓也。《尚书 · 益稷》曰：“箫韶九成，凤凰来仪”，《诗经 · 有瞽》曰：“箫管备举，喤喤厥声”，是之谓也。其制诗注曰：“箫，编小竹管为之”。《风俗通义》谓其“其形参差，象凤之翼。”史载亦有以云箫、凤箫、参差称之者。屈原《九歌 · 湘君》“吹参差兮谁思”即云排箫也。排箫之吹乃以唇移之，不似今之洞箫以单一吹孔耳。排箫多管，一管一音，类西洋之口琴，吹奏需以唇移，故费力且难，后鲜有习之者。余尝觅而习之，终未成。

盖宋之前，凡言箫，皆谓排箫而非今之单管箫，单管竖吹称之箫，宋后方定矣。

地名之坊始于唐

城邑多有以坊名之者，或曰原有牌坊也，余旧居处郡太平坊，向不明其义。近读张庆述唐都长安文，方明坊之义矣。

夫坊原称为里，至唐方易为坊。《说文》云："防，或从土。"段注："防之俗作坊。"防者，堤防之谓也，引申而谓"凡备御之称"。盖唐时都城之内置坊一百有八，四周围以三米夯土坊墙，以之治化防民也。《旧唐书·职官志》云："百户为里，五里为乡。两京及州、县之郭内分为坊，郊外为村。里及坊、村皆有正，以司督察。"是以知坊类于里也。处郡乃隋开皇九年始设置，其名坊者，当唐之称也。长安之坊既有坊墙，则亦似小城，日以时启闭坊门，行宵禁，然至盛唐，商贸兴而坊之制衰也。窃谓南地之所谓坊者，独效其名耳，荒野蛮地之州府焉有坊置焉？

典当铺始于寺院

典当之业实始于佛教寺院，亦其利世之莫大功德也。《老学庵笔记》卷六载："今僧寺辄作席质钱取利，谓之长生库，至为鄙恶。予按梁甄彬尝以束苎就长沙寺库质钱，后赎苎还，于苎束中得金五两，送还之。则此事亦已久矣。庸僧所为，古今一揆，可设法严绝之也。"

以放翁考，典当之业南北朝已行于寺院，然彼恶之。夫长生库之称谓贮长生钱之库也，寺院以其发贷，而收利钱，乃寺院经济之一，何须以之鄙矣。查典籍，长生库乃宋之称，又谓解库、解典库，唐时则谓无尽藏院。余以为南北朝时佛教行，朝廷倡而致寺院经济极盛，故有赀而为之。

典当之业千载不衰，受惠于释子，而知空门非空矣。余近岁游诸名刹，几若商肆，其所为假佛而赢利耳，莫若置质库者，尚利经济焉。

雕塑不登大雅之堂

凡言中国艺术，殊少及雕塑者。初，雕塑画工皆属百工，乃"皂隶之事"。然画之兴于汉，而雕塑中道衰微。文人画至宋元而盛，雕塑之艺则至宋元而式微，画论画史诸代皆备，汗牛充栋，而言雕塑者几无可寻哉。今人言画，数大家如家珍，言雕塑则无所举也，夫岂中华之雕塑无人哉？如是，则琳琅之青铜、雄威之兵马、栩栩之佛像、古拙之墓表何出焉？

夫先秦之时，士为君子，百工乃小人，雕塑、绘画君子不屑之技。及汉文士方予之画，若张衡、蔡邕辈，至南朝而有顾恺之、王微出。宋之后文人之画主画坛矣。士大夫辈予之画而无予雕塑，故雕塑之技仍属工匠之流，其文化地位异也。文人之画雅，于画工之技素鄙之，东坡亦云："观士人画，如阅天下马，取其意气所到。乃若画工，往往只取鞭策皮毛，槽枥刍秣，无一点俊发，看数尺便倦。"

噫，士大夫喜画，文人画则为雅品，百工为雕塑，则无论雕抑塑概不入大雅之堂，其名分所致也。宋时文人画有"墨戏"之说，则画亦无关经国之事，无为而为，以戏而娱耳。

东汉三国人多单名

自东汉光武至三国，人多单名。光武帝刘彻至汉献帝刘协十三帝皆单名，三国时曹魏之操、丕，蜀汉之备、禅，东吴之权、亮皆单名，"建安七子"、"竹林七贤"亦皆单名也，盖三百年间，双字之名鲜矣。

其俗盖源于王莽之新朝。夫莽建新朝而复古改制，"令中国不得有二名"，"秦以前复名盖寡，遂禁复名"。莽自立为帝，改国号为"新"，尤重事物之名，诏天下农田易名"王田"，奴婢易名"私属"、匈奴易名"降奴"，朝廷之官名、各郡之地名亦概改易，以示"新"也。其长孙王宗逆篡，莽诏曰"宗本名会宗，以制作去二名，今复名会宗。"复二名为之惩，盖以单名为良也。

呜呼，莽之新朝十余岁，欲以易名而显其新，然终其朝何新之有？唯此怪行独衍三百年耳。

东晋棋手定棋品

余素不谙手谈之艺，唯闻人言棋艺分段，终不明其所以也。近时览《世说》及魏晋史籍，留意其事，方悟今之所谓段位者即昔之棋品矣。

据东晋人范汪曾《棋九品序录》，围棋之品分为九，一品为上，九品为末，与今之段位适反焉。南朝时棋盛，帝及百官士人皆嗜之。若南朝刘宋羊玄保"善奕棋，棋品第三"，宋齐间，琅琊人王抗术最精，为当时一品，宋明帝酷嗜棋，然术陋甚，尝询己之艺可至几品，人惧未敢言，谀之谓三品。帝喜与一品王抗赌，抗乃伪败，帝以为真，于是"好之愈笃"。

夫手谈乃雅事，故只合雅人为之，若与俗庸之人谈，其雅固失之，其味必索然矣。汉景帝尝与吴王濞子奕，因棋而争，帝竟致以棋盘掷之致亡，伏后来八王之乱因。是以抗与帝奕，不得不败焉。

东林书院名联考

自邓拓《事事关心》文刊于“燕山夜话”，所谓东林书院名联“风声、雨声、读书声，声声入耳；家事、国事、天下事，事事关心。”即传于世，皆以此联乃明东林书院之遗物，其文出于东林党首顾宪成也。

余尝游东林书院，见抱对乃三家村人物之一廖沫沙所书，且未署顾宪成名。据《东林书院志》载，明熹宗天启六年丙寅，东林书院惨罹“不许存留片瓦寸椽”之灾，“庙貌灰飞，廊房电扫，碑坊寸断，书籍风翻；沿堤树木，尽遭斩伐”。浩劫之后，安有抱对之存乎？余阅书院所陈雍正十一年许献之撰《重修东林书院志》、邹元标撰、文震孟书《依庸堂记》碑刻，皆不言顾宪成所撰此联事，阉党之祸已逝，何以仍讳莫如深，不著一字哉？友人告之曰：惠山寺左有万历间顾宪成祠，名“顾端文公祠”，祠有木质抱对书此联，后废。近年顾氏后人重修祠，谓此联乃先人所撰，复制之而悬于书院杨龟山像两倾。谓联为顾氏所撰之据，惟无锡顾氏世代相传之说耳。

故知此联非东林书院之遗物，亦非顾宪成所撰，然联语尽申东林学风及东林党人之抱负，悬之书院不亦宜乎？

“东西”小释

“东”、“西”乃方位名词，考之先秦典籍皆然，后世合二为一词，称代万物也。综近时论者，盖有五说。

或曰“春始秋成”。明张存绅《雅俗稽言》卷十三云：“世俗凡称物曰东西。或曰万物始于春而成于秋。春，木，震位，东也；秋，金，兑位，西也，故曰东西。”

或曰“南火北水”。清翟灏《通俗编》卷十三引兔园册云：“明思陵（崇祯帝）谓词臣曰：‘今市肆交易，此言买东西，而不及南北，何也？’辅臣周延儒曰：‘南方火，北方水，昏暮叩人之门户求水火，无弗与者，此不待交易，故惟言东西。’思陵善之。”

或曰“东京西京”。清龚炜《巢林笔谈续编》卷上云：“愚以此语定起东汉。其时都市之盛，侈陈东西两京，俗语买东买西，言及卖买者非东即西，沿习日久，遂以东西为货物替身。”

或曰“四方约言”。《通俗编》卷十三云：“物产四方而约言东西，正犹史记四时而约言春秋焉耳。”

或曰“东洋西洋”。近人陈江云：自明开海禁，东洋、西洋之物入，东西即称东、西洋之物也。

诸说似皆有所本，然余以“四方约言说”为宜。汉语自古以东为方位始，若杜甫《无家别》：“我里百余家，世乱各东西。”东西者，泛谓四方意也；《乐府诗集》：“东飞伯劳西飞燕”亦类。物产于四方，故以“东西”以表四方也。

度、渡始末

先秦典籍度、渡均书，而书渡者鲜耳。《楚辞·九章》：“淼南渡之焉如。”《楚辞·远游》：“欲度世以忘归兮。”渡训作水过，度则训作超越。然先秦之时水过义多以济、涉。今人度、渡之词每有典解，或谓某误，其实难正。王了一《古代汉语》训度有“水过”、“旱过”、“时间过”三义，甚宜。

夫度、渡皆寓由此而彼义，太白《梦游天姥吟留别》“一夜飞度镜湖月”，少陵《茅屋为秋风所破歌》“茅飞渡江洒江郊”，同为水过，然一为度，一为渡，此又一惑也。魏晋之时，度复有时间过义，《读曲歌》：“谁能空相忆，独眠度三阳？”是也。求之唐诗，度之水过、旱过、时间过三义比比皆是矣。王昌龄《塞下曲》：“饮马度秋水，水寒风似刀。”水过也；王之涣《出塞》：“春风不度玉门关。”旱过也；王维《送綦毋潜落第还乡》：“江淮度寒食，京洛缝春衣。”时间过也。

今之度、渡，时与过合而为同义复合词，而度之水过、旱过义亡，仅存时间过义也。

端午为恶日

五月五日为端午，荆楚以是日祭屈平，吴越以是日祭伍子胥。战国时，孟尝君亦五月五日生人也。《史记·孟尝君列传》载：“初，田婴有子四十余人，其贱妾有子名文，文以五月五日生。婴告其母曰：‘勿举也。’其母窃举生之。及长，其母因兄弟而见其子文于田婴。田婴怒其母曰：‘吾令若去此子，而敢生之，何也？’文顿首，因曰：‘君所以不举五月子者，何故？’婴曰：‘五月子者，长与户齐，将不利其父母。’文曰：‘人生受命于天乎？将受命于户邪？’婴默然。文曰：‘必受命于天，君何忧焉？必受命于户，则高其户耳，谁能至者。’婴曰：‘子休矣。’”

近世皆以端午为祭屈平，以为是节之起，不知其时俗以为恶日也。田文所谓人生受命于天者，岂信乎天焉？观其畜鸡鸣狗盗之徒，赖之弥坚，岂非胜于天哉。

又，古时凡五日皆可谓端午，非仅五月五日也。宋璟八月五日千秋表：“月维仲秋，日在端午。”端者，始也，首也，犹今之言初也。

“断章取义”兴于春秋

“断章取义”之说，人多不以为然，而其初则为“赋《诗》断章，予取所求焉”。（《左传·襄公二十八年》）盖春秋之际，君臣间之言语或诸侯间往来“赋《诗》言志”、“以言观志”之风盛行，故孔子曰：“不学《诗》，无以言。”（《论语·季氏》）又曰：“诵《诗》三百，授之以政，不达，使之四方，不能专对，虽多，亦奚以为？”（《论语·子略》）夫春秋时士大夫之赋《诗》，假以表己之情意也，而非抒《诗》之情意也。《左传》开篇隐公元年记郑伯克段于鄢事，而引《诗》曰“孝子不匮，永锡尔类”，匮，竭尽也；永，长也；锡，赐也。言孝子为孝，无有竭尽之时。《左传·襄公二十七年》记赵孟请郑七子赋《诗》以观其志，子大叔赋《野有蔓草》，赵赞曰：“君子之惠也。”然斯诗乃《郑风》抒私情之诗也，其曰：“有美一人，清扬婉兮。邂逅相遇，适我愿兮。”子大叔假以表幸遇“清扬婉兮”之赵孟。此习可窥一斑矣。

至孔子之时，因朝聘盟会之礼崩而“赋《诗》断章，予取所求”风式微，至孟子而赋《诗》之风止，代之于引《诗》矣。儒家者流，以孔子之倡，每每引《诗》以证其说。荀子时，引《诗》成风，索其本旨则渺然难寻，故其谓“善为《诗》者不说，善为《易》者不占”。汉儒上承荀子，征引《诗》章《诗》句以证己意以述己见。至汉武帝时，《诗》为太学，引《诗》为证为首推之法，牵强附会一时大盛，“断章取义”被儒家之色，不复春秋之时“即景生情”之征引也。

后世多以“断章取义”为非，然征引经典则不脱其法，崇经尚古之学人究难于悖谬学理中一解矣。复观今日之新儒家流，不复引《诗》而喜引诸《论》《孟》，不亦“断章取义”之遗风乎？

方　舟

《圣经》有诺亚方舟之说，以方舟译之者，取之古义也。史籍多言方舟者，若《国语·齐语》：“方舟设泭，乘桴济河。”《庄子·山木》：“方舟而济于河。”然何谓方舟则莫衷一是，或谓并船，或谓“方”同“舫”，或谓泭筏。

夫古人刳木为舟，书称“窬”，“俞”。《淮南子》：“古者大川名谷，冲绝道路，不通往来也，乃为窬木方板，以为舟航。”《说文》云：“俞，空中木为舟也。”犹今之所谓独木舟。《尔雅·释水》谓泭“并木以渡”，二舟合一，方舟之生矣。周之礼制：“天子造舟，诸侯维舟，大夫方舟，士特舟，庶人乘泭。”泭即筏，特舟乃单舟，方舟乃并船，维舟乃连四船，造舟则众船相连也。其制有并船之式，足知周时方舟已存焉。周秦之后，方船之记于书者众矣。《史记·郦生陆贾传》载：“蜀汉之粟，方船而下。”司马贞索隐：“方船谓并舟也。”

古方舟之构在并，所谓：“比船于水，加板于上。”（《尔雅义疏·释水》）战国时称之舫，《战国策·楚策一》：“舫船载卒，一舫载五十人，与三月之粮，下水而浮，一日行三百余里。”赤壁之战，阿瞒北军不习江河，并百船而战，及火起遂致败北，以是知三国时并舟之习尚行也。方舟晋后稍衰，至唐方亡。明清时有所谓舫者，若西湖画舫，失其并义焉。

“风马牛不相及”之“风”

《左传·僖公四年》齐桓公率八国之师伐楚，楚成王使使说齐君曰:“君处北海，寡人处南海，唯是风马牛不相及也，不虞君之涉吾地也。何故？”《尚书·费誓》亦有“马牛其风，臣妾逋逃，勿敢越逐。只复之。”之说。“风马牛不相及”之说世人所熟谂者也，然于“风”之训实无定论。《左传》杜预注谓：“牛马风逸，盖末界之微事，故以取喻。”孔颖达则疏：“服虔云：‘风，放也。牝牡相诱谓之风。’谓牛马风逸，牝牡相诱，盖是末界之微事。言此事不相及，故以取喻不相干也。”于《尚书》之说孔颖达则疏曰：“马牛其有放佚。”郑玄又谓：“风，走逸。”上二说皆世人所采用者，然明人周梦旸《常谈考误》则谓：“（宋人）俞文豹有云：‘牛马见风则走，牛喜顺风，马喜逆风，南风则马南而牛北，北风则马北而牛南，相去遂远。正如楚处南海，齐处北海也，故曰不相及。’此说优于杜注。”盖杜预、孔颖达皆古之训诂大师也，故后世皆沿袭之，然吾以为周之说似顺常理矣。近之学者龚嘉镇考之于实，谓草原之马失而欲寻则需顶风，盖马之鬃毛长，顺风即迷其眼，逆风则飘以扬于背，故“马喜逆风”；牛无鬃毛，自无迷眼之苦，且好静行缓走不远，故“牛喜顺风”。唯风雪扑面之冬，因雪花迷眼，故马牛均顺风而行矣。

春秋之时，人以放养牛马为生，况战事频繁则逾依之马牛也，故马牛之习性乃常人之所熟知也，以之为喻，无不妥矣。以之知大家之说固有其本，而亦不必迷信之也，焉知智者所虑亦有一失欤？

烽火示警止于清末

烽火示警见之于商，妲姒以狼烟而戏诸侯，可证。余阅《清史稿·兵志》，至同光间烽火示警犹存也。

《清波杂志》卷十记：“沿江烽火台，每日平安，即于发更时举火一把；每夜平安，即于次日平明举烟一把。缓急、盗贼，不拘时候，日则举烟，夜则举火各三把。”陆务观有《游梁观塞上传烽火》诗“月黑望愈明，雨急灭复见。初疑云罅星，又似山际电。”

明之沿海烟墩，顺治间多已废圮，然北鄙之地仍以烟墩示警。“清初于各省边境扼要处，设立墩台营房，有警则守兵举烟为号。寇至百人者，挂一席，鸣一炮；至三百人者，挂二席，鸣二炮；至五百人者，挂三席，鸣三炮；至千人者，挂五席，鸣五炮；至万人者，挂七席，连炮传递。”其示者非复狼烟，增之挂席、鸣炮。据清史，至左宗棠平定新疆，常设卡伦，严申旧制，边烽方少息矣。乃知清末之时，北地仍沿用烽堠焉。

格格分五等

今人多有以清之格格为皇帝女者，误也。依大清制，帝之女晋封名号谓公主，类前明也。凡亲王、郡王、贝勒、贝子、公之女，则依其父之爵及母之身份封以各色号，然概而谓之格格也。

夫亲王之嫡福晋之女为郡主，和硕格格即为格格中之最尊者。亲王之侧福晋所出及贝勒福晋之女则谓郡君。郡王之女称县主，县主之下称县君，乃贝子之女也。县之下为乡，谓之乡君，镇国公、辅国公及贝勒侧福晋之女之谓也。故自帝至宗室之女，所封之号计七等，谓之固伦公主、和硕公主、郡主（和硕格格）、郡君（贝勒格格）、县主（多罗格格）、县君（固山格格）、乡君（公格格）。

格格之号实法汉皇室之品级封号也，然品级之尊卑则所享礼仪，俸禄钱粮亦异，几类八旗帝系宗室之女官焉。凡有清一代，爱新觉罗氏之外女均无格格之称，即公主之女亦无殊例，唯以氏谓之耳。据《清史》载，终清一代，唯明末登州步兵左营参将孔有德之女孔四贞，顺治十年，庄妃以有德“建功颇丰”，“特赐其女食禄，视和硕格格”。然亦仅视耳。

古代男子小字曰“奴”

奴字，本意谓奴隶。《史记·季布栾布列传》：“而布为人所略卖，为奴于燕。”陆游《岁暮感怀》诗：“富豪役千奴，贫老无寸帛。”后引申为自谦之词，《王昭君变文》：“异方歌舞，不解奴愁。”自宋以后，多为妇人自称也。若《桃花扇。拒媒》：“奴是薄福人，不愿入朱门。”然唐宋时男子之小字亦喜用奴。郭鼎堂于文革中刊行《李白与杜甫》，其考李白家室，谓魏颢《李翰林集序》“白始娶于许，生一女一男曰明月奴”句有夺误，“一男”二字为后人所附，盖“‘明月奴’显为女孩之小名，不类男儿之名。”其说谬矣。宋武帝刘裕即小字寄奴，西晋石崇小字齐奴。世人皆知美男子潘安小字檀奴，谢安弟谢石小字石奴，可知南北朝时男子以奴为小字仍盛行矣。白居易之弟白幼美小字金刚奴，宋画家李思训之子李昭道小字锦奴，寻之典章当不复数矣。

郭鼎堂名列四堂，奈无义宁陈氏“独立之精神，自由之思想”，故于乱世则失其性情矣。治史以媚上，曲意以阿谀，安能谓之史家焉？一奴字见其心性之浮躁矣，岂学问之至之乎？

古代之宫车

传言夏奚仲始制车，然无实证，商之有车则可验之于墓葬也。商之甲骨及青铜铭文有车字，象形。战国前车马相联，故古文车马并举，谓乘马者即乘马颇之车也；谓御车者，即御马也。《论语》云：“齐景公有马千驷”，非言其四千马，谓其千乘车也。其时单骑学之于胡人，赵灵王胡服骑射人以之为奇。

车之为用，自古有别。天子之车曰“辂”，夫子尝云“乘殷之辂”。天子之辂有金辂、玉辂之称。战国时又曰“辇”，字从二夫，盖以人推之也。《触龙说赵太后》言太后“恃辇而行”。秦汉后，辇为帝王之称，故在乙“帝辇”、“凤辇”之谓，都城谓之“辇下”，帝王所行之道谓之“辇道”。

大臣所乘之车谓之“轩”，以其饰以文彩故谓之。《墨子·公输》云：“此犹文轩之与敝舆也”。而小吏所乘则谓之“轺”，一马而有伞盖者也。

自帝王至小吏“出舆入辇”，以车代步，礼制使之然也，唯晏子独以“敝车驽马以奉其身，于世足矣”。以今之官车相较，相类也，唯无“辂”“辇”“轩”“轺”之称耳。

古籍版本之三影

古籍目录著录古籍版本时有“影抄”、“影刻”、“影印”之谓，今人多有不辩者。

影者，依书复制也，然于复制之法则异之。影抄乃手工模写之，影刻乃雕版翻刻之，影印则照相复印也。盖印刷术之前，图书以抄本而传世，量少而不易得，故穷困之学子多假书而读。若王羲之之《兰亭序》传之唐，太宗百计寻觅而不可得，终以诈术而得之于辩才矣。影抄者，以可透影之纸覆于底本之上，按底本之字体行款乃至边栏界线而摹写之，唐太宗即专置其官。明毛氏汲古阁影抄之宋元珍本，尤为后人所珍，谓之“毛抄”者也。清孙从添《藏书纪要》愈誉之为“古今绝作”。影抄之法至清仍行。乾嘉间，于敏中、彭元瑞奉命撰内府《天禄琳琅书目》，于宋版与元版间特辟“影宋抄本”一类，可知其珍矣。

影刻者，至唐已盛，官坊间皆有刻本。至宋，则有官刻，家刻与坊刻之分。唯官刻、家刻校勘精细，多采善本，故为后世所崇。然所谓影刻者，非与底本无二也。时有影刻时精加校勘，纠正底本之谬处，而亦有因私利而删改添补，致失原貌者。

影印者，今人之术也，其以底片将图文显影于石版或金属版之上，着墨而印之。近世之石印与珂罗版即此也。至清季，古籍之影印始于英人美查，其于一八七九年创点石斋印馆，人皆效之，一时多至数十家。名于世者有同文书局、蜚英馆、拜石山房等。

三影之变，科技使之然也，然究为文脉绵延之需所致，若今之印刷之术，又出于三变者多矣。恨文脉不继，薪火难传，徒变印刷之术焉能挽吾中华之文化哉。

古籍并非皆线装

世人多以线装书即古籍，谬也。殊不知古籍之装订，由简策、卷轴、折叠乃至册页也。简策、卷轴今鲜见，可见者多为线装，故以古籍即线装矣。线装乃由蝴蝶装始，蝴蝶装始于五代行于宋，包背始于南宋行于元，线装乃明嘉靖后方行之于世。

线装之前乃包背装。包背者，书页版心向外对折，书口于外，然后以纸捻订之成册，复以书衣包之，不见线眼，故称之。《四库全书》即包背装也。然包背之书易散脱页，故线装代而行之。线装乃以前后各一页书衣，打孔穿线，装订成册。宋之遗留今见之亦有线装者，盖后人修缮更以线装矣。纸捻者，于书孔处以一纸细捻而穿之，亦颇固也。吾所藏有纸捻者，为清版，至今亦牢固无损。

处州印刷厂旧有老人尚善此道，吾曾访其谈及，言乃幼时学徒之技也。

古籍之“三”言多亦言少

余教金氏子习《论语》，至“曾子曰：‘吾日三省吾身’”句，以杨伯峻先生训“三”为去声，表行为之多义。先生谓：古之于动作性动词上加数字，表其动作频率也。“三省”之“三”巧合也，非指下文所述三事。若以实事指之，则当谓“吾日省者三”矣。然古籍之“三”皆如是说乎？

求之先秦诗文，“三”之数亦可虚指少也。《诗·召南·摽有梅》：“摽有梅，其实七兮”；“摽有梅，其实三兮”孔颖达疏：前谓“在树者七，梅落仍少”，后谓“在者唯三，梅落益多”。夫三、七各与十比，三少七多也。《孟子·公孙丑下》：“三里之城，七里之郭，环而攻之而不胜。”盖古之城郭无三七之制，泛言小城大郭也。今之俗语仍可见其迹。处州俗语有“三分人才七分扮”者，旧小说状女子“三分姿色”，于人事功过之评则有“三七开”之说，其“三”虚指少，显矣。

且复有三五连言者，亦以三表少，以五言多也。《国语·晋语》：“是以谗言之乱，不过三五。”韦昭注：“少则三君，多则五君。”今语有“三五日即归”者，谓少则三日，多则五日也。三之虚指少义，亦可对照而言。《史记·项羽本纪》：“楚虽三户，亡秦必楚。”“三户”与国比，以见其少之极也。《史记索引》引韦昭注云：三户乃谓屈、昭、景三家，则横生枝蔓焉。

三之为数尚有终极义。古诗词多有三春、三秋者，其三乃言终极也。王勃《滕王阁序》：“时惟九月，序属三秋。”《石头记》第五回：“三春争及初春景，虎兔相逢大梦归。”其言三者皆谓终极。

若乃以三虚指之多或少，其何由焉？《说文》：“三，数名，天地人之道”，以玄学而释字义焉。先民以天地人合而比附万物之变，故以三言之。《老子》：“道生一，一生二，二生三，三生万物。”清陈奂谓：“数者，易数也，三兼阴阳之数。”三之数乃变化之极数矣，凡事至三则生变数，故刘玄德有“三顾茅庐”，《水浒》有“三打祝家庄”，古之谶讳者矣。

古琴之古

癸巳秋，鸽翎兄以古琴相赠，戏谓聊以乱弹耳。余不谙琴道，乱弹之余惑于其名也。

夫琴者，古谓之七弦，向无古琴之称，自秦汉讫明清，殊无称之古琴者。倘称以古琴，则谓斯琴之久，而非专称于琴矣。今则不然，即甫制成亦称以古琴，岂非谬乎？盖七弦之琴，习以古为佳，若称琴之佳则必谓唐琴，而宋、元、明、清依年齿而减矣。盖古之琴，其音淳淡松透而少燥气也。冷谦谓“琴有九德”，以为“‘古’，谓淳淡中有金石韵，盖缘桐之所产得地而然也。有淳淡声而无金石韵，则近乎浊；有金石韵而无淳淡声，则止乎清。二者备，乃谓之‘古’”。斯说而近乎琴匠说琴矣，余谓琴之为音，所谓古者，实乃抚琴者之心境也。

余每诵古诗文之说琴，似有所感焉。盖无论汉唐乃至明清之人，凡言七弦者概非现世之音，实乃追慕上古之品格，所惜者琴道之不存，所伤者古韵之亡矣。唐乃昌明繁华之世，然问津于琴者鲜，而胡琴则盛行之。故白居易《五弦弹》曰：“人情重今多贱古，古琴有弦人不抚。”李太白闻蜀僧抚琴而曰：“为我一挥手，如听万壑松。”然古韵之能解者竟鲜也，刘长卿以是曰：“泠泠七弦上，静听松风寒。古调虽自爱，今人多不弹。”白香山《废琴》则径曰：“丝桐合为琴，中有太古声。

古声淡无味，不称今人情。玉徽光彩灭，朱弦尘土生。废弃来已久，遗音尚泠泠。不辞为君弹，纵弹人不听。何物使之然，羌笛与秦筝。”古乐崇淡泊故不入时人之味，以致羌秦之器兴焉。

呜呼，琴之生也高士之抚，非俗辈之娱者也。以汉唐之恢宏岂七弦之能渲泄者耶？故非羌秦之笛筝不能达其情也。征战之时，金戈铁马，宜关西大汉横扫铁琵琶；倚红偎翠，浅吟低唱，合细敲牙板歌“杨柳岸，晓风残月”矣。

于戏，好古之士，嗜琴之人，岂随俗世而逐者哉。其抚琴之余，固多悲愁，乐亦寓于中也。人以为智，而其执于所梦，孰是而非，安物外人能解者耶？余谓琴之所谓古者，淳朴仁义之古也，物欲纷繁，满目五彩之世，琴失之其古也。故老子曰“五色令人目盲，五音令人耳聋”。抚琴之士当禀慕古之风，谱会先贤之心，宁静淡泊，诸法皆空，方可悟琴之道焉。

古人测风用“五两”

余尝读鲍照《吴歌》：“人言荆江狭，荆江定是阔。五两了无闻，风声哪得达？”五两者不知所云，查诸辞书皆不载，为之惑。偶读郭璞《江赋》云：“觇五两之动静”，李善注：“兵书曰：‘凡候风法，以鸡羽重八两，建五丈旗，取羽系其巅，立军营中’。许慎《淮南子》注曰：‘綄，候风也。楚人谓之五两也’。”知五两者乃测风之具，常用于军中、舟中也。依上例则五两之用汉时即有矣。

古今器用多异，昔之俗语今人不识，每致疑惑，故读书当细审之矣。

古人行冠礼

古籍中多有言冠礼，谓男子成年之礼也，然多不明其所以。余阅《礼记》方晓其因。盖古人珍发，以为天之所赐受之父母者也，《礼记·内则》曰：“三月之末，择日剪发为鬌。”案，鬌者，谓婴儿未剪之发也。此外终生不复剪剃。自战国而后有髡刑，即剃其髪也。若《楚辞·涉江》：“接舆髡首兮。”及《史记·季布传》：“乃髡钳季布。”三国时，陈寿之父即因街亭之失而为孔明髡。

发既不递，其幼时自披垂于肩，故谓之“垂髫”、“垂发”，若《桃花源记》：“黄发垂髫”是也；及长，束发于顶，成丫髻盘于左右，其形似角，故谓之“总角”是也。年二十方行冠礼，《礼记·冠义》云：“冠者礼之始也，嘉事之重者也，是故古者重冠。”又云：“重冠故行之于庙。行之于庙者，所以尊重事。”以是知古人重冠礼。《礼记·冠义》又云：“已冠而字之，成人之道也。”表字之授亦由冠礼始。人既冠表其成人也，故《左传·襄公九年》云：“冠而生子，礼也。”

古人名与字意义关联

古之人，有名复有字，且名、字之义关联，或互训、或反训、或辩物统类、或连义推想、或以字释名，举而例之，颇多雅趣。

余尝罗列世所熟谂之人名，其名字多为互训者。若诸葛亮，字孔明。孔乃副词，训为甚义。《尔雅》曰“孔，甚也”；《诗经·小雅》“社事孔明”即此训。又若张衡，字平子。衡，平也。宰予，字子我。予、我同义。亦有名字反义而训者，若曾参之父曾点，字皙。点，《说文》谓“小黑”，皙，《说文》谓“人色白也”。韩愈，字退之。愈者胜也；退，却也，进退兼备，斯为宜矣。亦有名字包含，辩物统类者，若屈平，字原。《尔雅》：“大野曰平，广平曰原。”杜甫字子美，《说文》：“甫，男子美称也。”孔子之子鲤，字伯鱼；孟轲字子车；项羽名籍，籍乃鹊之假借，皆此属也。或有连义推想，引而申之者。若岳飞字鹏举；张飞字翼德。至有名上加辞，扩而充之者。若谢安字安石，安如石也；杜牧字牧之，宋濂字景濂，今人绩溪胡适亦表字适之，此格流长矣。清之西河先生毛奇龄，著作颇丰，字大可，义、形皆取，析离“奇”字而得之。另有姚椿字春木，傅恕字如心，徐舫字方舟，大奸秦桧字会之，则仅取半字耳。

古人名、字相得益彰，考勘史实不无裨益。余读书喜于前人名字详察，每有所得，可浮一大白，此亦吾中华文化之一矣。复观今人取名，多有寻之辞书，搜之怪僻，至人思而不得解，亦文化衰竭之象矣。

古人训《诗》多附会

古人训《诗》每多附会，阅者如笼云霾。余尝于申旧书铺购得木刻《毛诗序》十六册，开卷即云：“《风》之始也，所以风天下而正夫妇也。”方玉润则云：“《小序》以为‘后妃之德’。”后览三家诗及太史公、刘向说是诗，则以为意存讥讽也。余复以冠英先生注本对训，得其道也。夫《国风》者，十五国之民谣也，庶民之谣何及后妃，即太史公谓“周道缺，诗人本之衽席，《关雎》作”，亦牵强之辞也。“求之不得，寤寐思服；悠哉悠哉，展转反侧”干周康王“失德晏起”何涉。况于诗无一语及宫闱及文王、大姒事。若君妃则以颂为宜矣。以己之私而臆解民谣，岂治学者之为哉？三家诗刺之而毛序则赞之，皆欲新其说也，若毛诗则凡事皆训为帝王、后妃、诸侯君事，夫其岂真不知《诗》乎？盖欲以《诗》而媚于为政者也。

废名先生尝谓《关雎》：于河洲之物而起兴，显为民间产物也；采荇尤见于民，后妃固主德，然未之见而复何梦之乐？一言而废诸家说，真学者矣。

近有以诗人自谓赵缺者，狂言颇多，“执子之手，与子偕老”乃男子之约；

“所谓伊人，在水一方”之伊人乃老翁类，令人生厌。复谓今之学者概不知《诗》，尤为可笑。妄语之出，盖亦欲以猎盛名，斯又在三家诗及毛诗后焉。

古诗称月有多名

余读古诗词，赞月者不胜数矣，诗人好异，故于月之称复有多名。撮抄而赏亦一乐事焉。

柳宗元《感遇》“坐使青天暮，小星愁太阴”称之太阴；范成大《枕上》“素娥脉脉翻愁寂，付与风铃夜语长”称之素娥；韩琮《春愁》“金乌长飞玉兔走，青鬓长青古无有”称之玉兔；苏轼《中秋月》“暮云收尽溢清寒，银汉无声转玉盘”称之玉盘；骆宾王《在江南赠宋之问》“玉轮函地开，剑匣连星起”称之玉轮；李贺《南园》“寻章摘句老雕虫，晓月当帘挂玉弓”称之玉弓；元好问《卫州赠子深节度》“平分玉鉴渔村晚，四望黄云寡妇秋”称之玉鉴；李白《初月》“玉蟾离海上，白露湿花时”称之玉蟾；辛弃疾《青玉案·元夕》“凤箫声动，玉壶光转，一夜鱼龙舞”称之玉壶；苏辙《中秋见月寄子瞻》“浮云卷尽流金丸，戏马台西山郁蟠”称之金丸；梅尧臣《十三日雷后晚过天汉桥堤上行》“海月开金鉴，河冰卧玉虬”称之金鉴；苏轼《宿九仙山》“半夜老僧呼客起，云峰缺处涌冰轮。”称之冰轮元稹《月》“绛河冰鉴朗，黄道玉轮巍”称之冰鉴；吴融《和韩致光侍郎无题三首十四韵》“戏应过蚌浦，飞合入蟾轮”称之蟾轮；蔡邕《释海》“元首宽则望舒朓，侯王啸则月侧匿”称之望舒；隋炀帝《望江南》“清露冷侵银兔影，西风吹落桂花枝”称之银兔；李弥逊《游梅坡席下杂酬》“竹篱茅舍倾樽酒，坐看银钩上晚川”称之银钩。

诗人好月而恶俗，是以同一月而称之繁也，翻旧出新，不亦乐乎。

古之人名音多特异

同学王文水尝以陈寅恪先生之“恪”音质之，余为之释始末。寻思史籍所载，古之人名其音亦多特异者，记之右。

宋尚书右仆射有万俟卨者，其谀秦桧而诬岳少保，为世人詈，杭城岳庙有其跪像。其名读若莫其谢。

周宣王太史有史籀者，尝作大篆十五篇。其名读若史胄。

古之柔然、突厥、回纥、蒙古之可汗称号则读若克寒。

宋之书画金石大家米芾，其名读若米扶。

春秋楚人伍员，以父仇奔佐吴王阖庐，其名读若伍云。

唐词章篆书大家李阳冰，世称笔虎，其名读若李阳凝。

汉匈奴单于头曼之子冒顿，弑父自立，其名读若墨毒。

元诗文书画大家赵孟頫，其名读若赵孟府。

战国燕人高渐离，善击筑，尝为荆轲复仇，扑嬴政未中，被诛。其名读若高尖离。

人名音异，其因不一，余亦不能一一细究之焉。

古之十二时

顾炎武《日知录》卷二十“古无一日分为十二时”条考：先秦、西汉时，以十二名与地支相配而记十二时，尚无定数，用之亦乱。王维《送杨长史赴果州》：“鸟道一千里，猿啼十二时。”何谓十二时，今人多不明，余见王启明君述之甚详，录于下。

夫十二时配以地支，乃行于汉太初间，盖其时行太初历，“其以一日分十二时，而以干支为纪。”

子时谓夜半，一日之始也。《左传·哀公十六年》：“醉而送之，夜半而遣之。”张继《枫桥夜泊》：“姑苏城外寒山寺，夜半钟声到客船。”李义山《贾生》：“可怜夜半虚前席，不问苍生问鬼神。”

丑时谓鸡鸣。古人褒鸡乃“知时畜也”。《春秋左传正义》：“鸡鸣而食，唯命是听。”

寅时谓平旦。《孟子·告子上》曰：“平旦之气。”《汉书·韩信传》：“平旦，信建大将旗鼓，鼓行出井陉口。”

卯时谓日出。《诗经·桧风·羔裘》：“日出有曜，羔裘如膏。”《高士传》：“壤父曰：‘吾日出而作，日入而息，凿井而饮，耕田而食，帝何德于我哉。’”

辰时谓食时。《礼记》：“食时不力珍，大夫不坐羊，士不坐犬。”《管子·弟子职》：“至于食时，先生将食。”

巳时谓隅中。《淮南子·天文训》：“至于衡阳，是谓隅中；至于昆仑，是谓正中。”

午时谓日中。《易·系辞下》：“日中为市，致天下之民，聚天下之货，交易而退，各得其所。”《列子·汤问》：“一儿曰：‘日初出大如车盖，及日中则如盘盂，此不为远者小而近者大乎？’”

未时谓昳。《说文》释昳为“日昃也。”“昃，日在西方也，侧也。”《汉书·游侠传》：“诸客奔走市买，至日昳皆会。”

申时谓晡时。古人习二餐，复餐谓晡时。《说文段注》：“晡，申时食也。”杜甫《徐步》诗：“整履步青芜，荒庭日欲晡。”

酉时谓日入。《庄子·让王》曰："日出而作，日入而息，逍遥于天地之间，而心意自得，吾何以天下为哉。"

戌时谓黄昏。《说文》谓："黄，地之色也。""昏，日冥也。"屈原《离骚》："昔君与我诚言兮，曰黄昏以为期，羌中道而改路。"欧阳修《生查子》："月上柳梢头，人约黄昏后。"李义山"夕阳无限好，只是近黄昏。"

亥时谓人定。《后汉书·来歙传》："臣夜人定后，为何人所贼伤，中臣要害。"《孔雀东南飞》："晻晻黄昏后，寂寂人定初。"

盖北宋景德年间，十二支名与十二时名已相合而用也。十二时之名历代亦复有多称，若夜半又谓子夜、夜分、中夜，不一而足焉。

古之丈人非妻父

今以丈人称妻父，然唐之前无此习也。《论语·微子》："子路从而后，遇丈人，以杖荷蓧。"杨伯峻先生译"丈人"为"老头"，而丈人何以为老者欤？或谓"丈"古有"长"义，非也，盖取义于持杖也。老者必持杖，崔瑗《杖铭》曰："年老力竭，非杖不强。"然则丈人犹言杖人也。若《论语·乡党》曰："乡人饮酒，杖者出，斯出矣。"表夫子敬老。《礼记·曲礼上》："大夫七十而致事，若不得谢，则必赐之几杖。"古俗尊老，故丈人乃尊老之敬称也。

丈人之专称于妻父始于唐。柳宗元《祭杨凭詹事文》自谓子婿，称岳父杨凭为丈人，又有《祭独孤氏丈母》，其称类今也。丈人之称，古今变易，然皆谓论齿长于已者。余见新刊《辞海》引古乐府《妇病行》："妇病连年累岁，传呼丈人前一言"谓丈人乃"古时女子称其夫"，其训误。古之妻敬夫为夫子、君、夫君，夫妻同辈岂可以长者之称哉。

官、吏之别

今人多官、吏不分，概以执政者谓也。考之史籍，秦汉之前官、吏通称，《说文》释"官"谓"吏事君也"。《左传·成公二年》："王使委于三吏"，杜预注："三吏，三公也。"至汉则以位低之员称吏，《汉书·百官公卿表上》谓"秩四百石至二百石，是为长吏，百石以下有斗食、佐史之秩，是为少吏"。颜师古注："吏，理也，主理其县内也。"故一县之内之位鄙者称之吏。此习至明清未易。

唐安史之乱，杜工部有《三吏》诗，概言胥吏也。然明清时于言语间偶亦有括指者，若张居正、雍正帝皆力主"吏治"，其吏乃谓百官也。若大员而封督抚，则以"封疆大吏"称之，其吏亦官之谓也。窃谓斯亦上古之余风焉。近人有谓"贪官污吏”者，亦官、吏不别，余意官、吏之制实有异也。以明清例，从五品知州下，复有从六品之州同知、从七品之州判、从九品之巡检，皆知州之佐，分掌钱粮、水工、巡捕诸事。此谓之官。另有从九品之吏目，为众杂吏之长，并掌刑狱，凡吏目之下即未入流之吏也，若书吏、驿丞、录事、库大使辈。以县治而言，正七品知县之下，复有正八品之县丞、正九品之主簿、从九品之巡检，分掌粮马、科税、户籍、巡捕之事。另有典史、驿丞，则乃未入游之吏也。官衙而复有“三班六房”之役吏，亦以吏而称之。所谓“三班”者，快班、壮班、皂班之谓也，前者主缉捕之事，后者主事杂役。所谓“六房”者，督抚之衙以吏、户、礼、兵、刑、工六房之文笔小吏也。

尝有以今之品秩相较于古制而询余者，余戏言：今之副处之上可谓之官，其下皆未入流也。

光绪称慈禧“亲爸爸”

德龄尝任女官于清宫，其著《清宫二年记》谓：帝及余等皆呼太后以男称。尝亲闻帝每请安于太后则称：亲爸爸吉祥。

余谓光绪之称慈禧亲爸爸者，当为实事，然亦非满人之俗。盖那拉氏以辛酉之变而垂帘听政，同治、光绪间，其尊概在帝上，俨然太上皇也。后既以太上皇居，故喜帝以男而称，以示其尊，亲爸爸之称宜矣。

夫载湉非那拉氏之子，后乃其姨也。后尝言：帝父即醇王，母乃吾妹，若吾所亲生者也。帝之亲昵之称，掩其非亲之嫌耳。

狐有三德

今人言狐皆谓其性多疑且狡诈，故诗文小说多演绎其劣行。观夫前人言狐盖毁誉参半也。

《礼记·檀弓上》：“古之人有言曰：‘狐死正丘首，仁也。’”郑玄注曰：“丘乃狐窟穴根本之处，虽狼狈而死，意犹向此丘。”谓其未敢忘本，明安不忘危也。许慎则谓狐有三德，即“其色中和，小前大后，死则丘首。”狐既为兽之有德者，故《孝经援神契》言：“德至鸟兽则狐生九尾。”盖谓人君之有德则九尾之狐显，亦若麒麟、凤凰之显类，凡盛世临或贤君出则有其祥瑞焉。《山海经》：“青丘之国有狐九尾，德至乃来。”

凡事之至极则易，狐之为瑞兽至极则复生神妖之说也。盖先秦之时尚以瑞兽视之，至秦汉则或神或妖矣。《说文》谓：“狐，妖兽也，为鬼所乘。”《史记

·陈涉世家》："以间令吴广之次所旁丛祠中，夜篝火，狐鸣呼曰：'大楚兴，陈胜王'。"知秦汉时人之视狐已行妖鬼之事也。《酉阳杂俎》则狐化人形，兴祸作祟，"狐夜击尾火出。将为怪，必戴髑髅，不队，则化为人。"至六朝志怪小说，狐非有德之瑞兽，皆幻为美女之妖兽矣。及至唐传奇迄于清，狐复仙化，既作祟于人亦能佑人。传清时官署借狐，尊之"守印大仙"，世俗则与黄鼠狼并尊大仙也。

夫狐之为兽，固无所瑞或妖者，世人异之也。余独喜蒲留仙《聊斋》，中多书女狐，或憨或智，或善或奇，尤胜却人间脂粉无数焉。於戏，先秦之狐属君，秦后之狐属妖，《聊斋》之狐方俱人性焉。

胡琴古为拨弦器

民乐器中，胡琴最为泛，无论南北，人多能操之。所谓胡琴者，泛称也，盖括凡二胡、中胡、板胡、京胡之类也。然宋之前所谓胡琴乃西夷之拨弦之乐器也。

夫拉弦乐器之创实晚于拨弦之器，唐之前文献固无拉弦乐器之载，即敦煌、云岗之壁画、石刻亦无拉弦之形象。沈括《梦溪笔谈·凯歌》谓"马尾胡琴随汉车，曲声犹自怨单于。弯弓莫射云中雁，归雁如今不寄书。"始见以马尾而拉弦之琴也。是书叙教坊伶人徐衍奏稽琴，实今胡琴之祖，故胡琴之专称于拉弦当于宋时。

胡琴为西夷之拨弦器概称，若琵琶、忽雷亦以胡琴而称之。白香山《九日宴集醉题郡楼兼呈周殷二判官》诗"胡琴铮鏦指拨刺，吴娃美丽眉眼长"，言胡琴以指而弹也。而所谓琵琶者，亦非今之专谓曲项琵琶，乃凡弹拨器之概称也。后汉刘熙《释名》谓：批把"马上所鼓也。推手前曰批，引手却曰把，象其鼓时，因以为名也。"曲项琵琶乃东晋永和间方传入，前之拨弦乃所谓阮咸者也。后人图昭君出塞多影昭君马上而抱琵琶，误也。

黄河之称始于汉

国人谓黄河为民族之摇篮，盖喻中华文化乃其孕育也，然先秦典籍率无此称，概以河谓之，它水则泛为川也。《尚书·禹贡》曰："导河积石"，《史记·高祖本纪》曰："浊河之限。"《左传·襄公八年》"俟河之清，人寿几何？"皆以河而称之黄河。查《尔雅·释水》训为"河出昆仑，色白，所渠并千七百一川，色黄。"故汉之前典籍皆称河。

班固著《汉书》谓"使黄河为带，泰山为厉"始以黄河名称之，然自汉讫唐，人或以河称之，或以黄河称之，凡无定例。太白诗"黄河落天走东海，万里泻入胸怀间。”乃知唐人已习黄河之称也。

黄马褂

今之小说戏剧多有言黄马褂者，谓其尊也。证之《会典事例》，黄马褂乃帝之内大臣及侍卫之服耳。凡帝之幸，则内大臣及侍卫扈从，皆著行褂，帽后戴孔雀翎，佩刀，唯帝之近侍不得佩。其行褂概以明黄绸缎或纱为料，无纹绣，故谓之黄马褂也。

夫明黄即淡黄，乃帝专用之色，亲王以下之贵勋仅用金黄，即深黄，至黔首则用杏黄矣。故黄马褂为天子近侍之服，凡赏之则意为亲侍，故人以其为殊荣。然黄马褂之服亦分为三，近侍之服乃因于其职，职除则服除，故亦谓职任褂子。至若赏穿者又有二，一为行围绩优或得鹿者献禽者，“全尝给黄马褂”（《养吉斋丛录》），然限于行围之时着；一为赏有功之武将或统兵之文官，得之者可任意而着。据《东华录》，武功黄马褂道光前鲜见，盖行于咸丰后也。二月河《雍正皇朝》叙年羹尧贬至杭州守城，尚身着黄马褂，疑其伪也，嘉庆十年二月丙辰，引乾隆四十一年四月谕，所列赏功种种皆未及黄马褂，故余以为道光之前赏武功者乃加“巴图鲁”勇号，“赏戴花翎”，封爵、世职耳。咸丰后则黄马褂之赏行也。余阅《清史稿》之列传，咸丰后凡予剿太平军而述军功者，鲜无赏黄马褂者。

黄马褂之功用固异，故其式亦稍异之。职任、行围之褂其钮绊色黑，武功褂子之钮绊则用明黄，类褂之色也。余观今之戏剧，清帝之近侍所着褂，纽绊与褂皆为一色，谬矣。

黄沙直上白云间

王之涣《凉州词》近世辑本皆为“黄河远上白云间，一片孤城万仞山。羌笛何须怨杨柳，春风不度玉门关。”然物候气象大师竺可桢校勘其非，考《凉州词》首句为“黄沙直上白云间”，甚善。

夫《凉州词》类其《登鹳雀楼》，白描而绘，寓意于物而寓情于景。玉门关位甘肃西之沙漠疏勒河谷，其距黄河千里之遥焉。黄沙直上者，今之所谓沙尘暴也，北地乃至大都近时频显，史谓之“雨土”。史载北魏“景明四年，八月辛巳，凉州雨土复地，亦如雾”。按之涣之时，《旧唐书》记：“德宗贞元十年三月己亥，黄雾四塞，日无光”正所谓“黄沙直上白云间”之景也。

可桢先生考江河之域海拔超四千米之地无夏且无春秋，引李白《塞下曲》：“五月天山雪，无花只有寒；笛中闻折柳，春色未曾看”为证，谓纪实也。玉门关乃古之西域丝绸之路必经之地，之涣乃善写边塞者，安西玉门之春日，日中而黄沙起于云霄之景，必当悉熟也。

余查诸唐诗辑本，唯计有功《唐诗纪事》作“黄沙直上”，他本前四字大都舛误。今人传诵唐宋诗词，校之古本，时有所误，其诗人推敲之易或后人削刊之为，殆不可考焉。

幌　子

商贾贸易，假之广告，古已有之。《韩非子·外储说右上》谓：“宋人有酤酒者，升概甚平，遇客甚谨，为酒甚美，悬帜甚高。”帜者，酒旗也，亦谓之幌子。

余于明清小说多见言幌子者，然幌子之式则广矣。若粮铺悬谷几穗，饭馆置熟肉、馒头，《水浒传》郑屠肉铺“悬挂着三五片猪肉”；顾大嫂店铺“门前悬挂着牛羊等肉”，以所贾物为之幌也。燕青尝伪为山东货郎，肩杂货担，“一手捻串鼓，一手打板，唱出货郎太平歌”，乃以声为幌。杨志卖刀，“插了草标儿”；范进售鸡，“手里插个草标”，以草标为幌也。

幌子之式，当以旗帜为多。或谓帜、或谓布帘、或谓酒望、或谓酒旗，宝玉尝引古诗“红杏梢头挂酒旗”为稻香村题额，致贾政谓：“此处都好，只是少一个酒幌子”。武二郎于阳谷酒店见“三碗不过冈”招旗；蒋门神酒铺销金旗书“醉里乾坤大，壶中日月长”，皆言幌子也。

商贾以幌广其业，言实而意衷，至民国则坦书“童叟无欺”，皆言为商之道在诚耳。余观夫今之幌子多虚言，或溢美、或伪言，其真为幌也。

火葬之变迁

火葬之俗，史前即存，证之于地下之遗迹也。《墨子·节葬下》云：“秦之西有仪渠之国者，其亲戚死，聚柴薪而焚之，熏上，谓之登遐，然后成为孝子。”东汉初，释教传入，僧侣亡则火葬之，南梁僧人慧皎撰《高僧传》记其事。而后其俗流于世俗。《新五代史》卷十七载，“儿皇帝”石敬瑭之后晋亡，其妻李氏及子出帝为契丹虏，李亡，出帝“焚其骨，穿地而葬焉”。

宋、元时，火葬之俗风行，《宋史·礼志》载，河东因“地狭人众，虽至亲之丧，悉皆焚弃”。江南则此风尤甚，“浙右水乡风俗，人死，虽富有力者，不办蕞尔之土以安厝，亦致焚如僧”。其俗至明、清则渐式微，盖朝廷禁之也。《明史·礼志》即谓“近世狃元俗，死者或以火焚，而投其骨于水”，除僧侣外概禁之。故至清，其俗存之鲜也。若《石头记》之晴雯被逐大观园而亡，王夫人闻信传命：

“即刻送到外头焚化”即是。

探源火葬之盛衰，缘于儒家之说也。儒者主厚葬，《孝经》云：“身体发肤，受之父母，不敢毁伤”。故父母之身体发肤固不可毁也。宋太祖尝颁禁火葬之诏，元亦有禁汉人火葬之典章，至明季则入于法典，满人入关承明制，增旗民丧葬概不许火化之律。其后近七百年间火葬之俗亡。

祭孔之乐

近时尊孔之风盛，余于电视睹衍圣公府第有祭祀事，与者皆着汉服，诵雅词，轻歌曼舞，其律悠扬，窃以为其不暗祭孔之乐焉。

夫古之祭孔祀典以乐歌贯以始终，所谓“歌乃一乐之主”也。其词四言八句，拟仿雅颂乐歌之体，多取之于御制之碑、匾、联中词文。唯祭孔之乐则端庄肃穆，旋律古朴，节奏徐缓，乃方正之祭歌也。其乐盖一字一音，绝无衍变。清同治间颁定祭孔之乐即谓“管弦只一字一音，盖长言之为歌，长引其声以咏也”。夫一字一音之乐，其律必缓，正所谓“大乐必易”，简而无傲之乐方能“导人心之和，宣天地之予”，然后“感格于神明”矣。

夫子喜于乐，“闻韵乐，三月不知肉味”。《左传》记吴公子季札观鲁之乐舞，及《韵乐》，谓“德至矣哉，如天之无帱也，如地之无载也，虽甚盛德，其蔑以加于此矣。”故晋国公称“周礼尽在鲁矣”。祭孔之乐当合旧制，焉能以世俗之粗滥之乐而充之，夫子不之闻也。

祭祀牌位书写有别

旧时人家凡祭均置灵位，书“天地君亲师”五字。余近岁游，南方乡间尚袭旧习，然易君为国，当始于辛亥后也。

《国语》谓：“民性于三，事之如一。父生之，师教之，君食之。非父不生，非食不长，非教不知生之族也，故壹事之。”左丘唯言君亲师，未及天地。倡祭天地者，荀卿也。《荀子·礼论》：“天地者，生之本也；先祖者，类之本也；君师者，治之本也。无天地恶生，无先祖恶出，无君师恶治，三者偏亡，则无安人。故礼，上事天，下事地，尊先祖而隆君师，是礼之三本也。”

余尝于黔之苗寨见堂屋中置“天地君亲师”位，其书别致，询之长老，寓意深焉。其书天地二字尤宽，取天宽地阔之意也；书君字下口严封，谓君王之言九鼎，慎启也；书亲字则目不封，谓亲不闭其目也；书师字，缺左上之短撇，谓师之不当撇弃也。或谓“人不夺天，地不离土。”则天字上横不与下接，地字之土连之于右。

闻其说，叹汉字之伟矣，若以今之简化焉复寓其义哉？窃谓汉字之简失其灵矣。

贾政书斋误置《二十四史》

今之媒体编导于古传奇小说讹误频出，盖其未习功课故，若观者泛泛以图解颐尚无大害，倘留意其间以为史实则误人深矣。

余尝于电视《红楼梦》中见贾政书斋置什样景书箱《二十四史》，其误甚矣。夫《二十四史》谓自《史记》至《明史》之二十四“正史”史书。盖晋之后谓《前四史》，即《史记》、《汉书》、《后汉书》、《三国志》之谓也；唐时增《晋书》及南北朝八书乃谓之十三史；宋时增《南史》、《北史》、《新唐书》及欧阳修《五代史记》，成十七史；明时增宋、辽、金、元四代史，得二十一史。清乾隆初，修《明史》成，十二年补为二十二史，寻复增《旧唐书》，尝谓之二十三史。三十七年开馆修《四库全书》，馆臣于《永乐大典》辑宋薛居正《五代史》佚本，四十九年补入武英殿本“正史”，至此《二十四史》乃成也。

考曹雪卒于乾隆二十八年，则其时尚无《旧五代史》辑本事，更无《二十四史》之称，呜呼，置其于贾政书斋，不亦谬乎？况其装之于什样景之箱，其复谬也。

什样景之箱乃沪地徐润同文书局首创。润号愚斋，尝于光绪十年春以石影印《二十四史》，以矩、方形制各异箱十五别而装之，十五箱合之则为一，分之可移，时人谓之什样景书箱。盖镌各史之名，字以石绿或白色涂之。柜下置小架，极为精致，学人多喜矣。后则涵芬楼、商务、中华之百衲本、丛刊本、备要本多仿其制，然皆光绪后之事，贾府何从觅得哉。

窃谓编史剧者当读史，知史，不及则请于方家，以杜其谬也。

假山始于封禅

今之园林多假山，于亭台楼阁外皆以假山点缀其中，江南园林叠石尤以苏州戈裕良所构环秀山庄为佳，且分为京、苏、扬、杭四大系。然世人鲜知假山之始于帝王祭祀封禅也。盖始皇帝好封禅祭祀，于渭水多筑岛，当为假山之滥觞也。俞樾《茶香室丛钞》卷十谓：假山始于汉。《史记·孝武本纪》曰：“于太液池筑三神山。”其所筑假山，皆以仙名之。汉以降，假山于建筑陈设外愈求构造之奇。至明清之季，奢华之风炽，园林极一时之盛，假山之构亦愈穷其工巧，然古之高峻之风不复存矣。

嫁娶之道

泰州胡瑗，字翼之，世称安定先生。宋仁宗时以布衣召拜校书郎，为湖州学官。皇祐中，为国子监直讲。瑗讲明体达用之学，开宋理学先声，《宋史》有其传。瑗有论婚嫁语行于世，谓：“嫁女须胜吾家者，娶妇须不若吾家者。”或问其故，曰：“嫁胜吾家，则女之事人必钦必戒；娶妇不若吾家，则妇事舅姑必执妇道。”事载《五朝名臣言行录》及《清波杂志》。

余谓翼之深谙世事也。嫁女不若己家则其女必骄，娶妇若胜于己其妇亦必骄，骄则无妇德，无论三从焉。俗谓门当户对者，盖不欲婚嫁之妇而骄也。

监考人口中塞物

葡萄牙耶稣会士曾德昭于万历四十一年至崇祯九年居华传教，晚岁撰《中国通史》一书，其谓科举事，颇有不见于典籍者，亦不可考。其谓乡试之考场，人一小间，长 4.5 英尺，宽 3.5 英尺，高仅一人，房内仅一桌一椅。及考，桌下坐一监视人，口中塞以物，防其语也。余查明清科考典籍及野史涉之者，均不见载。曾氏居华二十有三载，且久居于宫内，所见当广，然不知其所见何以异于国人。存疑。

嗟来之食非来食

不食:“嗟来之食，”言人之具风骨也，典源《礼记·檀弓下》：“齐大饥，黔敖为食于路，以待饿者而食之。有饿者蒙袂辑屦，贸贸然来。黔敖左奉食，右执饮，曰：‘嗟来食。’扬其目而视之，曰‘予唯不食嗟来之食，以至于斯也。’从而谢焉，终不食而死。”余多见释为“喂，来食。”《辞源》释“嗟来食”为“悯人穷饿，呼使来食。”训来为动词。杨树达《词诠》则曰：“来，语末助词，无义。按今语之‘咧’，疑由此字变来。”余查诸《古汉语虚词用法词典》，亦释“来”为助词。《庄子·大宗师》“嗟来，桑户乎。”亦当为句中语助也。

夫《檀弓下》之“嗟来食”，应读若“嗟来，食”，嗟来连读而无逗也。下文谓“不食嗟来之食”可为证也。如其意为“嗟，来食。”则下文当为“不食嗟之食”。谢质彬尝引《盐铁论·孝养》：“夫嗟来而招之，投而与之，乞者由不取也。君子苟无其礼，虽美不食焉。”为证，来字实为语助之词也。

“结发”夫妻

俗谓原配夫妻为“结发”夫妻，然多不明何为“结发”者。考之典籍，汉时已有此谓也。古诗《为焦仲卿妻作》：“结发同枕席，黄泉共为友。”杜甫《新婚别》诗：“结发为妻子，席不暖君床。”知汉唐已有此说，然“结发”为何物事终不能解。据《梦梁录》载：结发乃新人各剪己发一缕结为同心式样之髻，以示永结同心焉。晁采乃唐大历间女诗人，其《子夜歌十八首》云：“侬既剪云髻，郎亦分丝鬓，觅向无人处，绾作同心结。”可窥知唐时民间此俗风行，盖晁采之述乃其少时非媒妁而私缔婚姻之事也。今仍谓原配夫妻为“结发”，然无“结发”之实矣。

巾箱本

书之名巾箱者，盖始于宋。晋葛洪《西京杂记》序云：“刘子骏《汉书》一百卷，无首尾。始甲终癸，为十帙。帙十卷，合为百卷。今钞出为二卷，以裨《汉书》之阙。”尔后洪家遭火，书籍皆尽。此二卷在巾箱中，尝以自随，故得犹在。至南宋书坊方以刻本小者为名巾箱也。据《书林书话》言：嘉定间，从学官杨璘之奏，禁毁小板。近又盛行，第挟书，非备巾箱之藏也。

余旧藏扫叶山房巾箱本《疑雨集》，可置掌中，凡游则携之，以其便也。去岁于武林书肆见影印古籍有小刻本，谓之巾箱本，然仅书之半耳，况卷帙颇繁，焉可置之巾箱欤？徒具名耳。

金人初无都城

余幼时读《说岳全传》，以黄龙府为金之都城，近阅薛宜之、黄显宇文，方知谬也，复查诸《金史》始明其始末。

盖女真之完颜部所建金国，初之都城于会宁而非黄龙。史载：金太祖完颜阿骨打初无城郭，仅皇帝寨耳，宋人所言“女真所居阿木火”、“女真所居阿芝川”即是也。其所谓皇帝寨即金之都城也。金太宗完颜晟即位，方于北宋宣和六年，金太宗天会四年筑会宁州，后迁会宁府，斯时金方有皇城也。

窃以为讹黄龙府为金都其与岳武穆“直抵黄龙府，与诸君痛饮尔”之豪言关也。清钱彩、金丰编订《说岳》，径以黄龙为金都，其讹传矣。

惊鹊之鹊非喜鹊

辛稼轩《西江月·夜行黄沙道中》："明月别枝惊鹊，清风半夜鸣蝉。稻花香里说丰年，听取蛙声一片。七八个星天外，两三点雨山前。旧时茅店社林边，路转溪桥忽现。"写景抒情，几入化境也。今之辑稼轩词者皆训别枝为斜出之枝，训鹊为喜鹊，以词意论，殊不可解。

夫鹊善营巢，"唯鹊有巢，唯鸠占之"，巢中之鹊明月何以使之惊？夜无巢而宿于枝者唯乌鸦也。周邦彦《蝶恋花·早行》词有"月皎惊乌栖不定"之句，可为之证。魏武帝赋"月明星稀，乌鹊南飞，绕树三匝，何枝可栖"，乌鹊者，鸦也。月出光洁，惊乌鹊于枝头，乃实写也。别枝者岂斜出之枝耶？鹊之栖奈何择斜出之枝？言鹊之因月色之惊而离也。别枝者，离之于枝也。以词意度，余谓稼轩之夜行当始于子时，既言七八个星、两三点雨，其夜之月应非皎洁，故夜半而月忽起，鹊为之惊焉。

九拜之礼

今之小说家流不明古礼，著书时有讹误，若言行"三叩九拜"之礼即是。夫"三叩九拜"乃古之大礼，所谓"九拜"者，非连而拜之九，乃古礼拜式之九种也。据《礼》所载，谓之曰：稽首、顿首、空首、振动、吉拜、凶拜、奇拜、褒拜、肃拜。

稽首之礼为拜礼之最敬者，臣于君行之，其礼为：跪，拜手，手至地，首亦至地。若释门之礼佛者，唯五体不投地耳。

顿首之礼亦曰稽颡，乃凶丧之礼也，其礼为：先跪拜首，手至地，首亦叩地。为丧礼之最重者。

空首之礼为：跪而拱手，头俯至于手，与心平。

振动之礼为：先拜而后踊。踊乃丧礼之最恸者，顿足，跳跃，以示哀之至也。

吉拜之礼为：先拜手，而后复顿首之礼，亦丧礼之拜也。

凶拜之礼为：先顿首而后拜也。

奇拜之礼为：仅拜一。所谓奇者，表单数也。

褒拜之礼为：拜之数在再拜之上也。

肃拜之礼为：不跪，俯首两手下垂，乃女子之礼也。

九拜之礼含古礼之种种，其行亦因事因人而异之，故向无行九拜之礼者也。

旧体诗可押新韵

律绝旧体诗近年复兴，然于韵之用多有异者。或谓既为旧体则必循旧韵，倘否即谓出韵；或谓今人书旧体无须囿于旧韵，合于十三辙即可也。故余见今之诗社之作，或以平水押之，或以新韵押之，至有互为诘责者。

夫平仄押韵，旧体诗之例，无此则非谓旧体也。古之韵书一统旧诗之语言形式，固其宜也，然世移而音变，复求诸今人必循古之音韵，勉乎其难矣。以四声论，古以平、上、去、入为四声，今以阴、阳、上、去为四声。古以上平、下平为平声，以上、去、入为仄声，今以阴平、阳平为平声，以上声、去声为仄声。然入声至明清已亡，《佩文诗韵》立入声韵，循古韵之习耳。元周德清《中原音韵》以入声派入三声，今人之语更无入声之字也。今人欲知入声必求之于旧韵不可，倘为诗强以平化之入声起死于拱木之中，其岂宜乎？余谓中华书局辑《诗韵新编》甚善。是编既存古韵书之大概体例，复切今日语言之实，旧体诗而以新韵押之，不亦善乎？有循古者，以旧韵押，则须破其邻韵不押之限。余观周树人、郭鼎堂所作多无囿于邻韵者也。

今人诵唐宋之诗，多有因旧韵及入声而为之困者，何复又作茧而自缚欤？诗言志，当以立意为先，至若新韵之用，何害于平仄相间，抑扬顿挫之美哉？

“君子”名考

“君子”之谓，始于上古，衍流而今。上古之世，部落众多，其首领之名混杂。多有以“君”“子”号之者，考之典籍，“君子”首见于《书·酒诰》，“庶士有正越尔庶伯君子，其尔典听朕教。”此乃周公于受封贵族之教典也。所谓君子者，五等爵位之人也。《书》言君子凡四见，皆君统人物。故古之称君子，以其爵号、君统之否为界。周初重礼法，皆以爵号称之，“君子”之谓鲜见。

君子并称始于风、雅、颂，盛于春秋，无爵位之贵族亦以君子称之。此习《诗经》尤多见。“彼君子兮，不素餐兮。”即谓之贵族也。且春秋之季，礼坏乐崩，强凌弱、众暴寡，诸侯多擅称爵号，若郑本男爵而称伯，晋本侯爵而称公。况诸侯之争战多用布衣卿相，若齐之管仲、越之范蠡、秦之蹇叔，亦以君子称之矣。盖君子之称非以其爵而以其位也，故后世有“君子，谓在位者”之说。

君子之名，其义嬗变，至孔子则谓之“有德者”也。“君子喻于义”、“敏于事而慎于言”、“周而不比”、“和而不同”皆为君子之德。余读《论语》，初每惑于君子之意，盖为其概念之囿也，殊不知夫子以仁为本，君子之言行道德，学问风度靡不为其外象矣。

君子淑女为何人

《关雎》为《诗》开篇之什，其君子淑女之训，见仁见智，莫能明也。汉三家诗以为“今时大人内倾于色，贤人见其萌，故咏《关雎》，说淑女，正容仪，以刺时。”《毛诗》则谓颂“后妃之德”。宋朱熹仍袭《毛诗》之义。

余感寅恪先生以诗证史，独辟蹊径，成一代大家，而千年治《诗》者皆以史证诗，颇多附会，致后世訾訾。近人闻一多蒙新思潮之启，方谓《关雎》乃“女子采荇于河滨，君子见而悦之。”余冠英先生亦从其说。余三十年前于电大蒙褚斌杰先生教，其编《文学史纲要》亦持其说焉。然君子淑女之身份似亦未明，其贵族乎，庶民乎，向无确训。余循寅恪先生以诗证史法，姑妄言之，不畏方家之詈也。

《诗》凡言君子者反复一百八十有五，所涉概肉食者，所饰概贵器华服，所事概祭典宴乐。若《洪奥》“有匪君子，如金如锡，如圭如璧”，《扬之水》“既见君子，并坐鼓瑟”，其君子安为庶民焉？《关雎》言以“琴瑟”、“钟鼓”之乐迎妇，亦贵族之俗，周之时庶民安能为之哉。考之《诗》，凡天子、诸侯、卿大夫乃至士，皆谓之君子也，然无庶民称君子例。即《君子于役》所言君子，亦为行役之大夫也，此等例于《国风》乃习见之事。然谓淑女者何焉？《说文》释：窈，深远也；窕，深肆极也。班固《西京赋》曰：“又窈窕而不见阳。”故知所谓淑女者，喻深居幽邃而不轻得见之女也。然庶家之女安能深居幽邃焉哉？故凡言淑女者亦贵族之女也。或以“参差荇菜”质之，起兴也，《诗》义赋比兴，岂能实视之。《采苓》乃讥晋献公之诗，然以“采苓采苓，首阳之巅”起兴；《采薇》乃战之歌，然以“采薇采薇，薇亦作正”起兴，何须深究之耶？余邑多畲民，余尝采其旧谣，虽多为行祭婚娶之作，亦沿起兴之例，臆各族民谣亦复如是。

“恪”字读音

人之负盛名也，其行止言语莫不为人所注目。义宁陈寅恪先生，二十年前因陆健东一书而名于世，先生“独立之精神，自由之思想”尤为学界所推崇。余尝见诸报章有为先生之名而辩者，谓“恪”之读音当为 que（去声）。然查之《说文》、《康熙》及《辞源》，“恪”之音均作 ke（去声）。据先生昔年教学助手王钟翰先生所忆，寅老之亲属呼其名皆读如 que。王永兴先生谓，寅老先祖乃居福建上杭，属客家，其六世祖始由闽入赣，落户义宁。而客家语读“恪”如“que”，义宁陈氏承客家俗，故陈氏昆仲名中之“恪”字皆读如“que”。此乃客家方言，故诸书不载也。

孔子不以《易》为卜筮之书

今人言《易》，皆以为卜筮之书，余观夫《论语》，孔子未有以卜筮之书视之也。

夫自《易》出，《左传》始论之，即视为卜筮之书，唐孔颖达亦视卜筮为是书之术，至朱熹则概以卜筮之书视之矣。故宋之后多有假《易》之名作阴阳说者，明初刘基以精《易》而晓天下之势，唯无能及己之后事。余宅傍有以“青田刘基易经测算”为招牌者，询之《易》义，茫然焉。近世多有以《易》家而招摇者，贾名与利耳。

凡儒家典籍，未有以《易》为卜筮之书者。《论语·子路》载夫子言《恒》卦九三爻辞谓：“‘不恒其德，或承之羞’。子曰：‘不占而已矣’。”夫子以为人若无恒则不必占卦也。儒家释《易》之“十翼”，《象传》、《彖传》、《文言》皆未以占筮训，《孟子》全书概无言占筮事，荀子则谓：“善为《易》不占。”窃以为夫子之视《易》，治世及处世之道耳。以其“中行”而成“中庸”，以其“无为”而成“无为而治”，以其“退为进、后取先”而成“礼让为国”，此皆承之于哲学政治，然终未及卜筮事。

盖《易》有卦名、卦象、卦辞、爻辞之形，然无占筮之实事，故夫子以为《易》非占筮之书，善矣。

类之训

《论语·卫灵公》：“子曰：‘有教无类。’”，人皆知乃夫子述教之言，然何谓一“类”，说者纷纭，莫衷一是。查诸先贤注释，或谓等级、地域，或谓族类，或谓民族。谢质彬先生则训为“智”，余以为然。复求之于夫子之言，恍然矣。

子曰：“生而知之者上也；学而知之者次也；困而学之，以其次也；困而不学，民斯为下矣。”以是知人之智而有别也。夫子又曰：“性相近也，习相远也。”“唯上知与下愚不移。”乃知夫子以为唯“上知”“下愚”皆“性相近”者，且皆可使之“移”者也。何以使之移，教也。教而使愚者智，不肖者贤，终而使之无别矣。

孔门弟子三千，贤人七十二，智愚贤不肖并存也。“柴也愚，参也鲁，师也辟，由也喭。”（《史记·仲尼弟子列传》）“师也过，商也不及。”“贤哉，回也。”（《论语·雍也》）“小人哉，樊须也。”（《论语·子路》）“孝哉，闵子骞。”（《先进》）孔门弟子良莠而存也。据《荀子·法行篇》载：

南郭惠子问于子贡曰：“夫子之门何其杂也？”子贡曰：“君子正身以俟，欲来者不距，欲去者不止。且夫良医之门多病人，檃栝之侧多枉木，是以杂也。”

孔门杂是以知夫子施教之无类。子路初“戴鸡佩豚，勇猛无礼”，后乃“卒能政事，序在四科”，是故知智愚贤不肖皆可教也。所谓“有教无类”者，此之谓也。

李贺“骑鱼”之典

李贺诗素以晦涩难解而称，盖其喜用典也。《宫娃歌》“愿君光明如太阳，放妾骑鱼撇波去”中“骑鱼”即例也。明人曾益注《昌谷集》于此曰：“愿君如太阳之明，无幽不烛，放妾生还，辟之骑鱼撇波，又焉往而不乐。”训文意而未训“骑鱼”。王琦注此二句则云：“‘骑鱼’字甚怪，或传写之误亦未可定。依文而释之，不曰乘舟，而曰‘骑鱼’，盖欲归之至，舟行稍缓，不似鱼游之速耳。夫宫娃未易得放，河鱼岂可骑乘？以必不然之事，而设为痴绝之想，摹拟怨情，语意双极。”皆望文生意，曲解诗意焉。

刘向《列仙传》卷上曰：“琴高者，赵人也，以鼓琴为宋康王舍人。行涓彭之术，浮游冀州、涿郡之间。二百余年后辞，入涿水中取龙子，与诸弟子期曰：‘皆洁斋待于水傍，设祠。’果乘赤鲤来，出坐祠中，旦有万人观之，留一月余，复入水中去。”《宫娃歌》“放妾骑鱼撇波去”即用其典，琴高“乘赤鲤”即“骑鱼”也。

诗固宜用典，然若贺之喜用晦涩之事迹则陷后人于迷惘矣。诗固不易训，随意取典尤为训之难也，白居易为诗老妪能解，其以言志为要而不务奇怪矣。

刘备甘露未招亲

丁亥春余游镇江，北固山有古刹名甘露，人皆言乃刘玄德招亲处，今尚建相亲楼及恨石、走马涧、祭江亭之迹，颇发游者思古之幽情矣。然据《嘉定镇江志》载，甘露寺乃唐人李德裕于宝历间为穆宗祈“冥福”而建也。东坡《甘露寺》诗序曰：“近寺僧发古殿基，得舍利七粒并石记，乃卫公（李德裕）为穆宗皇帝追福所葬者也。”盖三国之时，北固固无斯寺也。

夫东吴招亲事源于罗氏《三国演义》。元至治间刊《三国志平话》则未言甘露招亲事，孙氏之妻玄德乃成礼于荆州也。或曰寺建于三国甘露间，故以之名，则愈谬也。甘露乃孙权之孙，末帝孙皓之年号，距招亲事五十载矣。孙刘联姻之事固见于史，《三国志·蜀书·先主传》载，建安十三年赤壁之战后，玄德收武陵、长沙、桂阳、零陵四郡，推为荆州牧，驻公安。至“权稍畏之，进妹固好”。“先主至京见权，绸缪恩纪。”

近世兴游，人欲图利而任意附会史事者众也，故凡游，余必预探其实，以免陷入于误导焉。

刘基祖籍丰沛

癸巳秋余游于青田，得晤诸学人，言及刘基事迹，邑人皆谓基祖乃青田人氏，余以基乃吾乡人告之，以为谬，其不知基之先祖源流矣。

诚意伯长孙廌序《刘氏家谱》云："吾刘氏本丰沛人。有讳光世者，仕宋，扈从高宗南渡，始为江南人。今之所存高宗御宝手敕是也。后有乐山水之胜者，因居栝州丽水之竹洲。廌九世祖六五府君又自竹洲徒居青田之武阳。"其推本溯源甚明，然仅至高宗耳，溯至诚意伯之十世祖刘绍能，乃北宋之名将，《宋史》有其传。《传》云："刘绍能字及之，保安军人。世为诸族巡检。……绍能为军北巡检，击破夏右枢密院党移赏粮数万众于顺宁。夏人围大顺城，绍能为军锋，毁其栅，至奈王川，邀击于长城岭；熙宁中，又败夏人于罗川，皆策功最。"其迹俨然先于穆武也。斯时神宗颇信之，委以重任而不之疑，《传》载"绍能世世边将，为敌所忌，每设疑以间之。帝独明其不然，手诏云：'绍能战功最多，忠勇第一，此必夏人畏忌，为间害之计耳'。绍能捧诏感泣。"

噫，诚意伯先祖世代尚武后世易为书香，其因宋亡之故乎？探索其先祖事迹尤有感于斯矣。诚意伯固誉为大明开国之第一功臣，然终见疑于太祖，岂独胡惟庸之过焉？绍能之见信于神宗，而伯温终见弃于太祖，亦人之机遇矣。叹叹。

隆中之对非对策

《隆中对》亦称《草庐对》，乃后人节选于《三国志·蜀志·诸葛亮传》也。自《古文观止》入其文，传之益广矣。余所阅诸本皆释其题为隆中对策，非也。

夫对策乃应试之制，亦为文体，其始于西汉文帝、武帝时。《文心雕龙·议对》曰："对策者，应诏而陈政也"，以"对策"入于"议之别体"。盖文帝时选人，由郡国举贤良方正、直言极谏之士，帝复身考之，按等第而任。帝之所考书于简策，所谓"策问"者也；所举之人按简策作答，所谓"对策"者也。"策问"犹今之试题，"对策"犹今之答卷。《汉书·晁错传》："汉文帝诏有司举贤良文学之士，错在选中，上亲诏之。""对策者百余人，唯错为高第，由是迁中大夫。"《汉书·董仲舒传》："及仲舒对策，推明孔氏，抑黜百家。"《论衡·佚文》："孝武之时，诏百官对策，董仲舒策文最善。"其制自汉始而相沿，遂为选官之制也。所谓对策，必按策问而答，虽属议对，然其议乃"发策以问，对者陈其所见"之议也。

观夫《隆中对》，玄德乃处"败军之际"、"危难之时"，故猥自枉屈，三顾茅庐，求教于诸葛，备之问乃求救之问，卑身请教耳，殊非发策之问也。以诸葛而论，其“躬耕于南阳，苟全性命于乱世，不求闻达于诸侯”，当无对策以求功名之欲，唯感备三顾之请，方“由是感激”而作答，故其答非按简策作答之“对策”也。况备称献帝为“主上”，诸葛称备为“将军”，隆中之二人皆无所谓“策问”、“对策”者也。

窃以为隆中之对者，对答也。其文明言“亮答曰”，何谓对策。对者，答也，古之已然。《国语·鲁语下》：“季康子欲以田赋，使冉有访诸仲尼，仲尼不对。”《史记·高祖本纪》：“高起、王陵对曰：‘陛下慢而侮人，项羽仁而爱人。’”《隆中对》既流之久，相沿成习，余姑辩之，以证方家矣。

马蹄袖

清室帝王官宦之服饰最奇者无过于马蹄袖矣。所谓马蹄袖者，盖于官服袖口复缀以状若马蹄之袖口也，平日上翻，觐见帝后时则将两袖头放下，口称奴才下跪时，两前肢戳于地，行叩拜之礼，俨然驱驰于人之驽马焉。清制，官吏觐见先以手拍打袖口，使马蹄袖落，复急趋而跪，故拍打马蹄亦为跪拜之仪也。

夫马蹄袖之饰诸朝皆无例，满族风俗亦无记之者。周锡保先生专治古之服饰，尝谓：“清代虽废明之服饰，然或多袭前明。”若官服之补，帽冠之翎皆袭之明制有稍易，马蹄袖之制当亦其一也。考马蹄袖之用，于跪拜之仪寓慎恭之意外，殊无他用矣。

窃谓觉罗氏于战马之上而取天下，故重于马之用，而欲朝中臣工亦若驽马而驱驰于前也。有清一代，凡满官及太监、奴仆，以卑谒尊，以下拜上，王以下概自谓奴才。乾隆帝即“叱群臣如奴隶，故六十年间，能不受侮弄者，唯刘统勋一人耳，余则鲜有能免者。尝叱协办大学士纪昀曰：‘朕以汝文学尚优，故使领四库书，实不过以倡优畜之，汝何敢妄谈国事。’”

呜呼，区区马蹄袖蔑百官若犬马耳，三王以来，未之见也。

“美酒”作伴好还乡

杜甫《闻官军收河南河北》诗“白日放歌须纵酒，青春作伴好还乡”联，注者多训“青春”为时节，非也。余读唐宋诗多有以“青春”为酒名，查《辞源》、《辞海》春亦皆有酒之义项。唐司空图《诗品·典雅》曰：“玉壶买春，赏雨茅屋。”即以春谓酒也。东坡《洞庭春色》诗引：“安定郡王以黄柑酿酒，谓之洞庭春色，色香味三绝。”王次公注云：“凡酒皆以春名，今曰洞庭春色，盖以杜甫《赠韦七赞善》诗有‘洞庭秋色悲公子’，故借用也。”梁绍壬《两般秋雨庵随笔》卷二《品酒》条云：“又记某年，余游萧山，梧里主人周姓，名镇祁，情极款洽，作平原十日之留。一日，出一种酒，曰梨花春。”亦以春名酒也。

考之古人诗文，多有以春名者。韩愈《感春四首》之四：“百年未满不得死，且可勤买抛青春。”明高启《吴中亲旧远离寄新酒二首》诗：“上国岂无千日酿，独怜此是故乡春。”故余谓老杜诗之“青春”乃酒也。盖代宗广德元年春，唐军大捷，安史七年之乱终，经年漂泊之人而可归故乡，其喜可度，浦起龙《读杜心解》谓是诗乃“生平第一首快诗也”。且老杜一生嗜酒，忧也酒快也酒，其卒亦因卤牛肉佐酒，值此国事家事皆喜之时，岂能无酒焉？况是联起于酒，而以酒对之，妙极，妙极。

眠床与交椅

处州人谓床为“眠床”，谓椅为“交椅”，其源于胡床也。胡床自东汉末由西域流入中原。《后汉书·五行志》：汉灵帝“好胡服、胡帐、胡床、胡坐。”盖汉初尚无凳椅坐具也，床，榻则皆卧坐。《释名·床帐》谓：“人所坐卧曰床，长狭而卑曰榻。”至南朝谓睡卧之床为眠床。唐中期，胡床由坐具易为交椅形制。宋陶谷《清异录》曰：“胡床，旋转关以交足，穿便条以容坐，转缩须臾，重不数斤。相传（唐）明皇行幸颇多，从臣或待诏野顿，扈驾登山，不能跛立，欲息则无以寄身，遂创意如此。”考之江南各地，多有眠床、交椅之称，则千年之旧名也。

名士喜言前后身

人之言前后身者，释教语也，盖其说倡轮回，是以有前生、后生、今生之说，甚或佛亦有前后身，居士维摩诘传前生为金粟如来，故有“金粟佛”之称。余读名士所述，每有前后身之记，当因佛教轮回说所致也。东汉蔡邕时人传乃张衡后身，则汉时已有斯说矣。至唐宋后，凡名士则每有前后身之说焉。

《太平广记》卷四八载白乐天有前身事，白氏《长庆集》卷六九亦有《客有说》《答客说》二诗证其说。言唐会昌元年，有商客遭风飘至海中一大山，乃蓬莱也。有一院扃锁甚严，人告之曰：“此乃白乐天院，乐天在中国未来耳。”白闻其说为诗二首以记其事。北宋时，欧阳修为西洛留守 推官时，与梅尧臣同游嵩山，修望西峰巨崖之巅有丹书四字云“神清之洞”，而尧臣无所见。告老后，为诗曰：“四字丹书万仞崖，神清之洞锁楼台。烟霞极目无人到，猿鹤今应待我来。”吟诗数日后，公薨。宋释惠洪《冷斋夜话》卷七云：“苏辙谪高安时，与僧云庵及聪禅师时相过从，二僧同梦与辙同迓五祖戒禅师。良久，苏轼至，二僧追绎所梦，轼亦自言幼尝梦其身是僧，且其母孕时梦一僧来托宿，其状与云庵所见戒和尚同。其时距戒终五十年，而轼年四十九，适相符云。”同书卷二复云：王荆公之弟平甫，熙宁六年冬宿崇文院，梦至海上，见宫殿甚盛，其中乐作，题其宫曰“灵芝宫”。欲往，有人止之，曰：“时未至，且令去，他日迎之。”至此梦觉。为诗记之曰：“万顷波涛木叶飞，笙箫宫殿号灵芝；挥毫不是人间世，长乐钟来梦醒时。”后病卒，其家以钱卜，问其果否往灵芝宫，卜曰然。若是者甚伙，传王荆公前身乃秦王，黄山谷前身乃念经女子，陆放翁前身乃秦少游等，凡名于世者，所传尤众焉。第欲印证则今古名辈皆仙佛中去来也。

窃谓前后身事，多得于梦寐渺茫之中，然既有其说则当事者亦喜之也，若其梦为卑鄙之辈，则不复言也。考之史籍，凡为帝君者，若汉高祖、明太祖亦复多前身事。然则，若东坡、乐天岂不知其谬耶？知之而复乐之，权为一乐耳，安可谓其真以天院中人五祖禅师为己身矣。

明末沪地男子兴长发

民俗之易，代代有之，然丈夫而蓄发似巾帼者，向无其例也。明末慈溪姚廷遴著《记事拾遗》云，崇祯间沪地少年兴蓄长发，亦一奇事。其曰：“是时乃崇祯十四、十五年也。时尚奢华，宽衣大袖，衣长四尺，袖长二尺，袜皆大统，鞋必浅面。男子十六岁方留发，发长披肩上，如今时妇女无异。亦梳三把头、泛心头，甚有发团如冰盘大者，亦如今妇女梳妆一般。插簪带花，将披发掳扎起，即名曰直掳头。”

噫，姚氏所见但沪地耳，今丈夫而蓄发至肩者比比矣，丈夫而巾帼，世风颓丧而有奇数焉。

明清小品

小品者，佛家语，谓佛经之略本也，摩柯般若波如蜜经退谓之小品经。晚明文网森然，士人为避文患，嗜佛成风，谓之“逃禅”。然其虽遁空门，终属世俗，故不耐佛典而独喜小品也。万历三十九年，王纳谏编《苏长公小品》，以佛家之名而称之于文学，由是以“小品”名集者起矣。是时之小品，舒闲情之美文耳，其文多写实，异于“载道”之古文，虽书琐事而逸趣解颐，似醇酒香茗，耐人久品焉。为小品者，多游戏笔墨，任意挥洒，纯真自然，了无俗套，颇为人所喜。刘基之《郁离子》则效老庄，以寓言入文，讥刺世事显矣。及入清，金圣叹之小品则喜议论，浅俗流畅，其《快说》多有惊人醒世之语。他若李渔之《闲情偶寄》，冒襄之《影梅庵忆语》张潮之《幽梦影》及袁枚之《随园随笔》皆小品中之上品也。至若沈复之《浮生六记》则另辟蹊径，记闺房之乐，闲情之趣，坎坷之愁，浪游之快，曲尽情态，缠绵哀感，尤为世人所称之。

余以为明清之小品貌似闲逸，实为士人不得已而为之者也。士人为文以载道为要，然小品则反其道而行之，其思想之价值岂可等闲视之乎？

木　主

木主者，俗谓灵位也，祭祀先人置于供案，多为木制，其源远矣。

《史记·周本纪》载："（武王）东观兵，至于盟津。为文王木主，载于车、中军。武王自称太子发，言奉文王以伐，不敢自专。"《伯夷列传》亦载："西伯卒，武王载木主，号为文王，东伐纣。"盖古时战事载木主而行，示思祖而祁之佑义。

古礼谓木主三虞，查《仪礼·即夕礼》载："犹朝夕哭，不奠。三虞。""三虞"郑玄疏曰："主人孝子，葬之时，送形而往，还魂而返，恐魂神不安，故设三虞以安之。"可知木主有安魂灵之意。

癸巳冬至，余为先父母设祭，书木主，以有此篇。

男女皆净身

世风不古，近时兴新创俚语，以为时髦。倘夫妇离异，每有言净身出户者，谓其只身而出，无资财之争也，闻之莞尔。净本佛门语，谓情欲之洗尽也，若"六根未净"云。梁武帝《净业赋》："患累已除，障碍亦净"即其义。破人世之情欲谓之净，故佛所居世界谓之"净界"、"净土"、"净国"。了断尘缘，方是六根清净。因净之义，后转引谓男子人为而去命根也。太史公之受宫刑，俗称阉割，即净身之义焉。净身之初为刑，至明清则宦者亦净身方入后宫矣。

呜呼，语言之任重也，中华文化之承继赖其所存，不学而滥用，非独见笑于人，亦亵渎吾中华之文化焉。

《女四书》

儒家四书，《中庸》、《大学》、《论语》、《孟子》是之谓也。史有所谓《女四书》，知之者鲜矣。

夫女子之教始于周，《周礼·天官·冢宰下》云："九嫔掌妇学之法，以教九御：妇德、妇言、妇容、妇功。"《仪礼·丧服·子夏传》以为妇无专制之道，而有"三从"之义，即"未嫁从父，既嫁从夫，夫死从子"。《周易·恒》中"象曰：妇人贞吉，从一而终也"。《诗·大雅·瞻卬》称："妇无公事。"东汉史家班彪之女达为教诸女而著《女诫》，是为妇教之首卷专著也。至唐女学士宋若莘撰《女论语》诲女子为贤妇，明成祖徐皇后为教宫中之女，辑先人女教典训而成《内训》，明末儒者王相之母刘氏以儒学纲常之理为"正内之仪"撰《女范捷录》，女四书乃成。

今有于氏女号擅儒家之典，尤以阐发《论语》名于世，殊不知其行违于《女四书》耶。

女子称子

《日知录》卷六有"女子子"条曰："女子子，谓己所生之子若兄弟之子。……古人谓其女亦曰子。"故凡古籍所称子者非专谓男子也。《诗·大雅·大明》"文王嘉止，大邦有子。大邦有子，伣天之妹。""长子维行，笃生武王。"其子者皆谓文王之妻太姒也。《诗·卫风·硕人》"齐侯之子，卫侯之妻，东宫之妹，邢侯之姨，谭公维私。"其子者谓齐侯之女也。《左传·庄公二十八年》"小戎子生夷吾"，杜注曰："子，女也"。《战国策·中山策》之"公何不请公子倾以为正妻"，公子倾乃魏君之女也。《论语·公冶长》"子谓南容：'邦有道，不废；邦无道，免于刑戮。'以其兄之子妻之。"子者，夫子之侄女也。《汉书·高五王传》："皇太后有爱女曰修成君，修成君非刘氏子。"此子者当谓爱女也。

依上诸例，古之所谓子者，非专谓男子而亦称之于女子焉。

"拍马屁"之源起

"拍马屁"者，民间谓阿谀奉承谄媚逢迎之举之俗谓也。然遍查辞书，未见古训。唯顾颉刚先生所著《史林杂识》谓："蒙古人有'人不出名马出名'之谚，以得骏马为无上荣耀，平日牵马与人相遇，恒切拍其马股，曰'好马'。盖马肥则两股必隆起，拍其股所以表其欣赏赞叹之意，本无献媚之嫌。迨相沿既久，贱者见贵人，贫者见富人，自惧力不胜而受侮，则有不择其马之良否而姑拍其股者。遂流于奉承趋时之途矣。"盖"拍马屁"一词乃西北牧业文化之产物也。

“朋友”释义

朋友者，古之五伦之一也，儒家尤重人伦，故以友为重矣。朋，《古文字类编》释为“朋原为贝之数量称谓，甲骨、金文象形”。故假其形制而喻伦理也。友，甲骨、金文有其字，马叙伦以为喻“甲左手与乙右手相合”，彼此买卖意也。郑玄注《周礼》则谓：“同井相合耦锄作者。”两字联袂则《左传》已有“朋友相卫”，《论语》有“与朋友交”等，春秋典籍所载已频繁矣。

初，朋友乃人伦之意，多谓血缘之兄弟情谊，后则不囿，五伦之意亦复变矣。《左传。昭公二十六年》载晏子语曰：“君令臣共，父慈子孝，兄爱弟敬，夫和妻柔，姑慈妇听，礼也”五伦未有朋友。《孟子·滕文公上》则曰：“父子有亲，君臣有义，夫妇有别，长幼有序，朋友有信。”此朋友乃独立之人伦而非血缘之宗法也。《诗经·小雅·常棣》“虽有兄弟，不如友生”；《伐木》“嘤其鸣焉，求其友声”，皆可征之。春秋以降，“朋友”之谓演而为普通之人伦焉。

五伦之中唯朋友为人属义合。父子、兄弟之伦天所赋也，而朋友之伦以义合之也，故朋友之合自主而以道义相属。孔子谓“道不同则不相为谋”、荀子谓“道不同何以相友也”皆此之谓也。故庄周曰“君子之交淡若水”。情趣相契而为友，岂图利而假之酒肉谓之友者欤？

谱牒源流

谱牒之修，其源悠远，据《周礼·春官》载，古有专官“掌邦国之志，奠系世，辩昭穆”。近时谱牒之撰复兴，国之史撰于清，凡省市县皆撰其志，致士农工商亦效而撰其始末，谓之志，实类谱牒也。家乘谱牒之修尤为兴，余尝见有续修族谱者，旧谱亡佚，系世扑朔，郡望难明，居涉不辩，盖谱之修续断近甲子也。

谱牒之修始于周。盖周时重宗法，行嫡长子承继之制，由天子至士民概以亲疏而定资财权位之承继，是故“考支派序昭穆，明嫡庶别亲疏”之谱牒生矣。始皇一统，氏族宗法代之于封建宗法，至西汉武帝谱牒发扬，袭秦制“更以叙九族”；曹魏代汉，陈群创“九品中正制”，官之升黜，“不考人才行业，空辩姓氏高下”；西晋六朝之世，“世重高门，人轻寒族，竞以姓望所出，邑里相矜”（《史通.邑里》）。“有司选举，必稽谱籍”。唯其如此，修谱之风成一时大观矣。

降至隋唐，九品废而行科举，然积习未除，士族门阀仍炽行朝野，故郑樵谓：“姓氏之学最盛于唐”。唐末五季，兵祸连年，门阀之观始绝。入宋，程朱理学行，奉三纲五常而谱牒赖以生也。故自宋讫民国，谱牒之修随世而增，唯家自为说耳。

夫私家之谱始盛于宋，诸如家、宗、族、支、世谱出之不穷，且有专记人物事迹之年谱行也。欧阳公之撰《欧阳氏谱图》，苏洵之撰《苏氏族谱》，为后世私谱之圭臬矣。

古之谱牒“独记世谥，其辞略”，后遂渐次备。宋之后凡私撰家谱者，多仿之于欧苏。其例则备序例、谱系、恩荣、祠宇、冢墓、家传、艺文。序例谓序文、凡例。谱系记族姓源流、世系谱表、郡望派别及居涉始末；恩荣备述受命制诰、科举中式，及耆寿、贞妇列女诸人物；祠宇载祠堂、祠规、家训、祠产、义庄、祭田事；冢墓载祖先坟茔所在及四至；家传与艺文则收录墓志铭、行状、寿序、年谱及族人之诗文书画、著述要目焉。

夫谱牒之撰，尤多褒贬，见仁见智，非余能释者，然其佐史释疑，补史志之不足，则其功亦莫大矣。余见今之修谱者，扬其善而隐其恶，淆讹攀附，人自为说，妄扯祖先，实一大病矣。

老友树根兄退食之暇主修处州叶氏族谱，尝以惑处询吾，然能解者十一二耳，故寻之诸朝典章，以明谱牒之流变也。

旗袍之衩

民国间妇女兴旗袍，匿迹六十载今复兴焉。袍之奇在衩，盖汉俗自古无此习也。余观之传世绘画若《女史箴图》、《洛神赋图》及马王堆西汉衣饰之图，皆无开衩例。人或为乃满人之制，非也。据《魏书》列传九十记波斯：“其俗：丈夫剪发，戴白皮帽，贯头衫，两厢近下开之。”知开衩之衣源于波斯也。复查诸史籍，《唐书·车服志》谓：“有从戎缺胯之服。” 缺胯者，于衣之两胯处开缺，从戎者易于跨马也。然亦仅限于军戎之中耳，《步辇图》之官吏著长袍而无衩。至唐末，衣之开衩方兴，《簪花仕女图》女子之披衫已赫赫开衩矣。观之于宋则无论士庶男女，概衩之也。

衩之制始于胡服，盖因游牧骑乘之利故。

茄子一名落苏

陆游《老学庵笔记》卷二记《酉阳杂俎》云：茄子一名落苏，今吴人正谓之落苏。或云钱王有子跛足，以声相近，故恶人言茄子，亦未必然。查《东京梦华录》卷一“茄”条：茄，《开宝本草》始著录。《本草拾遗》：一名落苏，有紫、白、黄、青各种，长圆大小亦异。吾乡宣平，旧为县治，乡人称茄子亦为落苏，其为吴语欤？当为旧时官话区之遗风也。考之浙西各地，均无落苏之称，唯宣平有之，亦一异数矣。

清代花翎昭品秩

历朝官吏均以冠带服饰以辨等威品秩，而有清一代独重孔雀翎，今人多不明其制也。

夫所谓花翎者，孔雀翎也。翎有三眼、双眼、单眼之分，眼者，翎上眼状之圆花纹之谓也，一圆花纹谓一眼，以翎眼多寡别等级品秩耳。据《清史稿·礼志》载：皇室之爵低于亲王、郡王、贝勒之贝子及固伦额驸，可享戴三眼花翎；宗室及藩部封镇国公或辅国公、和硕额驸戴双眼花翎；五品上、内大臣、前锋、护军各统领、参领戴单眼花翎。然上制之人必隶上三旗，而“外任文臣无赐花翎者”。以花翎独尊故，清之官吏多以得花翎为荣。据《郎潜纪闻》载：福建提督施琅，降清后隶汉军镶黄旗。康熙间平台湾其为首功，帝恩赏格外，然琅而疏力辞侯位，恳乞“照前此在内大臣之列赐戴花翎”。竟蒙特旨恩准，谓：“以开疆海外，削平僭伪之元勋，赏翎弗及、以泽延后世。”以巍巍崇封而易一枝花翎，其风可窥矣。

乾隆间花翎始“特赏军营奋勇出力之员”，谓“如有建立大功，著有劳绩，理应戴用者，各该将军大臣等，即应声明具奏，令其戴用”。故花翎亦军功之征也。

臣工因功赏花翎亦有眼之别，据《清史稿》本传载，乾隆时保和殿大学士兼军机傅恒尝赐双眼花翎二、三眼花翎一，皆惶恐力辞，不敢戴用。自乾隆讫光绪，大臣赏三眼花翎者仅七人耳，其得者乾隆之傅恒、福安康；嘉庆之和琳；道光之长龄、禧恩；光绪之李鸿章、徐桐也。终清一代，大臣赐双眼花翎者亦仅二十余，故花翎之赏视为“宠遇尤隆”。

清末，国运衰微，祖制亦以改易，雅战后，为汇资财故，竟开捐翎例。传粤商伍崇曜、潘仕成以捐十数万银而赐戴花翎。随捐官之制行而捐翎之制亦驰也，同光间即例花翎七千，蓝翎五千。蓝翎者，非孔雀之羽，乃以鹖羽染而成也，无眼，乃六品下及宫内侍卫之用者也。考鹖性好斗，至死不却，冠之羽以示英勇也。

清代幕僚

幕僚之习始于唐之节度使延士人入幕之风，五代时多有沿袭，至清则幕僚之风至极矣。观夫清之时，自督抚讫州县，概有幕僚存也。窃谓清之幕僚之所以盛，固有其因也。

夫清之制，多以满蒙人氏而任要职，然其人不谙汉俗、民情，尤疏于政务，故必使汉之识时务、谙政事之士人帮办文墨，此其一也；清之督抚，位高权重，非延专长之士人幕而不可为，此其二也；至同治后，州县之官多不谙新政，捐班之员则愈无理政之才，亦必延士人为之助，此其三也；清以科举八股取士，虽优者多迂腐之辈，非擅政务者，故亦必延士人为之幕，此其四也；清例行回避之制，凡文职必任于他省，故为官者皆不谙乡土，欲治则必乞于幕僚，此其五也。故主公数易而幕僚仍旧，清之习也。

余谓清之幕僚类战国四公子之延门客也，为幕者非朝廷所命，无品秩之职，为官者延聘而受之脩金伙食，俨然宾主之仪矣。曾文正公位至极，然以礼而待幕，每饭必与之同席。以入幕者言，固有才俊文士，亦多中举乃至翰林者，督抚大员之幕则常储一时才俊之士也。至清末，欲展一己抱负者，多相率入幕，假封疆而图施鸿图之计，若文廷式、梁鼎芬、张謇辈即皆入于张之洞之幕也。然入人幕者原权宜耳，假以显赫者若阿桂、曾文正、李少保、左宗棠、张之洞者岂鲜矣乎？

夫幕僚之业既盛，继而幕学兴焉。名幕万维翰尝著《幕学举要》，言幕僚之道，以尽心、尽言、不合则去为三要也。有清一代，会稽八县多文士为幕，故世人谓其“绍兴师爷”，其谓传至今矣。

清代衣饰房舍之制

满人本游牧之民，向无礼仪，至入关循明制而始定衣饰房舍之制。初，多尔衮拥立福临之时，即颁定宫廷皇室之服制，便装则无定制。故叶梦珠《阅世编》卷八《冠服》曰：“便服裘帽，惟取华丽，或倡优僭拟帝后，或隶仆而上同职官，贵贱混淆，上下无别。”清之以礼制诸如衣饰房舍等盖自康熙始。

康熙元年，题准平民等不得用蟒缎、妆缎等及貂、猞猁狲等皮毛。自后，于各色人等皆定所著衣饰之形制及质地，二十六年于衣之纹饰亦定其制：凡官民人等不得用暗花四爪龙；四团、八团龙缎，按品级织造；暗花补服颜色若秋香色、米色概禁用。有清一代，官吏尤重顶带，雍正八年定帽顶之制：朝冠顶及便冠，一品珊瑚，二品起花珊瑚，三品蓝宝石或蓝玻璃，四品青金石或蓝玻璃，七品素金顶，八品起花顶，九品镂花金顶。至乾隆，于冠服之制愈严，三年，定郡王以下均不得用织金彩色五爪龙衣饰及五爪暗龙缎，上赐则可衣，然饰龙须去一爪。貂衣例不赏五品下。捐官者，按品佩戴。奴仆禁缎纱及各色精制皮革。

官民房舍亦定其制，楼房外均禁双拱重檐。一、二品官厅房七间九架，屋脊许用花样兽吻，梁栋饰彩；堂屋三间五架，门用绿油兽面铜环。三品至四品厅房五间七架，许用兽吻，梁栋青碧绘饰；堂屋三间三架，用黑油兽面摆动锡环。六品至九品厅房三间七架，梁栋土黄色刷饰，堂屋一间三架，用黑油铁环。庶民之房舍则不得过三间五架，禁斗拱彩雕。祠堂家庙亦有定制，台阶则一至三品五级，四至七品三级，八至九一级。庶人无家庙矣。它如乘舆、婚嫁、丧祭日用皆有其制也。

今之旧时望族宅，观其房舍之制则可知其何等人家，盖今存旧宅八九皆明清物矣。

清帝礼服袍

今之电视多清宫戏，凡帝之礼服概著龙袍，色皆明黄，谬也。据《大清会典事例》，清帝之礼服有衮服、朝袍、龙袍之别。衮服色石青，仅祭圜丘、祈谷、祈雨之祀典著之。朝袍有夏冬之别，凡祀典礼仪、殿廷朝会、用兵之礼、外藩朝觐则著之。龙袍复次之，多于常礼而著也。

清帝之礼服袍皆饰以龙纹，绣十二章纹饰，下饰以八宝平水。礼服饰九龙，前视为五，后视亦为五，取“九五之尊”之兆也。十二章谓日、月、星、山、龙、华虫、宗彝、水藻、火、粉米、黼、黻之纹，独帝之用也。

清宫无皇阿玛之称

余每见清宫之演义戏剧，凡皇子称帝皆谓皇阿玛，向无疑。闲翻《清史稿》卷二百十五《诸王列传》见惇亲王绵恺坐太监张明德及匿太监苑长清而降郡王事，档案记嘉庆帝口谕自称“罕阿玛”，始知其实也。帝口谕曰：“前者召见惇亲王，朕言升平署，无非与茶膳房一体之差，并不很为奇特，惇亲王倚此等之人为奇。况罕阿玛传的透彻，嘴都说干了，竟不中用。”夫罕者，可汗也，满人以之称帝；阿玛，满语谓父也。窃以为清季皇子之称帝当谓“罕阿玛”。

清廷八旗女尚花盆鞋头板儿

今人影视凡清廷八旗女皆足登花盆鞋，头戴板儿，以为常服，谬也。所谓花盆鞋、头板儿盖朝拜、典礼、宾客之礼服，殊无日常著穿者也。

花盆鞋亦谓马蹄鞋，乃将布鞋钉于数寸之木上，木下成马蹄状，位于鞋中，以裙遮至鞋面，仅露下木耳。于戏，朝官之服饰双袖以马蹄，宫中之女则饰双足以马蹄，恰成四蹄之数，岂偶合哉？旧时优伶亦著厚底之靴，然靴底随势而减，别于八旗马蹄也。窃谓马蹄之鞋，其重不一，故必轻移莲步，若长行则必搀之于人也。清之前，裙长掩脚，立不露足，是为礼仪，故有“风摆杨柳”、“莲步款行”之说，马蹄之鞋或亦欲效其美乎？

头板亦清廷之女饰也。其制乃以黑缎或布缠于板上，板下系碗状，复置诸顶。板常缀以绢花、珠宝及垂珠穗等。其色概为黑，形似寿材之前脸，故坊间以棺材板儿称之。考夫女真女向无此饰，游牧之女乃“帽垂珠络，衣缀铜铃”者也。

据《东华琐录》，花盆鞋与头板儿实乃清中叶后始兴焉，倘饰之于清初则谬也。其谓：“清初宫妆，尚严体制，故妇女下裳犹掩履舄，而鞋底不露。中叶以后，宫中高髻，四方一尺，梳头既较前为大。而大脚又无法缠足，因为高履而杀其底，谓之花盆底，底高则足小也。”

请安与跪安

请安之礼世人皆谓满人之特有，谬也。《大明会典》即载请安礼，盖明季军中礼也，亦称“屈一膝”。努尔哈赤尝军建州卫，当习此礼，待入关，八旗军及绿营仍袭旧习。据朱家溍先生考，军营人氏因身甲胄，故仅屈一膝或屈半膝为礼也。久之，未著甲胄亦以屈一膝为礼，八旗人家及汉官宦家，晚幼见长，奴仆见主乃至亲友相见，皆行之也。

请安之式，男女有别。男子之式为：先正其身，然后前迈左腿，左手扶膝，右手下垂，右腿半跪，略停之；眼务平视，双肩平衡，禁腰曲。女子之式同男，唯两腿近，所作之幅小，双手扶左膝，右手不下垂耳。

跪安之礼行于宫内及王公府第。凡上召，进门立曰：“臣某人恭请皇上圣安。”然后跪安、起立，行至上前复跪奏对，毕，复起而跪安。清制，上晨昏定省、面皇太后亦行跪安礼。宫中太监启奏，王公府第及宗室家亦行此礼。跪安之式异于请安，右腿须全跪，而后左腿随之跪，右腿随即起，左腿亦起。

今之戏剧，清帝、后每言“尔跪安”，窃谓不妥，余尝查诸清典籍，向无此例，盖今人杜撰也。

趋乃礼仪

先秦典籍多有书趋者，趋于吉、凶、嘉、宾、军五礼时可见也。《诗经・齐风.猗嗟》有“巧趋跄兮”，其趋即训为速走义。《论语・乡党》记夫子待外邦之宾“趋进，翼如也”；《左传》载晋楚鄢陵之战，郤至遇楚君，“免胄而趋风”；触龙见赵太后则“徐趋”。《史记・叔孙通列传》记叔通“采古礼与秦仪杂而就之”制朝仪，帝出后宫而登座之际，赞礼者则喧“趋”，故致丰沛无赖儿喜极。

余谓古之趋，初乃仪礼也，《论语・子罕》载：“子见齐衰者、冕衣裳者与瞽者，见之，虽少，必作；过之，必趋。”至后则为君臣上下之制，故朝而不趋乃优礼也。《史记・萧相国世家》记萧何因功高而受“入朝不趋”之礼遇。趋之为朝礼，至清季仍存。余时见今之官吏遇其上多有趋步，其古趋礼之遗乎？

三宝殿

俗语“无事不登三宝殿”，世人皆以佛、法、僧为三宝也。台湾版《佛学辞典》训为“一切之佛佗，佛宝也；佛佗所说之教法，法宝也；随其教法而修业者，僧宝也。”人以其说独谓佛教之宝，殊不知称三宝者众矣。若《老子》以慈、俭、不敢为天下先为三宝；《孟子·尽心下》以土地、人民、政事为诸侯之三宝；道家以精、气、神为内三宝，耳、目、口为外三宝。故不可独以三宝训为佛教之典也。

三宫六院

世俗小说，影视传媒凡涉宫廷演义者，多有“三宫六院”之说，此谓之何？盖源于明清之故宫也。故宫之建构以乾清宫为界，前部以太和、中和、保和三大殿为中心，自乾清宫往北至神武门谓之“内廷”。乾清宫乃帝王之寝宫，坤宁宫乃皇后之寝宫，凡帝大婚例于东暖阁寝二日。乾坤两宫间有交泰殿，是为之“后三宫”也。“三宫”之两倾有门通东、西“六宫”，乃后妃之居处也。东六宫者，斋宫、景仁宫、承乾宫、钟粹宫、景阳宫及永和宫也；西六宫者，储秀宫、翊坤宫、永寿宫、长春宫、咸福宫及重华宫也。

然“六宫”何以易为“六院”，不可考也。院者，院落、庭院也。苏轼《春夜》诗“歌管楼台声细细，鞦韆院落夜沉沉。”抑或以之别“三宫”欤？“三宫”者，帝后之居也，“六院”者，后妃之居也。正之于名以别尊卑，亦礼之使然也。

三峡北岸无猿声

闲读《水经注》，其《江水》篇云：“此峡多猿，猿不生北岸，非惟一处，或有取之放著北山中，初不闻声，将同貉兽渡汶而不生矣。”貉兽渡汶不生说原于《礼记》，其《考工记》云：“桔逾淮而北为枳，鸜鸽不逾济，貉逾汶则死，此地气使然也。”郦道元言之凿凿，可谓天地造化非人之所能知也。然李白《早发白帝城》“两岸猿声啼不住，轻舟已过万重山。”两岸者，南北之岸也，倘以郦道元之说，则太白之说谬矣。然太白毕其生三游于峡，其诗多有书三峡者，岂不闻猿声而杜撰之乎。其《宿巫山下》云：“昨夜巫山下，猿声梦里长。桃花飞渌水，三月下瞿塘。”《自巴东舟行经瞿塘峡登巫山最高峰晚还题壁》云：“江寒早啼猿，松暝已吐月。月色何悠悠，清猿响啾啾。”所闻猿声其非空谷也。唐薛涛《谒巫山庙》诗云：“乱猿啼处访高唐，路人烟霞草木香。”陆放翁《入蜀记》载：“二十二日，过巫山凝真观，谒妙用真人祠。真人，即世所谓巫山神女也。祠正对巫山。峰峦上入霄汉，山脚直插江中。议者谓太华衡庐，皆无此奇。然十二峰者，不可悉见。所见八九峰，惟神女峰最为纤丽奇峭，宜为仙真所托。祝史云，每八月十五夜月明时，有丝竹之音，往来峰顶，山猿皆鸣，达旦方渐止。”不知孰说为是矣。

吾以为郦氏之《水经注》乃科学之著，重名实而轻文学，太白乃浪漫之诗人，重意象而轻物之实，所谓猿声者，意在抒其悲也，至若北岸之猿存否，则非其观照矣。若“飞流直下三千尺”，若考之于名实，岂非大谬乎？

三长月

《容斋随笔》卷一六云：“释氏以正、五、九月为‘三长月’，故奉佛者皆茹素。……俗谓之‘恶月’，士大夫赴官者辄避之。”《清波杂志》卷七有“交印避忌”条，谓“正、五、九，仕宦者不交印”，余于此俗颇疑之。盖上诏既下，供职自当克日，岂有询之日辰之利否哉？

考其俗，似源于《智度论》，其云：“天帝释以大宝镜照四大神洲，每月一移，察人善恶，正、五、九月照南澹部洲，故此三月者省刑修善。”唐人于此三月不行死刑，节镇于此三月禁屠宰，不上官。盖既禁屠杀，上官祭告、宴会不能成礼，故有此忌也。

余尝考之于唐宋诸前贤笔记及放翁《入蜀记》、《老学庵笔记》均未见赴任而避正、五、九月者，度其言似民俗耳，君命之日即为黄道，焉复有他哉？

伞乃长柄之笠

读《史记·平原君虞卿列传》，有虞卿“蹑蹻担簦说赵孝成王”事，《集解》曰：“簦，长柄笠”。“笠之有柄者谓之簦。”《说文》训为“簦，笠盖也。”“笠，无柄也”。乃知古之所谓簦者，今之伞也。簦字从竹，喻其以竹为材而成也。司马贞《索隐》注《五帝本纪》引晋人皇甫谧之作谓：笠即繖。繖，以丝为形旁，其晋之时以丝绸为伞衣乎？求之典籍，今之伞字始见于《魏书》，《裴延俊传附裴良》载：“服素衣，持白伞白幡”。盖伞已为丧具也，今处州丧俗尚有持伞，匆令丧者暴于日下也。杨万里《雨作抵暮复晴》诗之一：“栖鹊无阴庇湿衣，行人仄伞避斜丝。”则知宋时已呼之伞也。

扫叶山房

吾素喜古籍，然收藏甚少，且绝无善本。柜中木版、石印本以上海老书坊扫叶山房刊印居多。扫叶山房之名源起亦可解颐。盖清时有薛生白与叶天士两良医，以术名于世，均于苏州悬壶。后相交恶，叶天士名其斋为“踏雪斋”，雪字影生白之薛也；生白即以某斋易为“扫叶山房”以报之。后薛氏易于书业，于上海设书坊即名“扫叶山房”。

商家唯利，交恶之事亦平常也，而薛叶之以斋名影射亦颇有雅风，不似今之凶狠无良者也。

僧人爇顶

僧人爇顶，俗称香疤，人皆以为定规，故世俗以无爇顶之僧为伪也。余阅《大佛顶首楞严经》卷六:“若我灭后，其有比丘发心决定修三摩提，能于如来形像之前，燃一灯，烧一指节，及于身上爇一香炷，我说是人无始宿债一时酬毕，长揖世间永脱诸漏。虽未即明无上觉路，是人于法已决定心。若不为此舍身微因，纵成无为，必还生人，酬其宿债。”盖佛家爇顶源于斯也。然《楞严》所云乃“于身上爇一香炷”，未为爇顶尔。爇顶之数不一，有爇一、二、三者，有爇六、九至十有二者，且有自燃一指或二指者。寄禅法师人称八指头陀，即爇顶且自燃二指者也。

爇顶之说虽载之于经，然唐宋时尚未行。考之唐高僧鉴真之真身像即无爇顶痕，玄奘法师亦无头顶之爇迹。据《新续高僧传》之《元金陵天禧寺沙门释志德传》载，爇顶乃行之于元也。其传云：至元二十五年世祖召见志德“赐宴并紫方袍，命主天禧、旌忠二刹，讲《法华》、《华严》、《金刚》、《唯识》等疏三十一年，特赐‘佛光大师’之号，当与七众授戒，必令其父母兄弟相教无犯，至于爇香顶指为终身誓”。或谓元人倡爇顶之法，乃别之于喇嘛与汉僧者。

夫《楞严》传于汉久也，然爇顶燃指之法未行，元时虽行，后之效之者亦寡，盖其为残矣。自汉武而兴儒学，倡身体发肤受之父母，不敢毁，孝之始也。虽入空门之僧其孝存焉，故爇顶燃指鲜行。余观今之僧尼，爇顶者盖寡，燃指者绝无也。

沙盘始于东汉

闲阅《后汉书·马援传》，有记以米聚谷，指画形势事，疑为今之军中沙盘之始也。其记曰：“又于帝前聚米为山谷，指画形势，开示众军所从道径往来，分析曲折，昭然可晓。帝曰：‘虏在吾目中矣。’”

马援乃东汉名将，其以米粒聚山谷势，讲评军事，据以指示进退，故帝谓若睹敌之情矣。今之中外用兵者，皆有沙盘以利指示，窃意马援之功也。

商女非歌女

杜牧七绝诗《泊秦淮》“烟笼寒水月笼沙，夜泊秦淮近酒家。商女不知亡国恨，隔江犹唱《后庭花》。”乃千古名篇，凡选唐诗者莫能遗之，今之初中教材犹选之。诗中不知亡国恨之商女，皆释为“歌女”，推其意当因诗中“酒家”、“唱后庭花”之词遂推论之也。唐俗凡酒家多有歌妓，即歌女也。

商女一词始见于小杜诗，然考之于五代及宋人诗词，商女皆无歌女义，盖商女者商人之女眷也。贺铸《台城游》：“楼外河横斗挂，淮上潮平霜下，樯影落寒沙。商女篷窗罅，犹唱后庭花。”此词用小杜诗意，商女乃商船之女子也。《花间集》卷八录五代孙光宪《竹枝》词：“门前春水白苹花，岸上无人小艇斜。商女经过江欲暮，散抛残食饲神鸦。”此“商女”若作“歌女”解，亦不能矣。所谓歌女者，当献艺于酒楼，日暮荒芜之处无聊饲鸦岂歌女之行径焉？盖此商女即商家之女眷也。古之时交通多赖江河舟楫，商家经年于旅途，携眷而行当顺理之事也。白乐天《琵琶行》之“商女”即“老大嫁作商人妇”之琵琶女矣。然商女者，亦非商人之女，乃商人之女眷也。

古之商贾每以妓女纳妾，浸为风气，尤今之大款畜养小三者。故夫子谓“吾未见好德如好色者也”。刘禹锡《夜闻商人船中筝》诗之“商人女”其未嫁时当即擅演筝之乐妓也。小杜之诗，传之而广，奈何皆依前人之注而不自思欤？

盛唐妇女尚袒露

今之影视喜演义历史，而唐之宫廷剧则女子衣著多袒露，殊不知此乃盛唐之习也。

唐初，妇女衣冠服饰标新立异，杂彩纷呈。其衣制承隋，形式“上襦下裙”，杜甫《石壕吏》“有孙母未去，出入无完裙。”知至中唐亦此形制也。盛唐后，妇女则尚袒领，不著内衣，胸袒露于外。崔珏《有赠》诗“粉胸绵手白莲香”、李群玉《同郑相并歌姬小饭戏赠》诗“胸前瑞雪灯斜照”，此俗之谓也。

考其俗之源起者，余以为盖与李唐之起自西陲，历事周隋，习俗之取不间华夷之故也。且有唐一代，封建道德之观念式微，古之礼制受异族之侵染，其文化观亦必有易矣。以妇女之贞节论，依正史所载，公主再嫁者二十有三。即儒学之大家韩愈之女亦先适李氏，再嫁樊宗懿，可知其世风焉。

诗 钟

杭城某初中召生，以七言联求对，考童皆茫然，世人多有诟之者。盖以联语为试，古之制也，即近世史家寅恪先生亦尝以“孙行者”试诸考生矣。然今之学童，于诗格向无训练，其于对偶尚不知为何物，遑论音韵、平仄，遽然以之试，焉得其义。旧时蒙童习对，先以词语对偶习之，一字而至二三字，以求循序渐进也，安能求其朝夕而达之哉。

昔有限题限时作诗联者，谓之诗钟。其法以细线坠铜钱系于线香上，香断而钱落，下以铜盘承之，钱落铜盘犹钟之鸣，故谓之。其法虽近于戏，然亦有益于练其对偶之功也。其戏始于嘉道间，《闽杂记》谓：“今馆阁诸君亦多为之。”后陈宝琛、陈三立、杨锐、梁启超等皆参与其会，一时极盛。惜今不复见矣。

《诗经》之乐器

《诗》三百多言雅乐，余素喜民乐，近岁习埙，知乃古之乐器，故于《诗》之篇什专寻周时雅乐之器，记于下。

《诗》所记奏乐之器类广，《郑风·女曰鸡鸣》，《小雅·鼓钟》之古琴，《秦风·车邻》，《小雅·鹿鸣》之瑟，皆今丝竹之器也。《诗》所记以打击器为最，谓钟、磬、鼓类也。钟即编钟，磬即编磬，主调性及旋律，以槌叩鸣者也。钟之类复有特钟者，体巨而单，其口缘平，以纽悬之，击之声宏，故《白华》曰：“鼓钟于宫，声闻于外”。

木制雅乐器则有柷、圉。柷，《释名》曰：“柷以作乐。”《尔雅·释乐》郭注：“柷如漆桶，方二尺四寸，深一尺八寸，中有椎柄连底。”圉状似虎，背二十有七齿，以木尺划之发声。

陶制乐器有二，缶为打击器，埙为吹奏器。埙之吹孔少，仅六耳。

钲为青铜打击之器也，其形似钟而狭长，有长柄可执，口上以物击之而发声。《采芑》谓：“钲人伐鼓。”

鼓类之器则有所谓鼖鼓、悬鼓、贲鼓、鼍鼓、应鼓。

吹奏之器则有箫、管、籥、簧、笙、篪、埙。籥似排箫，篪单管横吹，似今之笛。

余昔独闻古之有八音，然不明其所指向，不意《诗》皆记之矣。

十二生肖乃北狄纪岁之俗

生肖之俗始于汉，秦之前无斯说也。盖华夏族自帝舜以天干地支相配而以纪年，北狄之游牧族则以鼠、牛、虎、兔之类分纪岁时也。清赵翼《陔馀丛考》云：“盖北狄俗初无所谓子、丑、寅、卯之十二辰，但以鼠、牛、虎、兔之类分纪岁时，至汉时呼韩邪款塞入居五原，与齐民相杂，浸寻流传于中国，遂相沿不废耳。”其俗与汉人干支纪年相融，故有十二生肖之说矣。

东汉王充《论衡·物势篇》曰：“午马也，子鼠也，酉鸡也，卯兔也”知汉时以地支而配十二禽兽也。然其相配亦有说，宋洪巽《旸谷漫录》谓：“子、寅、辰、午、申、戌俱阳，故取相属之奇数以为名，鼠、虎、龙、猴、狗皆五指，而马皆单蹄也；丑、卯、巳、未、酉、亥俱阴，故取相属之偶数以为名，牛、羊、鸡、猪皆四爪，兔两爪，蛇两舌也。”盖十二生肖因禽兽足趾之双单奇偶而配也。

生肖既成，相沿至今，考之民俗，其影比比，禁忌之说由是生也。柳宗元《三戒》有子年生某氏，“不畜猫犬，禁僮勿击鼠”。“由是鼠相告，皆来某氏，饱食而无祸。”宋徽宗属犬，崇宁间范致虚为谏议，谓“上生壬戌，于生肖属犬，人间不宜杀犬。”徽宗允其议，命屠狗者有厉禁。元仁宗属鸡，都城施“鸡禁”：“不许倒提鸡，违者有罪。”明武宗生于亥年，正德十四年诏令禁畜猪：“即将豕牲不许喂养及易卖宰杀。如有故违，本犯并当房家小，发极边永远充军。”上好则下甚，《两般秋雨庵随笔》卷一载：镇国公朱钧帖云：“照得养豕宰猪，固寻常通事，但当爵本命，且姓字异音同，况食之随生疮疾，深为未便。为此晓谕地方，除牛羊等不禁外，将豕牲不许喂养，并易卖宰杀，如敢故违，本犯及当房家小，发极边永远充军。”古今怪事也。

尤为流害者为阴阳之学，以之相生相克之妄而言婚姻。余尝见所谓犯大相之谣曰：“只为白马怕青牛，羊鼠相交一断休。蛇虎配婚如刀错，兔儿见龙泪交流。金鸡玉犬难则避，猪与猿猴不到头。”其妄甚明，而世俗多有迷之者。夫鼠好窃，蛇阴毒，属其相者岂皆斯辈？龙乃四灵之一，辰年所生焉皆贵命者欤？

《石头记》十二金钗本原

《石头记》十二金钗市井男女皆熟知者，盖怡红公子梦游太虚幻境薄命司，阅“金陵十二钗图册题咏”而，故旧红学有十二钗本传说。然宝玉所阅“图册题咏”凡三册，正册、副册、又副册各十二，即所题咏之金钗计三十有六也。或曰云十二者，乃谓正册之人，而正册所载仅十一画幅及诗谶，亦有红学家考《正册》为十二数，余未涉红学，不敢妄语也。

然所谓十二者，岂雪芹独谓之乎？余读前人诗词言十二者多也，究其事义概虚语耳，若言三、九者类。宋苏辙《过毛国镇夜饮》诗曰：“漫传铅鼎八百岁，未比金钗十二行。”明夏完淳《烛影摇红》词曰：“金钗十二，珠履三千，凄凉千载。”概虚喻歌舞之妓众也。窃谓雪芹所谓十二摭前人语而化之小说耳，安可以实言而证之焉？治红学者，先已坠其阱故不复拔矣。若以考据之法，则三册所载金钗非独三十六也。

余尝查诸《辞源》，云：“唐白居易《长庆集》六七《酬思黯戏赠同用狂字》诗：‘钟乳三千两，金钗十二行。’自注：‘思黯自夸前后服钟乳三千两甚得力，而歌舞妓颇多。’思黯，牛僧儒字。后人谓姬妾众多，每用‘金钗十二’之语，盖本白诗。”然言姬妓众何为以十二金钗谓之欤？余旧藏有蔡义江《红楼梦诗词曲赋评注》，其谓十二钗“语本《古乐府》：‘头上金钗十二行。’原言髻高插钗之多。唐代白居易《酬牛思黯》诗中用‘金钗十二行’，借指女子排列之多。”先生数语而中肯綮，惜后之治红学者多不识矣。

秦汉而始，女子妆饰流高髻，多插珠宝之饰。唐时仍兴此风。刘禹锡书乐妓高髻诗有“高髻云鬟宫样妆，春风一曲杜韦娘”。故所谓十二金钗者，本谓高髻发饰也，白香山称其义而喻之舞妓之众，其本事当源于斯矣。

食　蝉

邑人喜食蝉，年来成风，凡宴客皆以蝉为佐，致有以之为业者，四乡之蝉几为之绝，近闻店家多购之于他邑也。

《庄子·达生》载：“仲尼适楚，出于林中，见痀偻者承蜩，犹掇之也。”仲尼所见承蜩即今捕蝉也。古人食蝉始见于《礼记·内则》，其列人君燕食所加庶羞三十一物，即有“蜩”。郑玄注云：“蜩，蝉也。”是知蝉乃人君筵上佐食也。捕蝉之法庄周谓粘取，亦有以火曜取者。《太平御览》引孙卿子曰：“曜蝉者务明其火，振其树。若火不明，虽振树无益。人有明德，则天下归之，若蝉归明火也。”此法余尝亲睹之。

士俗佛教之异

读任继愈先生《中国佛教史》，纷繁之中觉佛学之于东土，士人与世俗实有其异者也。

佛学东传伊始，国人乃以神仙方术而受之。东汉末，则复附之于老庄而释之，故诸学、诸宗成也。夫佛未入之时，诸子百家之说俱矣，及佛入，交融杂合，概非印土之佛也。观夫传，义理佛学与民俗佛学之分显矣。士人多主义理，世俗则喜轮回果报，故居士之佛行矣。自唐而后，士人詈佛者无绝，然其詈或于出家，或于迷信，驳其义理精微处者鲜矣。余谓士人习佛重义理乃解佛中三味，而非世俗迷信之可较者也。

观夫今之兰若中，多为小乘之学，尤喜迷信报应之说，询之义理则多茫然焉。概佛学自辛亥后，日趋式微，士人研其义理者鲜而世俗崇其轮回者众，亦佛学之一大劫也。

《世说新语》多“舶来品”

余阅《世说》见其多有“舶来品”，盖自西汉中外之经济、文化交流已始，至东汉已趋繁盛，及魏晋南北朝蔚为大观矣。《洛阳伽蓝记》谓洛阳永明寺寄居“百国沙门”三千余，商贾及旅居者达万家之多。“天下难得之货，咸悉在焉”。

《世说·汰侈》“石、王斗富”乃世人熟谙事，石崇以铁如意击碎之珊瑚即外来之物也。盖魏晋时权贵所宝之珊瑚多红海养殖之物，源于今东罗马帝国也。《汰侈》门又言及“石崇厕常有十余婢侍列，皆丽服藻饰，置甲煎粉、沉香汁之属，无不毕备。”其所谓“沉香”本名伽南香，产于交趾，即今之越南。晋嵇含《南方草木状》谓：“交趾有蜜香……欲取香，伐之，经年，其根干枝节，各有别色也。木心与节坚黑，沉水者为沉香。”崇竟以之熏厕，奢之极也。又有玻璃器者，亦外来物也。《汰侈》门记“武帝尝降王武子家，武子供馔，并用琉璃器。”武子乃帝之驸马也，馔具之奢帝亦为之不平。《纰漏》门亦记舞阳公主家以“琉璃碗”盛澡豆事。

权贵奢侈，自古皆然，及今亦不能免，然凡以奢侈逞富者，人皆诟之，其遗于世者，骂名也。

试卷“糊名”始于武则天

旧时科举乃至今之各类国考，卷之名姓例当封掩，防有弊作也。余阅唐刘餗《隋唐嘉话》方知糊名乃武氏之为。其记曰：“武后以吏部选人多不实，乃令试日自糊其名，暗考以定等第。判之糊名，自此始也。”

科举之起于隋而兴于唐，观其所记，则自科举起即有为弊者也。道魔之消长，莫不如此。考之存而弊之存，安糊名之可除之哉。故自唐而至清，科场弊案代出而不能革，虽严刑律之亦不可尽，故列朝皆有书案之说焉。

束脩

《论语·述而》“子曰：‘自行束脩以上，吾未尝无诲焉。’”束脩之义颇不可解。杨伯峻先生训“脩”谓干肉，又曰脯，每脯亦曰一挺，十挺为一束。即“十条干肉”，谓古之初次拜见之礼也。其说疑出于《周礼·天官·膳夫》：“凡肉脩之颁赐，皆掌之。”《后汉书·第五伦传》：“大夫无境外之交，束脩之馈。”则明言为“礼物”也。故后世多释“束脩”为教师之酬金矣。陆九渊《陆脩职墓表》：“公授徒家塾，以束脩之馈补其不足。”

束脩之义几无疑矣，然吾总不能释然。夫子直言“有教无类”，安又以干肉而伤其仁焉，且以颜回之贫，恐亦无奉束脩之力也。夫子岂以利而图者欤？考之典籍，束脩亦可作“束发脩饰”解，谓年十有五也。盖古之人男未冠、女未笄谓之“总角”，男童至十五则束发为髻，以示“成童”，《大戴礼·保傅》“束发而就大学，学大艺焉，履大节焉。”“束发”亦谓“束脩”，《后汉书·延笃传》“且吾自束脩以来，为人臣不陷于不忠，为人子不陷于不孝。”李贤注曰：“束脩，谓束带脩饰。”故“束脩”亦表年十有五也。愚意夫子之谓“凡年十有五者，吾未尝不教诲。”如此，则“有教无类”也。又，《论语·为政》曰：“吾十有五而志于学”，岂不相合哉。适之先生曰：学当于不疑处存疑。姑书管见，以求征方家。

双鲤不可烹

汉乐府民歌《饮马长城窟行》：“客从远方来，遗我双鲤鱼。呼儿烹鲤鱼，中有尺素书。”近人有注“双鲤鱼”为“一对鲤鱼”者，故可烹之，令人捧腹。盖不明古之书函之制也。

闻一多《乐府诗笺》云：“双鲤鱼，藏书之函也。其物以两木板为之，一底一盖，刻线三道，凿方孔一，线所以通绳，孔所以受封泥。……此或刻为鱼形，一孔以当鱼目，一底一盖，分之则为二鱼，故曰双鲤鱼也。”可知“双鲤鱼”乃古之信封也。其制以鱼形木板二而成，中夹以书。“呼儿烹鲤鱼”，解绳启函也；“中有尺素书”启函而见素帛之书也。余意战国时当有此物。《战国策·齐策》载：“齐王使使者问赵威后，书未发，威后问使者曰：‘岁亦无恙耶？民亦无恙耶？王亦无恙耶？’”书未发即未启也，既言发则必有封也，唯不知其以何物封耳。

唐张籍《秋思》诗云：“洛阳城里见秋风，欲作家书意万重。复恐匆匆说不尽，行人临发又开封。”证唐人家书之有封物。《水浒传》成于明，写石勇为宋江寄家书事，宋见封皮逆封，兼无“平安”字样，故心内恐惑。知明时书以纸封，与今类也。

双狮之形制

今之官衙多有置双狮于正门侧，沿旧俗也。狮本西域兽，汉时贡入，据《后汉书．西域传》载："章帝章和元年，（安息国）遣使献狮子、符拔。……（和帝永元）十三年，安息王满屈复献狮子及条支大鸟，时谓之安息雀。"狮，古称"狻猊"，《穆天子传》谓其"日走五百里，食虎豹"，其吼如雷，惊天怖地，世人誉为"百兽之王"。

古之宫殿、府第多置双狮，然依礼制而有所别。余以旧典汇述于右。凡立狮者皆左右相当，雄居右，雌居左；雄左蹄踏球，俗谓之"狮子滚绣球"也，雌狮右蹄下踏一小狮，俗谓之"太师少师"；雄狮蹄下球表权，征一统寰宇，雌狮蹄下小狮征子嗣昌盛。又，狮首之疙瘩亦有其制，一品官员府第狮为十三，人称"十三太保"，其下则品减一而疙瘩亦减一，至七品下则禁以狮列户也。

狮之石座饰以纹，正刻瓶、盘及三戟，谐"平升三级"意；右刻牡丹、松柏，征"富贵长春"；左刻笔、墨、纸、砚，征文采风流；背刻八卦太极图，征"镇妖治邪"。

今世俗门第亦多有置狮者，然皆不依制，余尤见墓茔亦皆置之，无球无小狮，石座无饰文，钩爪锯牙，弭耳宛足，瞋目电曜之势荡然矣。

"四体不勤，五谷不分"之训

《论语》荷蓧老人讥孔子"四体不勤，五谷不分"，夫子谓其隐人，本无歧义。春在堂主人俞樾《群经平议》则训两"不"皆语助词，训"分"为"粪"之误，谓"不勤，勤也；不分，粪也，乃丈人自言'惟四体勤，五谷粪而已，焉知尔所谓夫子'"。章太炎樾之弟子也，撰《俞先生传》谓其师："说经好改字，末年自敕"余以为然也。其训两"不"为语助词，则荷蓧老人非讥乃赞夫子矣。考"不"字上古文献有语助之用，然普遍之用乃表非义。《论语》全书即未见有表语助者，何独于斯以表之焉。春在堂固宿儒也，然不亦过乎？强以己意而附会古人，岂夫子之道哉。故余每读《茶香室丛抄》索然无味，唯寻其一二典耳。曾文正谓其"拼命著书"，实知其人也。平伯先生考《石头记》重实证而轻附会，胜于斯祖矣。

宋人婚姻重资财

据《东京梦华录》载，宋人婚姻颇重资财，其于婚姻事重聘财及资装。所谓“将娶妇，先问资装之厚薄；将嫁女，先问聘财之多少”，甚者而有立契约，书物之详数，“以求售某女者”。南宋末吴自牧《梦梁录》载，男家聘礼，“富贵之家”则送“三金”，即“金钏、金足、金帔坠”；铺席宅舍如无金器，则以镀金之银器代之。士宦之家亦有送销金大袖、黄罗销金裙、缎红长裙，或珠翠团冠首饰者。

噫，魏晋重门第，至宋虽不复士庶之别，易而重之资财。择偶之俗实世风使之然也，考之于《诗》，焉有资财之说哉？夫观之于近世，复有宋人之风兴焉。呜呼，婚礼之制，无复古之遗文矣。

太官建屋燃火种菜

帝王之奢自古皆然，墨子谓其“厚作敛于百姓，暴夺民衣食之财”。“是以财不足以待凶饥，赈孤寡，故国贫而民难治也。”今世科学昌盛，四时之食无复春冬，以茹而论，四时皆备，人未为奇，然汉时宫内亦尝有之，谓之不时之物也。

《汉书·召信臣传》载：太官园种冬生葱、韭菜、茹，覆以屋庑，昼夜然蕴火，待温气乃生。信臣以为此皆不时之物，有伤于人，不宜以奉供养。及他非法食物，悉奏罢，省费岁数千万。

夫信臣实智者也，供奉之靡非其可谏者，乃以不时之物，有伤于人言之，既罢奢费复无忤于上矣。窃意冬时而植春茹，汉人知之也，然所费耗非所值，故不可行耳。今之所谓反季节蔬菜者，始于汉时也。

太平天国之丧礼

太平天国之逆行种种，乡老犹有言之者，吾邑之人今尚以“长毛”称之。近阅《鳅闻日记》及《天条书》，其毁弃丧礼之制尤为世所不齿。国人素重丧，《仪礼》即制丧服、士丧礼、即夕礼、士虞礼以定其制。先秦诸子其说各异，于丧制一也。墨家倡薄葬，亦无废丧仪，则丧礼固表人之孝也。

据《天条书》载，太平天国时，以人之卒为可贺之事，“升天是头顶好事，宜欢不宜哭，”故禁为亡者泣。又谓“丧事不可做南无，大殓、成服、还山俱用牲醴茶饭祭告皇上帝。”“父母死，禁不得招魂设醮”。因其崇拜上帝教而惟敬“独一真神”皇上帝故也。尤为世人所不忍者为禁用棺木，令“所有升天之人，俱不准照凡情歪例，私用棺木，以锦被绸绉包埋便是。”故洪逆亡，仅“以黄龙缎袱裹尸”。当其陷一城，见民家备寿材棺板，概行打碎，或作柴薪，或作筑台、筑土城之用，无少留者。甚者于入殓之尸“撬棺戳尸”。时人林大椿有《发停棺》诗云：“贼来劈棺如儿戏，众棺齐开见残骴”，马寿龄《金陵癸甲新乐府》云：“煌煌诰谕满城郭，无用衣衾与棺椁。灵魂既登极乐界，皮囊无碍填沟壑。”余读之尚感心悚矣。

泰山之力

俗称岳父为“泰山”，余终不能明其故，阅段成式《酉阳杂俎》方释。其载：明皇封禅泰山，张说为封禅使。说女婿郑镒，本九品官，旧例封禅后，自三公以下皆迁转一级，唯郑镒因说骤迁五品，兼赐绯服。因大脯次，玄宗见镒官位腾跃怪而问之，镒无词以对。黄幡绰曰：“此乃‘泰山’之力也。”

盖张说，字道济，玄宗居东宫时，为侍读，颇受礼敬。后尝三为相，掌文学之任凡三十载，为开元文宗也。然史谓其贪，颇受诟病，以“泰山”之力而循私，亦可窥玄宗之宠矣。

夫泰山之力固伟也，余时见民间屋基处奠石，铭其文谓“泰山石敢当”，以示其坚耳。今世人论婚姻，多有择“泰山”者，其亦欲效郑镒耶。

唐代妇女尚男装

余观五代顾闳中《韩熙载夜宴图》，妇女有效男子着圆领袍衫者，乃唐之流俗也。唐时男子戴幞头、穿圆领袍衫，唐壁画及陶俑中亦时有女子形象为之。《新唐书·五行志》载，“高宗尝内宴，太平公主紫衫，玉带、皂罗折上巾，具纷砺七事，歌舞于帝前。”皂罗折上巾即幞头也。乃知高宗时已有妇女系裹幞头、着袍衫之风矣。

纵观历朝，独唐之妇女颇少约束，不唯着男装而尚胡服。贞观间妇女即着胡服，戴胡帽，舞胡舞，民间女子以之为美。元稹“女为胡妇学胡妆”是之谓也。今之女子多有效男装者，且发短于男子，其唐风之遗乎？

唐代官吏之考课

余阅《新唐书·百官志》，见贞观间有官吏考课之制，其制颇似今之组织部考核干部，述之于下，以明源流。

唐之所谓考课者，察官吏职任之德行，以考课之优劣而铨选之，故于吏治中素重考课也。唐制，凡职官岁考，谓之小考；三或五年则复考，谓之大考。小考评其等第，大考则合数岁之等第以决升降赏罚。考课之事归吏部，置考功司，设郎中、员外郎各一。郎中品秩从五品，主京官之考课；员外郎从六品上，主外官之考课。三品上之大臣则呈上亲裁也。《百官志》于吏部考功郎中、员外郎条曰：

贞观初，岁定京官望高者两人，分校京官、外官考，给事中、中书舍人各一人莅之，号监中外官考使。考功郎中判京官考，员外郎判外官考。其后，屡置监考、校考、知考使。

其制至唐末无改易。

考课之制固繁，细究之似亦公允。例若考之后将被考之官名牒公于门三日，极似今之公示类也。被考官以不公则可诉于上，所诉实则复改其考第，然若所诉不实则低其考第以示惩戒也。

夫职官所任众且其职杂，何以考之哉？盖以“四善二十七最”为其则也。“四善”者，德义有闻；清慎明著；公平可称；恪散匪懈是之谓，犹今德、慎、公、勤言之也。“二十七最”则分其任职所司而考之，别而为九等。

考课之制为选贤任能、奖善罚恶、裁汰贪懦、澄清吏治耳。余以为贞观之治实赖之矣，惜至藩镇尾大不掉，其制式微，不可终矣。后世之吏治多有效之者，多不及贞观之制细微。

唐代诗人多入幕

余阅《唐才子传》，偶感唐之才子何多有入幕之历，抑士人皆欲兼济天下耶？

考之史籍，则幕府之制存之久矣。《史记·廉颇蔺相如列传》云：“李牧者，赵之北边良将也。常居代雁门，备匈奴。以便宜置吏，市租皆输入莫府，为士卒费。”莫府者，幕府也。汉末群雄逐鹿，则有刘玄德三顾茅庐之佳话。曹孟德效周公吐哺，建安七子皆为其幕也。唐初，房玄龄为太宗幕，网罗天下英材，故太宗之有十八学士。有唐一代，诗人才俊者多有入幕者矣。

杜子美尝入严武幕，严加以工部员外郎之虚衔，故人以杜工部称之。李太白尝入李璘幕，一误而憾终身。骆宾王入徐敬业幕，书《讨武曌檄》而名。陈子昂入武攸宜幕伐契丹，然武屡轻之，乃吟《登幽州台歌》。边塞诗人若高适、岑参亦皆入于边地幕府。以韩退之之才尝亦入于张建封之幕。杜牧“十年一觉扬州梦”乃十年幕府吏之谓也。李义山年十七即入令孤楚之天平军节度使幕，一至二十载，故发“一弦一柱思华年”之叹。至若李益、卢纶、刘禹锡、元稹、李绅、温庭筠辈概尝有入幕之历焉。

余观夫唐之才子入幕，非为偶尔也。幕府之制实亦科举之补，盖幕府之用概决于府主，无拘幕僚之出身，倘入幕之名显则可超迁，故一时才俊若阻于科举则多入于幕府之门矣。此风至清尚存，张子洞、李鸿章皆尝为人幕僚。观今之士人多欲为秘书者，以其可超迁故也，惜鲜有才名，不复与旧时名士同日语焉。

唐代诗人少长寿

杜少陵《曲江》诗："酒债寻常行处有，人生七十古来稀。"白香山亦云："旧话相传聊自慰，世间七十老人稀。"盖唐时诗人少长寿者也。余寻之诸名家，长寿之最者为贺知章，享年八十有五，李贺早夭仅二十有六。以李杜言，太白寿六十有二，少陵寿五十有八，柳河东、杜牧、李义山则皆未至天命之年。故少陵叹"人生七十古来稀"，其有因矣。

唐宰相名号

唐自武德戊寅建国至天祐丁卯亡，凡三百年间，有宰相三百六十余。自秦汉至清，诸朝无之也。何唐之相一多至此？余阅新旧《唐书》捡之为相者之名号，盖所谓相者，向无定名矣。秦汉以降，相无定名亦无定员，秦汉以丞相、相国、御史大夫为相；魏晋南北朝以中书监、中书令、侍中、尚书令、仆射为相；隋则以尚书、中书、门下三省长官为相。

唐于相无直谓之相之例，盖以其官号谓之。谓相者，其职也。贞观三年，房玄龄、杜如晦为左右仆射，太宗谓其"公为仆射，当广求贤人，随才授任，此宰相之职也。"李敬业反，骆宾王为之书檄文，武氏阅檄文而感曰："宰相之过也。人有如此才，而使之流落不偶乎。"其谓宰相者皆职也。又，唐以它官入相者亦多，如知政事、同中书门下三品、同平章事、平章军国重事，繁复难明。安史之乱，多有授宰相名号与节度使者，然唯崇其名号耳，既无相权亦无予政也，史谓"使相"者是也。

糖霜始于唐

浙人谓糖有红白之分，其白者则谓之糖霜。洪迈《容斋随笔》载《糖霜谱》，乃宋王灼著于绍兴二十四年也。据其谱则糖霜始于唐代宗大历年间，然其说则近诡异也。其曰："大历中，有邹和尚者，来小溪之繖山，结茅以居，跨白驴，须盐米薪菜之属，即书寸纸，系钱驴背，负之市。人知为邹也，取平直挂物于鞍，纵驴归。一日，驴犯山下黄氏蔗苗，黄诉于邹。邹曰：'汝未知以蔗糖为霜，利可十倍，吾语汝以塞责可乎？'试之果然，自是流传其法。邹末年走通泉县灵鹫山龛中，其徒追及之，但见一文殊石像，始知菩萨化身，而白驴乃狮子也。"

东坡《送金山乡僧归蜀开堂》诗曰：涪江与中泠，共此一味水。冰盘荐琥珀，何似糖霜美。琥珀言糖之色也，《本草》谓："紫色及水晶色为上，深琥珀色次之，浅黄又次之，浅白为下。"盖东坡所言者乃红糖霜也。黄山谷有诗曰："远寄糖霜知有味，胜于崔子水晶盐。"则为白糖霜也。

余向以糖霜之名为俚语，谬也。

洮　砚

吾见闻陋，于砚之道唯知端歙耳。偶见柳公权《论砚》方知尚有洮砚亦砚中珍品矣。复求证之，始知其始末。

盖洮砚者又名洮河绿石砚，因其产于古临洮而名，至晚唐与粤之端皖之歙齐名。其石色有青绿、紫红，然紫红者罕，绿石亦谓"鸭头绿"。其石纹艳，或若水波之涟漪，或若浊浪之排空，或若乌云之翻腾；或若山川之辽阔；或若栩栩之飞禽；质地坚而细，莹润似玉，扣之无声，呵之可出水珠。用以制砚，贮水不耗，历寒不冰，呵之可研，涩不留笔，滑不拒墨。故有"洮州石贵双赵壁"之誉焉。

洮砚素为皇宫珍品，颇得文士书画者青睐。《论砚》谓其"蓄砚以青州为第一，降义次之，后始端、歙、临洮。"黄庭坚得洮石砚则题赞曰："旧闻岷石鸭头绿，可磨桂溪龙文刀。莫嫌文吏不知武，要试饱霜秋色毫。"东坡得之则题铭云："洗之砺，发金铁。琢而泓，紧密泽。郡洮岷，玉中国。弃于剑，参笔黑。岁丙寅，斗南北。归予者，黄鲁直。"

洮砚之底、盖均以同一砚石，纹理相配，以镂空透雕而称于世。尤为奇者，凡洮砚多留黄标，砚工依理而化之，颇有点睛之妙。此亦后人鉴洮砚之法也。

近世其产石之地建九甸峡水库，洮砚绝矣。

滕王阁下非长江

偶见有新校点本《唐诗别裁集》，注王勃《滕王阁序》末诗，于"阁中帝子今何在，槛外长江空自流"处释"长江"为专名，即古之所谓"江"也。其谬甚明。

唐时滕王阁早即焚毁，其故址众说不一，现《辞海》谓于今江西南昌赣江滨。

故“槛外长江”谓赣江也。

夫古称长江为江，若称黄河为河类。然唐时已有以长江为专称者，若王子安《山中》诗：“长江悲已滞，万里念将归；况属高风晚，山山黄叶飞。”其言长江即为专称也。赣江经南昌境，滕王阁位江滨，故子安滕王阁所言长江乃谓赣江矣。

剃头挑子

据《清通鉴》载，入关初，多尔衮颁剃发令，所谓“留头不留发，留发不留头”是也。清廷尝使八旗剃头兵，挑担于市，遇者剃，违者戳。其担一头为小箱，里置剃头之具；另则置小凳，凳腿绑长竿，顶悬《剃发令》。剃头挑子由是兴焉。

余幼时尚见有剃头挑子往来于乡间者，唯小凳上系一磨刀布，长约尺余，修剃前上下而磨，类砺石也。其当清人剃发之遗制，为游方剃匠所用耳。

天地合日

吾乡宣平柳城每岁五月十六日为大集，至期，邻近诸县乃至外省皆有商贾云集，前后凡七日，商贸杂耍，时新特色，俨然大庙会矣。其俗沿袭至今不衰，然不知其来由。读《老学庵笔记》卷八，放翁记曰“元佑七年，哲庙纳后，用五月十六日法驾出宣德门行亲迎之礼。初，道家以五月十六日为天地合日，夫妇当异寝，违犯者必夭死，故世以为忌。当时太史选定，乃谓人主与后犹天地也，故特用此日。”

元佑七年，哲宗年十七，立孟氏为后，钦天监择吉日为五月十六。盖宋时皇室多信道教，道家以是日为“天地合日”，故以为吉也。然民间于是多有禁忌，言夫妻当分床云云。柳城庙会之日其缘于道家乎？然天地合日与商贸何因？待考。

天帝赐酒不成

闲翻《龚定盦集》，于“凉燠”章见一讥嘲文，其意盖讥当朝之政冗繁也。其文曰：

“群神朝于天。帝曰‘觞之。’帝之司觞执简记而簿之，三千秋而簿不成。帝问焉，曰：‘皆有异之舆者。’帝曰：‘异者亦簿之。’七千秋而簿不成。帝又问焉，乃反于帝曰：‘异之舆者又皆有其异之者。’帝默然而息，不果觞。”

噫，史家皆谓有宋一代冗官，定盦嘲光绪间亦冗繁若此，岂清流皆主简政乎？然简政之施向无行之者，盖一朝之始也，匪不励精图治，至其后官吏之冗长则不可禁，缘其因盖官吏有名利之谋而无所司之责也。一人在位而携其阿谀者无数，阿谀者得位复携其阿谀者，反复而无所止，得位者必待致仕方息，故谓“舁之舆者以皆有其舁之者”焉。以此冗长之政，天帝亦无奈其哉。

天冠弥勒与布袋弥勒

今之寺院天王殿多供一笑脸大肚弥勒，或置布袋于身，浙西乡民称之谓布袋佛。然余于北京广济寺、苏州灵岩山寺所见弥勒像均五佛冠而似天人，与笑脸大肚弥勒迥异也。

依佛家说，弥勒乃释迦牟尼佛娑婆国土候补佛位之大菩萨也，今仍于兜率天宫说法度生，唯其入汉土则迁其佛位焉。或谓其乃弥勒之化身，实禅宗一游方僧也。其自名契此，以号“长汀子布袋师。”其人容貌猥琐，蹙额皤腹，出语无定，寝卧随处，常以杖荷一口袋，四方化缘，乞求布施，人号“布袋和尚”者也。后梁贞明三年端坐岳林寺磐石说偈曰：“弥勒真弥勒，分身千百亿，时时示时人，时人自不识”，遂卒。故人以之为弥勒之化身，塑其像而奉之，且置布袋于身倾，遂沿流于今焉。

余谓笑脸大肚之弥勒实佛教汉传之变也，其初当为五佛冠而似天人者，且为菩萨位，然今之弥勒则亲于民矣。观其笑意可捧，大肚能容，殊异于四倾天王之怒目威人，故世俗多喜之，香火亦胜于他佛。夫斯佛之源于印而易于汉，脱其五佛冠而坦荡面世，故其传之今。盖佛亦须亲于世俗矣。

荼乃古茶字

余幼时读“如火如荼”误“荼”为“茶”，长而犹恨。及见《尔雅·释木》谓：“槚，苦荼。”方知荼实茶之一也。其注曰：“叶可作羹饮，今呼早采者为荼。”则其音亦一也。《野客丛书》云：“世谓之荼，即今之茶，不知荼有数种，惟槚荼之荼为今之茶。”曹寅《桃花泉》诗：“公余问饘粥，茗槚方同煎。”则言茶可入粥，证“叶可作羹饮”之说也。至唐陆羽著《茶经》，方减一笔为茶。

考之典籍，荼始为苦菜。《诗经·邶风·谷风》：“谁谓荼苦，其甘如荠。”《楚辞·九章·悲回风》：“故荼荠不同亩兮，兰茝幽而独芳。”或亦荼之一种也。今人饮茶唯以水烹，唐宋时有加之盐或姜者，《东坡题跋》谓：茶“用姜煎，信佳也，盐则不可。”其时以茶色白为贵，今亦然。

土地神诞日

清顾禄《清嘉录》谓江苏“二月二日，为土地诞，俗称土地公公，大小官廨皆有其祠。官府谒祭，吏胥奉香火者，各牲乐以酬。村农亦家户壶浆，以祝神厘，俗称田公田婆。”盖二月二日乃土地神生日也。吾国凡月日相同者多为节日，若一月一日为元旦，三月三日为上巳，五月五日为端午，六月六日为天贶，七七乞巧，九九重阳，然近世已无二月二土地神诞之节。余以为此俗其源于古之春社乎。古之春社为祭名，祭祀土地，以祈丰收。放翁诗“箫鼓追随春社近，衣冠简朴古风存。”春社当指二月二日矣。余于浙南诸乡时见有土地祠，虽形制鄙陋，香火尚存，唯不知尚以二月二日为祭乎。

土馒头

梁绍壬《两般秋雨庵随笔》卷八有“土馒头”条，谓：古语云“纵有千年铁门槛，终须一个土馒头。”谓坟也。近有人又有句云：“城外多少土馒头，城中尽是馒头馅。”更警动。梁氏所云实初唐王梵志之诗也。

传梵志生于树瘤中，行事颇怪诞，似僧非僧，似俗非俗，喜作劝世文，传抄甚广，敦煌藏经即存其文。尝有诗云：“城外土馒头，馅草在城里。一人吃一个，莫嫌没滋味。”以土馒头喻坟茔盖源此也。凡怪诞之人行事必异，其有诗云：“梵志翻着袜，人皆道是错。乍可刺你眼，不可隐我脚。”似佛家机锋，不可以寻常语读。历代辑选唐人诗词者皆无其诗，唯存于野史笔记耳。

乌纱官帽限于明

人多以乌纱帽喻之官职，然考之史籍盖非。余尝查诸隋、唐、宋元之礼仪，皆无乌纱之制，然有乌纱之物。盖南朝宋王休仁以东晋宫官之乌纱帢易而造之也。《宋书》卷三十载“明帝初，司徒建安王休仁统军赭圻，制乌纱帽，反抽帽裙，民间谓之‘司徒状’”。然其非为官帽之制也。《宋书》谓其乃“服妖”。

唐宋元时，乌纱帽皆非官吏之帽。李太白有《答友人赠乌纱帽》诗“领得乌纱帽，全胜白接离。”白乐天《感旧纱帽》诗“昔君乌纱帽，赠我白头翁。”元钟嗣成小令《醉太平·落魄》：“裹一顶半新不旧乌纱帽，穿一领半长不短黄麻罩，系一条半联不断皂环绦，做一个穷风月训导。”乌纱之帽可赠友，似丐之士人亦可冠，可知乌纱帽非官吏之制也。

乌纱之帽为官吏之制乃始于明。《明史·舆服三》谓：“文武官常服。洪武三年定，凡常朝视事，以乌纱帽、团领衫、束带为公服。”故乌纱帽而为官吏冠戴独存于明也。清承明制，然废乌纱公服，唯士人仍以之喻官也。郑板桥诗“乌纱掷去不为官，囊囊萧萧两袖寒。”冯惟敏《清江引·八不用》曲“乌纱帽满京城日日抢，全不在贤愚上。”今人仍以乌纱喻官职，承清俗也。

巫蛊之术

二月河著《康熙大帝》，记康熙诸子以夺储君位而施巫蛊之术于太子，事见于清之史籍。《石头记》二十五回书赵姨娘贿巫人马道婆施术于凤姐与宝玉，几致其亡，赖通灵宝玉而避之。余于史籍多见于其述，所谓巫蛊者，偶像伤害之术也。其法乃施术者以木、纸、草类制仇者之形，书其名姓及生辰，秘于匣，时刺之，并施之咒，久之而致之卒。其法实始于先秦。

《史记·苏秦列传》记秦欲伐宋，惧齐救，谓齐人曰：“宋王无道，为木人以象寡人，射其面”，籍之以伐也。至汉，巫蛊之术益炽，《汉书·江充传》载：充尝罪于戾太子，值武帝病，充谓人施巫蛊而祟也。使之查，则率巫掘木偶人像，盖充预为之矣。巫蛊之案致“坐而死者前后数十万”，巫蛊为害之事史不绝书。《北齐书》记陆媪令萱欲立穆氏而除胡氏，“乃求左道行厌蛊之术。旬朔之间，胡氏遂即精神恍惚，言笑无恒。齐王渐畏恶之，于是立穆氏”。《隋书·庶人秀传》记太子广陷蜀王杨秀，“太子阴作偶人，书上及汉王姓字，缚手钉心，令人埋之华山下，令杨素发之。”蜀王由是废为庶人。

噫，巫蛊之术今绝其迹也，然左道邪术岂尽除耶。吾邻有自谓善医者，望闻问切概未之知，但询病者生辰，盖以生辰而处之方，岂非巫蛊之流乎？

无恙

《战国策·齐策》记赵威后问使者曰：“岁亦无恙耶？民亦无恙耶？王亦无恙耶？”盖古人相见习询以无恙也。余谓犹今之“好啊”类。《礼记·曲礼上》郑玄注“客自外来，宜问其安否无恙”。据《风俗通》，恙乃善食人心之虫也。上古之民，草居露宿，惧其害故相问无恙。《尔雅》则训为忧心。汉人许慎《说文》亦从《尔雅》，训恙为忧。《史记·平津侯传》“君不幸罹霜露之病，何恙不已”，司马贞《索隐》注曰：“恙，忧也。言罹霜露寒凉之疾轻，何忧于病不止。”故赵威后与使者见首询之于无恙，盖其时之俗也。

吴船山歌

钱塘梁绍壬《两般秋雨庵随笔》卷四“山歌”条曰：“吴船山歌云：‘月子弯弯照九州，几家欢乐几家愁，几家夫妇同罗帐，几个飘零在外头。’音调悲惋，闻之令人动羁旅之感。”复忆民国间有江苏小调传唱甚广，其词曰：“月亮弯弯照九州，几家欢乐几家愁，几家高楼饮美酒，几家流落在街头。”盖小调源于清之吴船山歌也。

绍壬生于乾隆五十七年，道光间中举，其所记吴船山歌窃以为清初所传之也。满人入关初，多铎军于江南杀戮甚酷，疑山歌为其时之作也。康雍乾三朝后，江南富庶，百姓安居，道光初盛世之景未衰，故山歌所言当谓清初之情景矣。民国间倭寇入侵，战乱频繁，人民流离，故假清初之山歌而传唱之。诗言志，歌永言，时异而形同，故歌亦似矣。

五柳先生善琴

史谓陶渊明不善琴，唯酒酣之余则抚无弦之琴遣兴耳。琴有七弦，可抚散音、按音、泛音，然无弦之琴何以抚欤？或高士之独行乎？

《晋书·隐逸列传》谓渊明：“性不解音，而畜素琴一张，弦徽不具，每朋酒之会，则抚而和之，曰：‘但识琴中趣，何劳弦上声’。”《南史》曰：“潜不解音声，而畜素琴一张。每有酒适，辄抚弄以寄其意。”萧统撰《文选》亦谓“渊明不解音律，而畜无弦琴一张，每酒适，辄抚弄以寄其意。”正史所载，其流远矣。后之言渊明者，皆以其不识音律而独具逸风也。

李太白《赠临洺县令皓北》诗曰：“陶令去彭泽，茫然太古心。大音自成曲，但奏无弦琴。”《赠崔秋浦三首》之二曰：“崔令学陶令，北窗常昼眠。抱琴时弄玉，取意在无弦。”陆龟蒙《奉和袭美夏景冲淡偶作次韵》曰：“蝉雀参差在扇纱，竹襟轻利籜冠斜。垆中有酒文园会，琴上无弦靖节家。”欧阳修《夜坐弹琴有感二首呈圣俞》曰：“吾爱陶靖节，有琴常自随。无弦人莫听，此乐有谁知？”余昔以诸大家言亦以渊明不善琴，唯酒适之时手挥无弦而寓意耳。

退食之余，闲翻陶诗，惑由而生也。其诗言琴者众也。《拟古》“知我故来意，取琴为我弹。上弦惊别鹤，下弦操孤鸾。”夫上弦者今之谓上准，四徽至一徽之音；下弦者今之谓下准，十徽至十三徽之音。上弦近岳山，其音激越而利；下弦近龙龈，其音幽深而沉。《别鹤》、《孤鸾》古之琴曲也，先生于琴之音及抚之法概熟谙，且深晓琴曲之异，岂未操琴者可言之乎？渊明于《与子俨等疏》自谓：“少学琴书，偶爱闲静，正卷有得，便欣然忘食。见树木交荫，时鸟变声，亦复然有喜。”

则知其少时即习于琴也。寻之陶诗，自言抚琴者众也。

《和郭主簿》“息交游闲业，卧起弄书琴。”

《始作镇军参军经曲阿》“弱龄寄事外，委怀在琴书。”

《时运》“清琴横床，浊酒半壶。”

《自祭文》“欣以素牍，和以七弦。”

先生自况而知其小而习琴，殊非未谙琴道者也，然其何为而抚无弦之琴耶？司空图《歌者十二首》之六：“五柳先生自识徽，无言共笑手空挥。”先生之抚无弦之琴乃奏其大音也。《老子》四十一章谓“大方无隅，大器晚成，大音希声，大象无形，道隐于名。”至美之乐无声，有声则美之瑕也。《庄子》曰：“至乐无乐”，凡以意而为乐则非至乐，顺天地自然，与物俱化，无所欲者方为至乐焉。盖人之乐未若天之乐矣。

余谓先生抚无弦之琴，得鱼忘筌、得意忘言，实非常人可知之大孤单，大自在也。琴声一起，落入窠臼言筌，手挥无弦，不着一字，尽得风流也。焉得谓先生不谙琴道者欤？

武后造字

河南新安县有“千唐志斋”，存武周时志石百余，武则天为帝时新造字十有八，增其诏禁刊刻御讳“曌”字，合十有九字。

余观武后造字皆以原字略加改易耳，其意盖在自耀。若改“照”为“曌”，谓己犹日月当空，无微弗明，无远弗照。据《正字通》载：“有言国中或者，惑也，请以‘武’镇之，改为‘国’。”或谓内以武则象武氏被困，复改一八一方，喻“溥天之下，莫非王土；率土之滨，莫非王臣”之意焉。

武后造字，概以繁代简，皆不合文字之律，然其淫威所及，人概莫能免，故其所造之字，一旦身亡亦随之灭矣。今人但知其名曌字，余则仅见于垂拱之后、神龙之前之碑志焉。

武则天改女子拜仪

余观夫媒体戏剧，女子拜仪有二。站则两手扣于胸，上下微动，皆微俯首，微曲膝；跪则双膝至地，两手伏地，以头叩地。站之拜仪民国间犹存，跪之拜仪其始远也，且实为男子之礼。

叶梦得《石林燕语》载：宋太祖尝问赵普“男尊女卑，何男子跪拜而女子不跪？”普不能答。询之礼官亦不知。时相王溥子贻孙引《古诗》“长跪问故夫”，证古之女子拜仪亦跪。又以唐建章《渤海国记》载证“妇人拜而不跪，自武后时始”。余谓梦得所记未可当真，所记者求其奇耳，盖古妇人跪拜载之典籍者众也，赵普焉为不晓哉？《战国策·秦策》记苏秦为赵相归乡事世俗皆知，况亦见于太史公《史记》，谓嫂“蛇行匍伏，四拜自跪而谢”。民国间戏剧名之谓“马前拨水”也。汉时，高祖欲废太子，御史大夫周昌力谏之，高祖乃罢。吕后闻之，见昌“为跪谢曰：‘微君，太子几废。’”足证古之妇人亦行跪拜礼。

唐至则天自立为帝，改易礼仪，方以女子拜仪为正身直立，两手当胸前，微俯首，微动手，微曲膝。俗谓“女子拜”也。唐宋时，女子行此礼常口称“万福”，故后人谓其“万福礼”。《西厢词》第二折写“看得停当回话，须索走一遭去来。长老万福。”即为红娘行万福礼也。

今人演义古事，多不明其礼，故无论时代，跪拜之礼乱行焉。

西域之道非张骞“凿空”

《汉书·张骞传》谓张骞出使西域乃首辟河西走廊至西域之通道，冠之于“凿空”之誉，“于是西北国始通于汉矣”。张骞之名彪炳史册而至今。余以为骞之出使实为汉击匈奴之需也。楚汉之际，匈奴乘时而兴，据河西，征西域，“西域诸国，皆役属匈奴，匈奴立僮仆都尉，使领西域，赋税诸国，取富给焉”。（《汉书·西域传》）武帝使骞意在西征也，而骞助汉侦匈奴之虚实，功亦大矣。然“凿空”之说，誉之过矣。

考之《山海经》即谓禹与益考查西北诸地，其书早于骞之出使，乃可知汉之前内地即与西域相通也。班固誉骞“凿空”西域，其情可解，其实不可受焉。余以为二十四史中世人首推前三史，然太史公，班固于史家论不及陈寿也，寿之文采当逊于二人，选材论人则胜于二人矣。

蟋蟀鸣唧唧

后魏民歌《木兰辞》，脍炙人口久也，余幼能诵“唧唧复唧唧，木兰当户织”。唧唧，织机之声也，人未有疑之者。近阅席文天先生订疑之文，方悟吾之误也。

席文谓唧唧乃蟋蟀之鸣。盖唧唧倘训为织机之声，则后文复言“不闻机杼声”，岂非矛盾欤？或曰唧唧乃木兰叹息之声，则后文复言“惟闻女叹息”，二训皆可见疑焉。《辞海》训唧唧“细碎之虫鸣声。”《康熙字典》训：“《玉篇》，啾唧声。《集韵》，啾唧众声。秋之将至则民俗当织也。故当以唧唧状蟋蟀之鸣。”

欧阳修《秋声赋》："但闻四壁虫声唧唧。"秋至则虫鸣于壁，其虫显谓蟋蟀也。

传河南虞城营郭有木兰庙，庙存元《木兰诗》碑刻，乃据唐人传本所刻，其碑曰："促织何唧唧，木兰当户织"。促织，蟋蟀也。余查诸《尔雅·释虫》："蟋蟀，蛬。"郭璞注："今促织也。"女子秋凉而织，户外促织复鸣，木兰因可汗点兵而为父忧，其所思者，代父从军也，读之顺理而成章。自宋郭茂倩辑《乐府诗集》，促织易为唧唧矣。

先生之称

先生之称多见于史籍，余尝读周树人《两地书》见以先生称之于许广平，颇惑，后方悟乃尊称之也。

夫先生之称始于《论语》，"有事，弟子服其劳；有酒食，先生馔"，马融训"先生谓父兄也。"《孟子》"待先生如此其忠且敬也"，谓师也；《仪礼·士相见礼》"若先生异爵者"，谓致仕者也。今人凡当尊称之者皆曰先生矣。然先秦先生之称其义杂，古者称师曰先生，郑玄注《礼记》谓"先生，老人教学者"。诸如博士学官、术士、工匠、丈夫亦以先生称之焉。《诗经·大雅·生民》"诞弥厥月，先生如达"则谓最先出生也。然年长者方谓先生乎，非也，屈原《九章·橘颂》曰："年岁虽少，可师长兮。"

秦以降，先生之谓广焉。汉武帝称东方朔为先生，陶渊明自号"五柳先生"。唐宋后其称近滥，清人王应奎《柳南随笔》曰："同辈而先生之矣，后进而先生之矣，医卜而先生之矣，商贾而先生之矣，甚则舆台皂隶而亦先生之矣……尊之者不以为过，受之者不以为愧。举世披靡，亦可叹矣。"忆昔有《九尾龟》一书，专书申之青楼状，名妓陆兰芬、金小宝、陈文仙流皆以先生称之，不似今日以小姐称之也。

县官初为天子之称

县之制始于春秋，《周礼·地官·司徒》云："五鄙为县。县有正。五县为遂。""县正各掌其县之政令征比，以颁田里，以分职事；掌其治讼，趋其稼事，而赏罚之。"春秋时县大于郡，故《左传·哀公二年》曰："上大夫受县，下大夫受郡"。至战国则郡大于县。秦孝公十二年，商鞅将秦"小乡邑聚为县，置令、丞。"县之官称令、丞始于斯也。自汉讫清，县之令、丞品秩各异，然皆为朝廷末品之官。明清知县均为七品，丞为八品，主薄为九品。

余读《史记·绛侯周勃世家》"庸知其盗买县官器，怒而上变告子。"司马贞《索隐》云："县官，谓天子也。所以谓国家为县官者，王畿内县即国都也。王者官天下，故曰县官也。"扶桑汉学家中井积德曰："县官，尤言公家也，本郡县人之言，指各处县治而言，遂转为指国家之言。"夫县官虽末品之官，然掌一县行政司法之大权，故历朝重县官之选，而其权实胜于州府也。杜甫《兵车行》"县官急索租，租税从何出"，李商隐《杂纂·相似》"县官似虎动害人"，皆言县官权柄之威。

小乔何得初嫁了

诗人兴发，多不及细考史实，然诗家终非史家，不可死究也。余读《三国志·周瑜传》载周瑜娶妻事谓："瑜时年二十四，吴中皆呼为周郎……时得乔公两女，皆国色也。策自纳大乔，瑜纳小乔。"考其乃建安三年事也。然东坡《念奴娇》（大江东去）云："遥想公瑾当年，小乔初嫁了，雄姿英发。羽扇纶巾，谈笑间、强虏灰飞烟灭。"夫赤壁之战，周瑜破曹，乃建安十三年事，小乔妻周郎十载矣，安可谓其"初嫁"哉。查三国史籍无记周郎嗣，余度小乔亦当儿女成行焉。

沈括尝讥白乐天《长恨歌》"峨嵋山下少人行"，以为峨眉在嘉州，非明皇由秦入蜀之途，其事与小乔初嫁类。窃以为诗如参禅，唯解其意耳，至若文字焉能死参者哉。若囿于文字，则千古佳诗复有可读者乎？放翁云："我得茶山一转语，文章切忌参死句。"盖诗之文字有死活之异也。

夫东坡言小乔初嫁，极言周郎意气风发耳，乐天言峨眉，以之代蜀耳，若太白"飞流直下三千尺"者，极言飞瀑之雄，尤不可以瀑之实考之。故小乔初嫁乃东坡放语而。

心不在马

余友范君尝戏言"心不在马"，未以为谬也。近读《韩非子·喻老》乃知典于斯，而范君未之知也。其文曰：

赵襄主学御于王子子期，俄而与子期逐；三易马而三后。襄主曰："子之教我御，术未尽也。"对曰："术已尽，用之则过也。凡御之所贵，马体安于车，人心调于马，而后可以进速致远。今君后则欲逮臣，先则恐逮于臣。夫诱道争远，非先则后也；而先后心皆在于臣，上何以调于马？此君子所以后也。"

心不在马者，喻力之专注然所注非的也。所谓心不在焉则反之，谓其心神不属也。典出《礼记·大学》："心不在焉，视而不见，听而不闻，食而不知其味。"马为名词而焉表语气。

夫欲成一事者必尽其心，心之未至则事必不可达。然用心亦有道也。不属固无可言者，属而非所则南辕北辙，与不属何异耶？故知两语各有所谓矣。

于戏，读书难穷，余性懒疏，每闻而信，不复求其所以，慎戒，慎戒。

信非书信

近有注《世说》者，训信为书信，谬也。《雅量》载：“外启信至，而无儿书，虽神色不变，而心了其故。”《文学》载：“司空郑冲驰遣信就阮籍求文。”《捷悟》载：“世子嘉宾出行，于道上闻信至，急取笺视。”信字皆谓信使也。《辞源》释信为“使者”，引《三国志·魏武帝纪》，建安十六年：“（马）超等屯渭南，遣信求割河以西请和。”故知古谓寄书之使曰信。古乐府云：“有信数寄书，无信心相忆。莫作瓶坠井，一去无消息。”《古诗为焦仲卿妻作》刘兰芝请母谢令遣之媒，“自可断来信，徐徐更谓之。”来信，媒者也。

至唐，书信结合，故唐人诗作多见“书信”。若王昌龄《寄穆侍御出幽州》：“莫道蓟门书信少，雁飞犹得到衡阳”；元稹《酬乐天叹穷愁见寄》：“老去心情随日减，远来书信隔年闻”。

今语书信并用承于唐，古时信谓使者，书为书信。杜工部“烽火连三月，家书抵万金”可证。阅古籍当忌以今律古也。

袖中贸易

吾幼时嬉戏于市集中，犹忆牛市中有人互以手掩于袖中，然不知其所以，及长知其乃为贸易而不明以何术致之。

近阅朱杰勤译《中外关系史》方悟其始末矣。盖其贸易又谓之“哑交易”，习称“哑巴贸易”，乃吾国与西域间之古朴商品交易之法。初，于河岸之上置生丝、丝线及丝服，以之易罗马之宝石、琥珀、珊瑚之类。彼我之交公，一俟购者择毕则自引退，而于交易之中绝无一语，此即谓之“哑交易”也。吾意其乃语言不通之故耳。此俗流至后世易为“揣袖筒”，亦“哑交易”之遗风耳。其法由买方及评议人以已左手拉已右袖口，右手缩于袖筒之中，互以袖口相对，两手相握，继而于袖筒中议价，唯以目相视，不出一言。其计数尤与今之俗类。拇指为一；拇指与食指合为二；拇指、食指与中指合为三；拇指、食指、中指与无名指合为四；五指拢为五；拇指与小指伸展，余三指入于手心为六；五指撮拢为七；拇指与食指伸展，余三指入手心为八；食指弯曲为钩、余四指握入手心为九。其风淳朴，其俗奇特，今已不复存矣。有人谓今之甘肃乡村中犹有此风，惜吾不得见。

扬州二十四桥

杜牧《寄扬州韩绰判官》诗“青山隐隐水迢迢，秋尽江南草木凋。二十四桥明月夜，玉人何处教吹箫？”传世千载，其负盛名久，而其惑人亦久矣。人凡言扬州者皆知二十四桥，然“淮左名都”何人觅得其迹欤？

余去岁游扬州，询之地方长者，无能言之详，竟似子虚之说焉。查诸《辞源》、《辞海》、《唐诗选》、《杜牧诗选》兼收宋、清人二说。谓宋人以为二十四桥乃实有其数，清人则以二十四桥者实一桥也，终不能定其去取。李斗《扬州画舫录》云：“二十四桥即吴家砖桥，一名红药桥，在熙春台后。……桥跨西门街东西两岸，砖墙庋版，围以红栏。直西通新教场，北折入金匮山。桥西吴家瓦屋圩墙上石刻‘烟花夜月’四字，不著书者姓名。”然今之扬州终清一代无吴家砖桥之址。故无论二十四桥为实数而乃为一数，皆无可考者矣。

窃以为诗人之言数多不可以实视之，太白“飞流直下三千尺”即其类也。小杜诗“南朝四百八十寺，多少楼台烟雨中。”“汉宫一百四十五，多下珠帘闭琐窗。”焉尽实有之物哉？《洛中送冀处士东游》“四百年炎汉，三十代宗周；二三里遗堵，八九所高丘。”则显为约指无疑。寻之小杜诗，其喜以约数入之，满纸皆是，几成为习。故所谓二十四桥者，泛谓名都桥之众也，若必欲一一寻其迹则似于庐山寻三千之瀑，其安可觅哉？

阳　关

宋周煇《清波杂志》卷七载：“阳关，去长安一万里，汉将杨兴败走出此关，因以为名。”刘永翔校注曰：“煇此说不知何据，据《元和郡县志》卷四十云：‘阳关在县西六里，以居玉门关之南，故曰阳关，本汉置也。’”考杨兴字君兰，元帝时为长安令，《汉书》载其事迹。自王维书“劝君更尽一杯酒，西出阳关无故人”诗，人尽知阳关之名也。

夫汉唐之时，阳关乃与西域之分界，王维谓：“绝域阳关道，胡沙与塞尘”即言此也。余尝游敦煌，特赴西南百里处寻阳关旧迹，至则一颓台耳，高约五米，周以栅栏围之，盖古之烽火台也，关隘之迹不复存焉。人传数年前其地尚可觅得汉时五铢钱、陶片类。

杨柳有别

古诗文多言杨柳，然杨为杨，柳为柳，杨柳合一则为柳也。《辞源》训“杨柳”

云："诗词中所谓杨柳，多包括各种言之，故通俗皆讹为一物。"语焉不详。

《尔雅·释木》："杨，蒲柳。""柳，南方之草，夏木也。"清类书《渊鉴类函》于《诗经》之"扬之水，不流束薪"句，分类于"杨"字之下。然杨、柳连为一词，隋唐前屡见。若梁简文帝诗"杨柳乱成丝"，上溯《诗经》则有"杨柳依依"也。然杨柳乃二物明，建安间《杨柳赋》云："趁阳春之和节，植纤柳以乘凉。"即独谓柳。余以为古人非不知杨、柳有别，盖柳乃统言，其下则别之以河柳、泽柳、蒲柳等，蒲柳又名"杨"矣。闻一多《采薇新义》引姚氏《识名解》云："以其杨为柳属，故亦得称为'杨柳'，非兼言杨与柳也。"故古人之谓杨柳者，非谓杨、柳无别，合以称之，乃言名"杨"之柳也。以语法训之，则"杨柳"非同义复用之联合，乃以"杨"修饰、限制"柳"之偏正也。今人有"狼狗"之称，非狼、狗无别，乃谓状狼之狗也。故古人诗词之"杨柳"，实别之于杨、柳，并行而不悖焉。

一目失明谓之瞎

《世说新语.排调》："桓南郡与殷荆州语次……次复作危语。桓曰'矛头淅米剑头炊。'殷曰：'百岁老翁攀枯枝。'顾曰：'井上辘轳卧婴儿。'殷有一参军在坐，云：'盲人骑瞎马，夜半临深池。'殷曰：'咄咄逼人。'仲堪眇目故也。"仲堪者，殷荆州也。刘孝标注引《中兴书》曰："仲堪父尝疾患经时，仲堪衣不解带数年。自分剂汤药，误以药手拭泪，遂眇一目。"盖魏晋之时，一目失明谓之瞎，亦谓之眇，若二目皆瞎则谓之盲也。《晋书·苻生载记》云："生无一目。为儿童时，洪戏之，问侍者曰：'吾闻瞎儿一泪，信乎？'侍者曰：'然。'瞎儿谓一目之苻生也。"

余查诸辞书，皆谓瞎乃盲义，未及其本也。知字义之引申而失其本，学人之忌也。若不明瞎字之义，则魏晋前所书之一目失明者皆盲焉。

亦思替非文字

据《元史》载，元官方文字有所谓"亦思替非文字"者，继元亡更无知之者。盖元时，随蒙古入华之回回多操波斯语，其书则为波斯文。元世祖至元二十六年设回回国子学，教习波斯文，由翰林院益福的哈鲁教授之亦思替非文字。故亦思替非者，元廷称阿拉伯语也。

《元史》卷八十一："世祖至元二十六年夏五月，尚书省臣言：'亦思替非文字宜施于用，今翰林院益福的哈鲁丁能通其字学，乞授以学士之职。凡公卿大人与夫富民之子，皆依汉人入学之制，日肆习之。’帝可其奏。是岁八月，始置回回国子学。至仁宗延祐元年四月，复置回回国子监，设监官。以其文字便于关防取会数目，令依旧制，笃意领教。泰定二年春闰正月，以近岁公卿大夫子弟与夫凡民之子入学者众，其学官及生员五十余人，已给饮膳者二十七人外，助教一人、生员二十四人廪膳，并令给之。学之建置在于国都，凡百司庶府所设译史，皆从本学取以充焉。”

《元史》卷八十七：“翰林兼国史院……(至元)二十六年，置官吏五员，掌管教习亦思替非文字。……延祐元年，别置回回国子监学，以掌亦思替非官属归之。”

上述皆未及其文字之究竟，故后人皆不明其义也。偶见《中国伊斯兰文化》有伊朗学者穆扎法尔·巴赫蒂亚尔之说，其谓亦思替非乃特殊之文字符号也，用于国家文书之中，有其特定之写法与规则，凡涉税捐之诏书用此文字，类缩写之符，唯表意然无音矣。

隐士、居士与名士

古之士人多有以隐士、居士、名士而为后世所称者，盖其皆具才识而复闲散之辈也。

隐士者，不入仕而居于山水田园之间，然其处世异乎庶民之平俗。不仕故能洁身守志；知命达理故能清高孤傲；其于造物中而觅已趣，故闲而能雅也。《易经·蛊卦第十八》曰：“不事王侯，高尚其事”是之谓也。隐士之祖，巢父许由也，传之于天下而以为累，焉有何物而使之欲耶。晋有五柳先生，唐有烟波钓徒，皆隐中之为后人慕者。

居士者，原为释家语，谓居家而信佛者也。若《五灯会元》即录四十有二居士，皆士人而为官者。唐宋之际，三教相融，居士则于诸家兼容而蓄之。太白自谓“青莲居士”，居易自谓“香山居士”。宋之于居士称者尤盛，欧阳公号“六一居士”，苏轼号“东坡居士”，李清照号“易安居士”，辛弃疾号“稼轩居士”。宋人之称居士，谓赋闲居家之意也。虽赋闲之因异然离仕宦则同。余以为居士之异于隐士，盖其赋闲而实乃欲宦者矣。

名士者，非知名之士之谓也，乃处于宦场之外之才俊士人也，其与隐者皆倾心于宦海外之逍遥，然隐者居有定所而名士喜游，尤喜与风雅或附庸风雅之显贵游。显贵因名士而风雅，名士因显贵而扬名。且名士之生计所需亦显贵者资之也。魏晋崇名士，品行才识、神韵气骨之卓然者则名于世。若“竹林七贤”与王、谢旧族人物多有名士矣。是时之名士卓而独立，绝少依附，唐宋以降之名士则才与雅俱存然常须依于权贵矣。

英雄、枭雄与奸雄

历史人物为世人所熟暗者莫过于三国，其功固在《三国演义》，盖说唱与通俗小说之行，使贩夫俚人而尽知曹操、刘备、孙权矣。余幼时街坊有善说故事者，每值闲暇则聚人而说之，颇有“夕阳古柳赵家庄”之况，故余童稚时听其故事而略知三国人物之奸雄也。曹、刘、孙三国时叱咤风云之三“雄”，三人各得春秋笔法一字褒贬而口碑相传，不亦“负鼓盲翁”之功乎？

英雄孙权、枭雄刘备、奸雄曹操之谓，征之史籍，皆有出处也。《三国志·孙权传》记陈寿评语曰：“孙权屈身忍辱，任才尚计，有勾践之奇，英人之杰矣。”又裴松之引注谓：建安十八年，操率步骑四十万攻权于濡须，权以七万军御之，相持一月余。操见权舟船器杖军伍严整，不可犯，喟然叹曰“生子当如孙仲谋，刘景升儿子若豚犬耳。”乃还。

《三国志·周瑜传》记刘备赴京口见孙权，瑜上疏曰：“刘备以枭雄之姿，而有关羽、张飞熊虎之将，必非久屈为人用者。”“枭雄”之称虽出于敌口，亦可谓公允矣。备尝寄居操门时，操亦从容言备曰：“今天下英雄，唯使君与操耳。”

《三国志·武帝纪》裴松之注引晋人孙盛《异同杂读》记操未出道时尝谒大名士许子将。许于汝南主“月旦评”，评操曰：“子治世之能臣，乱世之奸雄”。《世说·识览》记：曹公少时见乔玄，玄谓曰：“天下方乱，群雄虎争，拨而理之，非君乎？然君实乱世之英雄，治世之奸贼。”一辙之词亦显人心矣。

噫，曹、刘、孙皆所谓雄者，后世则以英、枭、奸而别之，三字之评虽得春秋之笔，实乃人心所致焉。

英雄者，识见、作为非凡之人也。然孙之文韬武略皆在曹、刘之下，三雄之列实居其末。枭雄者，专横雄杰之谓也。刘具雄才而不甘人下，敢见利忘义之事，不及曹而胜于孙，居中宜矣。奸雄者，奸人之雄也。曹于乱世之中，统一北方，其功大焉，建安文学，其首创也，以史论人，曹胜孙刘远矣。故《三国志·武帝纪》记陈寿评操语曰：“可谓非常之人，超世之杰矣。”

盂兰盆会

盂兰盆会，佛家之节也。盂兰者，倒悬之谓也。其时追荐亡亲，以盆盛食供佛供僧，故于盂兰后附之盆矣。谓盂兰盆会者，解救亡亲倒悬之会也。

七月十五日为盂兰盆会期，其时亦道教之中元节也，民间则谓之“鬼节”。《佛说盂兰盆经》述：初，目连以天眼观母生前诋毁佛、法、僧，亡而坠地狱饿鬼道，终日不休苦难，如处倒悬。连感凄惨，乞救于佛祖。佛祖属其于七月十五日僧众安居止时，以盆盛百味食，供养十方僧众，母厄可脱也。汉寺院则以梁武帝首创。《佛祖统纪》载，武帝尝于大同四年亲临同泰寺，设盂兰盆斋，依经解说“目连尊者设此供得脱母氏之苦”。其俗自南朝梁至清延续不绝。然宋之前意在供佛供僧，至宋则重超度亡灵、祭祀祖先矣。

呜呼，盂兰盆会所以延续不绝者，盖以孝为其本也。佛教汉传之初，礼仪之制亦繁矣，千载之后，僧俗共度者，唯此节也。故知教化者必会于民心，若违民心，教之不传矣。观今之寺院乡间此俗仍存，然都市之中不复窥也。

渔父乃隐士别类

古之诗文，多言渔父者。其人也，不知姓氏，行无定踪，风神潇洒，以钓为乐，无意仕途，此隐士之别类也。

夫渔父始显于《庄子》，其谓有“江海之士，避世之士”，“就薮泽，处闲旷，钓鱼闲处”，与世无争，其渔父也。庄周尝“钓于濮水”，楚王请以相而“持竿不顾”。其《渔父》篇状渔父“下船而来，须眉交白，被发揄袂”，讥孔子不在其位而谋其政，陈法天然、崇真诚之理。《楚辞》有《渔父》篇，述屈平与之话：屈原曰：“举世皆浊我独清，众人皆醉我独醒，是以见放。”渔父曰：“圣人不凝滞于物，而能与世推移。”渔父避世隐身，钓于江滨，何其乐也。

夫自汉魏以来，文士隐逸之风盛，渔父亦为之青睐也。汉张衡《归田赋》以“追渔父以同嬉”；晋嵇康于《圣贤高士传》作渔父传；西晋以来，向秀谓“圣人虽在庙堂之上，然其心无异于山林之中”。唐人诗词尤见渔父焉。李颀作《渔父歌》，岑参作《观钓翁》，柳河东谪永州而作《渔翁》、《江雪》，张志和作《渔父歌》且自号“烟波钓叟”，皆避世自适，慷慨济世之人也。至元，尚有白朴为《渔父》曲：“黄芦岸白蘋渡口，绿杨堤红蓼滩头。虽无刎颈交，却有忘机友，点秋江白鹭沙鸥。傲杀人间万户侯，不识字烟波钓叟。”

呜呼，夫渔父钓叟，皆五柳先生也。五柳寄情于菊，渔父寄情于水，然菊与水皆托情之物，其真溺于斯乎？人有愤懑而不得泄，假之渔父而泄之，故言渔父者自谓也。

元大都行马拉松赛

闲翻陶宗仪《南村辍耕录》，卷一有“贵由赤”条，惊元时乃有马拉松赛也。

其记曰：

“贵由赤者，快行是也。每岁一试之，名曰‘放走’，以脚力便捷者膺上赏。故监临之官，齐其名数而约之以绳，使无后先参差之争，然后去绳放行。在大都，则自河西务起程；若上都，则自泥河儿起程。越三时，走一百八十里，直抵御前，伏呼‘万岁’。先至者赐银一饼，余则缎匹有差。”

夫蒙古、色目人固矫健，故有其举也。每岁一试，则非偶一为之，且帝亲临，监临官充判，以绳为起，则其举类今之马拉松矣。其赛程达一百八十，何犹胜于今焉。查元时之一里合今之十四，亦达八十三也。其时则仅三时，即今六时，复何其速也。噫，元时之人体魄优于今人也。

藻　井

古之殿堂及寺院主殿，上方多有图饰，位天花之中，今人多不识为何物。东汉应劭《风俗通》谓：“今殿作天井。井者，东井之像也；藻，水中之物，取以压火灾也。”藻乃水草。《诗经·鲁颂·泮水》：“思乐泮水，薄采其藻。”藻井之置汉时当存也，度其功用，则既以装饰又乞避火耳。何晏《景福殿赋》：“缭以藻井，编以綷疏。”綷疏者，画槛也。

据《营造法式》，汉时藻井饰图多忠臣、孝子、东王公、西王母及四神、四灵配以云气。南北朝佛学东传，多代之以释教表号之莲花、飞天及几何图形。至唐宋时，藻井之绘逾富丽矣。余所游古建，多为明清之制，除寺院外，旧时官宦私宅亦复饰有藻井，然图案多为团龙、白鹤、寿字、四灵耳，亦见有四藻井合而为一者，唯于分界井口处绘燕尾车轮以之联也。余邑多仿古建，亭台楼榭亦多效之，唯图饰粗陋，更难晓其义也。

灶神之性别

世俗祭诸神，尤重灶神，盖户皆有之也。然循俗传，灶神乃天帝所使，专司人间言行，察其善恶，岁腊月二十三报之帝，以施奖惩也。余颇疑司灶之神奈何弃其职分而专事侦缉焉？

先父每于家祭必随祭灶神，匪独拘于腊月也。神位乃木刊之彩图，类赵公明之衣著，俨然官宦状。《太平御览》载汉儒灶神之辩，令人莞尔。许慎大儒也，其引据经典，谓灶神乃丈夫；郑康成则依灶主食而训灶神为女，呜呼，皆迂腐之论也。窃以为夫上古母系时，女主而男次，灶神必为女；至父系时，灶神自易而为丈夫矣。祭灶之俗当源于先民之崇火，倘必寻灶神之源余谓则燧人氏也。《酉阳杂俎》谓："灶神名隗，状如美女，"循郑玄之说也。

占卜符箓源于周汉

道家谓"道无术不行"，以行术为演道，故多占卜符箓。然占卜实周时龟壳、蓍草卜筮之遗风耳。据《太平经》占卜乃沟通人神之术。后世道教演而为卜卦、抽签、测字。香火道士以此术欺世，清修道士不屑为矣。

符箓之符，《说文》训"符，信也。汉制以竹，长六寸，分而相合。"《史记·孝文本纪》："初与郡国守相为铜虎符、竹使符。"索隐谓："汉旧仪，铜虎符发兵，长六寸，竹使符出入征发。"故符乃君主旨意之证。方术之士亦谓天神有符，或为图，今见道士及风水者皆书符箓，其意本天神于空以云彩显，故其书状云，世俗多不能解。符之盛于东汉末，以太平道与五斗米道行之故。《三国志·张鲁传》载：道陵"学道鹄鸣山中，造作符书。"箓本记之意，本奉道人之册也，亦有谓记天神之册者，故依其可检劾三界官属之功过，使之可役之也。

余今尚见有坛醮祈禳者，符箓外有禁咒、令、印等。询之，谓禁咒即神之言；令即于鬼神下令，若"急急如律令"类；印即神之凭也。考其制，莫不源于现世。咒者，为政者之言也；令者，官吏之发令也；印者，官府之印信也。夫道始于汉，其制莫不与世俗同。

张之洞军歌

清末，西洋之乐渐兴，其时兴以西人之谱而配以吾人之词。李叔同之《送别》即瓶装己酒，其瓶乃美利坚艺人约翰·奥德威之谱也。

光绪二十二年（1896），湖广总督张之洞以其护军营为本陆续扩编，至光绪三十年，按陆军部新营制编为一镇一协，凡一万六千余，张所招新军皆年十有八至二十有四之青年，且均略通文理。张著《大帅练兵歌》后人称《北洋军军歌》，曲为德人之旧谱。歌词云：

朝廷欲将太平大局保　大帅统领遵旨练新操
第一立志要把君恩报　第二功课要靠官长教
第三行军莫把民骚扰　我等饷银皆是民脂膏
第四品行名誉要爱好　第五同军切莫相争吵
方今中国文武学堂造　不比市井蠢汉逞粗豪

各营之中枪队最为要 望牌瞄准莫低亦莫高
炮队放时须要看炮表 安放药引须要度数标
轻炮分工不愁路窄小 重炮车载马拉不觉劳
马队自已须将马养好 检点蹄铁切勿伤分毫
临敌侦探先占敌险要 我军酣战从旁速包抄
工程一队技艺须灵巧 陆地筑垒遇水便搭桥
辎重队里事事算计到 衣粮军火缺乏不需焦

张之洞为大清倾尽全力矣，然此歌谱后五年，张终不能挽清之危局，忧郁而亡。今之《三大纪律》歌谱即假之其也。

长江第一桥

武汉长江大桥，号“万里长江第一桥”，横卧于武昌蛇山与汉阳龟山间。余阅明李贽《藏书》卷八《宋太祖皇帝》载：太祖伐南唐，于金陵之西采石长江“遣石全振往荆湖造黄黑龙船数千艘”，“擢若水右赞善大夫，先试于石牌口，移置采石，三日而成，不差尺寸。曹彬、潘美率兵渡江，若履平地，败唐师。”则知千年前长江已筑桥也。

长　年

《南村辍耕录》卷八有长年条，谓：吾乡称舟人之老者曰长年。长，上声。盖唐已有之矣。杜工部诗云：“长年三老歌声里，白昼摊钱高浪中。”夫年老者为长年，非始于唐，《韩非子·奸劫弑臣》曰：“人主无法术以御其臣，虽长年而美材，大臣犹将得势擅事主断，而各为其私急。”长年即为高龄者也。

浙西乡俗称常佣于人者谓长年，余幼时尚闻之于长者。词义引申，盖取其长义耳。泗滨老人黄岩人，其乡则以之称舟人之老者。浙之东西数百里耳，何称谓异焉。

“支那”源于佛经

近时中日交恶，有倭人以“支那”而谓中国者，夫不称国名而以别号称之，险恶之心彰矣。然“支那”之本义实乃褒扬之谓，兹据陈启智先生之考，述之右。

夫“支那”一语，散见于佛典。玄奘《大唐西域记》载与戒日王语：“王曰：‘大唐国在何方，经途所亘，去斯远近。’对曰：‘当在东北数万余里，印度所谓摩诃至那是也’。”摩诃至那即大支那义。《慈恩法师传》载：“三藏至印土，王问：‘支那国何若？’对曰：‘彼国衣冠济济，法度可遵，君圣臣忠，父慈子孝’”。高僧慧苑撰《华严经音义》谓：“支那，此翻为思维，以其国人多所思虑，多所制作，故以为名，即今汉国是也。”余于曼殊大师《书札集》亦寻得一征，师曰：“印度古诗《摩诃婆罗》中已有支那之名，《摩诃婆罗》乃印度婆罗多王朝记事诗，婆罗多王言：‘尝亲统大军行至北境，文物特盛，民多巧智，殆支那分族’云云。考婆罗多朝在公元前千四百年，正震旦商时。当时印度人慕我文化，称智巧耳。”可证“支那”一词乃古印人加唐朝之尊称也。

词语之义，因时而易，或展或缩或灭，时使之然也。若“支那”本乃褒义，而倭人侵华，故以别称谓之，斯辱吾华夏，居心恶甚，不可不知亦不可不辨之矣。

中外小说之源有异

周树人《中国小说史略》云：唐人“始有意为小说”，其论切中吾国小说之源起也。盖西洋之小说皆以上古史诗为其源，若《伊利亚特》、《奥德赛》、《罗摩衍那》之类，而吾国之《诗经》乃抒情之作也。西洋小说之体无论源流概以长篇为主，短篇为附，至近世薄伽丘之《十日谈》，乔叟之《坎特伯雷故事》皆若是。吾国小说之兴则源于唐人传奇，以短篇先行，继之以长篇之作，至明中叶方与欧洲文艺复兴期之近古小说并驾方轨焉。是时《三国》、《水浒》出，距唐传奇近八百年矣。故余以为西洋小说之源为上古之史诗，吾国小说之源乃唐之传奇。史诗冗长故西洋小说起于长篇，传奇短悍故吾国小说起于短篇。

中西音乐之别

余喜音乐，中西兼之，至暮年方觉中西之乐实有别矣。一言以蔽之曰：中国之音乐韵味重，而西洋之音乐节奏强。究其因，则汉语之阴阳上去入参差间之也，阴声延绵，音之高低长短主于字也。若昆曲之调重阴声之运用，故有长至八拍者。西乐则不然，音调多重节奏，绝无拖沓，然失之韵矣焉。盖西洋之文字无四声故。刘大白谓中国字有“音步”，妙论也。昆曲鲜有三拍，多用四拍，即“音步”也。

诸宫调

偶与某乐师话元杂剧，余谓其乃源于宋、元诸宫调，某甚惑，余为之寻诸宫调之典籍，述之右。

诸宫调乃曲之一，歌、白皆有而以歌主之，无科介别之于戏剧也。古之艺人说唱诸宫调，或站或坐，敷演故事。说唱诸宫调，以琵琶等器伴，故谓之“搊弹调”。

宫者，曲调之统称也，宫若“黄钟宫”、“正宫”、“中吕宫”类是也；调若“大石调”、“般涉调”、“双调”类是也。凡所歌因宫调异其声调亦有高低，宫调者，所以限乐器管色之高低也。古之宫调繁，至元曲仅十七宫调矣。曲牌之名多致数百，各隶宫调之下。

诸宫调起于北宋而盛行于金。先以同一宫调之曲牌成套数，曲则多至五六，少至一二。套用一韵。及套数易则曲之宫调亦随之易，连缀数短套而敷演以成长篇，故谓之诸宫调也

余旧藏《董解元西厢记》即诸宫调。《董西厢》首尾十套数，凡六宫调。其诸谓诸多义，若言诸子百家之诸也。

逐臭之夫

世有逐臭者，人或疑之，宋周煇《清波杂志》卷十二“拦滩网”条记：“江上取鱼，用拦滩网，日可俯拾。滨江人家得鱼，留数日，俟稍败方烹。或谓：‘何不击鲜？’云：‘鲜则必腥。’”呜呼，世之有逐臭之人矣。浙人有嗜臭腐乳者，烹之，其恶令人呕，然多有喜食者，谓其味美也。或言化腐朽为神奇，此类则可谓化鲜美为臭腐者也。

麈尾非拂尘

麈尾者，魏晋清谈家手执之具也，至唐，士大夫犹尚之。《辞海》释为：拂尘。魏晋人清谈常执之拂子，以麈之尾毛制之。余尝疑拂尘乃童仆婢女所执物，以之拂除尘埃也，缘何清谈而执此物焉？

麈，干宝《搜神记》卷二十谓其：“冯乘、虞荡夜猎，见一大麈，射之。”据传，夫麈乃大鹿也，与群鹿行，麈尾摇以领群鹿之所向。“麈尾”义源于此，盖喻其领袖群伦也。余观唐宋间之绘魏晋清谈者多一人执麈尾，窃以为乃大名士者也。其义当与西洋之帝王“权杖”类，亦似丐帮之权杖“打狗棍”。执麈尾而谈亦谓之“麈谈”。辛稼轩《满江红·中秋》词：“更如今，不听麈谈清，愁如

发。”此之谓也。《晋书·王衍传》记，衍常用白玉柄麈尾，其手与玉柄白皙温润，世称之。夫衍乃大名士，故执麈尾以示其身份也。

麈尾之制似拂尘，抑或后之拂尘衍生于麈尾乎？余不知矣。唯尝于影视中或僧或尼多有执拂尘者，当别于魏晋清谈者之麈尾矣。

助学制度源于汉

孔子兴私学，有教无类，纳束脩耳。至汉，官学兴而有助学之制焉。元朔五年，武帝立五经博士，设太学，官学之肇始也。《汉书·儒林传序》云：太学“为博士官置弟子五十人，复其身。”复其身者，免其徭役且供其食宿也。上行下效，府学、州学、县学亦复兴焉。班固《东都赋》谓“四海之内，学校如林，庠序盈门。”寒门贫士得以受教，功莫大矣。宋之书院，其初亦承汉制，至明，书院仍供学子食宿。清以降，“八旗汉官记名旧家子弟无力延师者入官学……每月给银二两。”（《清朝文献通考》卷九六）官学于食宿外尚补之以银也。光绪三十年甲辰颁《奏定学堂章程》，助学之制乃废，仅师范之学子免之矣。

子从父之令，可谓孝乎

《孝经》载，曾子曰：“敢问子从父之令，可谓孝乎？”子曰：“是何言与，是何言与？昔者天子有争吾七人，虽无道，不失其天下；诸侯有争臣五人，虽无道，不失其国；大夫有争臣三人，虽无道，不失其家；士争友，则身不离于令名；父有争子，则身不陷于不义。故当不义，则子不可不争于父，臣不可以不争于君。故当不义，则争之。从父之令，又焉得为孝乎。”相传《孝经》乃孔子所作，清纪昀于《四库全书总目》谓其书乃孔子“七十子之徒之遗言”。然《论语·里仁》篇曰：“事父母几谏，见志不从，又敬不违，劳而不怨。”《孝经》之“父有争子，则身不陷于不义”之争，直言诤谏也，何夫子又曰“敬不违”？“敬不违”则非诤也。吾疑《孝经》之说非孔子之言也。